蒼の略奪者

★　★　★

イローナ・アンドルーズ

仁嶋いずる　訳

ハーレクイン®
MIRA文庫

*   *   *

BURN FOR ME

by Ilona Andrews

Published by Harlequin Japan,
a Division of K.K. HarperCollins Japan, 2016

わたしたちのすばらしい娘に。
何もかもを輝かせてくれ、家族みんなを振りまわすあなたに。

謝辞

執筆は孤独な作業ですが、一冊の本を作りあげるには大勢の方の協力が必要です。この物語を読者の皆さんにお届けするにあたり、著者を助けてくれた方々に感謝したいと思います。

以下の皆さんに謝意を表します。

編集者として機知に富んだ揺るぎないアドバイスをくれたエリカ・ツァン。この本をよりよいものにしてくれたこと、「この部分、カットしたほうがいい？」という筆者からのおかしな電話につきあってくれたことに感謝します。

筆者のなけなしの才能を心から信じて支えてくれたエージェントのナンシー・ヨースト。ときとしてとても扱いにくくなる筆者の相手をしてくれたこと、プロとしての助言と友情に感謝します。サラ、エイドリアン、ＮＹＬＡ社のスタッフの尽力にも謝意を。

アート・ディレクターのトーマス・エグナー、アーティストのリチャード・ジョーンズ、表紙デザイナーのパトリシア・バロウ。すばらしい表紙を作りあげてくれたことに感謝します。

カレン・デイヴィー編集長、インテリア・デザイナーのリア・ブラウンスタイン。原稿を美しい書籍に生まれ変わらせてくれたことに感謝します。

ジュディ・ジェルマン・マイヤーズには、細部への気配りとミスや矛盾を指摘してくれたことに感謝します。

シャノン・デイグル、デニス・グレイ、シンディ・ウィルキンソン、ニコール・クレメント、アマンダ・フェリー、その他の方々。貴重な時間を割きプロの目で原稿を校正してくれたことに感謝します。事実や文法の誤りはすべて筆者の力不足によるものです。

ジニーン・フロストとジェシカ・クレアには友情とアドバイスに感謝します。そしてJ・Sへ。あなたの言うとおり、家族はいてくれたほうがずっといい。

それでは、わたしたちの新しい本をお届けします。手に取ってくださった読者の皆さんに感謝します。どうか気に入っていただけますように。

蒼の略奪者

★

主要登場人物

ネバダ・ベイラー……………………探偵事務所の経営者。
ペネロープ・ベイラー………………ネバダの母親。
フリーダ………………………………ネバダの祖母。
バーナード（バーン）………………ネバダのいとこ。
レオン…………………………………ネバダのいとこ。バーンの弟。
カタリーナ……………………………ネバダの上の妹。
アラベラ………………………………ネバダの下の妹。
コナー・ローガン……………………大富豪。通称マッド・ローガン。
アダム・ピアース……………………ピアース一族の放蕩息子。
ギャビン・ウォラー…………………アダムの心棒者。
ケリー・ウォラー……………………ギャビンの母親。ローガンのいとこ。
レノーラ・ジョーダン………………ハリス郡地方検事。
オーガスティン・モンゴメリー……モンゴメリー国際調査会社の経営者。
バグ……………………………………ネバダの情報源の一人。

一八六三年、わたしたちがいるのとてもよく似たある世界で、ヨーロッパの科学者たちがオシリス血清を発見した。オシリス血清は人の魔力を目覚めさせる調合薬だ。その魔力は多岐にわたる。動物を自由に操る能力を得る者もいれば、数キロ先から水を感じ取る能力を身につける者もいた。両手の間に電光を発生させ、敵を倒す力を得たことに気づく者もいた。血清は世界中に広まった。血清は軍事力を強化するために兵士に与えられた。権力を失いつつあった貴族階級が権力にしがみつこうとして血清を手に入れた。富める者はさらなる富を求めて血清を買った。

やがて世界は、平凡な人間の中に神の力を目覚めさせた結果を目の当たりにした。血清はしまい込まれたが、手遅れだった。魔力は両親から子どもへと受け継がれ、人類の歴史は二度ともとに戻らなかった。国家の未来はわずか数十年の間に変化した。かつて人は地位や富や権力のために結婚したが、魔力のために結婚するようになった。強い魔力はすべてを与えてくれるからだ。

一世紀半が経《た》った今、祖先から強い魔力を受け継いだ血縁者集団は支配者層を形成した。彼らは一族を名乗り、企業を保有し、町の中に自分たちだけの領地を持ち、政治を左右する。彼らは私設軍隊を雇い、一族同士で抗争する。その争いは熾烈《しれつ》を極める。それは、魔力を多く持つ者が権力や富を手にし、名を挙げる世界だ。魔力の中には、すべてをなぎ倒すものもあればささいなものもある。だが、どんな魔力の使い手であっても甘く見ることは許されない。

プロローグ

「ケリー、やっぱりだめだ。きみにこんなことをさせるわけにはいかない。あの男は普通じゃないんだぞ」

ケリー・ウォラーは心を落ち着けたくて夫の手に手を重ねた。夫はハンドルから手を離し、その手を握ってくれた。触れただけでこんなにも思いが伝わるのは不思議だとケリーは思った。二十年の愛に裏打ちされた触れ合いは、この四十八時間の嵐のような悪夢の中で彼女をつなぎ止める碇《いかり》の役割を果たした。こうしなければ叫び出していただろう。

「わたしに手出しはしないわ。家族なんだから」

「あいつは家族を嫌ってるって言ってたじゃないか」

「やってみるだけよ。そうしないとあの子が殺される」

トムはうつろな目でまっすぐ前を見つめ、私道のカーブに沿って車を進めた。オークの古木が青々とした芝生の上に枝を広げている。芝生には黄色いたんぽぽやピンクのきんぽうげがあちこちに咲いている。コナーは庭の手入れをしていないようだ。コナーの父なら除草剤を使っていただろう……。

ケリーは気分が悪くなった。心のどこかに、このまま回れ右してこの二日間の出来事を消し去ってしまいたい気持ちがあった。車をUターンさせたかった。でももう手遅れだと彼女は自分に言い聞かせた。後悔するのも、ありえたかもしれない未来を考えるのも無駄だ。どんなに恐ろしくても現実と向きあわなくてはならない。母親らしく振る舞わなくては。

私道の先には化粧漆喰《しっくい》の高い塀があった。ケリーは記憶を探った。十六年は長いが、前はこの塀はなかったはずだ。

アーチ形のエントランスは鉄製の門で閉ざされている。覚悟を決めよう。もう戻れない。コナーが彼女の死を望むなら、なけなしの彼女の魔力ではとても太刀打ちできない。

コナーは、一族の魔力と絆《きずな》を維持するために丹念に考え抜かれた三世代にわたる縁組のたまものだ。彼はローガン一族の富の立派な継承者になるはずだった。しかし彼女と同じく、コナーも両親の計画どおりの息子にはならなかった。

トムは車を停めた。「ここまでやることはないんだ」

「いいえ、やるわ」恐怖心がいっきに頭をもたげ、ケリーは不安の波に襲われた。手が震える。彼女はぐっと息をのんだ。「こうするしかないのよ」

「せめて付き添わせてくれ」

「だめよ。彼はわたしを知っている。あなたを脅威だと思うわ」ケリーはまた息をのみ込んだが、喉の塊は消えなかった。コナーが人の心を読めるかどうかは知らないが、人の感情には敏感だ。二人が今見られているのは確実だし、もしかしたら声も聞かれているかもしれない。「トム、わたしは悪いことが起きるとは思っていないの。もし何かあってわたしが戻ってこなかったら、子どもたちのいる家に帰って。キッチンの小さいデスクの上の戸棚に青いフォルダーがあるわ。二番目の棚よ。わたしたち二人の生命保険証券と遺書が入っているから……」

トムはエンジンをかけた。「もういい。家に帰るぞ。自分たちでなんとかしよう」

ケリーは急いで車のドアを開けて飛び出し、門へと急いだ。

「ケリー！」トムが呼んだ。「行くな！」

ケリーは気持ちを奮い立たせて門に触れた。「コナー、ケリーよ。中に入れて」鉄製の門がすっと開いた。ケリーは頭を上げて中に入った。背後で門が閉まる。ケリーはアーチをくぐって、絵のように美しいオークと月桂樹《げっけいじゅ》の木立を縫って続く石敷きの道を歩いていった。道が曲がったところでケリーははっとして足を止めた。

白い壁と美しい柱廊のあるコロニアル様式の豪邸はなくなっていた。代わりにあったのは、クリーム色の壁と濃い赤の屋根を持つ地中海風の二階建ての屋敷だ。場所を間違えてしまったのだろうか？

「あの家はどこ?」ケリーはつぶやいた。

「おれがつぶした」

ケリーは振り向いた。隣に彼が立っていた。ケリーの記憶にあるのは、吸い込まれるような淡い青い目を持つほっそりした少年だ。十六年後の今、少年は彼女より背が高い。栗《くり》色だった髪は黒に近いダークブラウンに変わった。細かった顔は顎が張り、ごつごつした男らしさが加わってはっとするほどハンサムだ。力にあふれ、険しいながらも堂々としたその顔は……平気で人に服従を命じる顔だ。彼はこの顔だけで世界を支配できるだろう。

その目をのぞき込んだケリーは、見なければよかったと思った。美しい青い瞳には冷たい生命力が広がっている。深みにうごめくのは力だ。それがすぐそばで奔流のように沸き立っているのが感じられる。暴力と破壊を予感させる衝撃的で恐ろしい力が、鉄の意志という檻《おり》の中で牙をもてあましている。ケリーの背筋に冷たいものが走った。

何か言わなくては。なんでもいい。

「驚いたわ、コナー。とほうもなく価値のある家だったのに」

彼は肩をすくめた。「つぶしてすっとした。コーヒーはどうだ?」

「ありがとう、いただくわ」

コナーは先に立って入り口からロビーに入り、装飾の美しい鉄の手すりのついた木製の階段を上って屋根つきのバルコニーへと出た。頭がぼうっとしていたケリーはあたりの光景など目に入らないままそのあとをついていき、ベルベットの椅子に座った。バルコニーの手すりの向こうには果樹園が広がり、きらめく小川に沿って木立が並んでいる。地平線にははるかな海原にも似た青い丘がうねっている。

ケリーはコーヒーの香りを感じた。コナーは彼女に背を向け、コーヒーメーカーがマグカップを満たすのを見つめている。

共通の過去を思い出させるのが得策だ。彼女との関係を再認識してもらわなくては。

「ぶらんこはどうしたの？」ケリーはそうたずねた。ローガン一族の子どもたちはぶらんこに集まるのが好きだった。コナーがまだ十二歳で、ケリーがずっと年上のいとこだったころ、コナーが助言を必要とするとき、二人はそこに行ったものだ。ケリーは二十歳で、十代の悩みに対して的確な答えを持っていた。

「まだある。オークが大きくなったからバルコニーからは見えないが」コナーは振り向いて彼女の前にマグカップを置き、座った。

「マグカップを浮かせて運んでくれたこともあったわね」

「もうああいう遊びはしない。少なくともきみが覚えているようなことはね。今日はどうしてここに？」

マグカップが燃えるように熱かったのでケリーは下に置いた。そもそもマグカップを手に取ったことすら覚えていなかった。「ニュースは見た？」

「それなら、ファースト・ナショナル銀行の放火のことは知ってるわね」

「ああ」

「警備員が一人焼死したの。奥さんと二人の子どもがちょうど警備員の職場を訪ねていて、今は三人とも病院にいるわ。その警備員は非番の警官だった。監視カメラの映像から、二人の放火犯が判明したわ。アダム・ピアースとギャビン・ウォラーよ」

「知ってる」

コナーは次の言葉を待った。

「ギャビン・ウォラーはうちの子なの」その声はうつろだった。「息子は殺人犯なのよ」

「知ってる」

「息子のことを愛しているの。心から。もし息子とわたし、どちらかの命を差し出せと言われたら、わたしはすぐにでも死ねる。あの子は悪意のある子じゃない。十六歳の子どもなの。自分探しをしていてアダム・ピアースと出会ってしまったのよ。子どもはアダムを理想の人だと思い込んでしまう。それをあなたにもわかってほしいの。子どもたちにとってあの男はヒーローなのよ――一族に背を向け、暴走集団を作った男。大人に反抗する不良のカリスマなの」

声に怒りと苦々しさがにじんだが、ケリーにはどうすることもできなかった。

「あいつは犯罪のためにギャビンを利用して、その結果警官が亡くなったわ。そして奥さんと子どもたちはひどいやけどを負った。ギャビンは殺されるでしょう。両手を挙げて出ていったって警官たちに撃たれるに決まってる。あの子は警官を殺したんだから」

コナーはコーヒーを飲んだ。その顔は冷静そのものだ。ケリーはそこから何も読み取れなかった。

「あなたにそんな義務はないのはわかってる。わたしたちは二十年も会話がなかったわ。わたしが一族に縁を切られた日からずっと」

ケリーはまた息をのみ込んだ。彼女は一族の指示に従うのを拒否し、普通の遺伝子を持つよそ者と結婚した。自分の人生は自分で決めると言い放って。一族はそれを受け入れ、彼女をごみのように捨てた……いや、こんなことを考えるのはやめよう。今はギャビンのことを考えなければ。

「ほかに打つ手があれば、あなたをわずらわせることはなかったわ。でもトムにはなんのコネもないし、わたしたちには権力もお金も魔力もない。わたしたちがどうなろうと誰もなんとも思わないでしょうね。残っているのは子どものころの思い出だけ。あなたが困ったときはいつもわたしが手を差し伸べたわ。今度はわたしを助けて」

「何をしてほしいんだ？　逮捕されないようにすればいいのか？」

その声には非難するような皮肉な響きがあった。「いいえ。逮捕されてほしいの。裁判に出て、それをテレビで放映してほしいのよ。ギャビンが十分間証言台に立てば、誰もがあの子の性格を見抜くわ。道を誤ったばかな子どもだ、って。あの子が怪物じゃないってことをあの子のきょうだいは知る権利があるはずよ。わたしは息子のことを知っているし、自分のしたことのせいでつらい思いをしていることもわかってる。あの子に死んでほしくないの。相手の遺族にどれほど深く後悔しているか告げないうちに動物みたいに撃たれるのはいやなのよ」

頬が涙で濡《ぬ》れていたが、ケリーはかまわなかった。

「お願いよ、コナー。どうか息子の命を救って」

コナーはコーヒーを飲んだ。「おれの名前はマッド《狂気の》・ローガンだ。虐殺王と呼ばれることもあるが、マッドのほうが多い」

「それは知って――」

「いや、知らない。きみが知ってるのは戦争の前の子どもだったおれだ。今のおれがなんなのか、言ってくれ」

彼の視線がケリーを圧迫した。

ケリーの唇が震えた。彼女は真っ先に頭に浮かんだ言葉を口にした。「大量殺人者よ」

コナーは笑ったが、その顔は冷たかった。ユーモアもぬくもりもなく、牙をむき出しにする獰猛《どうもう》な獣でしかなかった。「放火があってから四十八時間経《た》った今になってきみはここに来た。とことん追いつめられたってことだ。心当たりは全部あたったんだろう？　おれが最後の頼みの綱なのか？」

「ええ」

コナーの瞳に鮮やかな青の火花が散った。それを見たケリーは、ほんの一瞬彼の奥にひそむ力の真の姿が見えたと思った。雪崩にのみ込まれる直前にその形相を見るようなものだ。その瞬間、すべての噂《うわさ》は本当だとさとった。コナーは殺人者であり狂気の男なのだ。

「あなたが悪魔だってかまわない」ケリーはつぶやいた。「どうかギャビンを連れ戻して」

「わかった」

五分後、ケリーはよろよろと私道に戻った。その目は濡れていた。泣きやみたいのに涙が止まらない。ここに来た目的は果たした。その安堵《あんど》感は圧倒的だった。

「ケリー！」トムは妻の体を抱きとめた。

「やってくれるって」ケリーは呆然《ぼうぜん》として言った。「ギャビンを見つけると約束してくれたわ」

1

男はみんな嘘《うそ》つきだ。そして女もみんな嘘つきだ。おとなしく座っていたらお医者さんの注射は痛くないと祖母に言われた二歳のとき、わたしはそれを学んだ。魔法の力が嘘を見抜くときの落ち着かない感覚と人の行動がつながっていることを幼い脳が最初に認識したのがそのときだ。

人はいろいろな理由で嘘をつく。自分を救うため、厄介ごとから逃げるため、誰かの感情を傷つけないため。他人を操る者は目的を達成するため、ナルシストは自分を大きく見せるため、元アルコール依存症の者はぼろぼろの評判を守ろうとして嘘をつく。そして人は誰よりも愛する人のために嘘をつく。人生のでこぼこ道を少しでも平坦《へいたん》にしてあげたいと思うからだ。

ジョン・ラトガーが嘘をついたのは、彼が見下げ果てた男だからというのが理由だ。

彼の外見からは卑劣な人間だとはわからない。ホテルのエレベーターから出てきたラトガーは、とても感じのいい紳士だった。引き締まった長身で、少しウェーブのかかった茶色の髪はこめかみに白いものがまじっているのが気品を感じさせる。その顔はまさに成功した強壮な四十代男性のものだ。髭《ひげ》をきれいに剃《そ》り上げた、自信たっぷりな男くさい顔。フットボールのジュニアリーグで子どもたちを応援する彼は、身なりのよいハンサムなパパだ。顧客に決して損をさせない信頼できる株式仲買人でもある。頭がよく、どっしりとした威厳を感じさせる成功者。その彼と手をつないでいる赤毛の美人は妻ではなかった。

ジョンの妻の名はリズ。二日前、夫の浮気をたしかめるためにわたしを雇った。十カ月前に浮気現場を目撃したリズは、また浮気したら次はないと夫に言い渡していた。

ジョンと赤毛の女はホテルのロビーをゆっくりと歩いていく。

わたしは大きな植木に隠れるようにしてロビーのラウンジチェアに座り、携帯電話に没頭しているふりをしながら、黒いかぎ針編みのバッグにしのばせた小さなデジタルカメラで恋人たちを盗撮していた。このバッグを選んだのは大きな隙間があるデザインだからだ。ラトガーとその相手は、わたしのすぐそばで足を止めた。わたしは画面上の感じの悪い緑の豚に次々と鳥を投げつけた。そこの二人、さっさと通り過ぎてくれないだろうか。ここにいたって植木の陰でゲームに没頭している金髪の若い女が見えるだけだ。

「愛してるわ」赤毛が言った。

これは真実だ。だまされてるだけとも知らないで。

豚どもが笑っている。このゲーム、本当に頭にくる。

「愛してるよ」ラトガーは相手の目を見て言った。

まるで頭のまわりを飛び回る蝿《はえ》のように、いつものいらだちがこみ上げてきた。魔力が動き出したのだ。ラトガーは嘘をついている。予想していたことだが。

わたしはリズが気の毒になった。二人は九年前に結婚し、八歳の男の子と四歳の女の子がいる。わたしを雇ったときリズが写真を見せてくれた。二人の結婚生活は今タイタニックのように沈没しようとしている。そしてわたしは今まさに氷山を目撃しているのだ。

「それ、本気？」赤毛は愛情たっぷりの目で男を見上げた。

「ああ。わかってるだろう？」

また魔力が働いた。嘘だ。

普通の人は嘘を負担に思う。真実をねじ曲げ、現実のもっともらしい別バージョンをひねり出すには記憶力と頭の回転が必要だ。ジョン・ラトガーは相手の目をまっすぐに見て真正面から嘘をつく。その言葉には本当に説得力がある。

「結婚できればいいのに。もうこそこそするのはうんざりよ」

「そうだね。だが今はタイミングが悪い。いろいろ動いているから、心配しないでくれ」

いとこたちがジョンの血縁を調べてくれた。ジョン・ラトガーは、ヒューストンを支配する企業の所有者である主だった有力一族とはつながりがないが、わたしは彼の物腰がどうしても引っかかった。勘が危険な男だと告げている。わたしは自分の勘を信用していた。

わたしたちはラトガーの財政状況も調べた。彼には離婚する金銭的余裕がない。株式仲買人としての実績はそこそこだが、輝かしいというほどではない。家は抵当に入っているし、財産といえば株にかかわるものばかりで、それを分割するとなると高くつく。本人もそれを知っているからこそこの情事を隠そうと工夫していた。二人は別々の車で二十分の間隔を空けてやってきた。おそらく赤毛を先に帰すだろう。ラトガーの背筋がこわばっているところを見ると、ロビーで愛してるなどと口にしたのは計画外のことだったようだ。

赤毛が口を開くと、ラトガーは頭をかがめて忠実にキスした。

証拠を渡せばリズは千ドル払ってくれる。それは夫に知られずに動かせるせいいっぱいの金額だ。多くはないが、こちらは仕事を断れる立場ではない。それに今のところ、簡単な仕事だ。二人がホテルを出たらわたしは裏口から出てリズに知らせ、報酬を受け取ればいい。

ホテルのドアが開いてリズ・ラトガーがロビーに入ってきた。

わたしの全身の神経がそちらに向いた。どうして？　なぜ人はわたしの話を聞かないのだろう？　探偵のまねごとはしないと約束したのに。そんなことをしてもろくなことにはならない。

キスする二人を見てリズの顔から血の気が消えた。ジョンは驚いた顔で愛人から手を離した。赤毛はリズを見て震え上がった。

「そういうことじゃないんだ」ラトガーが言った。

どう見てもそういうことにしか見えない。

「ねえ！」リズの声は大きく険しかった。「あなた誰？　わたしはこの人の妻よ！」

赤毛は背を向けてホテルの奥へ逃げ込んだ。

リズは夫に向き直った。

「ここではやめよう」

「世間体を気にするの？　今さら？」

「エリザベス」命令口調だ。最低だ。

「あなたのせいよ。何もかもおしまいだわ」

「聞いてくれ……」

リズは口を開いた。努力が必要だったのか、言葉が出てくるまで一瞬間があった。「離婚して」

わたしは十七歳のころからこの家業を手伝っているが、ラトガーの体にアドレナリンがあふれ出した瞬間にそれがわかった。顔を真っ赤にして怒鳴り出す男もいれば、凍りつく男もいる——恐怖から相手に噛《か》みつく犬と同じだ。圧力をかけすぎると爆発する。ジョン・ラトガーは動かなくなった。その顔からあらゆる感情が消えた。見開いた目の奥で、冷たい理性が恐るべき正確さで状況を計算している。

「わかったよ」ラトガーが静かに言った。「話しあおう。二人だけの問題じゃない。子どもたちもいる。家まで送っていくよ」彼は妻の腕を取ろうとした。

「触らないで」

「リズ」その声はあくまで落ち着いていた。目は標的を見定める狙撃手のように獲物を見すえている。「ホテルのロビーでする話じゃない。人前で騒ぐのはやめてくれ。二人ともそういうタイプじゃない。わたしが運転するよ」

絶対にリズをラトガーの車に乗せてはいけない。ラトガーの目を見ればわかる。ラトガーに主導権を取らせたら、もう二度とリズと会うことはできないだろう。

わたしはすばやく二人の間に割り込んだ。

「ネバダ？」リズはふいをつかれてまばたきした。

「ここから離れて」わたしはリズに言った。

「こいつは何者だ？」ジョンはわたしを見ている。

それでいい。リズを見てはいけない。わたしのほうが警戒すべき相手だ。わたしは二人の間に立ちはだかり体でリズをかばった。

「リズ、車に行って。家に帰ってはだめよ。実家に行って。早く」

ラトガーは歯を食いしばり、顎をこわばらせた。

「なんですって？」リズはわたしを見つめている。

「スパイさせるために雇ったんだな」ジョンは戦いに備える戦士のように肩をすくめ、首を回した。「私生活に他人を立ち入らせる気か」

「早く！」わたしは怒鳴った。

リズは背を向けて駆け出した。

わたしは両手を上げ、あとずさりしながら出口へと向かった。こうすればロビーの監視カメラにはっきりと映るはずだ。背後でリズが出ていくドアの音がした。

「やめましょう、ミスター・ラトガー。わたしは危険人物じゃありません」

「よけいなことをしやがって。あのうるさい女とぐるだったんだろう」

フロントではコンシェルジェが必死に電話のボタンを押している。

自分一人ならそのまま逃げ出しただろう。何があろうと逃げ出さない人もいる。こういう稼業で入院して請求書の支払いができなくなることを考えれば、そうも言っていられない。チャンスさえあればさっさと逃げ出したいところだけれど、今はリズが車にたどり着く時間を稼がなくてはいけない。

ラトガーは肘を曲げて両手を上げ、ソフトボールでもつかむみたいに指を広げた。魔力のポーズだ。まずい。

「ミスター・ラトガー、やめてください。不倫は違法じゃありません。犯罪をおこなったわけじゃないんだから、やめてください」

ラトガーは冷たく険しい目でじっとこちらを見ている。

「あなたはなんの罪にも問われませんよ」

「おれを侮辱できると思ったのか。恥じ入るとでも思ってるのか」ラトガーの顔がどす黒くなり、肌に不思議な影が差した。小さな赤い火花が手のひらに散り、燃え上がった。まばゆい深紅の光が躍り、指の先に走った。

ホテルの警備員は何をしているんだろう？　先に手出しするわけにはいかない――暴行になってしまうし、訴えられたら困る。でも警備員ならそれができる。

「おれを侮辱しようとしたらどうなるか見せてやる」

わたしは脇に跳んだ。

雷が轟《とどろ》いた。ホテルのガラスのドアが砕け散った。衝撃波で体が浮き上がる。ラウンジの椅子が飛んできたのでさっと手を上げ、空中で体を丸くした。わたしは右肩から壁にぶつかった。椅子が左肩と顔にあたった。痛い。

わたしは二秒前まで植物が入っていた陶器の鉢のかけらの隣に落ちた。しかしすぐさま立ち上がった。

また赤い光がはじけた。ラトガーは二回戦に進むつもりだ。

普通なら、体重五十九キロの女では九十キロの鍛え抜いた男にかなうはずがないと思うだろう。それは嘘だ。相手をたたきのめすと決心し、それを実行に移しさえすればいい。

わたしは大きな鉢のかけらをつかみ、ラトガーに投げつけた。かけらは胸で砕け、ラトガーはよろめいた。わたしはテーザー銃を引き抜きながら走った。ラトガーの腕が飛んできた。目にも留まらぬ速さのその一撃はわたしの腹に命中した。目に涙があふれる。わたしは前に飛び出してラトガーの首にテーザー銃をあてた。

男の体に衝撃が走った。ラトガーは目を見開いている。

どうかこれで倒れますように。

ラトガーの口が開いた。その体がこわばり、どうっと倒れた。

相手の頭のそばに膝をつき、ポケットから結束バンドを取り出すと、わたしはラトガーの両手をまとめて縛り上げた。

ラトガーはうめき声をあげた。

わたしはその隣に座り込んだ。顔が痛い。

裏口から男が二人飛び込んできてこちらに向かってきた。上着に警備と書かれている。今ごろ来ても遅い。

遠くからパトカーのサイレンが聞こえてきた。

わたしの倍ほどの年齢のずんぐりしたムニョス巡査部長は、監視カメラの映像を見やった。もう二度見たようだ。

「あの女性と同じ車に乗せるわけにはいかなかったんです」わたしは椅子に座ったまま言った。肩が痛んだが、手錠をはめられているせいで撫《な》でることすらできない。警官のそばにいると不安になった。体を動かしたかったけれど、もじもじすれば緊張していると思われるだろう。

「たしかにそうだ」巡査部長は妻につかみかかろうとするラトガーの静止画が映る画面をたたいた。「このシーンを見たらわかる。こいつは浮気を現行犯で押さえられたのに、謝りもしない。許してくれとも言わなかったし、怒りもしなかった。冷静になって妻という存在を消そうとした」

「わたしは挑発してないし、殺されそうになるまで手も出していません」

「そのとおりだ」巡査部長はこちらを向いた。「あんたが持っているそのテーザーC2だが、射程距離が四メートル半というのは知ってたかね？」

「万が一ということもありますから。あの男の魔力は電気的なものに見えました。だから電流をブロックされるかもしれないと思ったんです」

巡査部長は首を振った。「あの男は電光念動力の持ち主だよ。米軍でその力を使いこなす訓練を受けてもいる。あいつは退役軍人なんだ」

「そうですか」それでラトガーが冷静になった理由がわかった。アドレナリンをコントロールするのに慣れていたのだ。念動力の使い手というのも納得だ。念火力の持ち主は火を操り、水使いは水を操り、念動力の持ち主は魔力のエネルギーそのものを操る。そのエネルギーがどういう性質のものなのか誰もはっきりとは知らないが、比較的よくある魔力だ。バーンがラトガーの身元を調査したはずなのに、どうして見逃したのだろう？　家に帰ったらバーンと話をしなければいけない。

制服警官がドアから顔を出し、巡査部長にわたしの許可証を渡した。「裏づけが取れました」

巡査部長はわたしの手錠をはずし、バッグとカメラ、そして携帯電話と財布を返した。「調書は取った。メモリカードは預からせてもらうよ。あとで返却する。家に帰ってその首を冷やすといい」

わたしはにやりとした。「町から出るなって言わないんですか？」

巡査部長は、聞いたふうなことを言うな、という顔をした。「必要ない。あんたは金のために軍レベルの魔力に立ち向かった。そこまで金に困ってるならガソリンだって買えないはずだからな」

三分後、わたしは五年もののマツダのミニバンに乗り込んだ。書類ではこの車の色はゴールドとなっている。でも見た人はシャンパン色とかベージュっぽい色と言う。子育て中のママが好むタイプのこういうミニバンは調査にぴったりだ。誰も気に留めない。ほとんど車のないハイウェイで、ある男を二時間ほどつけたことがあったが、あとで保険会社が男に動画を見せたところ、ひどく驚いたそうだ。その映像には、膝が悪いはずなのにエルカミーノのギアを問題なく操作する男の姿が映っていた。

ミラーを自分の顔に向けてみた。あとで青あざになりそうな大きな赤いみみず腫れが首と右肩の先にできている。顎の左側も同じぐらい赤くなっている。手のひらいっぱいにブルーベリーを持った誰かがわたしに手をなすりつけたみたいだ。わたしはため息をついてミラーを直し、家に向かった。

結局、簡単な仕事だった。少なくとも病院には行かずにすんだ。わたしは顔をしかめた。みみず腫れのほうはそれが気に入らなかったようで、痛んだ。

ベイラー探偵事務所はファミリービジネスとして始まった。そして今も家族でやっている。厳密に言うと今は所有者は別だけれど、放っておいてくれるので自分たちのやり方で仕事をしている。ルールは三つしかない。ルール一。支払う人に対して忠実であること。わたしたちは雇ってくれたクライアントに忠義を尽くす。ルール二。法は破らない。これはいいルールだ。刑務所に入らずにすむし、訴えられることもない。ルール三。これがいちばん大事なルールだ。一日の終わりに胸を張って鏡の中の自分と向きあえること。今日はこのルールに従った一日だった。もしかしたら全部わたしの考えすぎで、ジョン・ラトガーは妻を家に連れ帰り、膝をついて許しを乞うたかもしれない。でも一日が終わった今、わたしには後悔はないし、自分がしたことが正しかっただろうかとか、リズの二人の子どもたちは二度と母親に会えないのではないだろうかとか、気に病む必要もない。

子どもたちの父親については話が別だが、もうわたしの問題ではない。あの男は自業自得だ。

混雑する夜の二九〇号線を北西に向かい、南に曲がる。まもなくわたしは家族が住む倉庫の前で車を停めた。駐車場にはバーンのぽんこつの黒のシビックと母の青いホンダのエレメントが駐《と》まっている。よかった。みんな家にいる。

車を駐め、入り口に向かい、セキュリティシステムにコードを打ち込んだ。ドアがかちゃりと開いたので中に入り、そこでしばらく立ち止まって、背後でロックがかかる心強い音をたしかめた。

この入り口から倉庫に入ると中はオフィスにしか見えない。ここには壁やガラスのパネルを入れ、ベージュのカーペットを敷いた。左側には部屋が三つあり、右側には休憩室と大きな会議室がある。

自分の部屋に入り、バッグとカメラをデスクに置いて椅子に座った。報告書を書かなくてはいけないのに、その気になれない。それはあとにしよう。

オフィスは防音になっており、あたりは静かだ。オイルウォーマーから、いつものグレープフルーツオイルの香りがかすかに漂っている。これはわたし好みのちょっとした贅沢《ぜいたく》だ。その香りを吸い込むと、家に帰ってきた気がする。

わたしは生きている。ラトガーに投げられたとき壁に頭をぶつけていたら、今日死んでいたかもしれない。自宅から六メートルのオフィスに座っているのではなく、死人だったかもしれない。母は死体安置所にいて、安置台にのせられたわたしの身元確認をしていたかもしれない。心臓の鼓動が激しい。吐き気がこみ上げ、喉が苦しくなった。わたしは前かがみになって呼吸に意識を集中した。ゆっくりと深く息を吸い、吐く。

不安はじょじょに薄れていった。

もう大丈夫。

席を立って休憩室に向かい、奥のドアを開けて倉庫に入った。左右に広い廊下が伸びていて、コンクリートの床にかすかに明かりが反射している。天井は九メートルと高い。家を売ってこの倉庫に移ることになったとき、両親は中を本物の家と同じにしようと考えた。しかし結局、祖母の修理工場とわたしたちの生活空間であるこの部分を仕切る大きな壁を一つ作るだけにした。そうすれば、二千平方メートルもある倉庫全体に冷暖房を入れずにすむからだ。それ以外の壁は気の向くままに作った。つまり、必要になったときに手近にある材料を使って作ったという意味だ。

母にこの姿を見られたら、怪我《けが》を洗いざらい調べ上げるまでは放してくれないだろう。わたしはただシャワーを浴びて何か食べたかった。この時間、母はたいてい祖母の仕事を手伝っている。静かにしていればこっそり自分の部屋に入れるかもしれない。わたしは廊下を歩いていった。注意を引くようなことが何も起きないことを祈りながら。

「殺してやる！」右側からよく知っている高い声が聞こえた。

しまった、アラベラだ。その口調からすると、いちばん下の妹はめずらしく怒っている。

「ガキなんだから！」これは十七歳のカタリーナだ。アラベラの二歳年上でわたしの八歳年下になる。

母が様子を見に来る前になんとかしないといけない。わたしは娯楽室へと急いだ。

「友達もいないばかな男たらしよりましよ！」

「デブよりまし！」

「ブスよりまし！」

二人とも太っていないし醜くもないし男性関係が乱れているわけでもない。大げさに騒ぎ立てるのが好きなだけだ。さっさと二人を引き離さないとすぐに母がやってくるだろう。

「大嫌い！」

わたしは娯楽室に入った。黒っぽい髪でやせっぽちのカタリーナが腕組みして右側に立っている。左側ではバーンが金髪のアラベラのウエストを抱えてその体を持ち上げている。アラベラは腕っぷしが強いが、バーンは高校で鍛えられており、今も週に二回柔道クラブに通っている。十九歳でまだ成長途中のバーンは身長百八十五センチ、体重およそ九十キロで、そのほとんどがたくましい筋肉だ。四十五キロのアラベラを持ち上げることなんか簡単だ。

「放してよ！」アラベラが怒鳴った。

「自分のしてることをよく考えろ」バーンの深い声には忍耐があった。「約束しただろう」――暴力はなしだって」

「今度は何？」わたしはたずねた。

カタリーナはアラベラを指さした。「この子、わたしのリキッドファンデの蓋を絶対に閉めないの。おかげで乾いちゃったじゃない！」

なるほど。この二人は深刻なことでは喧嘩《けんか》はしない。相手のものをとったり、相手の恋愛を邪魔したりすることはない。もし誰かがどちらかに喧嘩を売れば、もう片方はすぐさま助けに駆けつけるだろう。でもヘアブラシを勝手に使って洗わなかったりすると、第三次世界大戦の勃発だ。

「また嘘ばっかり――」アラベラの言葉が途切れた。「ネバダ、その顔どうしたの？」

すべてが止まった。全員が一度に大声でしゃべり出した。

「しいっ、落ち着いて。これは化粧よ。シャワーを浴びれば大丈夫。喧嘩はやめて。やめないとママが来るし、今はママに――」

「ママに何？」母が少し脚を引きずりながらドアから入ってきた。また脚がよくないようだ。母は背が高くも低くもなく、昔は筋肉質で引き締まっていたが、怪我のせいで動きづらくなった。体はなまり、顔は丸くなった。目はわたしと同じで黒っぽいが、髪は栗《くり》色だ。

そのあとからフリーダおばあちゃんもやってきた。背の高さはわたしと同じぐらいで細く、カールしたプラチナ色の髪は機械油で汚れている。気持ちの落ち着くエンジンオイルとゴムと火薬のにおいが部屋に広まった。フリーダおばあちゃんはわたしを見て青い目を丸くした。まずい。

「ペネロープ、どうしてうちの赤ちゃんは怪我してるの？」

攻撃は最高の防御だ。「わたしは赤ちゃんじゃなくて、二十五の大人よ」わたしは祖母の初孫だ。わたしが五十になって孫ができても、祖母にとっては〝赤ちゃん〟なのだろう。

「何があったの？」母が言った。

こうなったら言うしかない。「魔力の爆風と壁と椅子のせいよ」

「爆風？」バーンがたずねた。

「ほら、ラトガーの件」

「あいつ、凡人だと思ったのに」

わたしは首を振った。「電光念動力の持ち主だったわ。元軍人よ」

バーンの顔に怒りが浮かび、彼は部屋から出ていった。

「アラベラ、救急箱を取ってきて」母が言った。「ネバダ、横になりなさい。脳震盪《のうしんとう》を起こしているかもしれない」

アラベラは走って出ていった。

「たいした怪我じゃないわ！　脳震盪も起こしてないし」

母がこちらを向いた。その顔つきは知っている。ベイラー軍曹の顔だ。こうなると逃げられない。

「現場で救急隊員に診てもらった？」

「ええ」

「なんて言われた？」

嘘をついてもしょうがない。「念のため病院に行けって」

母は鋭い目でわたしを見すえた。「行ったの？」

「いいえ」

「そこに寝て」

わたしはため息をつき、運命に降参した。


翌朝、わたしは娯楽室で母が作ってくれたクレープとソーセージを食べた。首がまだ痛い。肩はそれ以上だ。

母は部屋の向こうでコーヒーを飲みながらアラベラの髪を編んでいる。どうやら最近の高校生の間では複雑な編み込みがはやっているらしい。アラベラはうまく母に取り入って髪を編むのを手伝わせたようだ。

テレビ画面の左側では、ありえないほど完璧な髪型をした女のニュースキャスターがファースト・ナショナル銀行での最近の放火事件について説明していた。画面の右には旋風のような炎に包まれる建物の映像が映し出されている。窓からはオレンジ色の炎が噴き出ている。

「ひどいわね」母が言った。

「誰か亡くなったの？」

「警備員が一人ね。夕食を届けに来た奥さんと二人の子どもたちもやけどを負ったけれど、命は助かったわ。どうやらアダム・ピアースがかかわっているようよ」

ヒューストンの誰もがアダム・ピアースを知っている。魔力使いには五つのランクがある。二流、平均、優秀、一流、超一流だ。たぐいまれな念火力を持って生まれたアダムはステンレススチール級だ。念火力の持ち主は、三十立方センチの氷を一分未満で溶かせれば〝平均〟とされる。アダムはその時間で三十立方センチのステンレススチールを溶かす炎を生み出す。アダムの魔力は最高ランクの〝超一流〟だ。誰もが彼をほしがった――軍隊、国防省、私企業、すべてが。

特権階級の富豪ピアース一族は、鍛造製品分野のトップ企業であるファイアバグ社を所有している。ハンサムで群を抜く魔力に恵まれたアダムはピアース一族の誇りだ。贅沢に囲まれて育ち、ふさわしい学校に通い、ふさわしい服に身を包み、未来は輝かしいものだった。彼は期待の新星であり、もっとも望ましい独身者でもあった。ところが二十二歳の彼は周囲を裏切り、過激派を宣言し、暴走族を組織したのだ。

それ以来、アダムは次々とマスコミをにぎわせてきた。たいていは警官や犯罪や反体制宣言がからむニュースだ。マスコミは彼を愛した。視聴率が稼げるからだ。

そのアダムの写真が画面の右側に出た。トレードマークのブラックジーンズ、ファスナーを開けて筋肉質の胸をむき出しにした黒のレザージャケット。左胸には一面にケルトの縄模様のタトゥーがあり、六つに割れた腹筋の右側には角のある豹《ひょう》が牙をむき出している。長めの茶色の髪がりりしい顔にかかり、世界一とも言われる頬骨と完璧な顎を際立たせている。顎に残るのはワイルドさを感じさせる程度の無精髭だ。もしこの男の身なりをよくしたら、天使さながらに見えるだろう。今の彼はクールに構えた汚れた天使だ。その翼の焦げた汚れは、完璧なカメラ写りを意識して作ったものだ。

本物のバイク乗りの集団を見たことならある。週末のみバイクに乗る医者や弁護士の集まりではなくて、走りに命を賭ける本物だ。ワイルドで、身なりがいいとは言い難く、目は鉛のようだ。それとは違い、アダムはアクション映画の悪役を演じるヒーローだった。便利なことに、彼の場合背後にたなびく炎は自分で作ることができる。

「セクシーね！」アラベラが言った。

「やめなさい」これは母だ。

フリーダおばあちゃんが部屋に入ってきた。「あら、わたしの好みだわ」

「母さん」母がうめいた。

「何？　しかたないじゃないの。あれは悪魔の目よ」

アダムの目はたしかに悪魔の目だ。深く豊かなコーヒー豆の色。それは予想を裏切る狂気の目だ。外見はすばらしいが、そのイメージはすべて作り上げられたものに見えた。どこにカメラがあるかいつも意識しているように思える。もし二人きりで会ったとしたら、わたしは背中に火がついたように逃げ出すだろう。ぐずぐずしていたら実際そのとおりになるはずだ。

「人を一人殺したのよ」母が言った。

「はめられたのよ」祖母が答えた。

「ニュースの内容も知らないのによく言えるわね」

祖母は肩をすくめた。「間違いないわ。あんなりりしい人が殺人犯なわけないわ」

母は祖母を見つめている。

「ペネロープ、わたしは七十二よ。夢を追わせてくれたっていいじゃない」

「その意気よ、おばあちゃん」アラベラがこぶしを突き上げた。

「そんなにおばあちゃんの味方をしたいなら、髪もおばあちゃんにやってもらいなさい」

母が言った。

「コマーシャルのあと、放火事件の捜査についてお送りします」ニュースキャスターが言った。「そのあとは、中心街のシンボル的公園に現れたねずみについてです」

ブリッジパークの映像が現れた。疾走する馬に乗るカウボーイの実物大のブロンズ像が正面から映し出された。

「ハリス郡の職員は、思いきった対策を打つべきなのでしょうか？　続きはコマーシャルのあとで」

バーンが部屋に入ってきた。「ネバダ、ちょっといいかな」

わたしは立ち上がってバーンのあとについていった。二人とも無言で廊下を通ってキッチンに入った。母と祖母に話を聞かれない手近な場所がここだ。

「どうしたの？」

バーンはショートカットの明るい茶色の髪をかき上げ、フォルダーを差し出した。わたしはそれを開いてざっと目を通した。ジョン・ラトガーの親族関係、半生、経歴チェックの内容だ。黄色の線で強調された一行が目に入った。名誉除隊。記録閲覧不可。

わたしは人差し指を上げた。「これね」

「そのとおり」バーンも同意した。

企業は普通元軍人を好む。時間に正確で訓練されており、礼儀正しく、求められればすばやい判断を下せる。しかし人事部の部長は軍レベルの魔力を毛嫌いする。地獄を呼び出す能力のある男が職場でストレスにさらされるのは困るというわけだ。こういった事態を回避するために、国防総省は軍レベルの魔力を持つ者たちの一部の記録を閲覧不可にした。記録が閲覧不可だからといって軍レベルの魔力の持ち主だとは限らないが、それを知っていれば心の準備ができただろう。ラトガーの件に対し、まったく別の方向から解決を図ったはずだ。

「ぼくのミスだ」バーンはカウンターにもたれかかった。灰色の目に後悔が浮かんでいる。「現代史のテストがあったんだ。あまり得意じゃないんだけど、奨学金が取り消されないためには最低でもBが必要だから猛勉強するしかなかった。だからレオンに頼んだんだ。あいつは親族関係と経歴チェックはやったけど、国防総省のデータベースにログインするのを忘れた」

「いいのよ」レオンは十五歳だ。あの子を三十秒以上じっと座らせておくのは、猫の集団をシャワールームに追い込むぐらい難しい。

バーンは鼻梁《びりょう》をこすった。「いや、よくない。頼まれたことは自分でやるべきだった。ネバダを怪我させたしね。もう二度とこんなことはしない」

「気にしないで。わたしだってやり忘れることはあるわ。そういうものよ。これからは国防総省のデータベースをチェックするのを忘れなければいいだけ。Bは取れた？」

バーンはうなずいた。「意外におもしろかったよ。オリアリー夫人の牛の話は知ってる？」

わたしは歴史が好きだった。副専攻科目にしようかと思ったこともあったけれど、事情が許さなかった。「一八六〇年代にシカゴで大火事が起きたのは、その人が納屋でランプを倒したせいじゃなかった？」

「一八七一年の十月のことだ。教授は牛のせいだとは思ってないそうだよ。魔力が原因だって言ってた」

「一八七一年に？　オシリス血清が見つかったばかりのころよ」

「興味深い理論なんだ。いつか教授と話してみるといい。なかなかの人だよ」

わたしはにっこりした。わたしの場合、仕事があったために刑事司法の単位を取るのに夏も含めて四年かかった。バーンはわたしたち全員を合わせたより頭がいいから奨学金を獲得し、今も優秀な成績をおさめている。専攻以外の科目も、少なくとも一つは好きになったようだ。

「もう一つある。モンゴメリーがおれたちに会いたいそうだ」

わたしは胃がひっくり返りそうになった。モンゴメリー一族はうちの事務所のオーナーだ。父の治療費が必要になったとき、自宅を売ったお金と貯金だけでは足りなかったために事務所をモンゴメリー一族に売った。厳密には抵当に入れたというのが正しい。ローンは三十年で、毎月最低額の支払いをなんとかこなしている。抵当の条件により、うちの事務所はモンゴメリー国際調査会社の傘下に入ることになった。これまで、一族はうちの事務所になんの関心も示さなかった。小さすぎて親会社の役には立たないし、小切手が現金化できるかぎり、口を出す理由もなかったからだ。うちの小切手は決して不渡りにはならなかった。わたしががんばったからだ。

「至急と言われてる」バーンが言った。

「いつものこと、みたいな言い方だった？」

「いや」

まずい。「このことはママにもおばあちゃんにも言わないで」

バーンはうなずいた。「言ったら気にするだけだ」

「ええ。どんな用件かわかったらすぐ知らせるわ。規定の書類をファイルし忘れたとか、そんなことならいいんだけど」

キッチンから出ようとしたとき、バーンに呼び止められた。「ジョン・ラトガーの奥さんから入金があった。約束どおり、千ドルだ」

「よかった」そう言ってわたしは外に出た。髪を梳《と》かして人前に出られる格好にしなくては。そして急いで町を突っ切ってグラスタワーに向かうのだ。

実際、どこまで悪い話なのだろう？

2

モンゴメリー国際調査会社の左右非対称のビルは、青いガラスでできた鮫《さめ》のひれのようにあたりのビル群を圧倒してそびえ立っていた。数百のコバルトブルーの窓が太陽にきらめいている。それは、モンゴメリー一族の栄華を思い知らせ、その前にひれ伏させるための建物だ。わたしは畏怖の念を呼び起こそうとしたが、不安しかこみ上げてこなかった。

わたしは中に入って金属探知機を通り、輝くエレベーターへと向かった。オーガスティン・モンゴメリーからの伝言では十七階となっている。ドアが開いたので中に乗り込み、十七階のボタンを押すと、まもなく低い音とともにエレベーターは高速で上昇し始めた。

いったいなんの用だろう？

ドアが開くと広々とした空間が現れる。その空間を区切っているのは磨き抜かれたステンレススチールの管でできた受付のデスクだ。つややかなダークブルーの床と白い天井の間は七メートル以上はある。わたしはドアが閉まる前に外に出た。壁は純白だが、受付の背後にあるコバルトブルーのガラス窓が日差しを淡い青に変えているせいで、まるで水中にいるみたいだ。何もかもがウルトラモダンでぴかぴかだけど、どこか味気ないような気もする。受付のデスクにある雪のように白い蘭《らん》でさえ、この空間にぬくもりを与えていない。モンゴメリー国際調査会社はあたり一面を札束で飾り、それでよしとしたようだ。

受付の女性が目を上げた。その顔は染み一つなく、肌は薄い茶色、大きな目は青く、唇は白っぽいピンクの口紅で不自然なまでにかたどられている。真っ赤な髪は一分の隙もなくフレンチツイストにまとめ上げられている。長いまつげは一本一本がはっきり見えるほどで、ダマになっている部分は一つもない。着ている白いドレスは、袖にしたほうがいいほどタイトだ。

受付嬢はわたしの顔のあざを見てまばたきした。「どんなご用件でしょう?」

「オーガスティン・モンゴメリーと面会の約束です。ネバダ・ベイラーといいます」わたしはにっこりしてみせた。

受付嬢は立ち上がった。「どうぞこちらへ」

わたしは彼女についていった。裸足《はだし》になれば身長は同じぐらいのはずだけど、受付嬢は九センチのヒールをはいている。彼女は壁のカーブに沿ってかつかつと歩いていった。

「どれぐらいかかるんですか?」

「はい?」

「朝、出勤のために身なりを整えるのにどれぐらいかかるんですか?」

「二時間半よ」

「それ、残業代出ます？」

　受付嬢は曇りガラスの前で止まった。ガラスの表面で白い羽根がパターンを描きながら動き、まるで催眠術のようだ。あちこちで純金の細い糸が光り、溶けていく。すごい。

　壁の一部がすべるように動いた。受付嬢がこちらを見た。わたしは開いたところから広々としたオフィスに入った。ここは鮫のひれの端にあたる部分だろう。左側と正面の壁が青いガラスでできているからだ。ウルトラモダンな白いデスクは床とつながっているかのようだ。そのデスクの向こうにスーツの男が座っていた。小さなタブレットで何か読んでいるらしく、顔を伏せている。そのため、高級店でカットしたに違いない豊かなダークブロンドの短髪しか見えない。

　わたしは歩いていってデスクの前の白い椅子のそばに立った。いいスーツだ。グレーと漆黒の間、ガンメタルと呼ばれるような色合いだ。

　男が目を上げてこちらを見た。幻覚力の使い手は、その魔力を使って肉体的な欠陥を最低限に抑えることができる。顔から判断して、オーガスティン・モンゴメリーは〝超一流〟だ。顔立ちはギリシャ彫刻のように完璧で、顔のラインは男らしくさわやか、下品さはかけらもない。きれいに剃《そ》られた頬、まっすぐな鼻筋、引き締まった口元。思わず見つめずにいられない種類のりりしさだ。肌は輝かんばかりで、緑色の目は透明に近い眼鏡の奥から鋭い知性を秘めてこちらを見すえている。このビルから出るときは、彼を大理石で固めてしまおうとする彫刻家を寄せつけないために護衛を率いているに違いない。眼鏡をかけるのは見事な作戦だ。眼鏡がなければ天上の神になってしまうが、極細のフレームがあるおかげでわたしたち人間の仲間を名乗れる。

「ミスター・モンゴメリー、ネバダ・ベイラーです。わたしに用があると聞きました」

オーガスティン・モンゴメリーはわたしの顔の青あざをあえて無視した。「座ってくれ」彼は椅子を指さした。

わたしは座った。

「きみに仕事を頼みたい」

事務所のオーナーになって五年、モンゴメリー一族がうちに仕事を頼んだことは一度もない。どうかたいした仕事ではありませんように……。

「この男を捕まえてほしい」彼はデスクの上に一枚の写真をすべらせた。わたしは身を乗り出した。

アダム・ピアースの狂気の目がこちらを見返していた。

「何かの冗談ですか?」

「いや」

わたしはオーガスティンを見つめた。

「このところの数々の事件で、ピアース一族はアダムの身の上を心配している。彼を連れ戻してほしいとのことだ。無傷で。子会社であるきみの事務所ならこの仕事にぴったりだと思う。きみの取り分は五万ドルになるだろう」

信じられなかった。「うちは家族経営の小さな事務所です。記録を見てください。賞金稼ぎじゃありません。うちが受けるのはけちくさい保険金詐欺とか浮気調査ですよ」

「そろそろ守備範囲を広げるのもいいじゃないか。きみは仕事に関して九割の成功率をおさめている。きみの事務所には全幅の信頼を置いているんだ」

成功率が九割なのは、うちで扱えなさそうな依頼は受けないからだ。「この男は〝超一流〟の念火力の持ち主です。うちでは人手が足りません」

オーガスティンは気に障ったのかかすかに顔をしかめた。「フルタイムが一人とパートタイムが五人いる。全員をこの件に集中させればいい」

「そのパートタイムの生年月日をたしかめました？　あなたの手間を省くために言いますけど、三人は十六歳そこそこで、一人はまだ十九歳です。わたしの妹といとこですけどね。子どもを集めてアダム・ピアースを追えっていうんですか？」

オーガスティンはキーボードのキーをたたいた。「これを見ると、きみのお母さんは勲章持ちの退役軍人のようだが」

「母は一九九五年ボスニアでの作戦で重傷を負いました。二人の仲間とともに敵に捕らわれて二カ月間地面の穴に埋められていたんです。死んだと思われていたけれど奇跡的に救出されました。でも左足の怪我《けが》はもう治りません。時速八キロで歩くのがやっとです」

オーガスティンは椅子の背にもたれた。

「母の魔力は手と目の高い協調性です。かなりの遠距離から相手の頭を撃ち抜けるけれど、ピアースを生きたまま捕らえたいというならその能力はなんの役にも立ちませんよ。その上わたしの魔力は……」

オーガスティンはわたしをじっと見た。「きみの魔力は?」

口がすべった。相手の記録には魔力なしと書いてあるはずだ。「ないも同じです。こんなの自殺行為ですよ。あなたの会社なら使える物も人もうちの二十倍はあるのに、どうしてうちにやらせるんですか? 成功するチャンスが少しでもあると思います?」

「ああ」

魔力が反応した。彼の言葉は嘘《うそ》だ。それを知ってわたしは頭の上にれんがの山を落とされたようなショックを受けた。

「なるほど、そういうことですか。ピアースを捕らえるのは難しいし高くつく。あなたが時間と金をつぎ込んで訓練した優秀なスタッフを失うかもしれない。そうなればピアース一族から受け取る報酬以上の経費がかかってしまう。かといってピアース一族の依頼を断ることもできない。だからうちに仕事を振るんでしょう。さんざんな結果に終わっても、依頼主にはうちの記録を見せればいい。六人のスタッフと九割の成功率を誇る外部チームに仕事を委託し、できることはすべてやった、と言えますからね。損失を回避し面目を保つために、おそらくあなたはわたしたちが死ぬことを期待している」

「芝居がかった言い方をしなくてもいい」

「仕事は受けません」受けるわけにはいかない。不可能だ。

オーガスティンはキーボードをたたき、コンピュータのモニタをこちらに向けた。一部に黄色で線を引いた書類が画面いっぱいに表示されている。

「これはきみの契約書だ。下線部分には、モンゴメリー国際調査会社からの仕事を断ると契約違反とみなされ、ローンの全額を支払わなくてはならない、とある」

わたしは歯を食いしばった。

「ローンの残額を一括で支払うことはできるのか？」

この男の首を絞め上げられればどんなにいいだろう。

「ミズ・ベイラー」オーガスティンは、わたしの耳に問題があるかのようにゆっくり言った。「残額を一括で支払えるのかときいてるんだ」

わたしは顎から力を抜いた。「無理です」

オーガスティンは腕を広げた。「はっきりさせようじゃないか。きみがこの仕事を受けるか、それとも我々がきみの事務所を取り上げるか、どちらかだ」

「選ばせてくれないんですね」

「もちろん選べる。仕事を受けるか、事務所を引き払うかだ」

わたしたちはすべてを失ってしまう。倉庫も車も親会社のものだ。ホームレスになってしまう。「これまで支払い期限に遅れたことはありません。手間をかけたことなど一度もないはずです」わたしはバッグから財布を取り出し、中から家族の写真を出した。二カ月前に撮ったもので、全員がなんとか一枚におさまっている。「わたしだけが頼りなんです。父は亡くなり、母は体が不自由で、わたしに何かあれば家族は生活できません」

オーガスティンは写真に目をやった。その顔に不思議な影がよぎったが、また無表情に戻った。「わたしは答えを聞きたいんだ、ミズ・ベイラー」

いい加減なことを答えておけばよかったのかもしれない。わたしの性分には反するけれど、生きるためにはあらゆる手を尽くさないといけない。「もし警察が先にピアースを捕まえたら？」

「きみは事務所を失う。警察が彼を捕まえる前に生きたまま連れ戻すのがきみの仕事だ」

くそっ。「もしわたしが死んだら？」

オーガスティンは片手を上げ、画面に文書を表示した。「事務所内で免許を持つ調査員はきみだけだ。事務所を買い取ったとき、我々は金を稼ぐきみの能力に投資した。きみがいなければあの事務所には興味はない。契約の条件に従い、きみの資産は損失として会計処理される。事務所が保有する現金、株や金融市場物件などの流動資産は清算され、返済にあてられる」

「事務所の名前は？」

オーガスティンは肩をすくめた。「それについてはきみとの間でなんらかの合意に達せられるものと考える」

わたしは個人的に百万ドルの保険に入っている。わたしの身に何かあったとき、家族が路頭に迷うのを恐れ、給料の中から保険金を支払ってきた。短期的に考えればわたしは生きているより死ぬほうが価値が高い。百万ドルあればバーンは学校を続けられるし、家も立ち退きにはならない。なったとしても生きていくお金はある。母は事務所の名義を買い取ってあらたに調査員を雇うこともできる。

「受けるのか、受けないのか？」オーガスティンが言った。

シーソーの片方には家族が、もう片方にはおそらくわたしの命がのっている。

「受けます。あなたは最低だけど」

「最低でもなんとか自分と折りあって生きていくしかない」

「そうですね。契約書に書き足してください。わたしが死んだら家族は事務所の名義を一ドルで買い取ることができる、と。そうしてくれればわたしはピアースを追いかけます」

「一ドル？」

「わたしが死んでも家族が事務所を買い戻すことができるってことです。決めてください」

「結構だ」オーガスティンはキーボードに指を走らせた。プリンターから紙が一枚すべり出てきた。わたしはそれを読み、署名し、彼がエレガントな筆記体で自分の名を書くのを見守った。

オーガスティンはタブレットをたたいた。「ピアースの経歴のファイルをきみに送った。もう一度確認しておこう。きみは警察に先んじてアダム・ピアースを捕まえなくてはならない。さもなくば財産は没収だ」

わたしは家族写真をオーガスティンのデスクに残したまま立ち上がり、歩き出した。あの男は写真をよく見なければいけない。手が震えている。くるりと振り向いてデスクに戻り、あの男を殴りつけてやりたかった。

わたしはビルの外に出るまで足を止めなかった。風が吹きつけ、服を引っ張った。わたしはポケットから携帯電話を取り出し、バーンに電話した。

「今とりかかっている仕事をストップして。アダム・ピアースを追うのに全力を注ぎたいの」

「アダム・ピアースを追う？　それ本気？」

「メールを見て」

「信じられないな」

「親戚関係、全経歴、犯罪歴、学校の同級生——すべてを調べないと。どんな情報も必要よ。情報は多ければ多いほどいい」

「ペンおばさんに言ったほうがいい？」

ああ、こういうことになったのを母はさぞ喜ぶだろう。「いいえ、わたしが言うわ。マテウスに電話してちょうだい」

事務所のパートタイムは子どもだけだと言ったのは嘘ではない。でも腕っぷしが必要になったときは、その仕事だけという約束でフリーの調査員を雇うことにしている。アダム・ピアースがからむ仕事に進んでかかわりたいと思う人はいないと思ったけれど、やってみる価値はある。

「いくらを提示すればいい？」バーンの声が聞こえた。

「一万ドル」これは通常のオファーのおよそ三倍だ。これは、もしものときのためにためておいた資金の全額でもある。必要ならローンを組んでもいい。

「そんなに払えないよ」

「ピアースを捕まえれば払えるわ。報酬は〝現品〟と引き替えだと言って」

かちゃりと音がしてバーンは話し中になった。わたしは車まで歩いていった。

どこから手をつければいいだろう？

また音がした。「笑われたよ」

マテウスの立場ならわたしだって笑うだろう。「それじゃ、カウボーイに電話して」

しばらくしてバーンが通話口に戻った。「だめだ。本人がそう言った」

「アスリは？　報酬は一万五千にして」アスリは高くつくけれど、それだけ払う価値がある。彼女が仕事を断ったのは聞いたことがない。

わたしは車のフロントグリルに寄りかかった。

「ほかのことで忙しいってさ」

ああ。手持ちのトップ3に断られた。フリーランサーたちがおびえたうさぎみたいにうちから逃げ出すイメージが頭に浮かんだのはなぜだろう。「わかったわ。ピアースの経歴の調査を始めて」

わたしは電話を切った。オーガスティンのオフィスでこみ上げたパニックが大波となってわたしをのみ込んだ。わたしはその波に身をまかせた。

もし失敗すればオーガスティンの会社は借金を取り立てるためにすべてを奪い取るだろう。わたしたちは文字どおり身一つで家から追い出されてしまう。持てるだけの服と化粧品を黒いビニール袋につめて。祖母は仕事をする場所を失う。わたしは無職だ。再出発はできるけど、それには時間と資金が必要だ。わたしは両親が作った名前と基盤をもとに実績を築いた。仕事の九割が紹介によるものだ。家族七人全員が路頭に迷う。健康保険も失う。ほかにも借金がある。蓄えたお金で一カ月か二カ月はしのげるだろうけれど、そのあとはどうすればいい？

バーンは学校を辞めるしかない。続ける方法はない。中退して手当たりしだいに仕事をするのだ。次の一週間を安いモーテルで過ごすため、次の一食を手に入れるため。バーンの将来は消えてなくなるも等しい。

そして妹たち……父の病気で混乱した生活がようやくもとに戻り、落ち着いたばかりだった。セラピーが効果を現し、誰もが日常を取り戻し、子どもたちは生活に慣れた。もし家を失ったら……わたしは冷たいナイフを突き刺されて内臓をえぐり出されたような気持ちになった。

だめだ。そんなことはさせない。家族を守らなくては。わたしが必死で築き上げてきたものを奪うなんてとんでもない。だめだ。

深呼吸して怒りを吐き出した。

考えなければ。これは行方不明者の捜索だ。それなら経験がある。初めての仕事というわけではない。

私立探偵は専門分野を持つことが多い。財務分析を得意として資産の調査を扱う人もいれば、監視を専門にする人、経歴調査を専門とする人もいる。うちはさまざまな分野を少しずつ扱う事務所で、行方不明者の捜索もやったことがある。今回も同じだ。ただ不明者を発見したとき肉を焼かれるという点だけが違う。それでも、オーガスティンの会社に家を取り上げられたら家族は路頭に迷ってしまう。事務所の名前が取り戻せることになったのがせめてもの幸いだ。

こういう考え方をしていても仕事のプラスにはならない。父の口癖を借りれば、〝とんだ面倒〟でしかないこの仕事はわたしの能力を超える。どこから手をつけていいのかさえわからない。ファースト・ナショナル銀行に行けば焼け跡を見ることはできる。これまで保険関係で四件の放火事件を担当したことがあるので、現場を見ても何もわからないのは知っていた。アダムが放火犯かどうかは関係ない。わたしがやるべきなのは、アダムを見つけることだ。

アダムは警官を殺し、その家族に怪我を負わせた。ヒューストン都市圏の警官は一人残らずアダムのハンサムな顔に銃弾を撃ち込みたくてうずうずしているはずだ。警察にあるアダムのファイルは一キロ半もの分厚さだろう。手始めにそのファイルを見ることができれば最高だけど、見せてくれるとは思えない。わたしは一市民にすぎないし、警察とはライバル関係にある。犯罪小説では私立探偵は自分自身が元警官だったり貸しのある警官の友達がいたりして、こんなことをしたら首になるとぼやきながらも喜んでファイルを見せてくれるものだ。わたしに警官の友達はいない。警官はできるかぎり避けるようにしてきた。父は二人の警官と仲がよかったが、二人とも殺人課ではなく金融犯罪課で働いている。そもそも、わたしがアダムを捜していることはオーガスティンとバーンを除いて誰も知らない。警察の注意を引くようなことをすれば、これからのわたしの行動に注目が集まるだろう。そうなったらアダムを見つけるのが難しくなる。

ヒューストンの中心部は活気に満ちていた。ガラスと鉄でできた摩天楼、そびえ立つ石碑のようなビルが周囲にひしめいている。左手のモンゴメリー国際調査会社のコバルトブルーのビルは、いっそう鮫のひれに似て見える。いきなり歩道にひびが走って割れ、かみそりのように鋭いガラスの牙を持った巨大な鮫の頭が現れて、わたしを一のみにするのが目に浮かぶようだ。目の前では混みあった道を車がのろのろと進んでいる。赤いマセラティのコンバーチブルが車列から飛び出し、路面電車の線路を病院に向かって走り出した。運転する黒いTシャツ姿の若い男はコロンをつけている。なんのつもりだろう。

その男の頭上では、石造りのビルの壁に取りつけられた大きなフラットスクリーンに広告が映し出されている。ニュースが始まり、画面いっぱいにビジネススーツの女性が現れた。三十代後半、魅力的でアスリートのような体つき、茶色の肌。カールした黒っぽい豊かな髪は今は後ろで一つにまとめられている。ヒューストンの誰もが彼女の名前を知っていた。ハリス郡地方検事、レノーラ・ジョーダン。わたしが十四のとき、レノーラは街中でジョージ・コルターと対決した。レノーラは法科大学院を出たばかり、一方のコルターは〝超一流〟の電光使いだった。十五メートル先から電光を発射するコルターは、子どもへの性的虐待で告発されていた。彼は最後の土壇場で裁判には出ないと決めたらしい。レノーラは西部劇のガンマンみたいに裁判所の階段を下りていき、何もないところから鎖を取り出してジョージ・コルターを歩道に押さえつけた。この一幕は録画され、あらゆるニュース番組で放映された。画期的な出来事だった。わたしと同じ学年の女子は皆大人になったらレノーラになりたいと思った。高潔でパワフルで頭が切れる女性。恐れ知らずで、誰にも屈しない。もしアダムが逮捕され裁判を受けることになったら、レノーラはアダムの憲法上の権利を完璧に守りながら、この男をたたきのめすだろう。

どんなにあこがれていても、わたしはレノーラ・ジョーダンではない。運よくアダムとでくわしても、ドラマチックに捕らえることなどできない。彼の意志に反することをさせるなんて無理だ。わたしといっしょに来るのがいちばん利益になることを納得させるしかない。

わたしは携帯電話を取り出してアダムの経歴ファイルをダウンロードし、開いた。一般人は個人情報を示すものをたくさん持っている。生年月日、社会保障番号、最新の住所、運転免許証番号、就職先。これらがあれば比較的簡単に本人を追跡できる。〝当局の追跡をかわす〟という行動の七十五パーセントは、いとこの家に身をひそめる程度でしかない。そして九割までがどんなにごまかしても母親のところにいて、すぐに捕まえることができるものだ。

アダムのファイルから、誕生日と誕生地、社会保障番号、両親の名前と住所、学歴がわかった。小学校、中学校、高校、スタンフォード大学、神秘材料理工学で学士号取得、副専攻は哲学、成績平均点は３・９。材料科学分野の大学院課程の試験を受け、合格するが、二カ月で中退。現在の住所は不明。現在の職業はなし。すごい経歴だ。

逮捕歴。そう、アダム・ピアースは過去十六カ月の間に六回逮捕されている。忙しい男だ。内容はというと、公の場での酩酊《めいてい》、破壊行為、逮捕時の抵抗――これは当然だろう。徘徊《はいかい》……徘徊？　どこかで警官を怒らせたに違いない。

フェイスブックはどうだろう。わたしは何人かの〝アダム・ピアース〟の名をスクロールした。どれも本人とは思えない。それはかまわない。SNSは短い言葉でという主義の男なのかもしれない。わたしはツイッターのアプリに移り、アダム・ピアースを検索した。彼のツイッターアカウントはこの四十八時間動いていない。わたしは彼をフォローし、写真をチェックした。バイクに乗っているアダム、シャツを脱いだアダム、バイクショップの前で大勢のバイク乗りといっしょのアダム。写真に看板の一部が写っている。〈……ブ・カスタムショップ〉わたしは写真を保存した。

メモ帳アプリを立ち上げ、アダムについてわかっていることを書きとめた。

〝虚栄心が強い〟胸筋を隠すTシャツなどのあらゆる衣類を病的に嫌う。

〝非情〟殺しをためらわない。彼に銃口を向けたらこちらがバーベキューにされる。困ったことだ。

〝物を燃やすのを好む〟これは控えめな表現だ。知っていると便利だけれど、だからといって彼を捕らえる役には立たない。

〝反政府主義者である〟たしかにそのとおり。

考えついたベストの計画がこれだ。ガソリン缶と爆発物の山を作り、〝アメリカ政府所有〟の看板を立て、それを爆破させようとアダムが現れたらTシャツを投げつける。必ずうまくいくだろう。いや、そんなわけがない。

〝逮捕されるのを好む〟これは、自分がタフになった気がするからに違いない。反権力の男、アダム・ピアース。けれども彼は刑務所が嫌いだ。初めて逮捕されたのが日曜で、彼は一晩拘置所に入れられた。それ以降の五回の逮捕では、収容から数時間以内に保釈金が支払われている。

〝有名〟これはわたしにとってプラスでもありマイナスでもある。有名人は隠れるのが難しいが、もし姿を現せば通報電話のライトが花火みたいに点灯しまくって、まばたきする間もなく警官が駆けつけてしまうだろう。有名人は勘違いの目撃情報も多い。警察が報奨金を用意しているとなると、あちらでもこちらでも〝目撃〟されてしまう。

〝ハンサムである〟その上、目は悪魔の目だ。

〝金持ちだ〟

そう、アダム・ピアースは札束に埋もれている。今朝テレビで見たとき、彼はブランドもののジャケットを着て、わたしの車より高そうなSF映画まがいのバイクの前でポーズを取っていた。彼は甘やかされた金持ちの息子で、そういうタイプは貧乏とうまくつきあえない。しばらくは金のないことを楽しむけれど、贅沢《ぜいたく》なおもちゃや快適な生活が好きなのだ。合法であれ違法であれ、会社を経営することは労働を意味する。アダム・ピアースの記録を見ると、労働を毛嫌いしているようだ。保釈金は他人が出している。彼はどこから資金を得ているのだろう？

わたしはファイルをスクロールした。アダムは報奨型の信託財産を持っている。大学で修士号取得のために勉強している間、そして取得したあとに受け取れる財産だ。ファイルによると一族は彼を切り捨てたらしい。おそらくオーガスティンのものと思われるメモ書きがあった。〝家族に確認済み。彼を引き戻す手段として、金の重要性を見逃してはならない〟

わたしはバーンに電話した。「ピアースの記録は見つかった？」

「ぼくを誰だと思ってる？」バーンの声には落ち着いたリズムがあった。話しながらコンピュータの画面上で同時に六つのことを進めているときの声だ。

「保釈金を出したのは誰？」

「大学の友達だ。コーネリアス・マドックス・ハリソン」

ずいぶん立派な名前だ。両親はさぞ野心家なのだろう。

「今住所をメールするよ。自宅にいるはずだ。納税申告書を見たところでは専業主夫らしいから」

「ありがとう。今から寄ってみるわ」

「待って」バーンの声がふいに冷静になった。

まずい。

「その前に家に戻れる？　見せたいものがあるんだ」

「いやな予感がする」

「あたってるよ」バーンが言った。

状況がこれ以上悪くなるなんてありえない。

バーンは〝悪魔の小屋〟、別名コンピュータ室にいた。防音されており、専用の空調設備のあるこの部屋は、オフィスの真裏、倉庫の北のスペースにある。高床式の家のように床は一メートル半ほど高くなっている。そのほうがケーブル類を引くのに便利だとバーンが考えたからだ。倉庫が洪水になっても悪魔の小屋に逃げ込めば濡《ぬ》れずにすむとわたしたちはよく冗談を言った。外から見ると、倉庫の広いスペース内に十段の階段で上る小さな家があるように見える。最初は〝悪魔の家〟と呼んでいたけれど、年が経《た》つうちにいつの間にか悪魔の小屋になってしまった。

わたしは階段を上がってドアをノックした。

「どうぞ」バーンの声がした。

わたしは中に入ってドアを閉めた。ここは外より少なくとも五度は涼しい。バーンは回転式のモニタ四つに囲まれて座っていた。三つのタワー型コンピュータが赤、白、緑に点滅している。バーンの向かいにはレオンの無人のデスクがある。バーンのより少し小さく、モニタは三つだ。レオンも妹たちも今は学校だ。

バーンはこちらに振り向いた。ハンサムな顔は大きなモニタの光で青く染まっている。彼の大きな体がコンピュータのそばにあるのを見ると、いつもなんとなく笑えた。キーボードもモニタもバーンには小さすぎるように見えた。

「何がわかったの？」

「ネバダと話している間に、放火事件に関係した少年の経歴を調べたんだ」

「ギャビン・ウォラーね」

バーンはうなずいた。「親戚関係を洗い出してみた」

この世界では親戚関係がすべてだ。有力一族は企業を所有し、ほとんどの大都市は有力一族の領土に分割されている。市区画二、三個分の影響力しか持たない一族もあれば、地域全体を支配する一族もある。名字と血縁関係でドアが開くこともあれば、殺されることもある。ある家族が力を持つと〝一族〟となる。モンゴメリー一族やピアース一族のように。

「ギャビンの父はトーマス・ウォラー。母はケリー・ウォラー。どちらもたいした魔力はない」

わたしは待った。バーンは情報を論理的につなげて覚えている。何かきかれると彼はそのつながりの最初から始めて順番に情報を出していくので、求める情報が出てくるまで時間がかかる。もし家が火事になったら、バーンは火事の原因となったろうそくに火をつけようとしてマッチ箱を取りに行ったところから話を始めるだろう。この流れをスピードアップさせようとしても無駄だし非生産的だ。口をはさむとバーンの調子がくるう。彼は整然とした自分なりのやり方に戻ろうとする。そして、ゆっくりしている自分を見て相手がなぜ痺《しび》れを切らしているのか理解できない。

「ケリー・ウォラーの旧姓はランシーだ」

ほう。

「ケリーの父親はウィリアム・ランシーだよ」

ほう。

「母親はカロリーナ・ローガン」

ほう。いや、ちょっと待って。「ローガンって、ローガン一族の？」

バーンはうなずいた。「マッド・ローガンはケリー・ウォラーのいとこだ。ギャビンはいとこの子になる」

この瞬間、脚がストライキを決め込んだ。わたしは椅子に腰を下ろした。

この七十年間、アメリカは正式には宣戦布告していない。けれども武力衝突や平和維持活動や武力介入はおこなっている。それは恐ろしげな名前がついていないだけで、戦争に変わりない。ヨーロッパ、中東、そして南米での数々の戦い。ベリーズで強い魔力を持つ鉱床が発見され、近隣地域が不安定になったときに起きた戦いがそれだ。すでに強大だったメキシコは小国ベリーズに侵入した。その侵入に対抗するため、ホンジュラス、ニカラグア、ブラジルが同盟を結んだ。アメリカと先住民連合はこの反メキシコ同盟に加わった。先住民連合はふだんならどんな政策決定に関してもアメリカに反対するし、ダコタ、ワイオミング、モンタナは国境からはほど遠いのに、それにもかかわらずだ。誰もがベリーズの勇敢な戦士を口先では賛美したが、本音ははっきりしていた。メキシコが巨大な魔力国になり、今以上の力を持つのを誰も望まなかったのだ。

戦いは熾烈《しれつ》を極めた。最終的にメキシコはベリーズから手を引いたが、この侵略の影響は南米全体に広がった。六カ国の間で武力衝突が発生し、消えていった。マッド・ローガンはこの紛争で名を挙げた。彼は〝超一流〟の中でもずば抜けていた。どんな能力を持っているのか誰もはっきり知らないが、名前は誰もが知っている。マッド・ローガン《狂気の》。ベネズエラの虐殺王。マヤ神話の創造神、フラカン。

わたしたちがアダム・ピアース確保に成功する確率はただでさえゼロに近い。マッド・ローガンがアダム・ピアースに興味を持ったとしたら、その確率は間違いなくゼロだ。

「マッド・ローガンについて何がわかってる？」

バーンはキーボードをたたいた。モニタに粒子の粗い動画が映った。ずいぶん昔に一度見たことがある。まだ高校生のころだ。最初の二分はほとんど何も起きないし、未完なので、見て退屈した覚えがある。

長めの黒っぽい髪と薄い色の目をした若い男。車通りのない四車線の道路に立つ男の顔は、画像が乱れるせいでかすんでいる。灰色の雲が浮かぶ曇り空を背に立つ姿がシルエットになっている。

「……カーラがあなたを浮かせる」落ち着いた女性の声がした。「心配しないで。あなたならできる」

「これはメキシコのどこかで撮られた映像だ」バーンが言った。「たぶんみんなチェトゥマルだって言うだろう。フレームの一つに海がちらっと映ってる」

わたしは記憶の中からチェトゥマルの情報を探した。ユカタン半島の先にある港町。メキシコでも国際交易が盛んで、経済が発展している。紛争で被害を受けてもいる。

「これは彼の試し撃ちだ。戦争に参加する前のものだよ。ネットに流出したのはこの映像だけだ。その後は取り締まりが厳重になった」

若い男は肩をすくめた。顔は青ざめ、痛々しいほど若い。バーンより若いぐらいだ。画質が悪いせいか、おびえているように見える。カメラが男の顔をアップでとらえた。青い目は悲しげで陰気なほどだが、力を秘めている。

「何歳のときの映像?」

「大学四年、十九歳だ。飛び級で高校を卒業して三年で学士号を取った。天才だよ」

「お金で買える最高の家庭教師だっていたでしょうよ」ローガン一族は富豪だ。一族が何をしたかは知らないが、マッド・ローガンは四世代目の〝超一流〟なのだ。

〝時間よ〟女性の声が言った。〝ここは全区画避難が終わっているわ。損害は建物だけよ。心配しないで、コナー。あなたは正しいことをしようとしているんだから〟

そのとおりだ。おそらく大学で誰かに声をかけられたのだろう。肩章をたくさんつけた軍の誰かに言われたことを聞き入れたに違いない。だから軍は彼の力をたしかめるためにチェトゥマルに送り込んだ。

ローガンは歩き出した。灰色のフードつきのスウェットを着た孤独な姿が、黄色の線に沿って高層ビルに向かって歩いていく。三十メートル。六十メートル。ローガンは止まらない。もうビルのそばまで来た。

〝なんだ、どこまで離れるつもりだ？〟画面の外から男の声がした。

〝安全な距離を取ろうとしているのよ〟最初の女性が答えた。

〝どれぐらいなら安全と考えてるんだ？〟

〝本人が決めることだわ〟

ローガンは歩き続けている。

〝まだ射程距離に入ってる？〟女性がきいた。

〝ここからでも空中浮遊させられます〟一人目より高い声の女性が言った。「でもあれ以上遠ざかったら、距離をつめないといけません」

相手の内臓に深刻なダメージを与えずに人を浮かせる力は、念動力の中でもかなり特殊な能力だ。空中浮遊の能力は重用される。この能力を持つ者は人を浮かせたり投げたりすることはできるが、相手は地面に落ちる前に死んでいることがほとんどだ。

ローガンが止まった。ビルを二つ分進んだことになる。左手には黒っぽい石造りの八階建ての建物がそびえ立っている。右手には曇り空に向かって白い塔が伸びている。

〝止まったぞ〟男の声が言った。

ローガンはガラスと石のタワーを見上げた。その建物の大きさに圧倒されたのか、身動き一つしない。

時間がのろのろと過ぎていき、重い数分が経った。

〝なんのつもりだ〟男が言った。

ローガンが天を仰いだ。風が長い髪を乱した。

〝引き裂くのよ〟一人目の女性が言った。

一瞬映像がぼやけた。わたしは息をつめた。

何も起きない。

〝終わりか？〟男が言った。〝きみが言ったんだぞ、あの男は――〟

右手の白い塔が、切り倒された木のように傾いた。

こんなことはありえない。ビルを切り倒せる者など存在しない。

塔に亀裂が走った。左では、オフィスが入る窓から薄い灰色の埃《ほこり》が舞い上がった。苦しいほどのその瞬間、ビルには何も起きなかった。と、正面がたわんで崩れ、何トンといううれんがと漆喰《しっくい》がナイアガラの滝のように流れ落ちた。すさまじい量の石、鉄、コンクリートが地響きをたてて地面にぶつかった。

信じられない。体の中がすっと冷たくなっていく。なんという力だろう。生身の人間がこれほどの力を秘めているとは。

画面の外で悲鳴がした。叫びに言葉はなく、ただむき出しの原始の恐怖だけが聞き取れた。

塔は崩れ落ちた。煙、そして灰色と黒の土埃が一体となって両側のビルから津波のように盛り上がり、ローガンに襲いかかった。しかしその衝撃波は彼の両側二メートルではじけ、跳ね返された。まるで見えない壁にぶつかったかのようだ。がれきもバリアにぶちあたって跳ね返されている。ローガンは澄みきった空気の層に包まれて立っている。

風がローガンの髪を乱した。彼は手のひらを天に向けた。

画面がぼやけた。道の両側、がれきのそばにある赤い塔と茶色の高層アパートメントが崩れ落ちた。耳をふさぎたくなるような轟音《ごうおん》だ。

〝あいつを止めろ！〟男が叫んだ。

〝止められないわ〟最初の女性が崩れるビルの音にかき消されないよう声を張り上げた。

〝こちらの声は聞こえないし、姿も見えない！　終わるまで待つしかないのよ！〟

ローガンの足が地面から離れた。六十センチほど浮いている。

〝わたしの力じゃない〟浮遊力の使い手が言った。〝あそこまで力が届かないわ！〟

画像がぼやけた。

カメラが震えた。左手に駐《と》めてあった大きなトラックがカメラに向かって飛んできた。

〝やめろ、危な――〟男が叫んだ。

いきなり映像が切れた。

バーンとわたしは暗転した画面を見つめた。ショックのあまり、次に何をすべきなのかわからなかった。これまで〝超一流〟レベルの者を大勢調べたことがある。でもこんなことができる人は初めてだ。人間の域を超えている。

「かかわるのは考え直したほうがいいと思う」バーンが言った。

「もう手遅れよ」自分の声が無気力に響いた。「仕事を受けたんだから」

わたしたちはただ画面を見つめた。

「ママには話せないわ」わたしは言った。

「ああ、話すなんてとんでもないことだ」バーンは映像を止め、ブラウザの履歴を消した。

「レオンは？」

「そうだな。あいつはあちこちのぞくのが好きだし、おれたちが隠そうとしても見破るだろう」

映像は消えたが、わたしの恐怖は消えなかった。

「いったいあれはどういう魔力？」

「一つ言えるのは、奴《やつ》がすさまじい念動力の持ち主だということだ」

「念動力は物を動かすけど、ビルを真っ二つにしたりはしないわ」

「奴はそれができる」

「マッド・ローガンは今何をしてるの？」

「四年八カ月前に除隊したけど、それ以来誰も奴を見ていない。状況からして家に閉じこもっているらしい。一族のファンサイトでは、戦争で顔が変わるほどの重傷を負ったって言われてる」

「なるほどね。で、ありのままの自分を愛してくれる運命の女が来るのを待ってるってわけね」

バーンは少し笑った。〝超一流〟たちはセレブと同じでファンがいる。若くてハンサムで未婚の男はとくにそうだ。彼らはインスタグラムやタンブラーやヴァインといったSNSで一つの文化を形作っている。それどころか、ファンたちは独自のSNSを持っている――それがヘラルドだ。コンテンツのほとんどが〝超一流〟の写真やファンが描いた似顔絵、本人を登場人物にした小説だ。これは恋愛小説であることが多い。ヘラルドでは、誰と誰が結婚するか、生まれた子がどんな魔力を持つかといったでたらめな憶測も飛び交う。魔力は通常世代から世代へと受け継がれるが、異なる二つの血統が交わると意外な結果になることもある。

「ローガンはいとこが好き?」

「ケリー・ウォラーが二十二のとき、ランシー一族に勘当された」

驚きだ。一族から追い出すのは最悪の罰だ。経済的な援助が打ち切られるだけでも痛手なのに、一族の関係やコネが使えなくなるのは致命的だ。捨てられたごみと同じだ。一族の友人にも敵にも頼れなくなる。どちらにも信用されないからだ。一族のメンバーはどんなにひどい失敗をしでかしても勘当されることはまずない。その証拠に、アダム・ピアースは一人の男を殺し、女性と二人の子どもに怪我を負わせたというのに、ピアース一族は彼を取り戻そうとして必死だ。有力一族のメンバーというのは貴重な存在なのだ。ランシー家はローガン一族の本家ではないが、事情は同じだ。

「どうして勘当したのかしら？」

「わからない。でもケリーはローガン家ともランシー家とも連絡をとっていない。三年前、ケリーのやってるベーカリーがつぶれてる」

ローガンはそのおよそ二年前に除隊している。「ローガンは助けなかったの？」

バーンはうなずいた。「ケリーとその夫のトーマスは住宅を抵当に入れてギャビンの学費を借りてる。この二年は経済的には綱渡りだった」

「ベーカリーをつぶさないためにはいくら必要だったの？」

「破産申請書によると、八万七千ドルあれば借金が清算できた」

マッド・ローガンにとっては八万七千ドルなどはした金だ。彼は一族の首領なのだ。ケリー・ウォラーも気の毒に。わたしは生まれてからずっと両親の無条件の愛を感じてきた。自業自得の過ちは助けてくれないけれど、いつも愛してくれた。わたしが銃を乱射して何十人か殺したとしたら、母も祖母も震え上がるだろうけれど、あくまでわたしを擁護してくれるだろう。恥じ入りながらもわたしを愛し、最高の弁護士をあてがい、電気椅子に座るときは泣いてくれるはずだ。父がまだ生きていたら、同じことをするだろう。ミズ・ウォラーの家族は彼女を切り捨て、どんなに困っていても助けの手を差し伸べなかった。彼女にとってそれは悲劇であり苦痛だったが、わたしたちにとってはプラスだ。

わたしは慎重に疑問を言葉にした。この調査ではバーンを味方につけておきたい。「マッド・ローガンがギャビンの身に起きたことに興味を示した証拠はない？」

「ない」

「オーガスティンも興味を示さなかったようね。でなければファイルにあったはずだから。マッド・ローガンは破産したケリーを助けなかった。痛くもかゆくもない金額なのに。この放火事件はどうも怪しいわ。誰もがこの事件にかかわりたがらない。この瞬間、アダム・ピアースの友人になりたいと思う人はいないでしょうね。もちろんギャビン・ウォラーを助けようとする人だっていない。この事件、いけるかもしれないわ」

バーンはため息をついた。「仕事から手を引いたらどうなるの？」

「オーガスティン・モンゴメリーの会社にローンの全額返済を迫られる。うちは支払い不能に陥るでしょうね。うちの仕事上の資産は、二台の車、オフィス機器、この部屋のすべて、つまり税金の控除対象になってるものは全部、この倉庫ももちろん差し押さえられるわ」

「一文なしのホームレスってわけか」バーンがまとめた。

「だいたいそんなところ」

バーンは眉根を寄せた。その顔が険しくなり、灰色の目は鋼の冷たさを帯びた。つかの間わたしは数年後のいとこの風貌をかいま見た。冷静で断固とした男、鎧《よろい》を着た中世の騎士。「おしまいだな」

「ええ」

「家族のことは……」

「説明したわ。でも気にも留めてもらえなかった。あの人たちはピアース一族を怒らせたくないのよ。うちの事務所は書類上では優秀だから、失敗するのを承知で仕事を振ったというわけ。あの人たちにとってはいちばん安上がりな選択肢なんだわ」

「やってやろうじゃないか」バーンが言った。「ピアースを捕まえて、あいつらの喉に押し込んで窒息させてやろう」

そうこなくちゃ。「ありがとう」

「いいんだ」バーンはにやりとした。「家族じゃないか」

3

コーネリアス・マドックス・ハリソンの住まいはロイヤル・オークスだ。これは少し意外だった。住所はループ内だろうと思っていたからだ。

ヒューストンは三つの環状道路で分けられている。中心部にいちばん近い一本目がループだ。ループ内にはビジネス街――つまり中心街と、リバー・オークス、ユニバーシティ・タウン、ベレアのような高級住宅地がある。ループから八キロほど外にあるのが二本目の環状道路ベルトウェイだ。さらに十六キロほど外側にあるのが三本目のグランド・パークウェイで、これはまだ建設途中だ。ロイヤル・オークスはベルトウェイのすぐ外のウエストサイドにある。

ヒューストンは不思議な都市だ。小さな町をのみ込んで広がっていく。都市計画は存在せず、ビジネスの中心部は必要に応じて生き物のように増殖し、その周辺を居住区が取り巻いていく。ヒューストンの大部分は有力一族の領土に分割されている。しかし小市民には関係ない。一族のメンバーはほかの一族のメンバーにしか興味を示さない。わたしたちは小蝿《こばえ》も同然なのだ。

ハリソン一族は領土を持つほど大きくもなく権力もないが、充分にリッチだ。コーネリアス・ハリソンはルパートとマーサのハリソン夫妻の次男だ。一族の実権を受け継ぐのはおそらく彼の姉と兄になるだろう。姉はユニバーシティ・タウンに、兄はリバー・オークスの両親のそばに住んでいるが、コーネリアスはわざわざベルトウェイの外に移った。でも質素な生活というわけじゃない、と長い道を運転しながらわたしは思った。きれいなゴルフコースのそばには、芸術的なまでに美しい広々とした庭を持つ大きな邸宅があちこちに見える。町の雑踏はここまでは届かない。都会から離れたリゾート地の真ん中にいると錯覚してしまう。小さな家でさえ二百万ドル以上はするだろう。お金があるのはすてきなことだ。

GPSが鳴った。わたしは広大な邸宅に車を寄せた。タイル屋根のある二階建ての建物は映画の小道具のようだ。壁は染み一つなく、黄色い石造りの階段は清潔そのもので、通路に並ぶ植木は盆栽のように丁寧に刈り込まれている。わたしは私道に車を駐《と》め、階段を上ってドアの前に行き、身分証を取り出してベルを鳴らした。

まもなくドアが開き、二十代後半に見える引き締まった体つきの小柄な男性がまじめそうな青い目でこちらを見やった。ダークブロンドの髪は短く、顎はきれいに剃《そ》られており、顔にはどこか遠くを見るような表情が浮かんでいる。現実離れしたことを考えていたときに邪魔が入り、必死に考えごとの中身を思い出そうとしているかのようだ。

わたしは怪しい者ではないことをアピールするようににっこりした。「ミスター・ハリソン？」

「そうだが」

わたしは身分証を渡した。自分の名前だけではなんの影響力もないと思ったので、手持ちの中でいちばん大きな武器を選んで撃った。「ネバダ・ベイラーといいます。モンゴメリー国際調査会社の者です。ピアース一族の依頼でアダム・ピアースを捜しています」

コーネリアス・ハリソンは顔をしかめ、身分証を返した。

「少しききたいことがあるんですが」

彼は肩をすくめた。「かまわないよ。どうぞ」

わたしは彼のあとについて広いホールに入った。モザイクの入った大理石の床がつややかだ。階段が左手から上階へと曲線を描いて延びている。手すりは装飾を施した鉄製だ。

コーネリアスはこちらに振り向いた。「ホール、図書室、キッチン、どこがいいかな？」

「キッチンでお願いします」キッチンなら人はリラックスしてくつろげる。そうすればコーネリアスからより多くの情報が引き出せるだろう。

わたしたちはフォーマルなダイニングルームを抜けて広いキッチンに入った。桜材のキャビネットが並び、カウンタートップは花崗岩《かこうがん》だ。キッチンは日当たりのいいファミリールームとつながっている。窓のそばの朝食用テーブルには、尾羽根の大きなおんどりの塗り絵やクレヨンが散らばっている。おんどりは虹色に塗られていた。

コーネリアスは塗り絵をきちんとひとまとめにし、脇に置いた。「飲み物は？」

「いいえ、結構です」知らない魔力使いの家で飲み食いしてはいけないことを人はすぐに学ぶ。羽が生えたり山羊《やぎ》に変身したりするのはごめんだ。

わたしたちは朝食用のテーブルに座った。わたしはデジタルレコーダーをテーブルに置いて録音ボタンを押し、言った。「十月二十四日木曜日、コーネリアス・ハリソンのインタビュー」

コーネリアスはこちらを見た。頭の切れを感じさせるその目は落ち着いていて皮肉っぽい。わたしは意識を集中した。

「念のために言っておくが、本当は質問に答えたくない。だが昔、アダムの母親のクリスティーナ・ピアースと喧嘩《けんか》したことがあって、あんな思いは二度といやだと思ったんだ」

わたしは魔力が反応するのを待った。しかし反応はなかった。コーネリアスは真実を話している。アダム・ピアースの母親とコーネリアスは不仲だ。いつか必要になるときに備えてわたしはこの情報を頭にたたき込んだ。

「アダムとはいつから知り合いですか？」

「子どものころからだ。四歳か五歳ぐらいからだね」

真実だ。「アダムとは友達ですか？」

コーネリアスは静かに笑った。ユーモアのない乾いた笑いだ。「きみはピアース一族の一人？」

「いいえ」

「雇い人か」

「はい」

「強制的にこの仕事をやらされてるんだね？」

「はい。どうしてわかったんですか？」

コーネリアスはにっこりした。「まともな頭の持ち主なら、ほかにどうしようもないのでもなければアダムを追いかけようなんて思わないからな。それがピアース一族のやり方でもある。飴《あめ》と鞭《むち》を同時に使うんだ。きみは雇われた身で、報酬ももらえるはずだ。ぼくも雇われた身だったが報酬はなかった。その正反対さ。うちの母とクリスティーナ・ピアースは大学の同級生だった。アダムが子どものころ、友達が必要だって話になった」コーネリアスは〝友達〟という言葉を皮肉たっぷりに言った。「そしてぼくが友達として差し出されたんだ。その取り決めにぼくもアダムも納得しているかどうか、誰もきかなかったが」

「あなたは納得していたんですか？」

コーネリアスは少し身を乗り出し、短い言葉できっぱりと言った。「いや」

真実だった。「どうして？」

「アダムとはほとんど同い年だったのに、見張り番にさせられたからさ。パーティで友達をよく見せる引き立て役ってわけだ。力でも経済力でも劣っている脇役だ。ただし、アダムが困ったことになったらぼくが出ていってその責任を負うことを期待された。アダム本人は自分がしでかしたことを人に見せつけたがった。何かを壊すと、まるですごいことでもしたみたいに自分がやったって吹聴《ふいちょう》するんだ。で、ぼくもいっしょに罰を受けることになる。アダムが〝正しい選択をするよう説得するのに失敗した〟罪でね。この取り決めは、ぼくら二人が大学に入って別々の道を進むようになるまで続いた。ぼくはアダムを友人とは思っていなかった。ただの昔の知り合いでしかなかった」

「それなのに、六回も保釈金を払ってますね」

コーネリアスはため息をついた。「大学を出たぼくは家族から離れようとした。大事な家族だったけど、ぼくはよく利用されていたからね。もうそんなことはごめんだと思ったんだ。祖父が死んだとき、ぼくにいくらかの金を遺《のこ》してくれたから、この家を買った。姉にとってはいくつかある別宅の一つってところだろう。ぼくら夫婦にとっては我が家だ。ここが唯一の家になる予定だし、子どもたちに遺したいと思ってる」

彼の声には誇りがにじみ出ていた。これをつつましい家だと思っているのだろう。わたしの目から見れば宮殿だ。価値観の尺度が違うとこうなる。

「ぼくは家族から独立するために距離を置いた。だがアダムが最初に逮捕されたとき、アダムの母親はぼくの妻の職を左右する立場にいた。ぼくは資金を渡され、保釈金を払えと言われた」

「どうしてわざわざそんなことをしたんですか？　ピアース一族が直接保釈すればよかったのに」

「公にはアダムは一族に背を向けていたからね」コーネリアスは顔をしかめた。「もしパパとママの金で刑務所から出されたことがわかれば、不良としての彼のイメージが大打撃を受ける」

「でも〝子どものころの友達〟のあなたなら大丈夫ってわけですね」

コーネリアスはうなずいた。

どうやら行き止まりが見えてきたようだ。

階段で気配がしたので振り返った。クリーム色とチョコレート色の一匹のヒマラヤンが階段を駆けおりてきた。その後ろからあらいぐまと白いフェレットがついてきた。

「すみません」コーネリアスが言った。

三匹は彼の足もとに座って見上げた。

「マチルダが起きたんだな」

三匹の頭がいっせいに上下した。

コーネリアスは立ち上がり、冷蔵庫から派手な赤い蓋がついた幼児用のマグを取り出し、水道の水で洗った。あらいぐまは後ろ足で立ち上がった。コーネリアスはマグを差し出した。

「このジュースをマチルダのところに持っていって、ぼくが行くまで遊ばせてやってくれ」

あらいぐまは黒っぽい前足でマグを受け取り、後ろ足で階段を駆け上がっていった。猫とフェレットがそのあとを追った。

「あなたは動物使いの魔力を持っているんですね」めずらしい魔力で、わたしもこれまで一度しか見たことがない。

「そうだ。ぼくは〝超一流〟じゃないから、狼《おおかみ》の群れを操ってきみを八つ裂きにする心配はないよ」

「どうしてマグを洗ったんですか？」

「ぼくが洗わないとエドウィーナが洗ってしまうからね。本能だからしかたないんだ。まずいことにエドウィーナは水道水とトイレの水の区別がつかない。彼女の鼻にとってはどちらもきれいな水だ。質問はこれで終わり？」

「最後に大事なことをききます。アダム・ピアースの居場所を知ってますか？」

「知らない」

真実だ。「彼と連絡をとる手段はありますか？」

「ない」

これも真実だった。

「アダムが連絡をとっている友達や知り合いは？」

「昔の知り合いにはいないんじゃないかな。ぼくが唯一のつながりだ。あいつは人気がないわけじゃなかった——ハンサムで金持ちだったからね。だが長続きするような人間関係は作らなかった」

「アダムを見つけ出すのに役立ちそうな情報はありませんか？」

「現実的な直接の情報はない。でもきみに言えるのは、かわいい息子が不便な目にあうのをクリスティーナが放っておくはずがないということだ。クリスティーナはなんらかの形で息子を支えているはずだ。金の流れを追え、というのがぼくのアドバイスだよ」

「インタビュー終了」わたしはレコーダーを止め、名刺を出した。「ありがとうございました、ミスター・ハリソン。もしアダム・ピアースと話すことがあれば、この番号を伝えてください。アダムは警官を殺したと報道されています。家族が心配しているし、この苦境を切り抜けるいちばんのチャンスがわたしですから」

「あいつがやったと思うかどうかきかないのかい？」

「正直言ってどっちでもいいんです。わたしの仕事は彼の無実を証明することじゃなくて、五体満足で連れ帰ることです」

「なるほど」コーネリアスはわたしを玄関まで送り、ドアを開けたが、そこでためらった。

「ミズ・ベイラー、ピアース一族と話す機会があったら、彼らはこう言うだろう。アダムは大学に入るまでは模範的な子だった、大学で過激思想にかぶれたんだ、と。彼らはまわりの誰もにそう思わせている」コーネリアスは咳払《せきばら》いした。「ぼくらが通った小学校はうちから五ブロックも離れていないところにあった。三年生のとき、ぼくらは家まで歩いて帰ることを許された。距離を空けてボディガードがついてきたけどね。二人でその途中にある店によく立ち寄った。最初の三回、アダムは万引きした。チョコレートバーとか飲み物とか、たいしたものじゃない。あいつはこそこそしないんだ。まるで自慢するみたいに、手に取ってそのまま店を出ていく。四回目に万引きしたとき、店主の親戚がアダムの手をつかんでチョコレートバーを取り上げた。そしたらアダムはその男に火をつけたんだ。その火は激しくて、ボディガードが駆けつけたとき店主の顔には水ぶくれができていた。まだそのときのにおいを覚えてるよ。人間の肉が焼け焦げるときの鼻をつく異臭だ。ピアース一族は、小さな子どもがおびえるあまりとっさにやってしまったことだと言い張った。その家族にそれなりの金をあてがい、すべてはもみ消された。でもその場にいたぼくはあいつの顔を見ていた。アダムはおびえてなんかいなかった。激怒していた。盗みをあえて止めようとした男を罰しようとしたんだ」

コーネリアスは少し身を乗り出した。その目は真剣だった。

「あいつはチョコレートバー一つで人を殺しかねない男だ。アダムはほしいものを奪うし、ノーと言われれば攻撃するだろう。きみが相手にしているのはそういう人間だ。がんばれとは言えないが、気をつけろ」

コーネリアスの質素な宮殿を去るころには太陽は地平線に沈みかけていた。わたしはしばらく車の中で座ったままネットを探索した。メールの受信箱には新しい情報は何もなかったが、ヒューストン市内のバイク関連会社を検索すると、〈ガスターブ・カスタムショップ〉が見つかった。店の写真は、アダムのツイッターの写真に写り込んでいたものとそっくりだ。〈ガスターブ・カスタムショップ〉は町の反対側にある。到着したとき、あたりはもう暗くなっていた。

周辺に何があるかたしかめてみた。店の横には〈バー&グリル鋼鉄の馬〉、その反対側には〈ラトルスネイク・ボディアート〉、まさにバイク乗りのショッピングモールだ。〈ガスターブ・カスタムショップ〉は暗くなってから開店し、仲間と親睦を深めたい常連や新規客がひっきりなしに訪れるのだろう。今入ったら注目の的になる。顔見知りばかりが集まる中で、わたしはよそ者だ。そのよそ者が、彼らが仲間とみなす男を狩り出そうとして質問して回るわけだ。昼間、職場で一対一で会えば礼儀正しく穏やかな相手も、ここに集まってビールを二杯飲んだあとだとマッチョの集団心理が働く。トラブルの種を探しているところにうるさい質問をする若い女が来れば、喧嘩を受けて立つ気になるだろう。やじと威嚇で追い払われるだけならラッキーだ。最悪の場合、怪我人《けが》が出る。そこまでやる必要はない。〈ガスターブ・カスタムショップ〉の店長には、明日の朝、太陽が明るく輝いて誰もがしらふでいる時間に話を聞くことにしよう。

わたしはエンジンをかけて家に帰った。アダム・ピアースはこの二十四時間追っ手を逃れている。明日の朝までは捕まらないだろう。

渋滞は殺人的だった。天気予報や株式アナリストと違い、世界的に有名なヒューストンの交通事情の予測は百パーセント確実だ——必ず渋滞する。わたしは、車線を変更して壁のような車列に突っ込んでくる車を避けながら、じりじりと前に進んだ。そしてアダム・ピアースのことを考えた。警察に出頭した形跡はない。ツイッターは更新されていない。バーンはアダム・ピアースとギャビン・ウォラーの影をネット上で捜している。調査にかけてはバーンの右に出る者はいない。けれどもこれまでのところ収穫はなかった。

どうして銀行に火をつけたのだろう？　強盗に失敗したから？　政治的な行動ではない。もしそうならはっきりしたメッセージを残したはずだ。〝権力者は死ね〟とか、そういうことだ。酔っぱらいのいたずらの度が過ぎたのだろうか？　この一件でのギャビンの役割は？　この少年が生きて乗りきることを祈らずにいられない。本人のためでなくても、彼の母親のために。ケリー・ウォラーの経済状態を見れば、子どものために自分を犠牲にしてきたことがわかる。ギャビンの罪がなんであれ、アダム・ピアースのほうが十歳近く年上だ。首謀者はアダムだ。

どうやったらいっしょに来るようにアダムを説得できるだろう？　ジョン・ラトガーは〝超一流〟とはほど遠かったけれど、わたしを壁に投げつける力があった。わたしが火を吐けないのは残念だ。いや、火では役に立たない。それなら氷を吐けるほうがいい。理屈で考えて、氷は大量に吐き出せるものではない。人間の体はそれほど水を保てない。鎖を呼び出して相手を縛る魔力ならどうだろう……アダムはきっと鎖を溶かしてしまう。自分で溶かした金属でもやっぱりやけどするのだろうか？

マッド・ローガンの姿が頭に浮かんだ。カメラを見つめるあの青い目には見過ごせない何かがある。悲しみではないけど、自分を見つめる冷静さがあり、ちょっと苦々しいほほえみがそれを強調している。自分が人間台風であることを知っていてそれを残念に思ってもいるが、自分では止める気がない、と言っているかのようだ。もしかしたらわたしの考えすぎかもしれない。軍はどうやって彼を制御していたのだろう？　戦争が人々に残した爪痕をわたしはこの目で見た。〝超一流〟が制御不能に陥れば、数百という兵士が死ぬことになる。

四十五分後に倉庫の前に車を入れたとき、渦巻く疑問と堂々巡りの思考で頭は疲れ果てていた。それにお腹《なか》がぺこぺこだった。廊下に入ったとたん、焼きたてのビスケットとバーベキューソース、そしてスパイシーな肉のにおいに包まれた。シナモン、ガーリック、クミン……ああ、たまらない。わたしは靴を脱いで、においに惹《ひ》かれるままにキッチンに入った。一枚のメモ、そして豚の煮込みとビスケットを盛りつけた器二つがアイランドキッチンのカウンターに置いてあった。メモには〝ネバダへ、今日は早く休みます。あなたの分とおばあちゃんの分よ。おばあちゃんの分を持っていってあげて。そうしないとまた食べるのを忘れるから〟とある。

母は、父のいないさびしさに負け、子どもたちに泣くのを見られたくないときに早めに寝室にこもってしまう。わたしにはわかる。もう五年になるけど、わたしも父が恋しい。目を閉じると、取っておいたステーキを誰かに食べられた、クルトン入りのサラダなんて不自然なものを食べるしかないと文句を言いながら食料庫をかき回す姿が浮かぶ。母はいつも厳しかった。父がそばにいると母は笑った。今も笑うけど、前みたいに頻繁じゃない。

わたしは食事を平らげ、皿を水洗いして食器洗浄機に入れ、もう一つの器とアイスティーのグラスを倉庫の奥に持っていった。中央の壁を通り抜けると居住区の気配は消えてしまう。そこは車工場だ。黒光りするほどつややかなコンクリートの床、壁に並ぶ工具類、装甲車の数々。小型の銃を備えつけたものもあれば、戦車並みの砲身を備えたものもあり、すべてが闇の中にたたずんでいる。ガソリンとエンジンオイルと火薬。おばあちゃんのにおいだ。

中央にある中型の装甲トラックが明るい光を浴びていた。ジーンズに包まれた祖母の細い脚が車体の下から突き出している。右側では、中身を抜いた軍用装甲車にカーキ色のカバーをかぶせた上にアラベラが座っている。わたしもまさにそうやって育った。学校から帰っても両親はいないので、スナックを持って祖母の修理工場に行った。祖母にはなんでも話せる。祖母は、聞く気になれば車の声が聞こえるという。子ども相手でも同じだ。祖母は批判しない。悪態をついたり、とんでもなくばかなことをしでかしたりしたと打ち明けても、両親には伝えない。わたしはここで不安や悩みを発散した。わたしのあとはバーンとカタリーナが、そしてアラベラとレオンが同じようにした。今はみんな忙しいからそれほど来られないけれど、週に一度、誰か一人はここに来て不安を打ち明け、怒りをぶちまけている。

「夕食よ！」

アラベラはカバーの上に身をひそめてしまった。むっつりした顔をしている。学校でいやなことがあったのだろう。

祖母が車体の下からするりと出てきて起き上がった。

「ありがとう。腹ぺこだわ」

わたしは器を渡して車のほうにうなずいてみせた。「彼の名前は？」

「ティアゴよ」祖母は車体に触った。一瞬、遠くを見る目になった――祖母の魔力がティアゴのエンジン内部とつながりを結んでいるのだ。「わたしには〝ティアゴ〟に思えるわ」

祖母のように、機械とつながる魔力を持つ者はめったにいない。銃を作る人もいれば土木関連の仕事をする人もいるけど、皆、金属や可動部品に対して魔力的なつながりを持っている。祖母の場合、武器を備えた動くものすべてが対象だ。回るもの、ゆっくり進むもの、浮くもの、どんな動きだろうと関係ない。祖母にとってエンジンの低く深いうなりと銃の煙は呼吸する空気であり、生きる糧だ。戦車、野戦砲を積んだ車両、人員運搬車、すべてが祖母の愛の対象だ。幸い、有力一族の多くは私設警護隊を備えているため、祖母の仕事は切れることがなかった。

「お母さんは大丈夫？　さっき落ち込んでいたみたいだけど」

「大丈夫よ。ただパパが恋しいだけ。わたし、おばあちゃんに質問があるんだけど」

「どうぞ」

「軍隊ではどうやって魔力使いをおとなしくさせておくの？　一人がコントロールできなくなったら、部隊が全滅するでしょう？」

「電気ショック装置よ。ジョイ・ブザーとかシェイカーとも呼ばれたわ。この装置を最初に使ったのは海軍だった。魔力使いと船というのは相性が悪いってことがすぐにわかったからよ」

それも当然だ。魔力使いが船に火を放ったり毒蝿の大群を呼び寄せたりしたら、逃げる場所がない。

「装置を腕に埋め込むの。外からは全然わからないんだけど、魔力を持つ者に衝撃を与えることができるのよ。本人はひどい痛みを感じるけれど、つかんだ相手の苦痛はもっとひどいの。悪魔の装置だった。死んだ人もたくさんいたわ」

「衝撃を受けた側が死んだの？」マッド・ローガンもこの装置を使われたのだろうか……いや、あの目のことをしつこく考えるのはやめよう。あの映像が撮られたときわたしは高校一年だった。彼の外見だって変わっているだろう。同じ十九歳の青年のはずがない。彼は六年も戦地にいた。戦争というものは人を丸呑《まるの》みし、食べられないところだけを吐き出す。この調子で彼のことを考え続ければ、マッド・ローガンファンのためのＳＮＳへラルドでファン小説を読みあさってしまいそうだ。〝街が崩れ落ち、コンクリートが絶望の塊となって降り注ぐ中、わたしたちは愛しあった〟……こんなことではいけない。

祖母はうなずいた。「衝撃を受けたほうも与えたほうもよ。衝撃は双方向に働くの。この装置を動かすには自分の魔力を使わなくてはいけないの。そうしないと接触した相手に衝撃を与えることができないのよ。この装置は使う本人の力も吸い取るの。あまりに魔力を吸い取られすぎると、本人の体が負けておしまいよ。この装置を最初に試した第一世代は死亡率が三十パーセントを超えたわ。ペネロープが入隊したころには状況はかなり改善されていたようね。今の装置がどんなにすごいか、信じられないぐらい。埋め込んでくれる人を知っているけど」

これを聞いてもわたしは驚かなかった。「違法なの？」

「もちろん」祖母はにやりとした。「死ぬ危険もあるわ。ほしい？」

「結構よ」

「本当に？」祖母はアラベラにウインクした。「テーザー銃がいらなくなるわよ」

「いいえ、大丈夫。そもそも、テーザー銃を使うような状況を避けるのがわたしのやり方だから」

「そう」

「夜遅くバイクショップの店主を尋問するチャンスがあっても、家に帰ってくるのがその一例よ」

祖母は器を置き、キャタピラを壊すための一メートル半のブレーカーバーを手に取った。正しく使えばこれで戦車を止めることもできる。祖母はプロだ。「あなたが理解できないわ。二十五でしょう？　冒険心はないの？　あなたの年のころ、わたしは生まれ故郷から地球半周も離れたところにいたわ。あなたって本当に……常識的ね」

アラベラはおもしろくなりそうな気配を感じ取って耳をそばだてている。こういう気配はつぼみのうちに摘み取っておかないと、ずっとからかわれる。ティーンエイジャーの前で一度弱みを見せると死ぬまでそこをつつかれる。これは人生の真実だ。

「家族が変人ばかりだから、一人は常識的な人がいないとね。そうしないとみんなが危険人物の楽しみを味わえないでしょ」

「少しは人生を楽しみなさい」祖母はキャタピラの歯車にブレーカーバーをあてた。「不良と出かけるとか、売られた喧嘩を真っ先に買うとか、酔っぱらうとか。なんでもいいから」

罪悪感を抱かせようというわけか。残念ながら、わたしは四人の妹やいとこといっしょに育った。罪悪感がこの家で効き目を現すのは、何かをきれいにしたいときだけだ。「どうしておばあちゃんは編み物をしないの？」

「なんですって？」

「編み物よ。おばあちゃんって編み物をするものでしょう？」

祖母はブレーカーバーに体重をかけた。キャタピラがはずれ、大きな音をたてて床に落ちた。祖母は大きな青い目でわたしを見つめた。「編み物をしてほしいの？」

アラベラがくすくす笑った。

「辞書で〝おばあちゃん〟を引けば、〝二本の編み棒と毛糸玉を持った小柄な年配女性〟って出てるじゃない」わたしは見えない箸で見えないスパゲティをかき混ぜるふりをした。

「たまに思うのよ。おばあちゃんが帽子とかスカーフを編んでくれないかなあって……」

「ここはテキサス州ヒューストンよ！」祖母はぼろきれで手をぬぐった。「熱中症になるわ」

「ぬいぐるみもいいな。夜、抱いて寝られるし」わたしは大げさにため息をついてみせた。

「まあ、無理みたいだけど」

アラベラが噴き出した。祖母はアラベラにブレーカーバーを突きつけた。「外野は黙ってなさい」

わたしは二人に感じのいい笑顔を見せた。「さあ、もう行くわ。二人で楽しんで。わたしは明日仕事があるから」

4

〈ガスターブ・カスタムショップ〉は、波形鉄板の壁のある鉄筋の長方形の建物だった。正確には、四年七カ月前、オリンピア鉄工建設が製造した幅六十メートル、長さ二百四十メートルの箱を現場に運び、組み立てたものだ。バーンが市の認可記録を調べてくれた。

昨夜寝る前にわたしはアダム・ピアースの経歴と、その日バーンが見つけてくれたあらゆる資料を何時間もかけて読んだ。アダム・ピアースの両親と教師へのインタビュー、タブロイド紙の記事、ヘラルド内の信頼できそうなゴシップ、数少ない大学時代の友人がアダムについて語った言葉。彼のスピーチも読んだ。アダムは、とくに家族を侮辱したとき、好んでスピーチをする。内容は反社会的というよりは力の万能性をたたえるものだ。好きなものを手に入れる力があるならそれを使うべきだし、政府や法執行機関は存在する権利がないのだからそれを止めるべきではない、と彼は言う。アダムは〝消極的自由〟というような言葉を多用し、ホッブスを引用する。

わたしは大学の専攻に政治学のコースが必要だったのでホッブスを知っていた。ホッブスは十七世紀イギリスの哲学者で、政治的共同体がなければ人生は孤独で貧しく、みじめで残酷で短いという信念でよく知られている。アダムはホッブスから別の意味を引き出した。〝自由な人間というのは、みずからの力と機知で実行できる事柄において、みずからの意志に従って行動することを妨げられない者を指す〟アダムはこれを少なくとも三度は繰り返している。アダムは社会が自分のしたいことを邪魔し、自由を妨げていると感じている。彼にとって残念なことに、したいことというのが人に火をつけることなら、その主張は通らない。彼以外の全員が賛成できないだろう。

こうしてわたしはこれまで知りたいと思った以上にアダム・ピアースのことを知った。頭が切れ、ときとして残酷で、飽きっぽい。何をしてもわたしを信用することはないだろう。なんらかの友情を築くなど問題外だ。誠実で正直なところを見せれば、彼は笑うだろう。理屈で話せばあくびするだろう。唯一のチャンスは興味をわかせることだ。彼の注意を引きつけ、それを保たなくてはいけない。

わたしはバイクショップ前で撮ったアダムのツイッターの写真がどうしても気になった。本物のバイク乗りはメカニックを慎重に選ぶ。そこには相当な信頼がある。そこで昨夜わたしは〈ガスターブ・カスタムショップ〉について調べた。二つほど気になるところがあったのでバーンに助けを求めると、いくつかおもしろい事実を見つけてくれた。わたしは命からがら逃げ出すときに備えてはきやすいランニングシューズとジーンズを選び、車でカスタムショップに向かった。アダムは人生に楽しみを求めている。わたしは彼の肩をたたこうとしている。それなら振り向いてくれるだけの強さでたたかなくてはいけない。

建物は両隣より古く見えた。波形鉄板の壁はこの年月でいくつかへこみができている。誰かが正面を黒く塗りつぶし、エアブラシで〝地獄のバイク〟を描いている。巨大でぴかぴかで、たなびく炎の中に笑う赤い頭蓋骨がたくさん浮かんでいる。

駐車場には二台の車しかなかった。どちらもダッジのトラックだ。よかった。大勢の観客の前で仕事をせずにすむ。わたしは白のトラックの隣に車を駐《と》め、フェイクレザーの仕事用フォルダーをつかみ、事務所に入った。カウンターに誰もいなかったので、ベルを鳴らして待った。

ドアがばたんと開き、三十ちょっとの男が肩で風を切って出てきた。ひょろっとした長身だ。栄養が足りないというより、ジャーキーのようにひからびた感じがする。油染みのあるTシャツと色褪《いろあ》せた古いジーンズ。肌は濃いオリーブブラウンで、わたしより浅黒い。頭は剃《そ》り上げているけれど、きれいに形を整えた短い顎鬚《あごひげ》をたくわえている。バーンが調べ出してくれた写真を見て、本人だとわかった——オーナーのガスターブ・ペラルタだ。

彼はわたしを見てまばたきした。予想していた来客とまったく違っていたのだろう。

「用件はなんだ?」

「わたしはネバダ・ベイラー。ミスター・ガスターブ・ペラルタに会いたいんですが」

「ガスと呼んでくれ。おれになんの用だ？」

わたしは名刺を渡した。

「私立探偵か」彼は顔をしかめた。「こいつは意外だ」

「ピアース一族に雇われてアダム・ピアースを捜しています」

「役には立てねえな。この半年、奴《やつ》の顔を見てない」

いまいましい魔力が働いた。これは嘘《うそ》だ。

「先週この店に来ませんでしたか？」ツイッターに写真が出たのは月曜日だ。

「いいや」

嘘だった。

「ガス――」

「ミスター・ペラルタと呼んでくれ。あんたに言うことは何もねえ。出てってくれ」彼は背を向けて行こうとした。

わたしはフォルダーを開いて一枚の書類を取り出した。「これはあなたが受け取った支払い書のプリントアウトです」

彼は足を止め、くるりと振り返った。

わたしは二枚目の書類をカウンターに置いた。「これは出費のプリントアウト。そしてこれは給与明細」

彼はカウンターから書類をつかみ取った。「どこで手に入れた？」

「あなたの事務所のコンピュータに侵入しました」

「違法だぞ！」

わたしは肩をすくめた。「言いましたよね、警官じゃないって」

ガスは携帯電話をつかんだ。「今すぐ警察に電話してこの件を通報するぞ」

わたしはにっこりした。「最後まで話を聞いてください。それでも警察を呼びたいなら止めません。ここに小さな星印をつけたところがありますね？　これは、〝バイク修理〟という名目で九千九百九十ドルの入金があったことを示しています」

ガスの目から義憤の光が薄れた。「それがどうした？」

「これはクリスティーナ・ピアースの個人口座から繰り返し入金されています」ミセス・ピアースというのはかなりのあてずっぽうだ。わたしたちの調査では、ピアース一族の誰かの口座から入金されていることしかわからなかった。アダムの母ということにしておけば安全だろうと思えたのだ。

「で？　昔はアダムの仕事もしてたし、あいつは現金をそんなに持ってなかった。だから家族が払ったんだ」

「いいえ、違います。わたしやあなたなら現金で払うでしょう。でもアダムは店に入ってきて〝全色一つずつくれ〟と言ってビザのブラックカードを出します。この支払い明細を見ると、レジナルド・ハリソンという紳士の名前が下請けとして書かれています。レジナルド・ハリソンは現金で九千九百九十ドル受け取っていますね。九千九百九十ドルという数字はとても興味深い。なぜなら、国税庁が目を光らせるのは一万ドル以上の現金取り引きだからです」

「だからどうした？　レジナルドはうちの仕事を請け負ってくれてるんだ」

これは嘘だった。「レジナルド・ハリソンの純資産は二千万ドル近いので、それはどうかと思いますね。彼にはコーネリアス・ハリソンという弟がいます。とても感じのいい人で、偶然アダム・ピアースの子どものころの友人でもあります。あなたはアダムの金を〝洗浄〟しているんです。アダムの家族が支払い、あなたはそれを現金でアダムに渡し、レジナルドはそれを自分の税金の控除に使う。アダムが金を受け取ったら、二日後あなたは二度目の支払いで五百ドルを手にする」

ガスは腕組みした。

「支払いは毎月七日に発生しています。ということは、次の支払い日は二日後。アダム・ピアースが小銭を受け取りにここに来ます。感じのいい探偵が何人か話を聞きに来たと思うけど、そのときは話さなかったようですね」

もしうちに人員の余裕があって、ヒューストン一の腕利き探偵でもあと二日はアダムを見つけられないという自信があれば、ちょっとした罠《わな》を仕掛けただろう。でもわたしが何をしてもアダムに燃やされるだけだろうし、誰もが血眼でアダムを捜し回っている。わたしにとっては、一族のもとに戻るように彼を説き伏せるのがいちばんの、そして唯一の戦略だ。そのためには嘘をついていないと示さなければいけない。

「あいつはそんなことはしてない」ガスが言った。「アダムは人を頼らない男だからな」

「そうですか。今、ヒューストンの警官のほぼ全員がアダムの脳みそを歩道に吹き飛ばしたくてうずうずしています。あなたは理性的な人ですよね。実際、アダムが生き延びる確率はどれぐらいあると思いますか？」

ガスは顔をしかめた。「おれはあいつの居所は知らない」

これは真実だ。「わたしは彼を無事に母親のもとに返したいだけです。大事な息子ですからね。お母さんは、息子を引き金を引きたくてたまらないSWATの狙撃手の餌食にしたくないんです」わたしはカウンター越しに名刺を渡した。「わたしが来たことを伝えてください。お願いしたいのはそれだけです」

鮫《さめ》のひれのようなモンゴメリー国際調査会社のビルがヒューストンの中心街にひときわ高くそびえ立っている。その威容は以前と変わらない。わたしはビルに向かって舌を突き出した。もう感心する気にはなれなかった。

わたしは車を駐め、オーガスティン・モンゴメリーのオフィスへと向かった。一分の隙もない受付嬢がヘッドセットに何か言い、わたしについてくるよう手招きした。

「そのあざをカバーするのにどのリキッドファンデがいいか見極めるのにどれぐらいかかったの？」

「三十分ぐらい。カバーできてる？」

「いいえ」

予想外の鋭い答えだった。

あいかわらずりりしいオーガスティン・モンゴメリーがタブレットから目を上げた。

「わたしは最低じゃない」

「いいえ、最低です。ファイルのメモにはピアース一族はアダムになんの金銭的援助もしていないとありましたが、まだお金を渡しているようです。犯人はおそらく母親でしょう」

オーガスティンは椅子の背にもたれ、長い指を握りあわせた。

「経済的なつながりはすべて断たれていることを確認した」

わたしはガスターブの頻繁な入出金を記したプリントアウトをオーガスティンのデスクに投げた。彼はしばらくそれを見ていた。「どうやって手に入れたかきいてもいいかね？」

「いいえ」

オーガスティンは手招きした。「ここに来てくれ」

わたしは彼の隣に立った。

「何も言わなくていい。もしこの情報が誤りなら、きみにとって相当に深刻な事態になることは理解してほしい」

彼はキーボードをたたいた。大きなモニタが明るくなり、どこかのオフィスとそこに座るきちんとしたビジネススーツの男を映し出した。アダムの兄のピーター・ピアースだ。アダムと同じ美しさがそこにもあった。黒っぽい目、大胆な鼻のライン、口の形。でもピーターにはアダムをマスコミの寵児《ちょうじ》に押し上げたくすぶるような魅力がなかった。ピーターは少なくとも十歳は年上で、弟がかみそりの刃のような鋭さを醸し出しているのとは反対に、落ち着きと礼儀正しさを感じさせた。

「オーガスティン」ピーターが口を開いた。「あいつはまだ見つからないのか?」

「こちらで調査中だ」

こちら、というのはわたしのことだ。ピーターはわたしの顔を見た。今やわたしはアダムの捜索にがっちりと組み込まれている。

オーガスティンは椅子の背にもたれた。「ピアース一族が今も彼の収入を助けていると信じるに足る事実をつかんだ。アダムを連れ戻すには金銭的に追い込むことが大事だということを強調しておきたい。遊ぶ金を送り続けるなら、アダムはこれからもそれに頼るだろう」

ピーターは手を振った。「そのとおり、弟の居心地をできるだけ悪くするべきなのは当然だ。その話なら覚えている。あいつには一銭も渡っていないことはわたしが保証する」

オーガスティンは支払い内容を読み上げた。

「口座番号を教えてくれ」ピーターが言った。

オーガスティンは番号を入力した。ピーターのほうでコンピュータが音をたてた。彼は左にある別のモニタを見て陰気な顔で首を振った。彼はキーをいくつかたたいた。「お母さん？」

「何？」向こう側で年配の女性の声がした。

「アダムに金を送るのをやめてください」

「そんな。たいした額じゃないわ」

「あいつに金を渡しちゃいけない。話しあったはずです」

「でも、そんなことをしたらあの子が困るわ。こんなこと変よ。弟が困ってもいいの？どうしてあの子を不愉快な目にあわせようとするの？」

オーガスティンは完璧なまでに無表情だった。

不愉快な目。二人の子持ちの未亡人が夫の黒焦げの遺体を埋葬しようとしているのを考えると、なかなかの言葉だ。

「弟が信号のそばで物乞いする汚らしい移民みたいになってもいいの？」

すばらしい。クリスティーナ・ピアースに会ったことは一度もないけど、一生会わなくても後悔しないだろう。

「いいですよ。あいつが追いつめられて貧乏になればいいと思ってます。家族に頼るしかなくなるほどにね」

「なんて恐ろしいことを……」

ピーターはわたしたちに向かって手を振り、キーボードのキーを押した。映像は途切れた。わたしたちはつかの間画面をただ見つめた。

「もし月に九千九百九十ドル稼げなければ、信号のところで物乞いする権利があるってことですか?」わたしは言わずにいられなかった。

オーガスティンは眼鏡をはずし、鼻梁《びりょう》をこすった。

「あなたのクライアントは、あなたが汚らしい移民を雇ってることを知ってるんですか?」

「やめたまえ」オーガスティンが言った。「クリスティーナ・ピアースは三代目の〝超一流〟だ。貧乏を味わったことなど一度もない。ああいう価値観なのも当然だ」

「アダムを追跡することになったら、あなたからのサポートは期待できますか?」

「状況による」

これは嘘だ。「前言は取り消しませんよ。最低の自分と折り合いをつけてください」

わたしはオフィスから出た。ロビーの真ん中で携帯電話が鳴り出した。知らない番号だ。

わたしは電話に出た。

「ネバダ・ベイラー」

「アダム・ピアースだ」男が言った。想像していたとおりの少し皮肉っぽい声。自分でも金持ちのばか息子とわかっている男にぴったりだ。

この男をしっかりと餌に食いつかせなければいけない。心臓が早鐘を打った。深く息を吸い込む。わたしならできる。

「ガスターブから、きみがおれの資金源を断ったと聞いたが」

「そのとおりです。たった今、お兄さんとお母さんがそのことで話しあいましたよ。お母さんは移民に恨みでもあるんですか？」

彼は笑った。「母は路上生活者のことを言いたかったんだろう。で、おれを捜してるらしいな」

「捜してる、というのは正確じゃないですね。捜さざるを得ないんです。個人的に見つけたいわけじゃありません」

「誰に強制されてる？」

いい質問だ。「わたしに降参する気はありますか？」

彼はまた笑った。魅力的な男の笑い声だ。「会いに来てくれたら話しあおう」

やった。「いいですよ。どこですか？」

「マーサー植物園の湿地公園、三十分後だ」

電話は切れた。

三十分。植物園は中心街から三十キロほど北だ。ヒューストンの交通事情で三十キロというのは九十キロに等しい。ひどい男だ。

わたしは途中でバーンにメッセージを送信しながら車まで走った。バーンはまだ授業中のはずだ。〈アダム・ピアースから携帯に電話。三十分後にマーサー植物園で会う予定〉

返信はなかった。

バーンはこの携帯電話を追跡できるけれど、アダムに火で攻撃されたら追跡したところでわたしの役には立たない。三十分では植物園まではぎりぎりだ。後方支援を頼んでいる暇はない。そもそも後方支援があっても助けになるとは思えない。

わたしは愛車に飛び乗り、タイヤに火がついたみたいに駐車場を飛び出した。彼の興味を引かなくてはいけない。みずから家族のもとに戻るのが得策だと思わせることだ。そして、殺されないようにしなければ。

電話があってからきっかり二十九分後にわたしはマーサー植物園に入った。百万平方メートル以上の広さを誇るこの植物園は、木陰の憩いの場所として魔力の使い手が好んで訪れる。庭園、とりわけ花には、その力が植物となんの関係もなくても魔力の使い手を惹《ひ》きつける力がある。わたしも惹かれるものを感じる。周囲では花々が咲き誇り、木々が枝を広げ、葉から葉へと虫が飛び交い、鳥が歌う……まるで生命の繭に包まれ、存在することの単純な喜びで満たされるかのようだ。

　ギフトショップで二十秒を無駄にしたあと、わたしは買ったものを握りしめ、北に向かって園路を急いだ。男女が静かに話しながら、あるいは思いにふけりながら歩いていく。高価な服、美しい顔。あまりにも欠点がない者は幻覚を操る魔力を使っているに違いない。完璧すぎる人間は、生まれつき持っているはずのセクシーな吸引力をどこかで失ってしまう。ウィンドウに並ぶプラスチックのマネキンのように、触れるのもためらわれる無菌の存在になる。〝超一流〟レベルの者たちはそれを知っていて、オーガスティン・モンゴメリーのようにあえて欠点を残す。でも魔力のレベルの低い人々はそうしないことが多い。すれ違う魔力の使い手の数の多さを考えると、今回は無駄足に終わりそうだ。アダム・ピアースは有名人だし、ここは人目がありすぎる。

　曲がりくねった道は、黒い鉄の手すりのある板張りの遊歩道に変わった。ここでは人工的な直線は用がないかのように、手すりはところどころで自然の中に張り出すように円を描いている。木々がうっそうと生い茂り、空気は湿気のにおいがする。泥と水生植物が混じった湿地のにおいだ。遊歩道の両側に湿地が広がり、深さ数センチほどの水たまりが生い茂る緑と赤い菖蒲《しょうぶ》の花に囲まれている。遊歩道は少しカーブして湿地を突き抜け、べンチへと続いていた。ベンチの両隣は低い石壁だ。その壁にアダム・ピアースが座っていた。

組んだ脚には黒のレザーパンツがぴたりと張りついている。上は黒のTシャツとジャケットだ。はらりと顔にかかる前髪。彼の周囲の遊歩道と壁には白と黒のチョークで複雑な魔法陣が描かれている。重なった三つの円と、中心の輪に背中を接して外を向く三つの半円。蜘蛛《くも》の糸のように細い完璧な直線が円の中で交差し、入り組んだパターンを作り出している。外向きの半円は抑制を意味する。彼は自分の力を押しとどめている。

かつて、軍での活躍を期待された貴族は歩けるようになるとすぐに剣の訓練を始めた。現在、〝超一流〟たちは神秘のシンボルを練習する。もし彼の描いたものをそのまま描けと言われたら、参考写真、定規、円を描くためのコンパスを使っても二時間はかかるだろう。彼はおそらくフリーハンドで数分で描き上げたに違いない。絵は完璧だ。

彼は信じられないほどの正確さと手先の器用さを兼ね備えている。考えてみれば、彼の座り方や、ベストアングルのカメラの前のインタビューでのポーズの取り方は、鏡の前で練習されたものだ。反社会的なヒーローというのは見せかけだけなのかもしれない。行動のすべては計算されたものなのだろう。これもそんな仮面の一つなのではないと言い切れるだろうか？　とにかく、この対面を慎重に進めなくてはいけない。

アダムが顔を上げた。茶色の目がこちらを推し量っている。彼はたくさんの写真に写っていたとおりに見えた。さあ、これから火あぶりにならずにこのハンサムな危険人物を説得しなければいけない。

わたしはベンチに近寄った。彼の横を通り過ぎたとき、たき火に近づいたときのような熱気に包まれた。アダムは抑制のための魔法陣を描き、そこを熱で満たした。わたしのバッグにはテーザー銃が入っている。この距離から撃つことはできるけれど、命中して彼が倒れたとしても近づくことなど問題外だ。熱で指の皮がはがれてしまう。そのショックがやわらぐころには死んでいるだろう。

わたしは座った。

アダム・ピアースはほほえんだ。顔が明るくなり、少年ぽくチャーミングになった。しかし皮肉っぽいところは変わらない。母親がほしがるものをなんでも与えたがるのはこれが理由だ。

「ネバダか。こんなに明るい子なのにずいぶん寒々しい名前だ」

意外に人当たりがいい。〝ネバダ〟というのはスペイン語で〝雪におおわれた〟という意味だ。わたしとはほど遠い。

フリーダおばあちゃんの両親はドイツからアメリカに渡ってきた。祖母の髪は黒っぽく、肌は明るい。レオンおじいちゃんはケベック出身だ。大きくて肌の浅黒い人という以外にあまり記憶がない。肌の色の違いが問題になったが、二人はとても愛しあっていたので後悔しなかった。やがて黒っぽい髪と茶色い肌の母が生まれた。父の家族のことはあまりよく知らない。一度父が、母親はひどい人で一切かかわりたくないと言っていたのを覚えている。ダークブロンドの髪を持つ父は白人とネイティブアメリカンが入り混じっているように見えたが、それについてたずねたことはない。この人たちの遺伝子が混じりあって、浅黒い肌と茶色の目、そして金髪のわたしが生まれた。

わたしの髪は白っぽい金髪ではなく、もっと濃い、蜂蜜に似た色だ。日焼けして肌が痛くなることはなく、ただ焼けるだけで、髪は逆に明るくなる。夏、何度も泳いだときはとくにそうだ。七歳のとき、わたしといっしょに学校に向かっていた祖母が、孫の髪を染めるのはおかしいと知らない女性に言われたことがある。今でもときどきどこの美容室でカラーリングしているのかきかれるぐらいだ。わたしには冬らしいところはないけれど、アダムがそれをどう思おうとどうでもよかった。

わたしは左手に持っていた植物園のギフトTシャツを広げた。黒地に緑で〝マーサー〟とロゴが入っている。「これ、どうぞ」

「Tシャツを買ってくれたのか」アダムは眉を上げた。

体中の全神経が緊張した。落ち着かなくては。「いつもTシャツを着忘れているから、一つ渡そうと思ったの。真剣な話し合いをしたいからよ」

アダムが身を乗り出すと、りりしい顔にやわらかな髪が落ちた。「おれの胸は目に悪いってわけか」

「そうよ。角のある豹《ひょう》を見るたびに笑いたくなっちゃって」

アダム・ピアースはまばたきした。

予想外の切り返しだったようだ。「好奇心からきくけど、どうして角が生えてるの？」

「これは五大湖に伝わる水中豹という伝説の生物だ。ネイティブアメリカンの部族からあがめられている。鹿の角、オオヤマネコの体、蛇のうろこを備えてるんだ」

「どういう由来があるのかしら」

「こいつは湖の底深くに生息していて、銅の鉱床を守ってる。そこに入り込もうとする者は供物を捧《ささ》げないといけない」

「捧げないとどうなるの？」

アダムはちらりと歯を見せて笑った。「殺される。さっきまで湖が澄みきっていたと思ったら、次の瞬間、真正面から死ににらみつけられているんだ」

アダムは自分をその水中豹だと思っている。周囲を支配し、無断で入り込む者は貢ぎ物を持ってこなくてはならないというわけだ。彼自身を言い表すにはまだまだ足りない。

アダムは値踏みするようにじっくりとわたしを眺めている。「母がきみを雇ったとは信じられないな」

「どうして？」

「母は外見で判断する。そのジーンズ、いったいいくらだ？　五十ドル？」

「四十よ。二年前セールで買ったの。ガスタープに会うときもこれにしたわ」

「どうして？」

「信用してほしかったし、彼と同じ労働者だと思ってほしかったから。わたしは〝あの人たち〟とは違う。すべてを牛耳るボスでもない。その〝ボス〟がときどきわたしの請求書の支払いをしてくれるけど、誰だかは知らないわ。あなたのお母さんに会うとしたら、選ぶのは〈エスカーダ〉のスーツ。千六百ドルのスーツで、お母さんにとってはたいしたことないだろうけど、少なくともわたしを物乞いだと思って追い払うことはないはずよ」

アダムは目を細くした。「見上げた心構えだ。スノーフレーク、きみはたいした女だよ」

今度は愛称？　やめてほしい。「うちの事務所はすばらしいと評判なの」

「どうしてスーツに千六百ドルもかけるんだ？　給料の半分が吹っ飛ぶ額じゃないのか？」

わたしはつとめて明るくさりげなく言った。「それを聞けばあなたが貧乏を経験したことがないのがわかるわ。わたしをばかにしているの？　それとも純粋に知りたいの？」

アダムはふんぞり返った。「知りたいんだ。ばかにするなら、きみにもはっきりわかるやり方でする」

わたしはそのあてこすりがわからないふりをした。「お金のある人なら好きなものを着ることができる。あなたはお金持ちだから、着ているもので人柄を判断されたとしても、それをおもしろがる余裕がある。貧乏だと、仕事にありつけるかどうかとか、社交上の義務が果たせるかどうかとかは、着ているものに左右されるの。〝こちら側〟から〝あちら側〟の人間にならなければならないのよ。低く見られなくなると、驚くほどたくさんのチャンスに恵まれるようになる。だから切りつめてとびきり高価なスーツを買って、毎日着てますって顔で何年も特別なときにそれを着るの。わたしは〈エスカーダ〉と〈アルマーニ〉の二着を持ってるわ。もしも大手の保険会社か有力一族に雇われることがあったら、仕事をものにするために一着を着て、結果を報告するときにもう一着を着るつもり。なぜならちゃんと支払いを受けたいからよ。それまでは、どちらのスーツも二重にビニールカバーをかけてクローゼットに吊るしておくの。その二着に触ることは悲惨な死の罰に値するって妹たちも知っているわ」

アダムは笑った。何一つ悩みのない、自分に満足しきった男の深い笑い声。「スノーフレーク、気に入ったよ。きみは本物だ。どうしてこの仕事をしてる?」

「うちの事務所がモンゴメリー国際調査会社の子会社で、あなたを連れ帰らないと、わたしが何年もかけて築き上げた事務所を取り上げられるからよ。うちの家族はホームレスになるわ」

アダムはまた笑った。うちの家族がホームレスになるというのがおもしろかったらしい。

「きみの体重は?」

「変な質問ね。五十九キロぐらい」

アダムは首を振った。「きみは嘘をつかないな」

必要とあらば、彼が信じられないほどの嘘をつくことができる。「人がたくさん嘘をつくのは、そのほうが楽だからよ。わたしは必要に迫られないかぎり嘘はつかない。アダム、永遠に警察から逃げることはできないわ。もし見つかったら、〝両手を頭の上にのせてひざまずけ、手錠をかけるぞ〟なんて言われずに、頭に一発撃ち込まれて終わりよ」

アダムは膝に肘をついてこぶしで顎を支えた。「なるほどね」

「あと二日であなたが見つからなかったら、警察は懸賞金をかけるでしょうね。そうなれば、そこらの麻薬中毒患者まであなたを捕まえようと銃をぶっ放すわ。理性で考えて、この状況から脱する唯一の方法は一族のもとに戻ることよ」

「どうして? 死ぬまで檻《おり》の中で腐るため?」

「ピアース一族があなたを檻の中で腐らせておくとは思えない。お母さんはあなたが大好きだし、あなたを刑務所に入れないためならどんな無茶でもするわ。あなたにはお金と力がある。どんな人生だろうと死ぬよりはいいはずよ」

アダムはじっとこちらを見た。「あれはおれがやったと思ってる?」

わたしはだんだんそう思うようになっていた。だから意識的に肩をすくめて答えた。

「どうでもいいことよ。わたしの仕事はあなたを一族のもとに連れ戻すことだから」

アダムは壁から離れ、足でチョークの線を乱した。熱気が柱となって噴き上がった。心臓の鼓動が速い。口に金属の味がする。アドレナリンがわき出ている。もしアダムがわたしを黒焦げにするつもりなら、なんの抵抗もできない。

アダムは肩を動かしてレザージャケットを脱いだ。繊維が焦げるにおいが広がった。Tシャツに焼け焦げた穴ができた。生地は溶けて灰になり、アダムはそれを振り払った。太陽がくっきりした胸筋と腹筋を照らし出し、なめらかなカーブと引き締まった筋肉を金色に染めた。フリーダおばあちゃんがここにいなくてよかった。もしこれを見たら心臓発作を起こすだろう。

アダムはわたしの手から植物園のロゴ入りTシャツを取った。そしてそれを着てレザージャケットをはおり、にやりとしてみせた。

「アダム……」

「考えておくよ、スノーフレーク」アダムはウインクした。

わたしは携帯電話を取り出して彼の写真を撮った。

アダムは石壁を飛び越え、草むらの向こうに駐めていたバイクに向かった。

この静謐《せいひつ》な植物園にバイクを乗り入れるとは。自転車でさえ走れる通路は決まっているのに。

アダムはバイクにまたがり、轟音《ごうおん》とともに猛スピードで走り去った。

やっぱり予想どおりの結末に終わった。

両手が震えている。危険が去ったことに体はまだ気づかないようだ。わたしは気持ちを落ち着けようとして深呼吸した。

目の前には湿地が広がっている。緑と茶色の泥と水の迷路だ。それを見てふいに暗い気持ちになった。花々が、色彩が、太陽の光がほしい。わたしは立ち上がり、花壇のある南に歩き出した。

今日は失敗だ。理屈の上では一回説得したぐらいでアダムが一族のもとに戻るなんて無理だとわかっていたけど、もしかしたらという希望もあった。わたしは人と話すのが得意だから。

まあ、火をつけられなかったのが不幸中の幸いだ。よかった。わたしは携帯電話を取り出し、アダム・ピアースの写真をオーガスティンに送り、会社に電話してオーガスティンを出してもらうよう頼んだ。

「もしもし?」洗練された声がした。

「メールボックスを見てください」

ちょっと間があった。「どうしてアダムはマーサー植物園のTシャツを着てるんだ?」

「胸の豹のタトゥーを隠すためにわたしが買って渡したんです。彼は帰るのを拒否しました。正確にはこう言ってました。〝どうして？　死ぬまで檻の中で腐るためか？〟もう一度会うことはできると思いますが、一族から保証がほしいですね。アダムは刑務所に行きたいとは思ってません」

「何ができるか検討してみるよ」オーガスティンは電話を切った。

わたしは歩き続けた。アダムはおそらく放火事件にかかわっているだろう。どうして銀行に火をつけることになったのかはまったくわからないけれど、その話題を避け、質問でごまかしたことを考えると、なんらかの関連があることがわかる。もちろんただの被害妄想かもしれない。自分でやってもいないことで責められる状況に被害者感情を抱いて楽しんでいるのかもしれない。どちらにしろ、彼がやったかやらなかったかに関係なく、一族のもとに返さなければいけない。金持ちのどら息子でも正式な法的手続きを受ける権利がある。母親の愛情あふれる胸の中に連れ戻したときにわたしの仕事は終わる。そのあとピアース一族がアダムをどうしようが、わたしには関係ない。

道は植物園の中心部に入った。そびえ立つ木々に囲まれた四角い広場だ。奥にはドリス様式の三メートルの柱に支えられたコンクリートの梁《はり》があり、そこから水がカーテンのように流れ出している。そばに近づくと噴水が輝く水滴となってしたたり、三つの細い水路に落ちる仕組みだ。広場のあちこちに四角い花壇と丁寧に形作られた緑豊かな草地が点在している。思わず引き込まれる光景だ。わたしは木製のあずまやの下のベンチに座った。

少しだけそこに座っていたかった。

恐怖はたくさんのエネルギーを消費する。今のわたしは疲れきってぺしゃんこの状態だった。

人々が広場をそぞろ歩いている。右手のベンチでは二人の女性がおしゃべりをしている。左側の女性は胸まで届くストレートのシルバーブロンドの髪の持ち主だ。腿までの丈のぴったりしたピンクのワンピースを着ているが、きっとわたしのいちばん高いビジネススーツより高価に違いない。金色に日焼けして、化粧は派手だけど隙がない。友達のほうは髪は黒っぽく、女らしいレースのついたパールカラーのアシンメトリーなトップスと、薄いグレーのタイトスカートという姿だ。二人ともハイヒールをはいている。体重をかけたら折れてしまいそうなほど繊細なハイヒールだ。

二人はこちらを見た。その顔つきはまったく同じで、魅力的な女が近くにいる若い女を値踏みするときのものだ。眉を上げたことと、ブルネットのほうが軽く笑ったところを見ると、わたしの色褪せたジーンズ、無地のブラウス、はき古したナイキに感心しなかったようだ。二人は話を続けた。きっとわたしのセンスとお金のなさにけちをつけているのだろう。向こうはわたしを田舎者の一言で片づけ、わたしはあの二人を底が浅いの一言で片づける。それでお互いハッピーだ。

二人の男性がそのそばを通って広場を歩いていった。二人とも明るい色のルーズパンツと高そうなシャツ、ブランドもののサングラスという格好だ。どちらも完璧なまでにめかし込んでいる。整った顔はお金と魔力の存在を示している。

男二人組はそれとなくそばの女性をチェックし、女性は気がつかないふりをしている。昔ながらの儀式だ。そのうち男が話しかけ、女は驚いたふりをしつつも受け入れるのだろう。どちらもしっくりなじみそうな組み合わせだ。

黒っぽい髪の男が遊歩道から広場に入ってきた。ジーンズとシンプルな黒いTシャツという姿で、布を巻いたようなものを手に持っている。たくましい肩にTシャツの生地が張りついている。腕に走る筋肉は戦う男の強さを感じさせる。敵を殴り、引き裂くことの繰り返しで築かれた筋肉だ。足取りは軽く、急ぐ様子もなくたしかで、ジャングルの猛獣を思わせる。縄張りで獲物を探す、食物連鎖の頂点に立つ獣だ。その体からは他者に屈する気配はまったく感じられない。背筋が曲がるのを忘れてしまったような歩きぶりだ。

わたしはその顔を見ようとして身を乗り出した。

幻覚力で外見を整えていた男二人組は、同時にその男に道を空けた。

顔が見えた。心臓が止まりそうになった。

がっしりとした形のいい顎、まっすぐな鼻筋、四角い額。かすかに無精髭の伸びた顎といい乱れた黒っぽい髪といい、荒削りな印象だ。荒削りで男らしくて危険なほどセクシー。黒っぽい眉の下の射抜くような目が、冷徹な正確さで見えるものすべてを値踏みしている。

しかしその青い瞳の奥には冷たい炎が光っていた。虎の琥珀《こはく》色の目に浮かぶのと同じ命取りの炎は、危険だとわかっていても抵抗できない魅力がある。目が合えばその冷たい炎に丸呑《まるの》みされるとわかっていても、見つめずにいられない。彼は磁石のようにわたしを引きつけた。女としての本能のすべてが目覚めた。

すごい。

彼はただ広場に入ってきたのではない。その目を見れば、足を踏み入れたとたん彼がその場を支配したのがわかった。目をそらさなければと思ってもできない。わたしは衝撃のあまり座ったまま彼を見つめた。

さっきの二人の女性も彼を見ておしゃべりをやめた。彼の存在は、作法や礼儀や世間体を貫いて、原始の女の本能に届いた。その本能が〝支配する雄〟危険。力。セックス〟とつぶやいている。

どうしてわたしはこういう男を見つけられないのだろう？　どうして彼が恋人じゃないのだろう？　もし話しかけられたら、言葉をつないで文章にすることなどできそうにない。

男はこちらを見ている。

ちょっと待って。彼の前には魅力的な女が二人いる。どちらも派手な服を着てスタイルもよく、全身の細胞が〝恋人はいません〟と叫んでいる。あの二人はばらで、わたしは今の服装からいってひなぎくだ。わたしのことは見過ごして当然だ。かわいいところもあるけれど、そこまでかわいくはない。

男はわたしの正体を知っているかのようにこちらを見ている。

一秒の四分の一でその情報を処理したわたしの脳が、冷たい危険信号を発した。留《とど》まるか、逃げるか？

わたしは本能と魔力の声を聞こうとして貴重な一秒を無駄にしてしまった。勘に頼ってさえいれば間違うことはほとんどないのに。

留まるか、逃げるか？

わたしは男の青い目を見た。違う、間違っていた。彼は虎じゃない。堂々として危険な竜《ドラゴン》だ。その彼がこちらに向かってくる。

まずい。どうしようもなくまずい。逃げなくては。今すぐに。

わたしはベンチから跳び上がり、まっしぐらに植物園から出る遊歩道に向かった。男はわずかに進行方向を修正し、こちらを追ってくる。

わたしは遊歩道を駆け抜けた。緑が飛び去っていく。周囲からの視線を感じる。わたしは曲がり角で思いきって振り返った。

男は全速力でこちらに走ってくる。しかも差が縮まりつつある。

わたしは全身の力を振り絞ってダッシュした。肺の空気が熱くなる。脇腹が痛む。また道が曲がり、ギフトショップのある広場に出た。出口まではほんの百メートルだ。

と、背後に魔力の気配を感じた。それは地殻変動のように止めようもなくふくれ上がった。

わたしは後ろを振り返った。

男はあと二十五メートルに迫っている。

車までたどり着けそうにない。

テーザー銃を使うには距離がありすぎるし、これ以上近づきたくない。わたしは二二口径のスターム・ルガー・マーク3を取り出し、安全装置をはずした。二週間に一回はこの銃の訓練をしている。撃てるはずだ。

「止まらないと撃つわよ」彼を撃ちたくはない。誰なのかわからないからだ。どんな力を持っているかもわからない。こんな人の多いところで銃を発射するのはいやだ。それに、彼を殺したくない。

男は歩き続けた。近づいてくるのが空気でわかった。こんな魔力を感じるのは生まれて初めてだ。まるでトルネードの前に立ちはだかっているみたいだ。恐怖が体を駆け抜け、世界がいっそうはっきりと見えた。

「助けて!」わたしは叫んだ。

誰も動かない。広場は人でいっぱいなのに、動く者はいない。

しかたない。わたしは銃を上げ、左手の木立に向かって警告の一発を放った。

男は丸めた布をこちらに投げた。青いシルクがひらめいたかと思うと、すさまじい力で両腕が体に縛りつけられ、銃が脚にぴたりとくっついた。布は拘束衣のように体を締めつけてくる。

たくましい腕につかまれた。首にちくりと痛みが走った。脚から力が抜け、わたしは倒れた。男はわたしを支え、重さなどものともせずに抱き上げた。

世界がぼやけていく。わたしは声をかぎりに叫びたかったが、弱々しいささやき声しか出なかった。「助けて……」

「おい！」カウボーイハットをかぶった男性がこちらに近づいてきた。

「やめておけ」男は氷のような声で言った。

カウボーイは動けなくなった。

男はわたしの体を持ち直した。すぐそばで見る青い目は魔力で燃えていたが、その奥には自制心があった。

ああ、どうしよう。唇が重くてしゃべることができない。「マ……マ……マ……」

「マッド・ローガンだ」

誰かが太陽を消し、わたしは眠りに落ちた。

5

わたしは目を開けた。白っぽい天井が広がっている。起き上がると青いシルクがはらりと肌をすべって落ちた。

わたしは広い長方形の部屋の床の真ん中に寝ていた。暗い壁には窓一つない。部屋の隅に置かれた二つのフロアランプが淡い黄色い明かりを投げかけている。闇が消えるほどの明るさではないが、暗さはやわらげられている。床はなめらかなコンクリートだ。その上には円や三角や神秘のシンボルがチョーク、木炭、濃い青の何かで描かれている。ラピスラズリを粉にしたような青だ。線は鈍く輝いていて、紋様の一部はコンクリートの表面に、一部は床から数センチ浮き上がっている。その線を目で追っていくと、シンボルに囲まれた円があった。誰かがその円の中に座っている。わたしは目を上げた。

マッド・ローガンの青い目がこちらを見た。内なる深みへと開かれた窓のようだ。魔力がこちらを見返している。衝撃的なほどのすさまじい力。強烈な光と力に満ちた生きる闇だ。新星の爆発を見つめたも同然だ。わたしは呼吸を忘れた。心臓が体から逃げ出そうとしている。手が震える。

　突然、体が後ろに引っ張られて倒れた。どうやら床につながれているようだ。シルクを振り落とすと、足首にそれぞれ手錠がはめられている。手錠は金属の棒につながれ、棒の先はコンクリートの中に消えている。引っ張ってみたが、全然動かない。

「わたしを床に縛りつけるなんて」声が震えたのがくやしかった。

　人とは思えない、悪魔のような男マッド・ローガンは首をかしげてこちらを見た。彼はあぐらをかいて座っていた。身につけているのは裾の広がったゆったりした黒っぽいパンツだけだ。素足で、胴もむき出しだ。全身がしなやかでたくましい筋肉でおおわれている。腕には生きた鋼のような二頭筋が盛り上がっている。たくましい胸と、細くなってつながる固く平らな腹筋。焼けた肌には薄い傷跡が縦に走っている。たくましいだけではない。これは戦いのために作られた体だ。強靱《きょうじん》でしなやかで固く、爆発するようなパワーを秘めている。ここにアダム・ピアースがいたら、嫉妬のあまり死んでしまうだろう。

　わたしは頭を働かせようとした。彼の胸には薄い青い線が描かれていて、紋様に溶け込んでいる。胸と腹にも神秘のシンボルを入れるとは。魔力を強めようとすると体に負担がかかる。どうしてだろう？　存在するだけでこの広い部屋から空気をなくすほどの力があるのに、なぜもっと力をほしがるのだろう？

「なんの権利があってわたしを道ばたで誘拐して汚い地下室に監禁するの？」

「これが何かわかるか?」深く、少しかすれたその声は彼にぴったりだ。ドラゴンが実在してしゃべれるとしたら、こんな声を出すだろう。

わたしは首を伸ばし、散らばるシンボルや線の中にパターンを探し出そうとした。わたしは円の中につながれている。その円は、中心点を同じくするさらに大きな円に囲まれていた。円を貫いて直線が広がり、一つの三角形を形成している。その三角の頂点には小さな円が描かれ、マッド・ローガンはその中に座っていた。ルーン文字や神秘の文字列が紋様の中にからまり、魔力で輝いている。わたしは体内が冷たくなるのを感じた。かに座の〝爪〟にあたるアルファ星にちなんで名づけられた〝自白のアクベンス〟の呪文だ。

昔、わたしが持っている魔力がなんなのかわかったとき、両親とじっくり話をした。父はわたしのような能力を持つ者の職業は一つしかないと言った。尋問官だ。わたし自身がほかにやりたいことがあっても、この特殊能力が人に知られれば、軍か民間企業から人間嘘《うそ》発見器になれという圧力がかかるのは間違いない。わたしが折れるまで相手はあきらめないだろう。わたしは大義の名のもとに拷問や恐ろしいことがおこなわれるのを見せられるだろう。そうなれば、もうしあわせな人生をつかむことはできなくなる。父はこう言った。大きくなれば尋問官になる選択はいつでもできる。それまではその能力を隠そう。その言葉を強調するように、父はわたしにスペインの異端審問のドキュメンタリーを見せた。わたしはまだ七歳だったけれど、理解した。この恐ろしい人生がわたしの未来になるかもしれないのだ。

　十二歳になったわたしは両親がいいと言うものすべてに反抗するようになり、尋問のテクニックや呪文について調べた。〝自白のアクベンス〟はもっとも強力な呪文の一つだ。何日もかけて慎重に準備しなくてはいけないし、構築した魔力が消える前の短いチャンスを見逃さずに利用しなくてはならないが、失敗することはまずない。その名のもととなったかにの爪のように、テレパシー能力を持つテレパスがこの呪文を使うと、紋様の中心に置かれた者の精神にすさまじい圧力をかけることができる。呪文によって圧力は増大し、やがて呪文をかけられた者の精神は崩壊して、隠そうとしていた秘密をすべて吐き出すことになる。

「〝自白のアクベンス〟を使えるのはテレパスだけよ」わたしはわずかな藁《わら》にしがみつこうとした。「あなたは念動力を持つテレキネシスだわ」

　マッド・ローガンのまわりの線が明るく脈打った。なるほど、テレパスでもあるわけだ。あるいは、意思系のなんらかの魔力を持っているのかもしれない。

「きみがアダム・ピアースについて知っていることをすべて知りたい。居場所、予定、家族の思惑。すべてだ」

　わたしは腕組みした。「だめよ。わたしはアダム・ピアースを捜し出すために雇われたし、クライアントからは機密保持を求められているわ。その上、あなたはわたしを襲って鎖で床につないだ」わたしはその点を強調したくて手錠を鳴らそうとしたが、まったく動かなかった。

マッド・ローガンは青い目でわたしを見すえた。容赦ない猛獣の力が伝わってくる。わたしの中で警報が鳴り出した。彼は人間の皮をかぶったドラゴンだ。力に満ち、非情で危険。わたしは自分を守ろうとして心を閉じた。両手両脚の筋肉が緊張し、胸が苦しくなった。この恐怖を体から押し出すために叫びたかった。

「きみを傷つけたくない。情報がほしいだけだ」

真実だった。

「強制しても楽しくもなんともない」

これも真実だ。「強制するのがいやなら、わたしを解放して」

「知りたいことを教えてくれたら出ていっていい」

「それはできないわ。職業倫理に反するから」

彼は〝超一流〟のテレキネシスだ。〝超一流〟はときとして二つ目の能力を持つが、一つ目の能力ほど強力ではない。テレパシーは意思をベースとした能力であり、わたしの魔力もその点では同じだ。生まれてからこれまで、わたしの魔力が通じない相手はいなかった。わたしはその事実にしがみつき、心を落ち着けようとした。この男はドラゴンかもしれないが、わたしを丸呑《まるの》みする気なら、喉をつまらせてやろう。拘束された状態で少しでも楽にするために、わたしは前に身を乗り出し、唇をなめた。

「タフガイを気取るなら、あなたの力を見てみようじゃないの」

マッド・ローガンは肩をすくめた。その体から発する魔力が導火線の炎のようにパターンの線を伝い、明るく光らせた。強い力が襲いかかり、見えない何かで心を締め上げた。わたしは歯を食いしばった。彼は強力だ。

わたしはそれを押し返した。マッド・ローガンは目を細くした。

「アダム・ピアース」彼は何度もその名を繰り返した。その名を聞けば聞くほど考えないようにするのが難しくなり、わたしの防御を崩そうとする魔力が強くなっていく。

わたしは力に負けまいとした。この男に屈服はしない。「絶対に言わないから」

心にかかる力がいっきに強くなり、すさまじい重みを持ってのしかかってきた。頭を何かではさまれ、頭蓋をぐいぐい締めつけられているかのようだ。容赦ない魔力の攻撃がひどい痛みをもたらした。痛くて考えることもできない。動くのも無理だ。心の中で時間は苦痛へと変わっていった。

呪文の力で押し寄せては返すエネルギーが熱を発し、部屋をサウナに変えた。汗が流れ落ちる。Tシャツはずいぶん前に脱いでしまった。手錠を通すことができたらジーンズも脱いでいただろう。

目の前では、マッド・ローガンが魔法陣の中で身動きもせず座っている。生え際に汗の粒が浮かび、胸と二頭筋にも汗が伝っている。体をおおう青いルーン文字ははっきり見えるが、紋様の一部はにじんでいる。わたしの意思をつぶすために体力を消耗しているのだ。部屋の淡い照明の中では彼は人間に見えない。神秘の術が生み出した残忍な猛獣だ。近づいていって顔を蹴りつけられればどんなにいいだろう。圧力が強まるたびにわたしは彼を見た。あらたにわき上がる恐怖がわたしに耐える力を与えてくれた。

力がかすかに弱まった。疲れたのだ。

「あなたってリッチよね」自分の声がかすれているのがわかった。

「ああ」

「この部屋にエアコンをつけてくれるとうれしいんだけど」

「ここに何時間も座ることになるとは思ってなかった。そんなに暑いなら、遠慮なくブラを取ってくれ」

わたしは中指を立ててみせた。

「きみは何者だ？」

「あなたが地下室に鎖でつないだ女よ。あなたが誘拐した女。あなたの……被害者。そう、それが正しい言い方ね。そんなにいい教育を受けているのに、誘拐したいというだけの理由で人を誘拐してはいけないって誰も教えてくれなかったの？」

彼は顔をしかめた。「おれを撃つ時間を一秒も与えたじゃないか」

「あきらかに命の危険が迫っていないかぎり、知らない人を撃ったりしないわ。アダム・ピアースの事件を担当する警官だったかもしれないし、撃ったら殺す危険もあった。だいたい大勢人がいるところで発砲するなんて無責任よ」

「二二口径じゃ洗濯物にあたって跳ね返るのがおちだ。どうしてそんなものを持ってる？」

わたしは後ろにもたれかかった。背筋で何かが音をたてた。「殺意がないかぎり撃ちたくないからよ。口径の大きい弾はターゲットに穴を空けて出ていくけど、二二口径は体内に入って跳ね返り、内臓をぐちゃぐちゃにする。小口径の銃で胸や頭を撃てば致命傷は確実よ。あなたがお粗末なマジシャンみたいに袖口からあのきれいなリボンを取り出してわたしを縛り上げ、そのあと地下室で精神的拷問っていうフェティシズムを楽しむつもりだってわかってたら、あなたを撃ったわ。何度もね」

「お粗末なマジシャン？」

「あなたみたいな男はお世辞に弱いんでしょ？」

彼の腕の筋肉がふくらんだ。魔力が猛烈な勢いでわたしを締めつけた。さっきまでの恐怖がゆっくりした波となってわたしに襲いかかった。わたしはもう疲れてしまった。

「これで〝一流〟の奴《やつ》の魔力を打ち破ったことがある」その声は事務的だった。

彼は真実を言っている。

「きみも同じことだ」

「やってみれば?」

心にかかる圧力がいっきに跳ね上がった。魔力は獣に姿を変え、わたしを噛《か》み砕《くだ》いた。

その牙が低いうめき声を引き出す。わたしは彼を見つめ、怒りのすべてを防御の力に変えようとした。

彼の鼻から血が出て流れ落ちた。

「あきらめろ」

「そっちが先よ」

苦しい。すさまじい重さだ。防御の壁がきしむ。両手が震える。

マッド・ローガンは獣のようにうなった。彼もまた痛みを感じているのだ。

アダム・ピアース、アダム・ピアース、アダム・ピアース……その名前が教会の鐘のように心の中にこだました。両手で耳をふさぎたかったが、そんなことをしても無駄に決まってる。どこを向いても音と力にあふれている。魔力は獲物を求めてわたしの壁をむさぼっている。

思考が混沌《こんとん》として消えていく。もう少しでこの防御も破られる。

アダム・ピアース、アダム・ピアース、アダム・ピアース……。

地下室が揺らいだ。壁が液体に変わった。

圧力にさらされて心が沸騰している。屈服しなければ。自分を救うためにこの獣に餌をやらなくてはいけない。

クライアントは裏切れない。この男を勝たせるわけにはいかない。

獣に餌をやれ。秘密を、魂の奥底に埋め込んで絶対外には出さないと誓ったものを与えてやれ。

だめだ、できない。

魔力がわたしの心の壁を引き裂いた。

できない。

防御の壁がはじけた瞬間、わたしは最後の力を振り絞って心の奥底の秘密を獣の前に差し出した。獣はわたしの罪悪感に牙を立て、引き裂いた。わたしの中からいっきに言葉があふれた。

「十五のとき、わたしは父の診断書が入った主治医からの手紙を見つけた。父はわたしをつかまえて、誰にも言わないと約束させた。わたしは一年間その秘密を守った。父が死んだのはわたしのせい。母に話していたら、一年早く治療を始めることができた。わたしの責任だ。誰にも言わなかった。今日まで誰にも。それはわたしが臆病者だったから」

爆発の衝撃波のように、魔力が魔法陣を貫いた。紋様の線は一瞬輝いて消え、わたしから秘密を引き出そうとしたすべての力も消えた。

わたしは床に突っ伏した。顔が冷たい。圧力が消え失《う》せたのは、たとえようのない喜びだった。体がとても軽く感じる。

マッド・ローガンは慎重にこちらに歩いてきて、悪態をついた。

「そっちこそくたばれ」わたしは彼に言った。

彼はわたしの足もとにひざまずいた。あのあとでよくも動けるものだ。金属の鳴る音が聞こえた。彼はわたしの頭を持ち上げ、何かを唇にあてた。

わたしは歯を食いしばった。

「水だよ、この石頭め」

わたしは首を振ろうとしたが、無理やり口をこじ開けられた。水が舌を濡《ぬ》らした。わたしは霧と闘いながら水を飲み込んだ。

疲労が体を包んでいる。それともこれは毛布だろうか？　気がつくと車の中にいた。外は暗い。

車が止まった。ドアが開いた。マッド・ローガンがわたしを運んでいる。倉庫のドアだ。セメントが冷たい。

ドアが開いた。

母だった。

目覚めるとリビングルームにいた。誰かがテーブルランプをつけっぱなしにしている。やわらかな明かりで部屋はとても居心地よく見えた。深緑の壁とぬくもりのある黄色いランプ。わたしは誰かがかけてくれた毛布にもぐり込んだ。ひどい悪夢を見た。

体を伸ばすと、手足の筋肉が引《ひ》き攣《つ》った。ああ、痛い。

悪夢じゃない。マッド・ローガンに地下室に監禁されたのは現実だ。

わたしは起き上がった。何もかもが痛い。背中はじゃがいもの袋で殴られたみたいだ。あのうじ虫め。警察に通報することもできるけど、誰も信じないだろう。あの魔力を跳ねのけたことを説明するのはかなり厄介だ。かまわない。報復は別の方法を考えよう。

キッチンから声が聞こえてきた。母だ。動揺している。わたしは目を細めてブルーレイプレーヤーのデジタル表示を見た。午後十一時四十五分。母と二人で顔が紫になって気絶するまで言いあってもかまわないけれど、喧嘩《けんか》するには我が家の基準でも遅すぎる。わたしはなんとか立ち上がり、声のほうによろよろと歩いていった。

母の声が空気を切り裂いた。「……ピアースですって？　無責任だしばかすぎるわ。バーナード、ばかよ！」

そうか。ばれてしまった。あのろくでなしにドアの前まで送り届けられたあと、母はバーンに説明しろとつめ寄ったのだろう。そしてバーンは母に負けて全部しゃべってしまったのだ。

わたしはなんとかキッチンまでたどり着いた。バーンは深刻な顔でテーブルに座っている。隣にはレオンがいて、箸でテーブルの上のビー玉を転がしながら、世の中なんかどうでもいいみたいな顔を作ろうとしている。カタリーナとアラベラもいっしょだ。カタリーナの顔は、大人の間で深刻なことが持ち上がったときにいつもそうなるように、暗い。アラベラは何かを殴りたいという顔つきだ。全員もうベッドに入っている時間だった。フリーダおばあちゃんは目を真っ赤にしてコーヒーを持っている。わたしはふいに罪悪感に襲われた。祖母を泣かせてしまったのだ。

「あなたたち、信じられないわ」母が怒った。

「バーンを怒らないで。わたしのせいなんだから」

母がさっと振り向いた。わたしたちはにらみあった。

「明日、モンゴメリーの会社に行きなさい」その声は静かだったけれど、鋼のように曲げられない何かがあった。「この仕事から降りるって言うのよ」

わたしは身構えた。いずれはこういうときが来るとわかっていたが、それでも怖かった。

「できないわ」

母は肩をそびやかした。「そう。それならわたしが行く」

母は四年前に許可証を失った。そのせいで自分を責めていた。もしわたしに何かあれば、やっぱり自分を責めるだろう。そんなことはさせたくない。罪悪感や苦しい思いをよみがえらせるのはいやだ。わたしはなるべく落ち着いた声を出そうとした。「ママに事務所を代表してものを言う権限はないわ。事務所はわたしの名義なんだから」

ピンが落ちる音も聞こえるほどキッチンが静まり返った。カタリーナの目が皿のように大きくなった。

母の顔から血の気が失せ、表情が消えた。

「それはわたしが決めることよ。許可証を持っているのはわたし。ピアースの捜索は続けるわ」

「どうやってあの男を確保するつもり？」

「確保する必要はないの。会って説得すればいいだけ」

「それでうまくいくと思っているの？　ドアの前で見つけたときは、半死半生だったわ」

「それはアダム・ピアースじゃなくてマッド・ローガンのせいよ」

母はたじろいだ。レオンは首を絞められたような声を出した。

「あいつは関係ないと思ってた」バーンが言った。

「それがあるの。いとこのことが心配らしくて」

「あなた、どうかしてる」母の声がひび割れた。「危険な火遊びだってわからないの？」

「わかってる」

「お金のためね」

「そうじゃない」わたしは声を張り上げた。「家族のためよ。気まぐれでうちの家族を不幸にしようなんて、許せない。家族をばらばらにされるつもりはないわ。そんなことはさせない」

「ネバダ！」

「何？」

「またやり直せばいいじゃないの！」

「それにどれぐらいかかると思う？ コンピュータも家もクライアントのデータベースもなくなるのよ？ うちの仕事はほとんどが口コミなのは知ってるわね。うちの評判は、ベイラー探偵事務所という名前に対するものなの。モンゴメリーの会社はうちの名前を奪うつもりなのよ。電話もウェブサイトもつながらなくなったら、事務所をたたんで引っ越したんだって誰もが思うわ。再建まで何年もかかる。答えはノーよ」

「だからって命を落としたら本末転倒だわ！」母は怒鳴った。「お父さんに対する義務感でそうしてるなら、それは筋違いよ……」

「家族と自分のためにやってるの。事務所を引き継いだとき、ほとんど商売になっていなかったわ。ママとパパが築いた土台の上にわたしがこの事務所を建てたの。この六年、維持するために死ぬほど働いてきたんだから、これはわたしの仕事よ。仕事のためにいろいろ犠牲にしたし、仕事を愛してるわ。この仕事が大事で、今の暮らしも大事。仕事にしあわせを感じるし、得意でもある。ママにもおばあちゃんにもモンゴメリーの会社にも、もちろんピアースにもマッド・ローガンにも奪わせないわ！」

自分が叫んでいたことに気づいてわたしは口を閉じた。

母の顔にショックが浮かんでいる。子どもたちは凍りついている。バーンはまばたきが止まらない。

フリーダおばあちゃんはコーヒーカップを置いた。「この母にしてこの娘ありね」

母は部屋から出ていった。

わたしは子どもたちのほうを向いた。「もう寝なさい。ほら」

全員立ち上がった。

バーンも立った。「ぼくも行くよ」

わたしは祖母の隣に座った。心がむき出しになった気がした。母と喧嘩するのは難しい。母はいつも腹の立つことを言う。わたしは怒鳴り、母は完璧に理性的なことを言い返す。

大人になってわかったのは、母がじつはもろいということだ。

祖母はわたしを見やった。「ひどい顔ね」

「マッド・ローガンに眠らされて誘拐されて地下室に監禁されて、呪文で無理やり情報を引き出されそうになったの」

祖母はまばたきした。「言ってしまったの？」

「いいえ。あいつの呪文を破ったわ」

祖母はコーヒーカップに目を落とした。「お母さんはいずれ乗り越えるわ。お母さんは地面の穴に入れられて二カ月耐え抜いた。あなたが思ってるよりずっと立ち直る力が強いの」

それを聞いても気持ちは楽にならなかった。「おばあちゃん……」

「何？」

「電気ショック装置を取りつけられる人の話だけど、あれは本当？　それともわたしをからかっただけ？」

祖母はコーヒーカップを置いた。「本気で言ってるの？」

「本気じゃなきゃきかないわ」

「そんなにひどいの？」

これまでにも殴られたことはあるし、撃たれたことも四回ある。でも今日のことはそれより重く感じられた。「喧嘩になればそれなりのダメージは与えられるし、撃たれたら撃ち返すこともできる。でもこれは……」わたしは言葉を見つけようとして両手を握りしめた。「手も足も出なかった。桁外れの魔力だった。抱き上げられたときにそれを感じたの。宇宙で撮影した超新星の爆発を見るみたいだった。自分が無力になった気がしたわ。何もできない感じ。何をしてもあの男にへこみ一つつけられないだろうと思ったわ」

祖母はため息をついた。

わたしを殺すこともできた。拘束している間に首を刎《は》ねられたとしても、わたしには何もできなかっただろう。祖母にそう言いそうになって、わたしは自分を押しとどめた。

「戦うチャンスがほしいの」

「逃げてもいいのよ」

わたしは首を振った。「だめよ。あの男に襲われる前なら逃げられたかもしれないけど、もうできない」

「よく考えないとだめよ。一度つけたら二度とはずせないんだから」

「それで死ぬ確率はどれぐらい？」

「装着が失敗しても一パーセント以下だし、マカロフがやってくれるならなんの問題もないわ。でもいちばん危険なのは装着じゃなくて、使うときよ。うまくいかなければ命を落とすわ」

「それなら大丈夫」今度マッド・ローガンがそばに来たら、死ぬほどびっくりさせてやろう。

「電話してくる」祖母は立ち上がった。

わたしは母の様子を見に行くことにした。

わたしはリビングルームと娯楽室、そして〝隠れ家〟を見に行った。〝隠れ家〟はもともと予備の寝室だったのが皆が勝手に出入りする場所になった部屋だ。母の寝室のドアをチェックすると、鍵がかかっていた。ドアをノックしても、「ママ……」としおらしい声で呼びかけても反応はなかった。わたしはあきらめて寝室に戻った。

自分の寝室の場所を選ぶとき、わたしはプライバシーを求めた。七年前、どんなにがんばっても妹たちから逃げられない一時期があった。この倉庫に引っ越してきたとき、両親はそれを考えてわたしに小さなロフトを作ってくれた。わたしの寝室とバスルームは、二つの保管室の上、倉庫のてっぺん近くにある。寝室は道に面していて、同じ壁に沿ったバスルームは居住区と祖母の修理工場を隔てる壁とも接している。木製の階段を上ると踊り場があり、そこからロフトまでは折りたたみ式のしっかりしたはしごがかかっている。はしごの上十段は引き上げられるので、その気になれば寝室には誰も入ってこられない。

わたしは階段を上って明かりのスイッチを入れた。普通、倉庫には窓はないけれど、寝室に窓がほしければつけられる。わたしは窓がほしかった。寝室に一つとバスルームに一つの合計二つだ。バスルームの窓からは祖母の修理工場が見えるので、裏口の様子がわかる。寝室の窓は部屋の壁いっぱいの幅に作った。ベッドに寝そべると窓から街の風景が見える。外からも中が見えるので、ブラインドとカーテンを二種類買った。一つは白の薄地のもの、もう一つは透けない白の厚地のものだ。ブラインドと厚地のカーテンを開けておいたので、ガラスの外には夜の光景が広がっていた。網戸があれば窓を開けて夜気を入れただろう。一カ月前、窓を掃除していてうっかり網戸がはずれてしまい、入れ直すのが面倒で放っておいたのだ。今窓を開けたら夜気だけでなく蚊の大群も招き入れてしまう。

今日のことを思い返してみた。バイクショップのメカニックを脅迫し、〝超一流〟と思われる雇い主に最低の男だと悪態をつき、〝超一流〟の念火力の使い手と会い、〝超一流〟の念動力の使い手に誘拐され、母と喧嘩し、腕に命の危険のある武器を埋め込む決心をした。なんていう一日だったんだろう。わたしのまわりには〝超一流〟が多すぎる。

わたしはぼろぼろに疲れきっていた。これ以上何も考えたくない。とくにマッド・ローガンの呪文を破るために明かした秘密については。感覚を麻痺《まひ》させ、眠りたい。薬のキャビネットに市販の睡眠薬が入っていたが、あれをのむと悪夢を見る。

彼の目を忘れられない自分が信じられない。こちらに歩いてきた彼を見てセクシーだと思ったのが信じられない。近寄ってはいけない男だとわかっているはずなのに。ああいう男が植物園をただ散歩するわけがない。虎の輝く目とわたしの指ほどもある牙が見えたのに、逃げ出すこともなくなんてすてきなんだろうとぼんやり見とれてしまった。相手は飛びかかれるほど近くに来ていたのに。

何かが窓にあたった。わたしははっとした。こうもりにしては小さすぎる。鳥にしては時間が遅い。いったい……。

わたしは鍵を開けて窓を引っ張り上げた。街路から小さな火の玉がこちらに飛んできた。わたしはそれをよけようとして二メートル後ろの本棚にぶつかった。

火の玉はラグの上に落ちたが、まだ燃えている。このままでは危ない！　わたしは火の玉を寝室からバスルームのタイルの上に蹴り込んだ。そのあとを追って中に飛び込み、シャワールームのドアを開けてシャワーヘッドをつかみ、火を消した。

焦げたテニスボールが現れた。

おもしろい手段だ。わたしは引き出しからはさみを取り出し、テニスボールに突き刺して窓辺に行った。下の街路にアダム・ピアースが立っていた。

わたしはテニスボールを窓の外に投げた。それは下のアスファルトに落ちた。

「いったい何を考えてるの？　わたしを殺す気？」

「殺す気ならきみにもわかるはずだ。話しに来たんだよ」

「夜中の一時よ」

「二時だけど、いいじゃないか」彼は手を振った。「出てこいよ。見せたいものがある」

行くべきか、行かざるべきか？　もし行けば、あの男はわたしがいつでも自分の言うとおりになると思うだろう。でも、彼に家に戻るつもりがあるのにわたしが出ていかなければ、このチャンスを逃した自分を許せなくなるだろう。早く心を決めなくてはいけない。

今の状態の母がアダムを見つけたら、頭に銃弾を撃ち込むだろう。それだけは避けなければ。

「向こうに木があるわ。壁の後ろ」わたしは一メートル強の高さの石壁の後ろのオークの古木を指さした。「その裏で待ってて」

アダムは芝居がかった身振りでお辞儀した。「わかりました、我が姫よ」

わたしは階段を下り、家から閉め出されたときの用心に鍵を持ち、まっすぐオークの木に向かった。壁を飛び越えると、アダムは言ったとおりの場所で待っていた。木の裏だと太い幹に隠れて家からは見えない。彼のバイクは壁に立てかけてある。わたしは彼の隣に行き、根おおいの上に座った。

アダムはにやりとした。「どうしてここ？　お母さんに見られるとまずいのかい？」

「母があなたを撃つかもしれないのがまずいの。今の母はあなたに対して寛大な気持ちになれないようだから」

「そういうことか」

「そうよ」

アダムはわたしの顔をのぞき込み、落ちた枝を拾って差し出した。枝は明るいオレンジの炎を上げて燃えた。「何があったんだ？　ひどい様子じゃないか」

「感じの悪いライバルと会ったの」

「おれって人気者だからな」炎は消え、アダムは指から灰を吹き払った。

「そうね。あなたのせいだわ」

アダムは驚いた。

「家に帰りますって言いに来たの？」

「いや」

わたしはため息をついた。「どう言えば正しい道をわかってくれるのかしら？」

「さあね」彼は肩をすくめ、にやりとした。「おれと寝るのはどうだ？　そうすれば納得するかもしれない」

わたしを口説いたのだろうか？　そうだ。「いいえ、結構よ」

アダムが後ろに肘をついて寝そべると、黒いレザーパンツが脚に張りついた。彼はにっこりした。有名な〝こっちにおいでよ〟スマイルだ。マスコミがこぞって取り上げ、成熟した女が見過ごせないほほえみ。そのほほえみはワイルドでセクシーで危険なひとときを予感させる。不発に終わることはまずない。

「そんなに相手に困ってるなら、祖母を紹介するわ。あなたのファンなの」

アダムはまばたきした。

「若くてかわいい男とつきあう趣味はないけど、相手があなたなら話は別と思ってくれるはずよ。テクニックを教われるかも」

アダムはようやく話す力を取り戻した。「きみのおばあちゃん?」

わたしはうなずいた。

アダムは笑った。「少なくとも、おばあちゃんは笑って死ねるな」

「うぬぼれてるのね」

「うぬぼれじゃない。事実だ」アダムは身を乗り出した。「きみのシーツに火をつけられる」

それは間違いないだろう。「わたし、かりかりに焼かれるの?」

「キスしてくれたら教えるよ」

結構だ。「家族が心配してるわ」

「きみはおもしろい。おれはおもしろいのが好きなんだ。目新しくて楽しいのがいい。ネバダ、きみの声はセクシーだって言ったっけ?」

わたしの名前を呼ぶその口調はわいせつすれすれだった。目の前で裸になられたとしても、これほどの誘惑は感じなかっただろう。

「きみがしゃべると楽しいことを考えてしまう。二人でいっしょにする楽しいことだ」

うまい言い方だ。

「それにきみの肌は蜂蜜みたいだ。どんな味がするんだろう」

疲れて苦いに決まってる。「そうね」アダムはわたしの髪を一筋つかんだ。わたしは体を引いた。「あなたに触る権利はないわ」

「どうすれば権利が得られる？」

金持ちのどら息子をやめればいい。「あなたに恋に落ちたら」

アダムの手が止まった。「恋か。本気？」

「ええ」これで彼も黙るだろう。

「十六世紀じゃあるまいし。今度は詩でも捧《ささ》げろっていうのかい？」

「いい詩が書けそう？」

アダムは草の上に寝そべり、携帯電話の画面を親指でスワイプした。「これを見てくれ」

画面が白くなった。白っぽい背景が砕け、細かい破片になって複雑な模様を描いて飛び散った。一人の女性が現れた。おそらく五十を過ぎた年齢だけれど、正確な年はわからない。濃紺のビジネススーツは細い体にぴったり合っている。化粧は完璧で、キャラメル色の髪はフォーマルに整えられているが計算し尽くされたルーズさがある。顎のとがった顔、大きな黒っぽい目、細い鼻を見れば誰なのかわかった。クリスティーナ・ピアースだ。

「母からメッセージが送られてきた」アダムが言った。「家の外からおれのプライベートなアドレスにあてたもので、家族だけに通じる方法で暗号化されてる。スパイ映画みたいだろう？」

アダムは再生を押した。クリスティーナ・ピアースがしゃべり出した。

「あなたのためにブラジル行きの飛行機を用意させたわ」その声にはジョージアのアクセントがあったが、やわらかさはかけらもなかった。「ブラジルとは犯罪人引き渡しの取り決めがないの。これが家よ」クリスティーナの姿が消え、邸宅の写真が現れた。白い壁、熱帯らしい植物、海の明るい青を背景に暗く浮かび上がる、縁のないインフィニティ・プール。またクリスティーナが現れた。「あなたがいない間、身代わりを立てるわ。一年もあれば犯罪歴なしにアメリカに戻ってきて、嫌疑をかけられた無実の人として大衆の同情と支持を得られる。なんでも手に入る天国で一年を過ごすだけよ。一分たりとも刑務所に入る必要はないって約束するわ。考えてみてちょうだい」

わたしはオーガスティンに保険を要求した。そしてピアース一族はそれを用意したのだ。

「母はおれを愛してると言ってる」アダムは母親の映像を見た。「愛は支配だ。他人の人生を勝手に動かしたいとき、そいつに愛してるって言うんだ。自分の都合のいい型に押し込めて、こっちが逃げようとすると罪悪感っていうロープでぐるぐる巻きにする。うちの一族はずっと前からそうしてるよ。一世紀以上も利益のための結婚と出産を繰り返してきた。そこに愛はない」

「わたしはそうは思わないけど」

「きみがこの木の下に座っているのは、母がモンゴメリーの腕をひねり上げ、モンゴメリーがきみの腕をひねり上げたからだ。家族を盾にしてね。もしきみの家族が家を失わなかったら、この仕事を受けたかい?」

「たぶん受けてないわ。でも決めたのはわたしよ」

「どうして? きみは家族に借りなんかない。産んでくれって頼んだわけでもない。家族はきみをこんな世界に引きずり出しておいて、おとなしく言うことを聞けって言う。おれにしてみれば、いい加減にしろ、だよ」

産んでくれって頼んだわけでもない……ある意味アダムはまだ十五歳のままで、自分が作り出す炎のように気まぐれなのだ。

「少なくともあなたには両親がいる。わたしは父がいないの。誰も父を連れ戻すことはできないわ」

アダムは首をかしげた。「それ、どんな感じ?」

「今でも苦しいわよ。ずっといっしょだったのに、もういない。母はわたしを愛してくれるし、なんでもしてくれる。でも本当に理解してくれたのは父だった。わたしの行動を理解してくれたの。父を逝かせまいと必死にがんばったけど、だめだった。家族の世界は崩壊したわ。年上のわたしはさておき、妹たちは幼かったし、本当につらかっただろうと思うの」

アダムは肩をすくめた。「父親はいるけど、パパはいないな。父はまじめだ。フットボールの試合とかピアノの発表会があるって母が言えば、必ず来てくれた。でも心はそこにないんだ。父が何を好きなのかは知らないけど、金が好きなのは知ってる。いちばん上の兄は会社で働いてる。もう一人の兄は軍にいて、ビジネスに必要なコネをせっせと作ってる。父はその兄たちとは話すんだ。子どもが金を稼ぐようになると興味を持ち始めるってわけさ。それまではおれたちは母の所有物だ」

「少なくともお母さんはあなたのことを心配しているわ。愛してるからよ」

「母はおれを甘やかすだけだ。そこが違う。甘やかしっていうのは無言の非難だ。一族は問題ないし、仕事も順調だ。母はＩＱが百四十八もあって、寝てたって仕事ができる。家計は盤石だし、父はスキャンダルで一族に恥をかかせることもない。おれの存在は母が感情に走るための口実なんだ。おれが家族の宮殿を揺るがすようなことをするたびに、母の芝居がかった振る舞いが注目を浴びるってわけさ。おれがいなかったら母は何を不満に思えばいい？　おれは全力で母をがっかりさせようとがんばってるんだよ」

何を言っているのだろう。「うっかり一族の期待に応えてしまったことはないの？」

「大学には行った。修士課程を始めたときに、これからずっと要求され続けるって気づいたんだ。一族はおれが死ぬまで期待のはしごを上り続けることを求めている。学位を取って、金を稼いで、正しい相手と結婚して、頭がよくて魔力に恵まれた子どもを持って、もっと稼ぐ。一族には二十四年を捧げた。それ以上は無理だ」アダムはこちらに身を乗り出した。「いいか、親とか妹とかっていうのは五歳児が考えることだ。おれはきみに自由になるチャンスをやる。家族なんか捨てておれと行こう」

〝おれは有名な逃亡犯で、人に火をつけるのが好きだ。おれは街中の奴らから頭を狙われてるが、いっしょに来ればホットなセックスが楽しめる。飽きたらおもしろ半分できみをバーベキューにしてやるよ〟こんなことを言われてついていくと思うのだろうか？

「それはどうかしら」

「おれが恋に落ちたふりをしたら？」アダムが指を鳴らすと手のひらの上に小さな炎が現れた。彼はそれをキャンドルのようにわたしの顔の前に差し出した。濃いまつげに縁取られた目は底なしの水をたたえているかのように暗い。「誰にも見つからないことを保証する。警察が千年捜したって無理さ」

アダムは本気でわたしと逃げようとしている。わたしはわからないふりをした。「どうせ口約束でしょう？」

「まさか」

嘘だ。アダムは嘘をついている。どうしてだろう？

「本当にきみがほしいんだ。というか、恋してるんだ」

ほしい、というのは本当のようだ。冷静に対処しなければいけない。「わたしの言うとおり家族のもとに戻る気はある？」

「考えなくもない」

嘘だった。食えない男。

「ネバダ」彼は甘い声を出した。「少しは人生を楽しもうぜ」

コーネリアスの言葉を思い出した。〝アダムはほしいものを手に入れる。もし断れば、きみを傷つけるだろう〟アダムは受け入れてほしがっている。自分は特別だと知って安心したいのだ。正面から拒否すれば、その痛みは一瞬のうちに憎しみに変わるだろう。わたしの仕事は彼を家族のもとに返すことで、あの警備員のようになってはいけない。

「家族のことは忘れていっしょに崖から飛びおりよう。おれたちなら飛べる」

わたしは身を乗り出して彼の頬にキスした。「今夜はやめておくわ。もし翼が生えたら、そのときに」

わたしは立ち上がり、倉庫に向かって歩き出した。

「家族はきみを引きずりおろすぞ。きみはされるがままだ」背後からアダムの声が追ってきた。

「アダム、殺されないでね」わたしは肩越しに言った。「あなたを家族のもとに連れ戻さなきゃいけないんだから」

6

わたしはマッド・ローガンと二人で崖っぷちに立っていた。眼下の地面ははるかに遠く、まるで世界が二人の足もとで終わっているかのようだ。風が髪を乱す。彼は前と同じ黒っぽいパンツだけで、あとは何も着ていない。上半身の筋肉は美しく隆起し、野蛮なほどの力を発散している。理性をなくした犯罪者の暴力的な力ではなく、獣の冷酷な力でもない、知性的で断固とした人の力だ。あらゆるところに力があふれている。たくましい肩、筋肉質の首を回すしぐさ、角張った顎の角度。彼がこちらを向くとその全身が引き締まった。筋肉はゆるんでは硬くなり、手は今にも何かを握りつぶそうとし、目は油断なくすべてをとらえ、ぴりぴりするような魔力で美しい青に燃え上がっている。自分の城を守るため、剣をたずさえて一人吊り橋《つりばし》に向かう姿が目に浮かぶかのようだ。侵略者の群れをその表情だけで追い払うのだ。

そんな恐ろしい姿を見ても、両手でその胸を撫《な》で、筋肉の盛り上がりをたしかめたくなる。わたしはどうしようもない愚か者だ。

彼の周囲には猛烈な魔力が渦巻いている。彼はその魔力とともにこちらに近づいてきた。

「アダム・ピアースのことを教えてくれ」

わたしは手を伸ばしてその胸に触れた。肌は焼けるように熱い。指の下で筋肉が緊張する。体に熱い震えが走った。この胸にもたれかかり、顎の下にキスし、舌で汗を味わいたい。それを気に入ってほしい。

「あの少年はどこに行ったの？」わたしはたずねた。「メキシコの街を破壊した少年は、まだこの中にいるの？」

「ネバダ！」母の声がナイフのように夢を切り裂いた。

わたしははっとしてベッドの上に起き上がった。

なるほど。わたしの頭が混乱しすぎているか、マッド・ローガンの発信力が強すぎてイメージが直接心に送り込まれてしまったか、どちらかだ。どちらにしてもよくない。あの少年に起きたことを考えると……わたしは頭の検査をする必要があるようだ。

「ネバダ？」

「起きてるわ」わたしはベッドから出てドアを開けた。母が踊り場に立っていた。「おばあちゃんが知り合いの専門家を呼んだの。本当にやるつもり？」

わたしは顎を上げた。「ええ」

「どうして？」

「武器を持たないで戦争に行く人がいる？」

「これは戦争なの？」

わたしは階段に腰かけた。「わかったわ。ママの言うとおりよ。これはパパにも少し関係があるし、それ以上にこの家に関係あるの。ここはわたしたちの家。奪われないためならなんだってするわ。モンゴメリーの会社と交渉して、もしわたしが死んだら一ドルで事務所の名前を買い戻せるようにしてもらったの」

母の顔がゆがんだ。「どうでもいいのよ、大事なネバダ、そんなことはどうでもいいの。あなたが大事なだけ。あなたを失うなら事務所なんてなんの価値もないわ。うちはチームだと思っていたのに」

「チームよ」

「でも教えてくれなかった。しかもバーンにまで隠しごとをさせて」

「言わなかったのは、言ったらまさに昨日の夜みたいなことになると思ったからよ。ママはやめろと言うでしょう。うちはチームだけど、ママは母親よ。わたしを守るためならなんでもする。でもリスクを取るかどうか、わたしが決めなければいけないときもあるの」

母は考え込んだ。「わかった。そういうことね」

「昨日の夜、アダム・ピアースが来たわ」

「ここに？」

わたしはうなずいた。

「なんの用だったの？」

「いっしょに逃げてくれって。わたしをからかってるのよ。でもどういうつもりなのかよくわからないの。毎晩セキュリティを確認したほうがいいわ。あの男のことは信用していないから」わたしは顔をこすった。「泥沼にはまり込んだみたい」

「自分で選んだことよ」

「それ、関係ある？　抜け出したいって思ったって抜け出せるとは思えない。それが怖いの。自分でももう……マッド・ローガンは本当に……」言葉がなかなか見つからず、わたしは両手を上げた。

「ハリケーンの中に立っているみたいなのね」母が言った。

「まさにそうよ。わたしはフェアな場所で戦いたいだけ。大好きよ、ママ。もう腹をたてるのはやめて」

「わたしもよ。フェアな場所がほしいなら自分から求めなきゃ。あなたはもう大人だし、自分で決めたことよ。でもわたしは賛成できないの。この件すべてに」

母は出ていった。やっぱりまだ怒っているのだ。

倉庫の修理工場に行くと祖母と専門家とやらがいた。マカロフは六十代初めの男性で、毛は薄いが壮健だ。禿《は》げ始めているので白髪まじりの髪を短く刈り込んでいる。折りたたみ椅子に座って祖母と話している彼の隣には、六十センチ四方のどっしりした金属の箱が置かれていた。そばには、四十年前のマカロフを思わせるわたしと同じ年代の金髪の男がいた。

祖母はわたしを見て手招きした。

「で、こちらがその被験者だね」マカロフの言葉にはロシアのアクセントがあった。「年は？」

「二十五です」

「身長は？」

「百六十五センチ」

「体重は？」

「五十九キロ」

「心臓に問題はない？」

「はい」

「高血圧や偏頭痛は？」

「ときどき頭痛はするけど、偏頭痛はそれほど多くないです。半年に一回ぐらい」

マカロフはうなずき、鋭い緑色の目でわたしを値踏みするように見た。そして足で箱を軽く蹴った。「これは〝ミューリーナ〟だ。ロシア語でうつぼを意味する。魚じゃないよ。植物とか動物とかいう人もいるが、とても原始的な生き物だ。うつぼというのはふだんすみかに隠れていて、誰も気づかない。水中で息をひそめているんだが、魚が近づくと、いきなりがぶりだ！」マカロフは片手で空気に噛《か》みついてみせた。「飛び出してきて、魚に噛みつく。喉の中に二つ目の口があって、その口が魚の肉に食い込む。かぎ状の歯でね」マカロフは片手をかぎ爪のように曲げて自分の指をつかんだ。

さっきまで緊張していなかったのに、話を聞いていると不安になってきた。

「きみもそんなふうになる。外からは何も見えない。どんな探知機にも引っかからない。でも、いきなりがぶりだ！」

「がぶり、っていいですね」なんとなくそう思った。

「欠点もある。見落としがちな注意事項を教えておこう」マカロフは身を乗り出した。「まず一つ。誰もこれがなんなのか知らない。こっちは魔力をつかんで引き出しているだけで、その正体がなんなのか、どこから来たのか知る者は一人もいない。長期間でどんな副作用が出るのかもわからない。わかっているのは、三世代にわたって埋め込んできたが、今のところ何もないということだけだ。わたしも一つ入れている。幻聴が聞こえることはないし、殺人の衝動に襲われることもない。だがその可能性は常にあるということだ」

「わかりました」

「それから、百十二人に一人の割合で拒絶反応を示す者がいる。生き残れるとは限らない。ゼニアを連れてきたのはそのためだ」マカロフは金髪の男性のほうにうなずいてみせた。「こいつは救命士として訓練を積んでいる。もっとも、あんたの心臓が止まってしまえばそれまでだがね。残念ながら」彼は両手を広げてみせた。

〝残念ながら〟とまで言われるとは思っていなかった。

「最後に、ミューリーナの働きを教えよう。これはあんたのエネルギーを自分のエネルギー源にする。魔力を使ってこいつのエネルギーを満たしてやらないといけない。痛むよ。とてつもなく痛い。だがあんたが誰かに触ったとき、そいつはもっと痛い思いをする」マカロフはにやりとした。「ただし、連続して数回使うと目の前に赤い点が浮くようになる。これはツチボタルと呼ばれている。体がやめろって信号を送ってるんだ。それでも続けたら脳の血管が爆発する」マカロフは鋭い声を出して親指で首をかき切ってみせた。「救急車を呼ぶまでもない。その場で即死だ」

「どうやってエネルギーを送るんですか?」

「精神的にだ。移植したら教えるよ」

「どれぐらいのダメージを与えられる?」

マカロフは目を細くした。「本人がどれぐらいのパワーを持っているか、どれぐらいのダメージを与えたいと思っているかによる。決めるのはあんただ。致命的でないことは保証されてるし、自衛手段というよりは行動修正のためのものだ。〝優秀〟レベルまでの魔力使いならきわめて安全だ。悪い奴《やつ》にこれをくらわせれば、相手はしばらく地面を転がり回るだろう。あんたはその間に奴の肋骨《ろっこつ》を蹴りつけることができる。で、二人とも無事に家に帰れるだろう。〝一流〟レベルになると相手は痙攣《けいれん》する」

「〝超一流〟は？」母がたずねた。

わたしは跳び上がりそうになった。母が入ってきたのに気づかなかった。

「わたしが知ってるかぎり、これをつけている〝超一流〟はいない。必要ないんだ。自分の魔力があるから、新兵キャンプで新人をしごいたり、戦場で魔力使いのお守りをしたりするより、自分の力を使うことで忙しい」マカロフは母を見やった。「久しぶりだな、一等軍曹。脚はどうだ？」

「まだありますよ、上級曹長」

マカロフはうなずいた。「それは何よりだ」

「うちの娘を殺したら、生きては帰しませんから」

「その言葉、頭に入れとくよ」マカロフはわたしのほうを向いた。「で、どうする？」

「費用はどれぐらいですか？」

「おばあさんと決めてくれ。わたしはきみのおばあさんに借りがある」

わたしは深呼吸した。「やります」

マカロフは立ち上がり、ポケットからマーカーを出した。「よし。朝食は？」

「まだです」

「そりゃ好都合だ」

三十分後、わたしの両腕は神秘の紋様で埋まった。ゼニアはわたしの心拍や血圧を測り、大きな椅子を持ってきた。ゼニアとマカロフはわたしをその椅子に縛りつけた。

「痛みます？」

「もちろん」

上級曹長は患者の扱いがうまいとは言えない。

彼はゼニアのバッグから紙の箱を取り出した。中にはユダヤ教徒が使う清められた粗塩が入っており、彼はそれを椅子のまわりに丸くまいた。「万が一のためにね」

「万が一って？」

「〝ミューリーナ〟が機嫌を損ねたときのためだ」マカロフは塩で描いた円の中に金属箱を置き、大きな古くさい鍵を鍵穴に差してかちゃりと開けた。かすかなシナモンの香りが立ちのぼった。

箱の蓋がすっと開いた。マカロフはわたしの知らない言葉で何かを怒鳴りつけた。その左手が、輝く透明な明かりでおおわれたように青くなっている。指が伸び、こぶしが大きくなり、節くれだった。先端からかぎ爪が生えてきた。マカロフは悪魔のようなその手を箱に入れ、白っぽい緑色に光る細いリボンを取り出した。足も頭もしっぽもない。長さ十八センチ、幅二センチ半ほどの光のひもだ。マカロフに握られたままうごめいている。

マカロフは呪文を唱えながらそれをわたしに近づけた。

やっぱりまずかったかもしれない。

マカロフはわたしのむき出しの左腕に描かれた紋様の間にぴしゃりとリボンをたたきつけた。煮えたぎった油をかけられたかのようだ。わたしは叫んだ。光るひもから根のような触手が生え、わたしの肌に噛みついた。痛みが酸に浸した外科用メスのように肌を切り裂く。わたしは抵抗したが、それはどんどん肌に食い込み、中に入っていく。わたしは座ったまま暴れ、痛みから逃げようとした。腕を自由にすることさえできれば、それをつかみ出せるはずだ。

母は顔をゆがませ、目をそらした。

痛みが腕の中を焼き、わたしはまた悲鳴をあげた。魔力が体を押さえ込んだ。胸の上に象が乗っているみたいだ。叫び続けていると、それは骨の中にすべり込んで止まった。わたしは疲れきって拘束具にぐったりもたれかかった。

痛みが引いていく。額は汗びっしょりだ。

マカロフは右の人間の手でわたしの顎を上げ、目をのぞき込んだ。

「生きてるかね？」

「ええ」

「よろしい。今度は右腕だ」

永遠とも思える時間のあと、ようやく拘束を解かれた。腕の紋様は、まるで魔力に吸い取られたように薄くなっている。腕はまだ痛い。腕立て伏せをやりすぎたか、前の日に重いものを運んだみたいだ。でも最初の痛みに比べればなんでもない。こんな痛みならいつ感じてもかまわない。

「これからデモンストレーションをやってみよう」マカロフはゼニアを手招きした。金髪の男はわたしの隣に立った。

「肩から右手に力が流れるところを頭に浮かべてみなさい」

わたしは、緑色の光が腕を伝ってこぶしに流れ込むのを想像した。

「少し待とう。初めてのときは時間がかかるものだよ」

わたしは立ったままどろっとした光を想像したが、そんな自分を間抜けに感じた。

腕の中で何かが動いた。外からは何も見えないが、指先にぴりっと何かが走るのがわかった。

「いいかね？」マカロフが言った。

「ええ」

「ゼニアをそっと触ってみてくれ」

わたしはゼニアの肩をつかんだ。目もくらむほどの痛みが腕を突き抜け、胸に刺さった。細い雷光が肌を突き抜けて腕の上で躍った。ゼニアが白目をむいた。わたしは苦痛に耐えられず体を二つ折りにした。頭の中で痛みがこだまし、歯が鳴った。すごい。

マカロフはわたしを押しやった。手を離すとゼニアの体は床に崩れ落ちた。口から白い泡を噴いている。足が床をたたいている。大変だ。

マカロフは膝をつき、悪魔の手をゼニアの胸にすべり込ませた。痙攣が落ち着いてきた。かぎ爪のあるその手をゆっくりと引くと、ゼニアが目を開けた。

「大丈夫か？」

金髪の男はうなずいた。

マカロフはこちらを振り返ってわたしの顔を見、祖母のほうを向いた。「ちょっと話がある」

二人は倉庫の奥に行った。わたしは祖母の冷蔵庫から水のボトルを取ってきてゼニアを助け起こし、渡した。「本当にごめんなさい」

「大丈夫」彼はボトルを取ってごくごくと飲んだ。「びりっと来ただけだ。ちょっとここで横になってるよ」そう言って彼は仰向けになった。

向こうではマカロフと祖母が言い争っている。マカロフはわたしを指さしている。わたしは耳を澄ました。〝なんで黙ってたんだ〟という言葉が聞こえた。祖母もそのあとから来た。マカロフは祖母に背を向けてこちらに歩いてきた。「これから言うことをよく聞きなさい。この魔力を〝一流〟レベル未満の相手に使っちゃいけない。わかったね？　相手を殺す危険がある。彼らの魂のことで良心を悩ませたくないんでね」

マカロフは箱を持って去っていった。ゼニアも立ち上がり、そのあとを追った。

祖母は腕組みして二人の後ろ姿を見送った。

「どういうこと？」母が言った。

祖母は首を振った。「まったく、あのロシア人ときたら。気にしないで。とにかく、その装置は気をつけて使うことね」

わたしはまだ歯が痛かった。「相手かまわずそのへんにいる人にいきなり使おうとは思ってないわ」

テーブルに置いた携帯電話が鳴った。わたしはいつも家の中でも携帯電話から離れない。画面を見ると、登録していない番号だ。誰だろう。

「ネバダ・ベイラーです」

「きみと話したい」マッド・ローガンの声がした。「いっしょにランチをどうだ？」

脈拍が跳ね上がり、全身が緊張した。その声の衝撃を受けて、一瞬、脳が機能を止めた。

いたい、人の車をずたずたにしてどうやってその人をランチに引っ張り出せると思うの？　車を切り刻めるほど近くにいるなら、わたしがあなたの頭を撃ち抜くことも可能な距離というわけよね。ふいをつかれたら弾丸をそらすことはできる？」

「こっちは理性的に話そうとしてるんだ。ランチに来れば情報を交換できる。さもなければ……」

「さもなければ何？　今ここに母と祖母がいるの。二人に電話を替わるから、わたしがランチに行かなかったらどんな恐ろしいことをするか伝えてくれる？」

「それでどうにかなるのか？」

「たぶん無理」

「どうすれば安全だと思ってくれる？」

「まずは謝罪からね」

「誘拐したことは謝る。ランチの前も、途中も、終わってからもきみを誘拐しないと約束する。これは仕事の話し合いだ。どこでならリラックスして会ってくれる？」

リラックスして？　あの魔法の記憶がまだ頭で燃えているのに？　マッド・ローガンに関するかぎり、リラックスすることなどありえない。市庁舎の真ん中でＳＷＡＴに囲まれて会ったとしても、彼なら汗一つかかずにＳＷＡＴもわたしも吹き飛ばせる。でも話はしなければいけない。マッド・ローガンはわたしに会いたがっているし、彼は望みのものは確実に手に入れる男だからだ。

「ミズ・ベイラー？」

「ちょっと待って。誰にも正体がばれない場所を思い出しているから」

「もし望みなら、窓のない薄気味悪いバンを用意して、その中で油っぽいテイクアウトを食べてもいい」

二人きりで？ 「そそられるけど、結構よ。一時間後、〈タカラ〉で――」

彼は電話を切った。

わたしは天を仰いだ。

「それ、どうかしら」母が言った。

「さあね。情報の交換をしようって言ってたから、交換できるような情報を持っているのかもしれない。彼を避けようとしても無理よ。ノーを受け入れない人だから。こちらの条件で会っても彼の条件で会ってもかまわないけど、彼の条件で会うのはもう懲りたわ。マロフはレベルの低い魔力使いに電気ショック装置を使うなと言っていたわね。マッド・ローガンは〝超一流〟よ」わたしは手で何かをつかむしぐさをしてみせた。

「母さん？」母は祖母のほうを向いた。

「何？」

「この子、誘拐犯と食事に行くそうよ」

「写真を撮ってきて」祖母が答えた。

「この家族のおかげで早死にしそうだわ」母はうめいた。「わたしもいっしょに行く。母さん、ドアをロックしてアラームをセットしておいて。バンとバレットを借りるわ」

「狙撃銃だけでいいの?」祖母がたずねた。「あの男は胸で弾丸を跳ね返すんじゃなかった?」

「バレットは音速の二倍の速さで十二・七ミリ弾を発射するのよ。銃撃の音を聞く前に命中してる」母は腕組みした。「胸で跳ね返せるならぜひ見てみたいものだわ」

7

〈タカラ〉はウェブサイトではアジアンビストロをうたっているが、とくに人気なのは美しい寿司《すし》で、伝統的な中華料理と韓国料理は少しだけだ。広くてモダンな店内は重厚な茶色の石造りで、窓は広い。中に入ると二メートル半もある壁型の噴水がわたしを出迎えてくれた。室内はクリームがかったベージュ、落ち着く緑、深い茶色といった色調が基本だ。色遣いもやさしい水音もセンスのいい内装も穏やかそのものなのに、目の前にいるウエイトレスもカウンターの三人の寿司職人も見るからにおびえていた。

ダークブラウンのテーブル席のほうを見ると、マッド・ローガンがいた。襟元を開けた白いシャツとグレーのスーツ。大きな竹をいけた背の高い花瓶が床に置かれているが、そのそばの奥の席に座っている。その席なら知っている。窓から外が見えるが、外を通る人からははっきりと見えない。このフロアでいちばん目立たない席だ。でも今は店の真ん中にあるも同然だった。マッド・ローガンを見過ごすことなどとてもできない。店内は若い女性の二人連れと中年の夫婦を除いて誰もいない。その四人は必死にマッド・ローガンのほうを見ないようにしていた。

　母はここから六十メートルも離れていない駐《と》車場に駐めた車の中にいた。狙撃銃バレットの有効射程は一キロ半を超える。母の魔力は絶対に的をはずさない。わたしの膝はまだ震えていた。やっぱりこんなところに来なければよかった。

　タイトな黒のドレスを着たウエイトレスがわたしに笑顔を作ってみせた。「ミズ・ベイラーですね？　どうぞこちらへ」

　わたしはそのあとについていった。アドレナリンが魔力を増幅させ、怒った蜂の群れのように今にも体から飛び出そうとしているのがわかる。服装は、着古したジーンズ、チャコールグレーのブラウス、いちばんいいランニングシューズを選んだ。また命からがら逃げ出すことになるかもしれないとしたら、これで準備万端だ。

　マッド・ローガンがすっと立ち上がった。魔法のようにウエイターが現れ、わたしの椅子を引き出してくれた。

　マッド・ローガンはわたしの椅子に触れなかった。椅子を引いてくれてもおかしくないのに、動かない。礼儀正しくする価値のない相手だと思い、わざとそうしたのかもしれない。有力一族の一員なら、こんなエチケットは呼吸も同然なのに。

「わたしの椅子に何かしたの？」

「いや」

わたしの魔力が鞭《むち》のように反応した。嘘《うそ》だ。

わたしは窓際の席のほうを向いた。「あっちのテーブルのほうがいいわ」

ウエイターはどうしていいかわからず凍りついた。

わたしは窓際のテーブルに行って駐車場と向きあう席を指さし、二人のほうを見た。

「ここに座るわ」

マッド・ローガンは左手の指を一センチ動かした。絨毯《じゅうたん》からかすかに赤い煙が立ち、わたしが座るはずだった席を囲む魔法陣が一瞬形を現して空中に消えた。マッド・ローガンが罠《わな》を仕掛けたのだ。もう少しで座るところだった。とんでもない男だ。

わたしは椅子を引いた。マナーどおりなら彼は窓に背を向ける向かいの席に座るはずだ。そうすれば母は楽々と狙える。マッド・ローガンがこちらに一歩踏み出した。テーブルがするりと動いて窓から離れ、周囲のテーブルが動いてスペースを空けた。持っていた椅子がわたしの手をすり抜けてテーブルのあとを追った。そばにあった三つの椅子がそれに続き、テーブルを囲んだ。マッド・ローガンは入り口と窓を見晴らせる椅子に手をかけ、さりげないしぐさでわたしを呼び寄せた。「ここがきみのテーブルだ」

うなりたい気分だった。計画が台無しだ。

わたしは座った。

マッド・ローガンも座った。

わたしたちはテーブルをはさんでにらみあった。

ウエイターが不安げな顔で隣に来た。「飲み物は何になさいますか？」

「レモンティーを砂糖なしで。カロリーゼロの砂糖をつけてください」

「同じものを」マッド・ローガンが言った。「レモン抜きで」

「前菜は？」ウエイターがきいた。

マッド・ローガンがわたしを見た。「選んでくれ」

「カルパッチョを」

「わかりました。すぐにお持ちします」ウエイターは見るからにほっとした顔で去った。

メキシコの虐殺王とわたしはまたにらみあった。彼の目は明かりによって色が変わるようだ。昨日、魔法陣の中にいた彼の目は暗く、濃紺に近かった。今はもっと明るいスカイブルーだ。脳裏に昨夜の夢の崖での一シーンがよみがえった。わたしはそのイメージを踏みつぶした。マッド・ローガンがどんなテレパスなのかわからない。頭の中から輝かしい半裸の彼のイメージを引き出されるのだけは避けたい。

「身分証は？」

「身分証？」

「自分でマッド・ローガンを名乗っているけど、その言葉が正しいのかどうかわたしにはわからないわ」

彼は箸を割ってこすり、一本を太いほうを天井に向けて目の高さに持った。そして指を離した。箸はテーブルの上で浮いている。すばらしい。このゲームは知っている。小学生は自分の魔力をたしかめるためにこの遊びをする。テーブルから箸を浮き上がらせることができれば念動力を持つテレキネシス。箸を浮かしてそのまま空中に保てれば、高精度のテレキネシスとなり、両親のもとに将来の職と引き替えに奨学金を出すという申し入れが来る。教育費を払ってもらう代わりに、十年か二十年その組織で働くというわけだ。

マッド・ローガンはさりげなくナプキンを広げた。透けるほど薄い紙のような木片が一枚箸の先から削られて、はらりと落ちてきた。なんということだろう。

木片がまた一枚落ちた。中年の夫婦は食べるのをやめている。男性はあんぐりと口を開け、女性は食べ物をのみ込めない様子だ。背筋に寒気が走った。こんなことありえない。テーブルを動かすのはすごいことだ。テーブルはかさばっていて重いし、動かすのにかなりの力がいる。でもこれはレベルが違う。力をこんなに細かくコントロールできるテレキネシスはいない。

マッド・ローガンは膝にナプキンを置いた。箸がくるくる回った。落ちた木片が完璧な円を描いた。まるで小さな花びらの輪ができたみたいだ。

ウエイターが飲み物を持って出てきたが、フロアの真ん中ではたと足を止めた。

一つ目の輪が木片でいっぱいになり、その外側にもう一つ大きい輪ができた。削り残って半分になった箸が二つの輪の真ん中に落ち、大きな音をたてて四つに割れた。

わたしは息をするのを忘れていた。

中年夫婦の男性は、二十ドル札を三枚取り出してテーブルに投げ、女性の手をつかむと、小走りで店を出ていった。

こんなに恐ろしいものを見るのはいつ以来だろう。こんなことが可能なのだろうか？もしこれを人間に対しておこなえば、さぞ恐ろしいことになるはずだ。

マッド・ローガンはわたしを見た。

何か言わなくては。何かしなくては。なんでもいい。

わたしは携帯電話を取り出し、テーブルの写真を撮った。

彼はかすかに眉を上げた。

「祖母によ」わたしは携帯電話を置いてウエイターににっこりした。「この人がお箸をだめにしてしまったので、もう一つもらえますか？」

ウエイターはうなずき、あわててテーブルに飲み物とカルパッチョを置くと、何も言わずに行ってしまった。マッド・ローガンはしょうゆを入れるのに使う白い小皿を取り、手でテーブルから木片を払い落とした。

「免許証を見せてくれればよかったのに」頼んだのが間違っていた。彼はすさまじい力の持ち主だ。

「免許証は偽造できる。だがこれと同じことができる者はアメリカ大陸には存在しない」

そして謙遜という言葉を知らない。

二人連れのうち、背の低い鳶《とび》色の髪の女性が立ち上がり、こちらに近づいてきてテーブルに名刺を置いた。その手が少し震えている。「わたしはアマンダ。電話して」

彼女はこれみよがしに腰を振りながら自分のテーブルに戻った。

わたしはピンク色のステーキ肉の薄切りをぴりっとしたソースにつけた。うん、おいしい。「やりすぎよ。お客を二人追い払ってしまったし、ほかの二人は我を失ったし、ウエイターはすくみ上がったわ。厨房《ちゆうぼう》に行ってほかのスタッフも脅かす？」

「最初に席を変えたのはきみだ」

「じゃあ、あなたの罠の中におとなしく座ればよかったの？」

マッド・ローガンの顔はまじめそのものだった。「そうだ。そうすればきみはもっと扱いやすくなって、ここからさっさと出られただろう」

「それは残念」わたしは自分を殴りたくなった。気の利いた返しとはとても言えない。

ウエイターが箸を持ってきた。「ご注文をおうかがいします」

「プルコギを」マッド・ローガンが言った。

わたしはシンプルなサーモンロールを頼んだ。わたしたちは人工甘味料の包みを破り、飲み物に入れた。

「おれが知っているのはこれだけだ」マッド・ローガンが口を開いた。「きみの名はネバダ・ベイラー。現在モンゴメリー国際調査会社の子会社である小さな事務所にいて、許可証を持っているのはきみだけだ。モンゴメリー国際調査会社は、ピアース一族が所有するいくつかの地所の警備を請け負っている。そこで一族は放蕩《ほうとう》息子を帰宅させるという仕事をまかせた。そして貧乏くじを引いたのがきみというわけだ」

わたしはまた肉を一切れ口に入れて噛《か》んだ。おいしいし、こうしていればあとで悔やむようなことをしゃべってしまう心配もない。

「おれはアダム・ピアースには興味がない」

それは真実だった。「それでだましたつもり？　侮辱された気分だわ。わたしを誘拐して拷問したのは、なんの興味もない人のためだったっていうの？」

ドラゴンは笑おうとしなかった。「おれが興味があるのはギャビン・ウォラーのほうだ。生きてるといいんだが」

これも真実だ。でもそのことはもう知っていた。「ギャビンは姿を消したわ。ツイッターは動きがないし、インスタグラムも更新されてない。あの夜以来、目撃情報もないの。隠れているか死んでいるか、どちらかよ」

マッド・ローガンはうなずいた。「そうだな」

「でもアダムのほうは派手に行動してるから、アダムを見つけてギャビンの居所を聞き出すほうが簡単だと考えたのね。それは理解できるわ。説明してほしいのは誘拐のことよ」

「無関係だ」

わたしはカルパッチョの一切れを持ったまま凍りついた。「連続殺人犯みたいにいきなりわたしを誘拐したことは理解しているでしょう？　本気で殺されると思ったわ。怖い思いをしたし、命の危険も感じた。わたしにはおおいに関係のあることよ」

マッド・ローガンはため息をついた。「わかったよ。ガスタープのバイクショップを調べたとき、ピアース一族から多額の入金が何度かあったことがわかった」

わたしはうなずいた。「わたしも同じことを探り出したわ」

「その入金について話しに行ったとき、中にきみがいるのが見えた。若くて魅力的で金髪の女。アダムのタイプだ」

「わたしのことをアダムの追っかけだと思ったの？」怒ってもよかったが、時間の無駄だ。

「そうだ。アダムに現金を運んでいると思った。そこでモンゴメリー国際調査会社まであとをつけた。あのスーツとネクタイを見れば、ピアース一族がアダムに金を渡そうと思ったならあの会社を通すだろうと考えるのが自然だ。きみがビルから出てきて電話をかけるのを見て、植物園までつけたんだ」

わたしの魔力が警報を出した。正確に言えば嘘ではないが、どこかおかしい。

「どうやって？」

「どうやってって？」

「どうやって植物園までつけたの？」

「きみを追いかけただけさ」

嘘だ。魔力が興奮した子どもみたいにジャンプしている。真っ赤な嘘だ。もし魔力がなくても嘘だとわかっただろう。わたしはいつも尾行がないか確認している。習慣だからだ。あの道の混み具合では、わたしをちゃんと尾行することなど無理だったはずだ。彼はわたしが車を駐めてビルに入るのを見ていた。車に何か細工したに違いない。本当にずるがしこい悪魔だ。でもかまわない。ゲームを仕掛けるのは一人だけとは限らないのだから。

「園内できみを捜してたらあの間抜け野郎のバイクの音が聞こえた」彼は少し顔をしかめた。アダム・ピアースが大好きというわけではないのだろう。もしアダムのせいでわたしのいとこが殺人の疑いをかけられたとしたら、ファンになる気はしない。

「で、わたしに話しかけもせず身分証を求めもしなかった。そういう普通の人がするようなことは何もせずに、いきなり襲いかかって地下室に閉じ込めたというわけね？」

マッド・ローガンはわざとらしくゆっくりと肩をすくめた。「情報を得るにはそれがいちばん手っ取り早いと思ったんだ。正直に言わせてもらうが、きみは怪我《けが》したわけじゃない。家まで送り届けたぐらいだ」

「ドアの前に置き去りにしただけよ。母は半分死んでるのかと思ったそうよ」

「それは大げさだ。せいぜい三分の一がいいところだ」

わたしは彼を見つめた。驚きで声も出ない。

料理が来た。記録的な速さだ。

「アダムがどこに隠れているのか想像もつかないわ」わたしはサーモンロールにわさびをつけ、口に入れた。

「そうらしいな。きみは捕まえる手段など何も持たずに一人で奴《やつ》に会った。それは、ピアース一族がモンゴメリー国際調査会社ときみを雇ったのは、帰宅するようアダムを説得するためだということを意味している」マッド・ローガンは身を乗り出した。青い目がじっとこちらを見つめている。まっすぐすぎて目を合わせられないほどだ。「あの大会社は戦闘訓練を施した魔力使いを抱えてる。それなのにどうしてきみを送り込んだ？　きみは何者だ？　何かあるはずだ。テレパスじゃないが、何かだ」

そんなに知りたい？　わたしはサーモンロールに集中した。ああ、本当においしい。そういうわけで、今は口がいっぱいで悪いけど話せない。

「アダムのことをどう思う？」

わたしは咀嚼《そしゃく》を続け、時間を稼いで言うべき言葉を見つけ出そうとした。

「人には言わないと約束する」

わたしはアイスティーを飲んだ。「アダムは気まぐれで何をしでかすかわからない。どんな感情も強すぎる。子どもみたいに注目を求め、クールだと思われたがってる。売られた喧嘩《けんか》は買うタイプで、相手が自分に感心してひれ伏さないと、自分がどんなにすごいか証明しようとする。でもやっぱり子どもと同じで自分にしか興味がないし、残酷なこともする。拒否されるのが嫌いで、相手を感心させたいという思いがたちまち憎しみにひっくり返ることもある。自分で認めるより頭がよくて、執拗《しつよう》で、危険よ」

「それでも一族のもとに戻るよう説得できると思ってるんだな？」

「できなくはないわ」アダムの注意を引いたことはわたしの有利に働くはずだ。けれども彼は嘘をついた。これは不利だ。「資金の供給源を断ったし、警察も追跡していることを考えれば、かなりの圧力になるはずよ。本人もいろいろ考えているはずだわ。あなたはどう思うの？」

「暇をもてあました金持ちのばか息子。ファーザーコンプレックスがあって、かなりのサディストでもある」

なるほど。感想はだいたい同じだ。

マッド・ローガンは少し身を乗り出してこちらをじっと見た。「あいつはきみを信頼している、と言ったらどう思う？」

「どうしてそう思うの？」

彼はスーツの内ポケットから小さいタブレットを取り出し、わたしに差し出した。わたしは彼の指に触れないようにしながらそれを受け取った。

「信頼のあかしだ」

それは真実だった。動画が静止している。わたしはスワイプして再生した。ファースト・ナショナル銀行の前の道で、監視カメラの映像のようだ。警察が持っている映像だろうか？「どうやって入手したの？」

「ほしいと思ったものは手に入れる主義だ」

画面には二つの人影があった。一つは長身で、もう一つはそれより背が低く細い。その二人がカメラの視界に入ってきて、ガラスと大理石の銀行の建物の前で足を止めた。見覚えのあるレザージャケットを着た背の高いほうの人物が金属の缶を置き、チョークを一本取り出してしゃがむと、アスファルトの上に何かを描き始めた。何を描いているのかはわからなかったが、魔法陣なのは間違いない。

三十秒後、男は両足を肩幅に広げ、腕を上げた。肘を曲げ、大きな見えないボールでも持つかのように両手を向きあわせている。もう一人は缶を開けてどろっとした液体を男の前にそっと流した。そこに炎が走り、無音の金色の火の玉となって男の両手の間の透明の球に閉じ込められた。背の低いほうの男は液体を流し続けている。火の玉はどんどん明るくなっていく。

「ナパームBだ。ガソリンをゼリー状にする濃化剤だよ」

「知ってるわ。ベンゼン、ガソリン、ポリスチレンを混ぜたものね」祖母は有力一族が所有する車両に軍レベルの火炎放射器を取りつけたことが何度かある。ナパームBは十分近く燃え続け、アダム・ピアースの炎をも上回る高温に達する。人類が発明した最悪の武器の一つだ。

マッド・ローガンは眉を上げた。驚いたようだ。

男の手の間にある炎の玉はバスケットボールほどの大きさになった。魔力によって閉じ込められた火炎地獄が小さく渦巻いている。火は黄色く輝き、白く燃え上がった。男がこちらを向いたとき、火の玉の明かりに照らされた顔が見えた。アダム・ピアースだ。

背の低いほうの男――おそらくギャビン・ウォラーが手のひらを外に向けて押し出した。火の玉が消えた。銀行の窓が割れ、炎が噴き出した。ファースト・ナショナル銀行は内側から爆発した。怒りくるった熊のように炎が吠《ほ》えた。

そうだ、ギャビン・ウォラーは短射程のテレポーターで、物を動かす力がある。アダムとギャビンは炎を見つめている。その姿は炎の明るさでシルエットになっている。

ギャビンの映像がかすかにゆがんだ。次の瞬間、ゆがみが消えた。

ちょっと待って。

わたしは数秒ビデオを巻き戻した。二分三十一秒、三十二秒、三十三秒、三十四秒、三十五秒。見逃した。三十二秒で止める。

画面上でギャビンのシルエットが凍りついている。その手に四角い何かがあり、左側がふくらんでいる。わたしはそこを拡大した。箱だ。何かの箱を持っている。いつ手にしたのだろう？

また映像を巻き戻した。火の玉が消えた数分の一秒後にギャビンの手に箱が現れている。

「ギャビンが持っているのは何？　自分の手に何かをテレポートさせたようだけど」

「貸金庫だ」

「中には何が入ってるの？」

「誰も知らない」マッド・ローガンは顔をしかめた。「二人はあの箱を取り出し、中身を取ってまた戻した。アダムはナパームBを封じ込めていたが、魔力では抑えきれなくなると、爆発した。銀行員たちはまだ残骸を調査中だ。地下金庫は一部が溶けていた」

つまりあれは政治的な行動ではなかった。窃盗であり、放火は隠蔽工作にすぎなかった。アダムが銀行に火をつけ、人を殺し、その家族に怪我を負わせたのは何かを盗むためでしかなかった。ギャビンを必要としたのは、火の玉を地下金庫に直接送り込むためだ。正面玄関から入ったらあらゆる警報が反応してしまう。金庫にたどり着くころにはヒューストンの警官の半分が銀行を包囲していただろう。

「ギャビンは強力なテレポーターじゃない」マッド・ローガンが言った。「誰かが貸金庫に印をつけておかないとあんなことはできなかったはずだ。ギャビンが魔力で正しい貸金庫を引き出し、火の玉を所定の位置に置けるように、何者かが先に銀行に入って貸金庫に印をつけたに違いない。その誰かというのはアダム・ピアースでもギャビン本人でもない。大事なのはこれが計画的犯行だということだ。ピアースは見事に強盗を働き、痕跡を消したのに、それについて何も言わない。なぜだ？」

ふいに天から答えが降ってきてわたしの頭にひらめきをもたらした。「まだ終わってないからだわ。アダムは病的なほど注目をほしがる男よ。もし計画が完了したなら、派手にお辞儀をするはずよ。栄光という炎に包まれて姿を現すか、おとなしく逮捕されるか、大騒ぎのすえ一族のもとに戻るでしょう。何かの形で人目を引かずにはいられないのよ。それなのにまだ隠れてる。そしてわたしを利用して一族を近づけまいとしている。わたしが彼と接触して説得していると報告し続ければ、一族はまだチャンスがあると思って、無理に捕らえようとはせずアダム捜しの手をゆるめるでしょうね。わたしの存在がアダムの計画実行を手助けしているようなものだわ」

「驚いてないようだな」

「アダムがわたしを誘っているのは知っていたけど、その理由はわからなかったの。でもこれでわかった」わたしはマッド・ローガンに輝くような笑顔を見せた。「謎を解いてくれてありがとう」

マッド・ローガンは椅子の背にもたれ、筋肉質の体の重みを預けた。「きみは経験豊富な私立探偵だ。アダム・ピアースを追っていて、奴はきみと接触する程度には心を開いているが、説得には応じないし、きみには奴を押さえ込む力がない。おれはギャビン・ウォラーを追ってる。おれには資金と力があるが、ギャビンを見つけられない。アダムのところに案内してくれれば、きみが奴をピアース一族に引き渡すのを手伝えるぞ」

「アダム・ピアースを制圧する自信があるのね？」

マッド・ローガンは自信たっぷりの顔でうなずいた。「そうだ。捕まえたときに奴が無傷だという保証はできないが、生きたまま引き渡すのは約束する」

わたしはナプキンをたたんでテーブルに置いた。「すてきなランチをありがとう。答えはノーよ。ボスならもういるの」

「きみが雇われたのはピアースを見つけるためで、ウォラーを見つけるためじゃない」マッド・ローガンはタブレットの上に指をすべらせた。画面に電子小切手が現れた。「数字を入れてくれ」

モンゴメリー国際調査会社へのローンを全額返済できるような金額を入力することだってできる。これには心が揺らいだ。とてもそそられる話だ。でも、蜂蜜をくれるからといって大きな熊と一つの檻《おり》に飛び込むのは間違っている。今、アダムとは話し合いだけですんでいる。マッド・ローガンがかかわれば全面戦争に発展するだろう。彼とアダムがぶつけあう魔力を考えれば、わたしはもしかしたら、いや確実に怪我するに違いない。二人ともわたしの命などどうでもいいのだから。「いいえ、結構よ」

マッド・ローガンは疑うように目を細くした。「地下室のことでまだ怒ってるのか」

「ええ。でもあなたへの個人的な恨みは関係ないわ。これは純粋にプロとしての決断よ。あなたは法を破ってわたしを誘拐した。謝罪したけど、誠実さは感じられなかった。目的のための手段というだけよ。そしてこの会話の中で嘘をつき、手出しはしないと約束したにもかかわらずわたしを呪文の罠に誘い込もうとした」

「誘拐はしないと約束しただけだ」

「あなたには信じられないほどの力がある。でも法やモラルは真正面から無視するわ。これまでやったことに対する罪悪感もない。あなたの存在は危険で、私立探偵にとっては大きなマイナス材料なの。あなたは求めるもののためなら法も破るし人も殺すわ。もしわたしが生き延びたとしても、悪評は避けられないでしょうね。だから答えはノーよ」

「愚かな選択だ、ネバダ。おれは自分の部下の面倒は見る」

彼の口から自分の名が出るのを聞くと、一瞬決意が揺らぎそうになった。オーガスティン・モンゴメリーの会社への借金と引き替えにローガン一族という刑務所に入るなんて冗談じゃない。少なくともオーガスティンの会社にはルールがある。合法的で拘束力のある契約が存在し、やり口が汚いとはいえ、それは契約内におさまる話だ。彼らにとってわたしの価値は私立探偵としての能力にある。マッド・ローガンにとってわたしの価値は、アダム・ピアースとの橋渡し役という立場にあり、マッド・ローガンはどんなルールにも縛られない。彼とベッドをともにする筋合いはまったくない。

ベッド。

マッド・ローガンと。

黒っぽいシーツの上の彼の裸体が頭に浮かんだ。わたしはそのイメージの上にばたんとドアを閉めた。そのあまりの勢いに歯が震えた。

わたしはポケットから二十ドル札を二枚取り出してテーブルに置いた。「あなたの言葉を信じていい理由は何もないわ」

マッド・ローガンは身を乗り出した。その体が緊張し、服の下で筋肉が波打った。顔には猛獣を思わせる何かが浮かんでいる。文明人の仮面ははがれ落ち、冷酷なドラゴンが顔を出した。

「おれを拒絶するな」その声には力があふれていた。「これはきみの能力を超える話だ。アダム・ピアースもピアース一族もモンゴメリーの会社もきみとは次元が違う。おれが味方になると言ってるんだ。おれを敵に回すと後悔することになるぞ」

「だからこそノーと言うのよ」わたしは立ち上がった。「今度わたしの夢に出てくるときは、服を着たままでお願いするわ」

彼はにっこりした。自分を意識した、男らしい笑顔だ。セクシーという以上に欲望を感じさせる。猛獣の目に相手をなぎ倒すほどの力が宿った。わたしは盾代わりにナプキンをつかんで差し出したい思いにかられた。

「できなくはないが、それにはきみのそばにいないといけないな」

これ以上は聞きたくない。

彼の声はなめらかで官能的な色を帯びている。男にこんな声を出す権利なんかない。

「教えてくれ。きみの夢の中でおれが何を着ていないのか」

わたしは立ち上がり、彼に背を向けて歩き出した。

マッド・ローガンの笑い声が、セクシーな手のように背中を撫《な》でた。

いいから歩き続けなければ。止まってはいけない。どうしてあんなことを言ってしまったのだろう。口を閉じていたら死ぬってわけでもないのに。

携帯電話が鳴った。わたしは電話に出た。

「ドローブリッジ・セキュリティです」てきぱきした女性の声がした。「お客さまのご自宅で火災が探知されました」

祖母がまた火災探知機を作動させたらしい。祖母は燃料や工具のテストをすることがあり、二カ月に一度は警備会社から電話がかかってくる。わたしは警備会社に、消防署に通報する前にうちに電話して、少なくとも一分は誰かが出るのを待ってほしいという要望を入れていた。祖母は消火に手いっぱいでなかなか電話に出られないことがあるからだ。

「電話を鳴らしました？」もうすぐ店の出口だ。

「はい。警報は二箇所で出ています。作業場と玄関です」

玄関。わたしのうなじの毛が逆立った。「すぐに消防車を呼んで！」

わたしは出口から飛び出し、駐車場を走っていった。


バンはもうエンジンをかけて待っていた。わたしは運転席側のドアを開けて飛び乗った。

「家が火事よ！」

母はライフルケースを閉じ、助手席に座ってシートベルトを締めた。アクセルを踏み込むとバンは駐車場から飛び出した。母は家に電話した。

「返事は？」わたしは猛スピードでカーブを曲がった。バンは一瞬傾き、スプリングをきしませてもとに戻った。

母は電話をスピーカーにした。プルルル……プルルル……プルルル……。

「作業場が燃えてるの？」

「玄関よ」

車は脇道に入った。のろのろ走るプリウスが前をふさいでいる。対向車線の車列が切れないため、追い越せない。最低だ。

わたしは右にハンドルを切った。バンはどすんと縁石を乗り越え、歩道を走り出した。

プルルル……プルルル……。

プリウスがあっという間に遠ざかっていった。わたしはバンを車道に戻した。

プルルル……。

左に急カーブを切る。正面に倉庫が見えてきた。見たところ無事なようだ。

わたしは玄関の前で急ブレーキをかけた。

母がののしりの言葉を吐いた。太いチェーンがドアをふさいでいる。何者かが壁とドアに穴を空け、業務用のチェーンを通し、南京錠《なんきんじょう》をかけたのだ。いったいどういうことだろう？

わたしはアクセルを踏み、作業場のほうへと回った。裏口にも同じチェーンがかけられている。ひどい。わたしはバイザーの裏にあるガレージドアのオープンボタンを押した。大きなドアは開かない。配線が切られているのだ。

チェーンを切るような工具は持っていない。そういうものは全部倉庫の中だ。

屋根近くの排気口から黒い煙が出ている。

祖母は中にいる。焼死してしまうかもしれない。

「煙が」母が言った。

「強行突破するわ」

「了解」母は車につかまった。

わたしはバンを猛スピードでバックさせた。ガレージドアがいちばん弱い部分に違いない。ドアは業務用で内側から補強されているが、壁よりは弱いはずだ。かなりの衝撃を与えなければいけない。わたしは白い長方形のドアを見すえ、アクセルを踏み込んだ。バンは即座に飛び出し、加速していった。

マッド・ローガンがバンとガレージドアの間に立ちはだかった。

わたしはたたきつけるようにブレーキを踏んだが、止まるには間に合わなかった。彼を轢《ひ》いてしまう。その姿がはっきりと見えた――半分こちらに向いた体、ハンサムな顔、青い目。バンはタイヤをきしらせて彼に突っ込んでいく。

マッド・ローガンが片手を上げた。

バンはまるでねっとりした蜂蜜に飛び込んだかのように空気のクッションにぶつかった。そしてマッド・ローガンの指先の三十センチ手前でゆっくり止まった。

彼はガレージドアのほうを向いた。ドアは甲高い音をたてて壊れ、地面に落ちた。黒く油っぽい煙が噴き出した。

わたしはバンから飛び降りて中に駆け込んだ。煙が鼻を刺激し、目の細かい紙やすりみたいに喉をこすった。目に涙があふれた。刺激性の異臭で息がつまりそうだ。咳《せ》き込み、よろけながら、わたしは煙の向こうを透かし見ようとした。

床に人影が横たわっている。ああ、まさか。

わたしは飛び出していって膝をついた。祖母はうつぶせになっていた。仰向けにし、両腕をつかんで引っ張っていく。煙の中からマッド・ローガンが現れ、祖母を床から抱き上げて外に向かった。

煙で口の中が痛い。まるでガラスの破片をつめ込まれたみたいに喉を切り裂いてくる。頭がふらふらした。出口を探そうとしてよろめきながらマッド・ローガンのあとについていった。ふいに煙が消え、わたしはきれいな空気の中にいた。肺が燃えているかのようだ。わたしは前かがみになって咳き込んだ。死ぬほど痛い。

マッド・ローガンは祖母を地面に下ろした。母がそのそばにかがみ込んだ。祖母を失うわけにはいかない。まだ早い。

「おばあちゃん」わたしはがらがら声で呼んだ。

「脈はあるけど弱いわ」母は祖母の口を開け、人工呼吸を始めた。

どうか死なないで。お願いだからどうか。

母が心臓マッサージを始めた。わたしの頬に涙が転がり落ちた。フリーダおばあちゃんはいつもそばにいてくれた。いつも……もしいなくなったら……。

消防車が道に入ってきた。

祖母が咳き込んだ。古いドアみたいにきしんでいたが、言葉が聞こえた。「ペネロープ」

ああ、神さま。ありがとう。冷たいシャワーのように安堵《あんど》が体を駆け巡った。わたしは息を吐いた。

「母さん？」母が呼びかけた。

「わたしから下りて」

胃が引き攣《ひ》りそうになった。わたしは落ち着こうとしてしゃがんだ。マッド・ローガンの靴が視界に入った。マッド・ローガン。背を向けたら後悔すると告げた男。タイミングよく現れてヒーローを演じた男。わたしの中で恐怖と吐き気が沸騰し、怒りとなった。もう少しで祖母を失うところだった。何者かがうちに侵入し、ドアが開かないようチェーンをかけ、祖母を殺そうとしたのだ。その誰かに、必ず償いをさせなくてはいけない。怒りがわたしを突き動かした。わたしはマッド・ローガンの目を見すえた。鎖が引きちぎれるように、わたしの中で何かが壊れた。魔力が突き上げ、目に見えない雷雲のように荒れくるい、マッド・ローガンに飛びかかった。

彼は歯を食いしばり、体をこわばらせた。魔力に逆らうのがわかったが、怒りのせいでわたしの力は爆発するように燃え上がった。この疑問に答えなければ許さない。

自分の声が聞こえたが、その声は人間と思えず、恐ろしかった。「誰かに命じて祖母を襲わせたの？」

二人の意志がぶつかりあい、どちらもゆずろうとしなかった。しかしわたしの怒りは強すぎた。相手が折れようとしないので、わたしは彼をその場に縛りつけ、締め上げた。

彼はなんとか口を開いた。答えはうなり声でしかなかった。

「いや」

真実だった。

マッド・ローガンから答えを無理やり引き出すことに成功した。いったいどうしてそんなことができたのか自分でもわからないが、質問はまだある。「誰かに火をつけさせた？」

「いや」

これも真実だ。

「自分で火をつけたの？」

「つけてない」

やはり真実だった。

これ以上は締め上げておくのが難しくなってきた。マッド・ローガンは強力だ。線路のレールを玉結びにしようとするようなものだ。「誰がやったか知ってる？」

「知らない」

真実だ。

わたしはマッド・ローガンを解放した。彼が動いた。手首をつかまれたとき、電気のように警戒の震えが走った。恐ろしい顔つきだ。その声は静かだったが、あふれ出る攻撃性が感じられた。「もう二度とこんなことはするな」

怖いと思ってもおかしくなかったが、祖母が殺されかけたことへの強烈な怒りと疲労で気にならなかった。「形勢が逆転するのがそんなにいやなの？　離して」

マッド・ローガンは手を開いた。

こんなふうに火をつけられるのは、今のわたしの人生では二人しかいない。そのうちの一人の可能性が消えた。〝親とか妹とかっていうのは五歳児が考えることだ。家族はきみを引きずりおろすぞ。きみはされるがままだ〟まさか、アダムはこんなことをするほどばかではないはずだ。でもどうだろう？　あのろくでなしはわたしの家族を殺そうとしたの？

救急隊員が祖母を救急車に乗せた。わたしがマッド・ローガンを問いつめている間に到着したのだろう。祖母に酸素マスクをかぶせようとしていたが、祖母はつけようとしない。母がこちらに近づいてきた。

「おばあちゃんが最後に覚えてるのはラグレンチを取ろうとしたことだそうよ。後頭部から出血していたわ」

「殴られたのよ」殴った奴に必ず償わせてやる。

「そのようね。わたしは病院まで付き添っていく」

「わたしは大丈夫。行って」

母はマッド・ローガンを憎々しそうににらむと、救急車に乗り込んだ。

作業場から消防士が出てきた。煙はほとんど消えている。消防士は作業場の中のほうにうなずいてみせた。「ガソリン缶の近くに吸殻を放置したみたいですね。もっと気をつけないと」

「ありがとう、そうします」わたしは顔を隠すために彼に背を向けた。そのせいでまずいことにマッド・ローガンと向きあってしまった。消防士が行ってしまうと、無言の質問が宙に漂った。

「祖母はたばこは吸わないの。ガソリンは全部金属の棚の中に保管してあるし、武器弾薬は別の棚よ。ランチに出かける前、倉庫にはチェーンはかかっていなかったわ」

一台のSUVが近づいてきて止まった。黒っぽいパンツと黒っぽいポロシャツ姿の男が二人降りてきた。一人は四十代で肌が浅黒く、短髪にわずかに白いものがまじっている。その男は黒っぽい大きなスーツケースを持っていた。もう一人はラテン系で、十歳ほど若い。二人の動きは軍人を思わせた。軍人にはなじみがあったから、歩き方でわかる。急ぐわけではないがたしかな足取りは、はっきりした目的があってそれを達成する者の歩き方だ。二人はそばまで来て足を止めた。

「おれの部下だ」マッド・ローガンが言った。「放火の専門家で、きみが許可してくれれば倉庫の調査をおこなう」

わたしはうなずいた。まだマッド・ローガンを信用したわけではなかったけれど、この火事に関係ないのはたしかだ。

「やってくれ」

二人の男は倉庫の中に入っていった。

わたしはふいに疲れを感じた。目が燃えるみたいだし、喉はまだ痛い。

マッド・ローガンが片手を上げた。その上に水のボトルが現れた。「目と口をすすぐといい。飲んじゃだめだぞ」

わたしはボトルを開けて水を含み、口の中をすすいで吐き出した。ぴりぴりした感じがなくなった。

若いほうの男が倉庫のドア口に現れ、こちらにうなずいてみせた。わたしたちは彼のもとに向かった。

「祖母を助けてくれてありがとう」

「肉親の葬式のためにピアースの捜索ができなくなったら、きみの利用価値がなくなる。あくまで自分のためにやったことだ」

それは嘘だった。

わたしたちは中に入った。年上のほうの男が溶けたガソリン容器のそばに膝をついている。コンクリートの床はすすだらけだ。男の前にはスーツケースが開けてあった。中には、保護クッションの上に小瓶や試験管が並んでいた。

マッド・ローガンはキャンバス地のカバーをかけた車の列を見やった。彼は眉を上げた。

「あれは戦車か？」

「正確に言うと、キャタピラの上に銃をのせたものよ。可動式の野戦砲ね。隅にあるのは戦車。名前はロミオよ」

マッド・ローガンは信じられないと言わんばかりに首を振った。

わたしたちは年上のほうの男のところに行った。彼は見えるように試験管を差し上げ、小さなワイヤ状の器具で床からすすをこすり取った。そしてその器具を試験管に入れて振った。すすの小さな塊が中に落ちた。男はそこにプラスチックの瓶に入った透明の液体を数滴入れた。すすは青に変わったが、やがてゆっくりと淡い紫になった。

「誰かがパーティバスターを使ったらしい。これはゆっくり燃えて煙を出す軍用の化合物です。これを四リットルとガソリンを半リットル混ぜて火をつけたらしい。救急車で運ばれた女性は、発見されたときどこに倒れていました？」

「床にうつぶせだったわ」

「それは幸運だった」若いほうの男が言った。「床近くがいちばん安全な場所です。天井が高いのもよかった。これは、建物に損傷を与えずにその中にいる人間を排除するためのものです。中にいる時間が長いと死んでしまう」

「誰がやったにしろ、計算した上での犯行ですね」年上の男が言った。「パーティバスターは高価で、許可証がないと購入できない。民間の放火調査官はこの化合物の検査はしないし、消えるのも早い。ああいうふうに混ぜると、普通のガソリンによる出火と見分けがつかなくなる。それからもう一つ。消防士に聞いたところでは火元はたばこだということでしたが、この仕事を長くやっている立場から言わせてもらうと、火災を引き起こしたのはその吸殻じゃない。容器は後ろから溶けている。何者かが後ろから強力な熱源をあてたんです。ブロートーチのようなものを」

あるいはアダム・ピアースの手だ。

「ありがとう」

二人の男は立ち上がり、去っていった。

マッド・ローガンは無表情でこちらを見て待っている。

「ありがとう」わたしはもう一度言った。「あなたのおかげで助かったわ。もう帰ってもらえるかしら」

彼は背を向けて去った。

わたしは作業場を歩いていき、古いコンピュータの入っているキャビネットを開けた。バーンのおかげでずっと前から家中がネットでつながれていた。わたしは矢印キーをたたいた。プロンプトが現れたのでパスワードを入力した。セキュリティの画面が出た。奥のカメラをクリックし、一時間巻き戻した。祖母が作業場を歩き回っている……わたしは十分早送りし、さらに十分送った……。

ぼんやりした黒っぽい人影がドア口に現れた。画像が暗転した。

わたしは外のカメラもチェックした。何もとらえないまま暗転している。わたしは人影のところまで巻き戻した。それが男なのか女なのかはわからなかった。

わたしはドアのところに戻った。監視カメラは下から四メートル半のところに取りつけてある。カメラはなくなっていた。そこには溶けた金属とプラスチックの塊しかなかった。位置が高いから直接炎が触れることはないはずだし、もし炎がそれほど高温だったなら祖母は死んでいただろう。これは間違いなく念火力の持ち主のしわざだ。この一週間、わたしに接触してきた念火力の持ち主は一人しかいない。アダム・ピアースがわたしの家族を襲ったのだ。

わたしは倉庫を見回した。床の焼け焦げ、溶けた容器。そして、コンクリートの床にうつぶせに倒れ、愛する場所でゆっくりと死んでいく祖母を想像した。わたしを支えていた意志の力は崩れた。わたしはそばの車に寄りかかり、泣いた。

8

バーンが母と祖母を病院に迎えに行くころには、わたしは修理工場の掃除をすませ、夕食を作り、自分の行動のせいでもう少しで祖母が殺されるところだったという事実をいやというほど噛《か》みしめていた。頭の中でアダムとの会話を何度も思い出した。溶けたカメラだけでは証拠として確実とは言えないが、わたしの勘がアダムだと告げていた。この勘がはずれることはまずないのだ。

アダムの電話にかけようとしたが、もう使われていなかった。おそらくそれは使い捨て携帯電話で、捨てたのだろう。

この仕事さえ受けていなければ……わたしはそんな思いを慎重にしまい込み、胸に燃える怒りの炎の燃料にした。今は罪悪感に悩んでもしょうがないが、怒りは決意をあらたにしてくれる。町中をひっくり返すことになっても、あの男がやったのかどうか探り出さなければならない。もしやったのなら、必ず償わせる。わたしは戦う魔力の持ち主ではないけれど、あの男を倒すことを使命にするつもりだ。わたしの家族に手出ししてただですむと思ったら大間違いだ。

二時になると、いつもより二時間も早く子どもたちがどやどやと帰ってきた。カタリーナの友達とそのお母さんが、病院へ行くときにたまたまうちのそばを通りかかり、消防車を見たらしい。友達はカタリーナにメールを送り、放課後にそれを見たカタリーナはすぐに母に連絡した。母は、祖母は病院にいるが大丈夫だと返信した。カタリーナはバーンに電話し、いとこと妹を車に乗せて猛スピードで帰宅した。それがうちの家族のやり方なのだ。

わたしは子どもたちに遅い昼食を食べさせ、状況を説明した。みんなが落ち着くのに十五分かかり、この事件をフェイスブックにもインスタグラムにもヘラルドにも投稿しないことを納得させるのにさらに十五分かかった。

食事が終わるころ、誰かを殴りつけたくてたまらないという顔をした祖母がドアから入ってきた。そのあとから母が脚を引きずりながら続いた。今日のことが脚にこたえたに違いない。

「病院で一晩入院だと言われたんだけど、おばあちゃんが聞かなくて」

「おばあちゃん！」アラベラが手を振った。「どうして入院しなかったの？」

「やることがあるからよ」祖母は歯を食いしばって言った。

「やることって？」カタリーナが祖母の前に立ちはだかった。

「カタリーナ、邪魔しないでちょうだい」祖母は眉根を寄せた。「ブロートーチを取ってきて壁を直さなきゃいけないし、見張り台も作らなきゃ。今度どこかのばかがうちに押し入ろうとしたとき、お母さんが撃ち殺せるようにね」

母はわたしを視線で押しとどめた。「消防士はなんて言ってた？」

「ガソリン容器のそばでたばこを吸うな、って」

祖母がくるりと振り向いた。視線で人を燃やせるなら、わたしたちは全員燃え上がっていただろう。

「マッド・ローガンの部下の放火調査員の話だと、軍が使うガソリンを混ぜた地上兵員殺傷用の化合物に何者かが熱源をあてたせいだそうよ」

「マッド・ローガンだって？」バーンが言った。

テーブルにいたレオンが急に生気を取り戻し、携帯電話を置いた。「マッド・ローガン？」

「マッド・ローガンはこの放火事件には関係ないわ」わたしは言った。

「なんでわかるのさ？」レオンがきいた。

「わかるからよ。きいたの。専門家のほうもチェックしたわ。でも嘘《うそ》はついていなかった」

「マッド・ローガンがここに来たの？」レオンはテーブルを指さした。「ここに？　それなのになんで誰も教えてくれないんだよ」

「申し訳ありませんね、陛下」アラベラが言った。「みんなおばあちゃんを助けるのに忙しかったのよ」

レオンはアラベラを無視した。「ここにいる間、あの人何かした？」

「ガレージのドアを切り裂いたわ」わたしは答えた。

レオンはおしりにばねでもついているみたいに跳び上がった。

「座りなさい」母が言った。

レオンは座った。どうやらわたしのいとこはマッド・ローガンの隠れファンだったらしい。

「この件がアダム・ピアースのしわざだってことにどれぐらい確信があるの？」

「かなりよ。本人に直接きいたら、百パーセント確実になるわ」

母はテーブルに小さな箱を置いた。中にはオレンジ色の錠剤が十個入っていた。「それなら見つけ出して問いつめて」

「必ずそうする」わたしはテーブルから錠剤の箱を取った。これから危ない地区に出向くことになりそうだ。今は三時を過ぎたところで、暗くなるまで時間はたっぷりある。「応援を呼ぶ必要があるかもしれない。ママには気に入らないだろうけど」

「必要なことはなんでもして」

「ピアースを捕まえるならわたしたちよりネバダのほうがいいわ」祖母が言った。「だって、もしピアースがまたここに現れたら、今度は遊びじゃすまなくなるから」

「終わったらあの男の残りをスーパーのレジ袋に入れて、家族のとこに持っていってやるといいわ」母が言った。「ネバダ、今日のことで少しでも自分を責めているなら、そんな必要はないから」

「あなたは自分の仕事をしただけよ」祖母が言った。「あなたのせいでこうなったわけじゃない。誰だか知らないけど、始めたのは向こうよ。後悔させてやる。終わらせるのはこっちなんだから」

「ありがとう」罪悪感は消えなかったけれど、今はそれよりアダムを見つけ出すこと、アダムがやったのかどうかをたしかめることが先決だ。

わたしは部屋を出た。ルガーを取ってこなくてはいけない。

背後で母の声が聞こえた。「安全について注意しておくわ。絶対に一人きりで外出しないこと……」

わたしは武器庫の前に行って鍵をはずし、短機関銃P90を取り出した。錠剤はバグに渡すものだ。まだ日の高い時間だけれど、バグに会いに行くなら応援が必要だ。バグはジャージー・ビレッジに住んでいる。別名〝水没地区〟だ。フリーランスの誰かを呼び出すことはできるが、今はほとんどがうちの事務所から逃げ出している状態だ。費用も目の玉が飛び出るほどかかるだろう。水没地区に乗り込むのは健康に悪いぐらいではすまないからだ。

わたしは錠剤のうち七つをビニール袋に入れ、三つを容器に入れて持っていくことにした。バグに会うのは一回では足りないかもしれない。初回は三つあれば大丈夫だろう。同行してくれれば応援以上の働きをしてくれるに違いない人が一人いる。わたしは電話番号をスクロールしてマッド・ローガンのところで止めた。こんなのどうかしている。でも事情が変わった。以前のアダムは口だけだった。今はいつ暴力的になるかわからない。もしあの男が本当に祖母を焼死させようとしたのなら、何か気にくわないことを言ったとたん火をつけられてもおかしくない。もしあの男を見つけ出しても、わたしには拘束する力もない。

指が番号の上で迷っている。

こんなのは間違ってる。マッド・ローガンは容赦なく、暴力的で、残酷だ。わたしが仕事上避けていることばかりだ。彼には歯止めというものがない気がしたし、それが怖かった。もしたがはずれて大量殺戮《さつりく》が始まったら、わたしの力ではどうすることもできない。人の死の責任は負いたくないし、混乱がおさまって警官が事情を聞きに来たとき、一人で貧乏くじを引くのはいやだ。マッド・ローガンには高給の弁護士がついているけれど、わたしにはいない。

彼がそばに来たときに体が反応してしまうのも怖かった。マッド・ローガンは視線だけでわたしを燃え上がらせる。ベッドをともにしたら忘れられない記憶になるだろう。心の中にいるもう一人のむこうみずな自分がそれを求めている。彼の裸体を見たい。圧倒されるようなあの男らしさをこの身だけに感じたい。これまで男性に対してこんな気持ちになったことは一度もなかった。

マッド・ローガンは信用できない。反社会的な異常者であるだけでなく、〝超一流〟であり、伝統ある一族の首領だからだ。彼の目から見ればわたしは召使いにすぎない。戦いで弾よけが必要になれば、ためらいなくわたしを盾にするだろう。わたしは金で雇われた手伝い、目標のための手段でしかない。彼のためにも自分自身のためにも一線を引かなくてはいけない。そうしなければこの仕事でつぶされるか、仕事をまっとうしないで終わるだろう。少しでも弱みを見せれば、彼はそれを利用するだろう。家族への愛であれ、プライドであれ、あの手で肌に触れられたらどんな気持ちになるか知りたいという理屈の通らない熱望であれ。

わたしは魔力を使ってマッド・ローガンを動けなくさせ、無理やり質問に答えさせた。そのわたしが怪我《けが》もせず生きているところを見ると、彼にしては丁寧な応対だったようだ。その点も調べてみなければいけない。わたしの魔力はめずらしく、それに関する情報は少ない。その大きな理由は、この能力を仕事に生かした人は数少なく、その人々は機密を保持すべき立場にいるということだ。できるかぎりの情報を探ろうとしたが、この魔力について触れているものは目にしたことがない。どこから発生したものかはっきりしないのだ。

わたしはマッド・ローガンの電話番号を見つめた。ほかに方法はないだろうか？

もしアダムに抵抗されたら、どんなフリーランサーを連れていっても結局は殺されるだろう。わたしもだ。アダムはわたしを利用できると考えている。マッド・ローガンも同じ考えだ。この二人に対しては、同じようにこちらも利用するのが正しいやり方だ。二人の〝超一流〟をぶつかりあわせ、勝敗がつくまで脇に下がっておとなしく待っていればいい。

わたしは深呼吸してボタンを押した。マッド・ローガンは二度目の呼び出し音で出た。

「なんだ？」

その声を聞くのは愛撫《あいぶ》と同じだ。鎖を思い出すのよ、とわたしは自分に言い聞かせた。あの地下室を。この男は異常者だ。一線を引かなくては。それがいちばんだ。「あなたの申し出のことを考えてみたの」

「期待のあまりいてもたってもいられないな」

しかもこの異常者はわたしをからかうのを好む。「お金はほしくないし、雇われたくもないけど、パートナーシップなら結びたいわ。はっきり言っておきたいのは、あなたの部下にはならないということ。共通の目的のために対等な立場で動くということよ。それから、条件がいくつかあるの」

「どうぞ」

「まず、わたしたちに明確な殺意を持つ者以外は殺さないこと」

長い沈黙があった。「努力しよう」

「アダム・ピアースを生きたまま捕まえて一族のもとに返すと約束すること」

「それは約束できない。奴《やつ》を生かしておくために常識的な範囲内で自分の力でできることを全部やるのは約束するが、あのばかがベイタウン・ブリッジから飛びおりると決めたなら、おれに救うことはできないな」

現実的に考えてそのとおりだ。重力が消え、自由に落下するとき、人間の体は予想外の反応をする。アダムが飛びおりた半秒後にマッド・ローガンが魔力でその体を捕まえたとしても、アダムは内臓の出血で死ぬだろう。浮力の使い手が念動力の使い手と同列に見なされず、独自のレベル分けを持つのはそのためだ。

「それでいいわ。アダムを生きたまま一族のもとに返すために、持てる力をすべて使ってわたしを助けると約束して」

「わかった」

こんな約束をしてもなんの意味もないかもしれない。

「それから、この仕事の間、わたしの家族を守ってほしいの。あなたが守ってくれるという安心感がほしいから」

「もちろんだ。それがおれたちの取り決めの基本だ。誰かをそこに派遣して、見張りを務めさせようか？」

「ええ。玄関から入って自己紹介しろと伝えて。そうしないと誰かがうっかり撃ち殺すかもしれないから」

「わかった」マッド・ローガンはてきぱきと言った。「今度はおれの番だ。これはプロ同士のパートナーシップであり、きみにもそのように扱ってもらいたい。もしアダムから連絡があった場合、それが電話でも家への来訪でも、会った瞬間に、あるいは会話が終了したらすぐ、おれに知らせてほしい。翌日とか都合のいい日とかじゃなく、すぐにだ。そしてこの件に関するあらゆる情報を開示すること。きみの契約の内容、アダムとの関係の中身、ギャビン・ウォラーについて知っていることすべて」

「当然ね」

「そして、捜索に出かけるときは必ず前もっておれと話しあうこと。いきなり〝今ピアースを追ってるところ〟なんてメッセージをよこしておいて、翌朝バッファローの湿地帯で警官がきみの死体を引き上げるのを見るなんてのはごめんだ」

「感動したわ」そういうわけでもないけれど。

「そうなったら捜索は最初からやり直しだ。きみが死んだら不便でしょうがない」

わたしは天を仰いだ。

「これでいいな？」

「ええ。これからアダム・ピアースを捜しにジャージー・ビレッジに行くけど、いっしょに来る？」

「十分後に迎えに行く」

わたしは電話を切った。これが悪魔と契約したときの気持ちか。後悔してももう遅い。

わたしはため息をつき、予備の弾倉を荷物に入れた。

ぴったり十分後、駐車場にレンジローバーが入ってきた。メタリックグレーの車体は大きく、洗練されているが頑丈だ。助手席のドアが開き、マッド・ローガンが運転席にいるのが見えた。スーツと靴は消え、色褪《いろあ》せたジーンズ、白っぽいグレーのTシャツ、重厚な黒いブーツという姿だ。くらくらするほど魅力的だった。スーツは本来の彼を抑え、富と文明の仮面がワイルドさを隠していた。今の彼は荒っぽく力にあふれている。ジャングルの遺跡に探検に行くか、椅子で悪者をぶっ飛ばしそうに見える。問題はマッド・ローガンがその悪者だということだ。

彼の周囲には、毒々しい牙を持つペットさながらに魔力が渦巻いている。

これからこの車に乗り込み、数センチしか離れていない隣席に座らなければいけない。

彼のスペースに入らなければいけない。とても無理だ。乗り込めない。

「もう一つ条件があるんだけど」

マッド・ローガンはただこちらを見ているだけだ。

「わたしの心を読まないで」わたしが何を考えているか、知る必要はないはずだ。絶対に。

彼はにっこりした。「もちろんだ」

わたしは助手席に座り、バックパックを足もとに置いた。よし、これでいい。あとは口数を最低限に抑えて、何を考えているかさとられないことだ。

「おれは心は読めない」マッド・ローガンが言った。「だが、読む必要があるときなどそう多くはない」

それは脅しているようには聞こえなかった。わたしはシートベルトを締めた。

レンジローバーは横道を走り抜けた。曇りガラスの窓は分厚そうだ。手軽に手に入る防弾ガラスではない。きわめて頑丈な厚さ六センチのガラスを使い、割れたガラスが飛び散るのを防ぐために内側にポリカーボネートを使っている。至近距離からＡＫ47などのアサルトライフルで撃っても、ガラスがひび割れるだけで内側はなんの影響もない。こういうガラスはとても重い。わたしはパワーウィンドウのスイッチを押してみた。音もなくウィンドウが下がり、上がった。祖母ならさぞ自慢するだろう。普通の装置ではこのガラスを上げることはできない。特注のものを組み込んだに違いない。そして車体は装甲仕様になっているはずだ。

「この車の装甲のレベルは？」

「VR9、国家元首が乗るレベルだ」

驚きだ。この車は拳銃やアサルトライフルの弾丸を止めるだけでなく、マシンガンものともしない。これだけの装甲にしようと思ったら大変な重さになるけれど、この車はリンクの上のスケーターのようになめらかに走る。サスペンションやダンパーも補強しなければならないはずだ。あとから改造したものではなく、最初から装甲車として作られた車だ。

さらにすごいのは、外見からは高級レンジローバーにしか見えないことだ。誰が見ても防弾車だとはわからないだろう。これは安全のための策だ。たとえ戦車でも、どんな攻撃にも耐えることはできない。車内の者を安全に保ついちばんの方法は、標的にならないことだ。それには、道を行き交う車列になじむよう、防弾していない同型車にできるだけ外見を似せる必要がある。終末後の未来を描いた映画に出てくるような、派手に武装した奇抜な車に乗りたがるばかもいる。残念ながら、それは〝ここにいるから撃ってくれ〟と言っているのと同じだ。本当に身を守ろうとする者はこのレンジローバーのような物言わぬ高性能を求める。心臓が止まるほど高価で、所有者の社会的地位を物語る車を。

マッド・ローガンは他人にどう思われようと気にもしない。虚勢を張る必要など感じない。最高のものを求め、それを手に入れるためならいくらでも支払う。しかし、だからといってわたしの気持ちは楽にならなかった。

「ジャージー・ビレッジに何がある？」

「バグがいる。調査の専門家よ。バグがほしがるものを持っているから、それと引き替えにアダム・ピアースを捜してもらうの。アダムがまたうちにやってくる前に見つけないと。母がこんなことを言ったのよ。今度はわたしが相手をする、そしてあの男の残骸をレジ袋に入れて一族に送りつけてやる、って」

「自信満々だな」

「〝ライト・フィフティ〟が何か知ってる？」

「バレットM82、狙撃銃」

「ランチのとき、母はそれであなたの頭を狙ってたわ。母がアダム・ピアースを撃ち殺すか、祖母が戦車で轢《ひ》き殺す前に見つけ出さないと。あるいは、あの男がうちの家を家族もろとも焼き尽くす前にね」

「さっき話しあったとおり、部下のチームにきみの家の警護にあたらせている。もしアダムが近くに現れたら連絡が来る。今度はきみの番だ。情報がほしい。何もかもだ」

わたしはオーガスティン・モンゴメリーの会社から電話が来たところから始め、アダム・ピアースを捜し出す仕事を請け負ったことと調査の内容について手短に話した。事務所の借金や半裸の彼が登場する夢といった重要でないことは省いた。わざわざ言う必要はないし、どうしても必要にならないかぎり彼が情報を強要することもない。

マッド・ローガンは顔をしかめた。「オーガスティンは結局負けたんだな」

「知ってるの？」

「ああ。大学でいっしょだった。おれは奴のお気に入りじゃなかったが」

「どうして？」

「魔力を通さずにあの男を見たからだ」マッド・ローガンはたくましい肩をすくめた。

「オーガスティンは一族に対する忠誠心をたたき込まれて育った。本人には葛藤があったようだ。あのころ、言ってやったんだ。気をつけないと、一族の鳴らす音楽に合わせてオフィスで踊ることになるぞ、と」

「あなたが入隊したのはそのせい？　一族から逃げるため？」どうしてこんなことをきいてしまったのだろう？

「おれが入隊したのは、人を殺しても刑務所送りにならない上に報酬までもらえると聞いたからだ」

それは真実だった。どうしよう。わたしは殺人鬼と同じ車に乗っている。まずい。

「どうしてそんな顔をしてる？」

「あなたの車に乗っちゃいけなかったって気づいたからよ。そもそも電話したのが間違いだった。だから時間を巻き戻そうとしてるの」

彼はにやりとした。どうやらドラゴンを笑わせてしまったらしい。やった。

「嘘をついたほうがよかったのか？　わざわざそんなことをするつもりはなかったが、嘘なんかついたって意味ないんじゃないのか？」

わたしは答えなかった。口を閉じているのが戦略としていちばんいい。

「オーガスティンはきみが〝尋問者〟だと知ってるのか？」

マッド・ローガンは見抜いていた。わたしは彼を押さえつけて真実を引き出したのだから、驚きはなかった。「ボスがわたしについて何を知っていて何を知らないか、あなたには関係のないことよ」

彼はおもしろそうに笑った。深い笑い声だった。

「何がおかしいの？」

「オーガスティンは観察眼の鋭さと人物を見抜く力を自慢にしている。自分のことをシャーロック・ホームズだと思ってるんだ。人の服装や行動に注目して、見事な推理を披露したものだ。〝尋問者〟を雇っていながらそれを知らないのか。ずっと前から雇いたくて探していたのに」マッド・ローガンはまた笑った。「とんでもない皮肉だな」

わたしは何も言わなかった。できれば何もきいてほしくなかった。

「〝尋問者〟の力は魔力としては三番目にめずらしいものだ。どうしてそれを元手に金を稼ごうとしない？　マジックミラーのあるオフィスで、答えにくい質問をする仕事をしたほうがいいんじゃないのか？」

「それはわたしたちの契約とは関係ないことよ」

マッド・ローガンは暗い目つきでこちらを見た。「じゃあ、夢の話のほうがいいのか？」

「だめ」

「どうやらおれが出ているらしいから、細部を知る権利がある。服を着てないのは二人でベッドにいるからなのか？　きみに触っていた？」彼はこちらを見た。その声を聞いていると服が溶けてなくなってしまいそうだ。「それともきみがおれに触ってたのか？」

この車に乗ったのが間違いだった。別々の車で行けばよかった。

「ネバダ、口がきけなくなったのか？」

「いいえ、ベッドにいたわけじゃないわ。あなたを殺そうとして崖から突き落とすところだったの」わたしはハイウェイを指さした。「次の出口を出て、右の車線を走って。その先で右折するから」

彼はまた笑って出口に向かった。

レンジローバーは出口ランプを下っていってゆっくりと停まり、右折して車のいないセネイト通りに入った。そこは郊外によくある片側二車線の通りで、中央には花壇と観葉植物がある。左側には刈り込んだ芝生が広がっている。右側も同じような芝生で、その中に私道が伸びており、一階建てのれんが造りの建物に続いている。右手には頑丈そうな金属のポールの上に大きな看板がかかっていた。

〈ヒューストン都市圏はここまで〉

二つ目の看板は派手な黄色で、大きな黒い文字で警告が書かれていた。

〈前方に増水区域　Uターンせよ　水死の危険あり〉

「右折して」わたしは私道を指さした。

マッド・ローガンはそのとおりにした。私道の先には、れんがの建物内の脇を通るドライブスルーの窓口があった。太い金属のバーが道をふさいでいる。また看板があり、〈民間警備区域駐車場　一時間二ドル　一日十二ドルまで〉と書かれていた。

「わたしが話すわ」

「どうぞ」

ドライブスルーの窓が開き、女性がこちらを見た。背は低いが筋肉質で肌は浅黒く、つややかな黒い髪を六つのきれいなコーンローに編み込んでいる。体にはぴったりした軍用のベストを身につけ、デスクの上にシグ・ザウエルを置いている。

「どうも、シーア」わたしは身分証を見せた。

「しばらく見なかったじゃない」シーアが言った。「運転してる王子さまは誰？」

「クライアントよ」

シーアは眉を上げた。「クライアントを水没地区に連れていくの？」

「何事にも最初があるわ」

シーアは少し身を乗り出してマッド・ローガンをじろじろ見た。「はいはい、クライアントね。じゃ、いつもの警告。ヒューストン都市圏はここで終わりです。ここからはショウ一族の支配区域です。ここは限定警備区域です。この駐車場の赤い線を越えると、強盗、傷害、レイプ、殺人などの暴力犯罪の被害者になる危険があります。水没地区はショウ一族がパトロールしており、そういった犯罪に巻き込まれれば救助しますが、赤い線を越えたらショウ一族の救助範囲は限定されることをご了承ください。この会話は録音されています。この警告が理解できましたか？」

「ああ」マッド・ローガンが答えた。

「同意が録音されました。この録音は、水没地区であなたが被害を受け、ショウ一族に賠償を求めた場合、証拠として使われます。入るのは簡単、出るのは大変よ。ヒューストンの地獄の穴にようこそ。楽しんできて」

シーアはデスクのかたわらの機械から紙のチケットを取り、マッド・ローガンに渡した。

彼はそれを受け取った。バーが上がり、車は人気のない駐車場に入った。彼はいちばん奥、道に描かれた三十センチ幅の赤い線のそばに車を駐《と》めた。線の百メートルほど向こうは湿地帯だ。緑茶の色をしたにごった水がさざ波も立てずに広がっている。左手には、かつて二階建てだったオフィスビルの屋上が沼から突き出している。

ジャージー・ビレッジは昔は小さな郊外の町で、都心周辺がそうであるように、成長するにつれヒューストンにのみ込まれていった。中心街の北西の退屈なベッドタウン、ジャージー・ビレッジは、技術関係の大企業が何社かオフィスを構えるようになり、小規模ながらもじょじょに中心街へと変貌していった。悪名高いブルース市長が現れなければ、目立たない町としてなんの問題もなく存在を続けただろう。〝頼れるブルース〟というあだ名が有名なこの男は、裏庭のバーベキューにやってくる気さくな男という触れ込みで選挙を勝ち抜いた。市長の座に就くと、ブルースはヒューストンに自分の名を残すことに執着した。本当は空港を作りたかったのだが、ヒューストンには空港が一つあったため、地下鉄を作ることにした。ヒューストンは湿地帯にあり地中の水分が厄介だ、という周囲の言葉に彼は耳を貸さなかった。彼は魔力の使い手に工事現場から地下水を抜く作業をさせようと考えた。ブルースよりずっと頭のいい人々がこのプロジェクトに断固反対したが、彼はかまわず計画を進めた。

十二年前、魔力の使い手たちのリーダーが、ここジャージー・ビレッジで初となる地下鉄駅の工事に着手した。彼らは一カ月かけて呪文を準備し、複雑な魔力を始動させた。こうして工事現場から地下水が消えた。水がなくなった土地は町の重量を支えきれず、空の油田の上に位置していたジャージー・ビレッジはあっという間に地下に沈んだ。一時間後、周囲の湿地帯と地下水脈から水が倍の勢いで流れ込んだ。こうしてジャージー・ビレッジは二十四時間で沼と化した。二日後、ブルース市長は市長の座を追われた。

それから一年、市は水を抜こうとしたが無駄に終わった。居住者たちは保険金を手にして逃げ出し、犯罪者、麻薬常用者、ホームレスが水没した建物に住みついた。重なる訴訟と排水工事の失敗で疲れきった市議会はついにあきらめ、水没した一帯をヒューストン都市圏から切り離した。この区域があるせいでヒューストンの犯罪率が倍増したからだ。今は民間企業がこのエリアをパトロールしている。ここが無法地帯に陥るのを防ぐ仕事は、うまみのある自治体の下請け仕事と抱き合わせになっていたため、これまで一族から一族の手に渡ってきた。現在はショウ一族が水没地区を担当しており、契約を守る最低限の義務を果たしている。

この十年間でジャージー・ビレッジは吹きだまりとなった。明るい光から逃げる〝異形の者〟、ギャング、指名手配犯が打ち捨てられたオフィスに隠れ、住みついた。彼らが表に出てこないかぎり、一族は関知しない。この前にここに来たときは応援にアイシャを連れてきた。千ドルもかかった上、二人ともう少しで死ぬところだった。

わたしは肩のホルスターに入れた銃をたしかめ、車を降りた。マッド・ローガンも運転席から出た。がたがたの桟橋が水没地区へと続き、ビルの間を縫って消えている。わたしは橋を歩き出した。マッド・ローガンはその隣を歩いた。

湿地帯には原始的な美しさがある。暗く動かない水面、地面を支えるように水辺に立つ大きな糸杉。そこには陰気だが時間を超えた優美さがある。けれどもジャージー・ビレッジにはそれがなかった。ここは水が引かない増水地帯にしか見えない。汚い水のあちこちから錆《さ》びた車が突き出している。小さいビルは壊れ、かび臭いごみが流れ出している。水面には淡い緑色の膜が張っている。水没地区は醜悪で、においはさらにひどい。水の残った古い水槽に頭を突っ込んだときみたいな悪臭だ。

「いいところだ」マッド・ローガンが言った。

「住民に会ったら気が変わるわ」

マッド・ローガンは皮肉っぽく笑った。「歓迎パーティでもあるのか？」

「たぶん」

マッド・ローガンが足を止め、片手を突き出してわたしを制した。目の前の水面が割れた。かぎ爪のある手が伸び、ぬるぬるした橋脚をつかんだかと思うと、裸の女が橋板の上に上がってきた。肌はまだらな緑だ。肋《あばら》は木琴になりそうなほど骨が浮いている。女はうつろな目でこちらを見てまばたきした。

「チェリー、最近どうしてた？」わたしはきいた。

「どうしてたと思うのさ？　肉は持ってきた？」

わたしはバックパックの中からチキンのドラムスティックを入れたタッパーを取り出した。「バグは生きてる？」

「生きてるよ。ゼイダービルのいつものねぐらにいる。メインブリッジには近づくな。ピーチスとモントレルが縄張り争いの真っ最中だ」

つまり、ピーチスは前のボスを倒したということか。穏やかじゃない。わたしはタッパーをチェリーに投げた。チェリーはチキンをつかみ、わにのような三角にとがった歯で噛みついた。わたしは彼女を避けるようにして通り過ぎた。マッド・ローガンもそのあとについてきた。

「友達なのか？」

「二年ぐらい前に会ったの。彼女、〝異形の者〟よ」

「らしいな」

魔力というのは不思議な働きをする。一世紀半ほど前、魔力を生み出す血清が開発されたとき、そのおかげで力を得る者もいれば、怪物に変身してしまう者もいた。人類はそれから数世代を経たが、誰もが異形になる可能性を持っている。魔力を増幅しようとするとき、魔力がマイナスの方向に反応して人はチェリーのようになる――異形と化すのだ。

「どうしてああなったんだ？」

「わからない。腕に注射の跡があるから、昔はきっと麻薬依存症だったんでしょうね。実験的な魔力増幅のために何かの機関か有力一族に自分を売ったけど、失敗したのかもしれない。チキンを持っていくと引き替えに情報をくれるの」

「あの女にとってはごちそうなのか？」

「ええ」

「それならいい取り引きとは言えないな。チキンに値するほどのことは教えてくれなかったじゃないか」

「ピーチスがバスタを殺して南側を乗っ取ったと教えてくれたわ。モントレルは北側のボスで理屈が通じるけど、ピーチスは危険なの。ここに出入りする道は数箇所しかないからピーチスを避けることはできないけど、ゼイダービルは南側にあるのよ」

「得られる情報はもっとあったはずだ」

わたしは彼のほうを向いた。「何が言いたいの？」

マッド・ローガンが隣に来た。「あの女にチキンを持ってきたのは、同情心からだ」

「そうよ。それが悪い？」

「おれはいいか悪いかの判断はしない。同情するのはきみの勝手だ」

あら、それはよかった。許可をくれてありがとう。「それはやめてと言ったのに」

「それって?」

「わたしにああしろこうしろって命令することよ」

橋が二手に分かれ、わたしたちはメインルートからはずれて右に入った。目の前にはコンクリートとれんがでできた島のようにオフィスビル群が水から突き出している。屋上には金属のポールが何本も立っていて、からまったワイヤを支えている。どのビルにも二階の上の部分に幅の広い黄色い線が引かれており、黄色い文字で〝この線より下は電力使用禁止〟と書かれている。

マッド・ローガンの魔力がそばをかすめるのを感じ、わたしは飛びのきたくなる衝動を抑えた。

「さっきも言ったが、おれはいいか悪いかの判断はしない。チキンをやる代わりにあの女の顔を蹴ったとしたら、それを知りたいんだ。チキンを水中に投げてあの女に取りに行かせたとしても、知っておきたい。情報が多ければ多いほど、大事なときにきみがどんな行動を取るか予想しやすくなる。たとえば、飢えた男に銃を向けられて優位に立った場合、きみは同情の気持ちからそいつを見逃すだろう。きみはそういうタイプだ」

「で、あなたはどういうタイプなの?」

彼の顔は険しかった。「真っ先に撃つタイプだ」

橋はビルの後ろでカーブしていた。わたしたちは半分沈んだ巨大なコンクリート片を過ぎた。前方でいきなり橋がなくなっている。わたしは足を止めた。

「まずいわ」

「メインルートを行ったほうがいいのか？」

わたしは薄手のジャケットの中に手を入れ、ホルスターから銃を取り出してポケットに入れ替えた。マッド・ローガンは少しおもしろがるような顔でそれを見ている。左に曲がり、今にも壊れそうな細い橋を歩いていくと、やがてオフィスビルの間の空き地に出た。ここは地面が少し盛り上がっているようだ。水没地区の住民が何年もかけて砂利やコンクリート片やれんがの塊を水に投げ入れたおかげで、細長い長方形の島ができ上がった。島からは木で作った橋が何本か渡され、あらゆる方向に伸びている。わたしの真正面の無人のビルの窓から、何人かの男女がこちらをのぞいている。右側には何かのまわりに人だかりができている。

わたしは島に足を踏み入れた。人だかりが二つに割れ、長身の男が出てきた。痩せていて青白く、体に比べて手足が長い。しなびた赤っぽい髪が顔を取り巻いているが、もつれたその髪の色はまさに熟れた桃にそっくりだ。

「ピーチスか？」マッド・ローガンが隣でささやいた。

「そうよ」

「ほかに知っておくことは？」

「毒蠅《どくばえ》の群れを操る魔力があるわ」

子ども相手に変態行為をする者も見かけは普通だというのはよくある話だ。しかしピーチスは、人がそういう変態を想像するときに思い浮かべるような姿をしていた。不愉快な顔ではないのに、その目つきにはどこか人を落ち着かなくさせるものがあった。病的で気味の悪い何かだ。それは揚げ物のすえた油のように吐き気をもよおさせた。

ピーチスは、わたしの肩越しにマッド・ローガンを指さした。「おい、おまえ！　おれの家で何してるんだ？」

ピーチスの左に立つ背の高い男がグロック銃を上げた。その隣の、黒いタンクトップと泥で汚れたジーンズという姿の女がリボルバーのライノを構えた。目立つ形の銃身を見ればその意図はあきらかだ。それさえわかればよかった。

「騒ぎを起こす気はないの。ただここを通りたいだけよ」

「騒ぎ？　騒ぐのはこっちだ、くそ女！」ピーチスは腕を振り回した。顔が真っ赤だ。自分で自分を興奮させている。もしこの男が七面鳥なら、羽を全部広げているところだ。あと少しで興奮のあまり暴力に走るだろう。マッド・ローガンに恥をかかせればいいことがある、とピーチスの脳が警告信号を受け取ったに違いない。「そのくそ女を連れてここを通り抜けられると思ってるのか？」

マッド・ローガンは答えなかった。

「返事はなしかよ？　口がきけねえのか？」ピーチスの口からつばが飛んだ。彼はこちらに近寄ってきた。

心拍数が上がった。アドレナリンのせいで膝が震える。

ピーチスは胸からマッド・ローガンにぶつかりそうだ。ローガンはこの男を見ている。感情のない冷たい視線だ。ピーチスは六十センチまで近づけばもう充分だと思ったらしい。

「ここはおれの縄張りなんだよ！　おれがここのボスだ！」

振り回した手があたりそうになり、わたしは一歩下がった。

「動くんじゃねえ！　こいつが動いたら撃て」

左側の男が銃の安全装置をかちゃりとはずした。

ピーチスは身を乗り出した。「よく聞け。気分がよけりゃ、おまえをぼこぼこにしてくそ女なしで送り返してやるところだ。だがおれは気分が悪い。悪いんだよ。ここでこのくそ女を撃ち殺して、おまえを地獄に落としてやる。金は持ってるか？　おまえ、金持ってそうな顔してるじゃねえか」

今の状態でピーチスを撃つこともできる。前にもポケット越しに撃ったことがあるからだ。でも、確実に殺さないといけない。息があれば毒蠅を呼び寄せて、刺し傷だらけにされてしまう。ポケット越しにちゃんと狙いをつけるのは難しい。

マッド・ローガンは、敵意のなさそうな大きな笑みを浮かべて両手を挙げた。「まあ待ってくれ。そんなに興奮しなくてもいいじゃないか。ほら、銃は持ってない。あんたがボスだってことはわかる。ここを仕切ってるんだろう?」

「そうさ!」

「あんたはビジネスマンだ」マッド・ローガンは相手をなだめるように笑顔のまま言った。「ビジネスマンとして話そう」彼はもと来た橋のほうにピーチスを誘った。「ちょっと落ち着いて話をするだけだ」

「金の話だぞ」ピーチスは彼といっしょに橋に入った。

マッド・ローガンはその隣を歩いた。「ここの全部を所有しているのはあんただし、あんたがボスなのはわかってるが……」

マッド・ローガンはピーチスの喉をつかみ、両足を蹴り払って、相手の体重などものともせずに水に放り込んだ。

すべてがいっきに起きた。わたしは銃を取り出し、構えた。相手の男と女が握る銃の銃身が、かみそりで切り落としたかのように切れた。ピーチスが水に落ちた。全員が動かなかった。わたしは相手グループに銃を向け、相手は呆然《ほうぜん》として切り落とされた銃を見つめている。

男が握っていた手を開くと、銃が地面に落ちた。

「こいつ、殺してやる!」ピーチスは腰までの水の中で立ち上がった。大きな蝿の大群がその両手から飛び出し、ショールのように体の周囲を飛び回った。

マッド・ローガンが指を鳴らした。そばのビルの壁が六メートルのコンクリート板となってはがれ、壁面をすべり落ちてピーチスを押しつぶした。

信じられない。

マッド・ローガンは人だかりのほうを向いた。その背後でビルの側面に大きなひび割れが走り、れんがと漆喰《しっくい》がコンクリート板の上に降り注いだ。叫ぶ者は一人もいない。

最後のれんががれきの山の上に落ちた。あたりはしんとして、ピンが落ちる音さえ聞こえるほどだ。

「これでわかったな」マッド・ローガンの声は冷たかった。「ボスはおれだ。おまえたちはおれが支配する。おまえの隣にいる奴も、おまえが立っている地面もおれのものだ。おれが出ていったあとは誰がボスになろうがかまわない。おれがいなくなったら、留守中に誰がボスになるか殺し合いで決めればいい。だがこれだけは言っておく。おれがいるときは、おれを見たらボスと思え」

タンクトップの女が銃身のなくなった銃を地面に落とした。ピーチスの部下たちは身動きもしない。

「質問はあるか？」マッド・ローガンが言った。

ぼろぼろのダラス・カウボーイズのジャージを着た背の低い男がゆっくり手を上げた。

タンクトップの女がその手をつかみ、あわててもとに戻した。

「それならいい。解散だ」

わたしが三回息をつく間に、島には誰もいなくなった。

「きみの言う専門家はどこだ？」マッド・ローガンがきいた。

9

「ピーチスを殺したわね」わたしは橋の裂け目をまたいだ。

「もちろん殺した」

わたしは口を開いたが、また閉じた。

「そうか、それが気になるんだな。きみにはちゃんと働いてもらいたいから、話しあおうじゃないか。どの部分が気に入らないんだ？」

わたしは口を開いたが、何も言わずにまた閉じた。あのあとピーチスに襲われたかもしれないし、殺されたかもしれない。だからマッド・ローガンのしたことは正しい。気になるのは、あまりにも残酷なそのやり方だ。なんのためらいもなかった。さっきまで存在したピーチスは次の瞬間にはいなくなった。なんの痕跡も残っていない。押しつぶされ……死んだ。

「おれが手伝おう。きみは人を殺すのは悪いことだと教え込まれてきた。そして、どんな現実の前でもそうだと思い込んでいる。ピーチスはチャンスさえあればおれたちを殺しただろう。だがあのやり方なら、数人の部下を巻き添えにせず、一人殺すだけですんだ。おれは数人の命を救ったんだ。だがきみの価値観ではおれは悪者だ。それは間違ってる。始めたのはあいつだからな。おれは終わらせただけだ」

「そういうことじゃないわ。わたしだってあいつの頭を撃ち抜く覚悟はあった」しかし撃った相手が生き残るチャンスはわずかにある。死体も残る。マッド・ローガンがしたことはあまりに唐突で徹底的で、わたしはその事実を理解する時間がほしかったのだ。

「じゃあ何が気に入らないんだ？」

「それは……」わたしは言葉を探した。「グロテスクすぎることよ」

マッド・ローガンは不思議そうにこちらを見ている。「グロテスクか」

「そう」

「屋上の鉄の棒で串刺しにしてやろうかと一瞬思ったんだが、きみにはどぎつすぎるだろうと思ってやめた。そっちのほうがよかったのか？」

わたしは腹に鉄のポールが突き刺さったピーチスを想像した。「いいえ」

「本当に知りたいんだ」マッド・ローガンは純粋な好奇心で言っているようだ。「今度誰かを殺すときは、きみを驚かさない方法でやりたい」

「少しの間、誰も殺さないというのはどう？」

「それは約束できない」

ドラゴンとのたわいのないおしゃべりというわけだ。調子はどう？　最近、冒険者を食べた？　ああ、今朝一人食べたよ。ほら、まだ歯に大腿骨《だいたいこつ》がはさまってる。気味が悪いかな？

前方にゼイダービルが見えてきた。水から出ているのは上三階だけで、緑色の看板は汚れ、藻で黒ずんでいる。屋上にからまるワイヤは黒い蜘蛛《くも》の巣のようだ。ビルのどこかで、バグがヒステリックな狂気に包まれ、蜘蛛の巣の真ん中に居座っているはずだ。わたしは足を止めた。

「バグを殺さないで。これは本気よ」

マッド・ローガンはにっこりした。

「本当にバグを殺すのはやめて。もし殺したら契約は白紙よ」

「わかった」

わたしは歩き出した。

「殺してもいい相手と、その場合の殺し方をリストにしてもらったほうがいいかもしれない」マッド・ローガンが言った。

「笑えない」

「おれはおもしろい男だ。ピーチスにきけばわかる」

ビルに到着したわたしたちは、二階の大きな窓から中に入った。絨毯《じゅうたん》から湿ったかび臭いにおいがする。倒れたパーティションの上をなめくじが這《は》っている。やる気を引き出すための古いポスターが壁にかかっている。描かれているのは崖から両手でぶら下がる登山家だ。下には〝限界を超えろ〟という標語が書いてある。ガラスは割れていた。

「何も触らないで。バグがそこらじゅうにトラップを仕掛けているから」

わたしはパーティションの間の狭い通路を歩いていき、隅に取りつけられたカメラの前で止まると、オレンジの錠剤の容器をかかげて見せた。

そばでインターコムに雑音が走る音がして、男のがらがら声がした。「そこにいろ。ナポレオンを迎えに行かせる」雑音が消えた。

「誰かを殺したことは？」マッド・ローガンがたずねた。

「ないわ。一度男性が死ぬのを見たことがある」これを口にしたのは間違いだった。

「どういう状況で？」

わたしはマッド・ローガンを見て口ごもった。彼は、まるでわたしが世界でいちばん興味深いことを言おうとしているかのようにこちらを見ている。一言残らず聞き取るつもりなのだ。魔力までもが期待するように渦巻いている。つかの間、彼の意識はわたしだけに集中した。怖くはなかった。怖いどころか……うれしかった。話を続けるかぎり、彼はこういう目でわたしを見てくれる。それだけでたいていの女は彼が聞きたいことをぺらぺらしゃべる気になるのだろう。もしわたしが何かを話せば、彼はそれを利用するはずだ。

マッド・ローガンはまだ待っている。もうどうでもいい。

「父は私立探偵の仕事にいろいろな分野があることを教えようとして、わたしが十六歳のときに支払い滞納の車の回収屋にインターンに行かせたの。その男性は息子二人と仕事をしてたわ。最初の数件はうまくいったの。映画で極秘任務にのぞむスパイみたいに、車を見つけ、こっそり近づいて牽引車《けんいんしゃ》で回収する。おもしろかったわ。嘘《うそ》をついて銀行から逃げようとする人の話をその回収屋から聞いていたから、わたしたちは正義の味方だった」

唇が乾いた。十年近く経《た》っているのに思い出すとまだ落ち着いていられない。

「そこで何があった?」彼の青い目にはぬくもりがあった。本人は何も意識していないのにこれほどセクシーに見えるなんて反則だ。

「あるとき、郊外の小さな家からトラックを回収したの。家から子どもを抱いた女の人が出てきて、うつろな目をしてこう言ったわ。持っていって、ガソリンを入れるお金もないんだから、って。その顔つきのひどかったことといったら。そこでやめればよかった。父に電話して、迎えに来てって言えばよかったんだわ。でもわたしは正しいことをしようとした。父にまかされた仕事だから、何があってもやり遂げよう、って。親子が牽引車をつないだとき、家からライフルを持った男が出てきて発砲し始めたの。なんの警告もなかったわ。トラックに乗り込む暇もなくて、わたしたちはトラックの裏に隠れるしかなかった。女の人が叫んでたけど、発砲はやまなかった。ダグが警察を呼んで、すぐに警官がやってきたわ。男はパトカーに向かって発砲して、警官に撃ち殺された。胸に弾があたって倒れるところが見えたわ。家から子どもがどんどん飛び出してきて、泣き叫んでた。警官が奥さんを近寄らせないようにしていたのを覚えてる。奥さんは、夫はいい人だ、こんなことをする人じゃないってずっと言ってたわ。あとで知ったんだけど、あの男は四カ月前に失業して、家も差し押さえられていたらしいの。父が迎えに来てくれて、回収屋の仕事はそれっきりだった」それから一カ月、わたしは毎朝そのことを幸運の星に感謝した。「あなたの番よ。初めて人が死ぬところを見たのは？」

「七歳のときだ」その声は低く静かだった。「祖父に見守られながら呪文の練習をしていた。祖父はいつものように椅子で居眠りしていたが、突然頭をつかんでうめき、椅子から転げ落ちた。駆け寄ったときにはもう息をしてなかった。脳動脈瘤《どうみゃくりゅう》だった。階下に駆けおりて祖母に祖父が死んだと告げたら、なまけるのは男として最悪だし、嘘をついて練習をさぼろうとするのも同じぐらい悪いと言われた。祖母は使用人に、おれを書斎に連れ戻して鍵をかけるように命じた。おれは二時間床に座ったまま祖父の死体を眺めてたよ」

なんてひどい。

通路からかすかな物音がした。小さな犬がとことこ走ってきた。ずんぐりした体、大きな三角の耳、上を向いた鼻。どうやら先祖のうち一匹が冒険好きのフレンチブルドッグだったようだ。それ以外の遺伝子の源がどこにあるのかは謎だ。色は真っ黒、毛は短い剛毛で、足取りはまるでここのボスみたいだ。

「ナポレオン、久しぶりね」

ガーゴイルのような顔をしたナポレオンはまじめな目つきでこちらを見ている。と、くるりと振り向いて通路を走っていった。

「犬のガイドか」マッド・ローガンが言った。

「そう。気をつけて。バグは透明の釣糸をそのへんに張り巡らせるのが好きなの。引っかかったらろくなことにならないわ」

「たとえば？」

「何かが爆発するとか」

わたしたちはナポレオンのあとについて迷路のような通路をたどり、三階まで上っていった。重い鋼鉄のドアが目の前をふさいでいる。わたしはバックパックからテーザー銃を取り出した。

「殺さないで」

「行儀よくするよ」マッド・ローガンが言った。

ドアが音をたてて開き、モニタの並ぶ部屋が現れた。壁や天井に取りつけられたモニタは、ケーブルの蔓《つる》の間に咲く四角い電子の花のようだ。このデジタルジャングルの真ん中に、壁から突き出たキーボードに囲まれて一人の男が回転椅子に座っていた。薄汚れた黒っぽい長袖のTシャツと着古した作業用ズボンが骨っぽい体格を浮き彫りにしている。梳《と》かしつけたというよりは広くて高い額から引っ張り上げただけのもじゃもじゃの黒髪は、洗っていないことにかけては服といい勝負のようだ。小さな鼻、小さな口、とがった顎。瞳の茶色い大きな目には狂気が輝いている。その両手が震えていた。

「それをくれ」彼は椅子から跳び上がった。背はわたしと同じぐらいだけれど、体重は十キロ近く軽いに違いない。「よこせ」

わたしはテーザー銃を構えた。「仕事が先よ」

彼はその場で跳ねた。「そいつがほしいんだ。早くくれよ」

「仕事が先」

「くれよ、くれ、くれ……」体をわななかせながら飛び跳ねている。言葉が早口になり、つながっていった。「いいから早くよこせよこのくそ女……」

「仕事が先よ」

「くそっ！」バグはモニタのほうを向いた。「なんの仕事だ？」

「アダム・ピアースを見つけて」

バグは人差し指を上げた。「リラックスのためだ、一錠だけ頼む！」

わたしはバグにテーザー銃を向けたままマッド・ローガンに容器を渡した。前に飛びかかられたことがあるからだ。「一錠渡して」

マッド・ローガンは容器を開けた。錠剤が一つ宙に浮いた。驚きだ。すごいコントロール能力だ。

錠剤はバグのほうに漂っていった。彼は錠剤をつかみ取ると、ベルトの鞘《さや》からナイフを取り出し、テーブルに置いて三分の一を削《そ》ぎ取った。その手が震えている。バグは小さいほうのかけらをテーブルからつまみ上げ、口に入れた。バグは今にも飛び立つかのように両手を下ろして爪先で立っている。震えが止まった。その体はぴくりとも動かなくなった。

マッド・ローガンがこちらを見た。

「エクゾルよ」

エクゾルは気分を安定させるために作られた軍用の薬だ。眠いときにのめば目が覚める。興奮しているときにのめば落ち着く。のむと世界がクリアになる。すべてが見え、すべてに気づき、反応が早くなり、怖いものがなくなる。これをのめば迷いが生じることも疲労に負けることもない。効き目が切れると、二十四時間ぶっ続けで眠ってしまう。この薬の存在は機密だが、母にはまだコネがあった。

バグが目を開いた。奇怪でヒステリックでまだいらついていたが、さっきよりは落ち着いたようだ。

「声が聞こえなくなった」バグは静かに言って笑った。

わたしは容器のほうにうなずいてみせた。「アダム・ピアースを捜して」

バグはすっと席につき、汚いシャツの袖をまくり上げた。腕には何十という点が散っている。小さな点が一つに溶けあって神秘の紋様を形作っているのだ。バグの両手が偉大なピアニストのようにいくつものキーボードの上を舞った。トランスミュージックの低い音が部屋を満たしている。画面は目にも留まらない速さでスクロールし、画像がちらついた。バグは街頭の監視カメラに侵入している。前にも見たことがあるが、彼の腕前は天才的だ。

マッド・ローガンの顔に冷たく決然とした表情が浮かんだ。その目は容赦ない。

「どうしたの?」わたしは静かにきいた。

「この男、虫飼いなのか」彼は歯を食いしばった。

「そうよ」

「いつから?」

「いつから〝虫〟を飼ってるか?」

「そうだ」

「三年前よ。入隊して二年で〝虫〟を入れられて、一年前に空軍を除隊したの」

マッド・ローガンはバグを見つめた。「もう死んでるはずだ。〝虫〟を入れられた者は一年半しか生きられない」

「バグは特別なの」

虫飼いは情報処理の専門家だ。彼らは魔力で〝虫〟と呼ばれるものを注入される。〝虫〟

に形はない。それは虫飼いの精神に棲《す》みつき、一度に数百の仕事をこなす力を与える。大河がたくさんの小川に分かれるようなものだ。虫飼いは人智《じんち》を超えた速さで情報を処理する。軍で〝虫〟を入れられる者が多く、いったん〝虫〟が入るとそれから二年を待たずに死ぬ。虫飼いに志願するのは、不治の病の者や家族に支払われる多額のボーナスに目がくらんだ者だ。バグはなぜか生き続けている。人と違って体質的に合っていたのかもしれない。とにかく彼は生きて空軍を除隊し、誰ともかかわらずにここにこもっている。

マッド・ローガンは口を引き結んでいる。そのせいで顎がいっそう角張って見える。

「気になるの？」

「兵士にこういう仕打ちをすることが気になるんだ。すべてを搾り取って、ごみみたいに捨てる。こういうことがおこなわれているとわかっているのに、誰も気にかけない。これぐらいの犠牲はしかたないと思っている」彼は吐き出すようにそう言った。

ドラゴンにも人間らしい一面があるようだ。

わたしの携帯電話が鳴った。登録のない番号だ。またか。わたしは電話に出た。

「はい？」

「やあ、スノーフレーク」アダム・ピアースの甘い声がした。

わたしは怒鳴りつけたい衝動をこらえた。「アダム」そしてスピーカーに切り替えた。

「家に帰る気になったの？」

マッド・ローガンの冷たい怒りは一瞬で獲物を追う獰猛《どうもう》さに変わった。

「事情によるな。おれたち、まだ求めあってる？　というか愛しあってる？　いつも間違えるんだよな、これ」

「事情によるわ。そのことについて話したいなら会うけど」

「今はだめだ。今夜は忙しい。あとでなら」

「そいつを見つけた」バグがキーを押した。

画面がちらつき、さまざまな角度からの映像を映し出した。アダム・ピアースは電話を耳に混雑する交差点に立っていた。色褪《いろあ》せたジーンズが腰と長い脚を包んでいる。トレードマークの黒いレザージャケットとブーツ。目の前は十階建てのビルだ。曇りガラスの窓が派手な黄色いストライプで区切られている。左側には細長いビルがあり、銀色の窓が夕日を受けて輝いている。

「おれを捜してるのか？　やさしいじゃないか」

「本当に会わなくていいの？」

「ああ。テレビをつけてくれ。きみに見せたいものがある」

電話は切れた。画面の中のアダムは携帯電話を道に投げ捨て、ジャケットを脱いで筋肉質の背中をむき出しにした。ジャケットはそのまま落ちた。地元のニュース局で一日に一度は流されるアダムの顔。その彼が真っ昼間、公衆の面前でジャケットを脱いでいる。誰かがアダムに気づき、通報するに違いない。まずい。

　アダムは車などものともせずに交差点に入った。黒っぽいセダンがアダムを避けようとしてタイヤをきしらせカーブを切った。アダムが顔を上げた。その周囲の空気が揺らいだ。風に吹き飛ばされた紙切れが揺らめいたかと思うとぱっと燃え上がり、灰となって散った。アダムの周囲のアスファルトに円形の炎が燃え上がった。明るいオレンジの炎は外に広がり、複雑な紋様を描いた。魔法陣が命を得たのだ。なんらかの燃料を使ってアスファルトの上に描いておいたに違いない。

「あれは何？」

「わからない」マッド・ローガンが答えた。「火を使う魔法陣のようだ。ハイレベルなのはわかる。これから相当な力を使うつもりらしい」

　アダムは体をそらした。くっきりと浮き上がる筋肉が引き締まり、ふくらむのが見える。彼は腕の筋肉を震わせながら両腕を大きく広げた。全身の筋肉が引き締まり、体が動かなくなった。数メートル先に駐《と》まっていた緑のジャガーの車体が溶け始めた。

「どこだ？」マッド・ローガンが言った。

「サム・ヒューストン・ドライブとベア通りの交差点だ」バグが答えた。

サム・ヒューストン・パークウェイまではここから十分ほどだ。アダムの周囲で車が止まっている。人々は車から降りて彼を見つめている。

「拡大してくれ」マッド・ローガンが言った。

バグはキーを押した。カメラはアダムをアップでとらえた。両目がなくなっている。目の代わりに黄色い炎が世界を見つめている。アダムの体に透明な人影が重なり、そのあちこちが深いオレンジ色に燃え上がっている。両手からは、まるで悪魔じみたガラスの手袋をはめたように、三十センチほどもあるかぎ爪が突き出している。背筋からは透明の背びれのようなものが燃え上がっている。

「あいつめ」マッド・ローガンが吐き出すように言った。「そういうことか」

アダムの両手の間に白熱するまばゆい火の玉が生まれた。中が赤と黄色に渦巻いている。

「あれは〝火塊〟だ。ピアース一族だけに伝わる高度呪文だ」

高度呪文は何世代にもわたる研究と実験の結果生まれたものだ。アダム・ピアースは今まさにそれを使い、街の真ん中に混乱を引き起こそうとしている。ピアース一族は激怒しているはずだ。

アダムは口を開き、暗いビルに向かって炎の奔流を吐き出した。ガラスが割れ、地面に降り注ぐ。炎はビルを突き抜けた。その一部はまっすぐ燃え上がり、火柱が上がってガラスが溶けた。

人の叫び声がする。火災報知器が鳴っている。火柱はどんどん高くなる。〝超一流〟の力が束縛を解かれたかのように暴れ回っている。

一台の消防車が走ってきて、アダムを避けるように揺れたかと思うと、銀色の高層ビルの駐車場に駐まった。何かおかしい。

「あれが見える？」

「ああ」マッド・ローガンは消防車を見つめている。

消防車のドアが開いた。消防士の制服を着た人たちが飛び降り、たしかな足取りでビルのほうに走っていった。

わたしは考えを口にした。「どうしてアダムが火をつけたビルじゃなくてあのビルを避難させるの？　拡大できる？」

バグの指がキーボードの上で短いスタッカートを刻んだ。画面のうち三つが消防士にズームインした。

二人が斧《おの》を持っており、三人がライフルを抱えている。消防士がライフルを持つまともな理由など思いつかない。燃えるビルに閉じ込められる危険に直面すると、人はパニックに陥る。大人が子どもに対して、消防士さんの言うことは必ず聞きなさいと時間をかけて教え込むのはそれが理由だ。人は幼いころから消防士の命令に対しては何も考えずに従うよう条件づけられている。なぜなら消防士は命を助けてくれるからだ。もし消防士に避難しろと言われたら、誰もが近くの出口に向かって駆け出すだろう。

合図でもあったかのようにビルのドアが開き、スーツ姿の人々が飛び出してきた。

マッド・ローガンの顔が険しくなった。

アダム・ピアースは目くらましだ。本当のターゲットはあのビルの中にあり、ライフルを持った〝消防士〟はそれを捜している。

画面が真っ暗になった。

「くそっ」バグが毒づいた。「どいつか知らねえが、道路の監視カメラをはずしやがった。ほかの角度を試してみるか……」

画面が揺れたが、暗いままだ。

「ブロックの反対側のカメラもだめだ」バグは眉根を寄せた。「くそったれめ」

マッド・ローガンがわたしの手をつかんだ。「行くしかないな」

「エクゾルをよこせ！」バグが怒鳴った。

わたしはバグに容器を投げた。彼は空中でそれを受け止めた。「ナポレオン、お帰りだ！」

ナポレオンはクッションから下りて部屋から駆け出した。わたしはそのあとを追った。

マッド・ローガンはバグにある電話番号を早口で伝えた。「ビル内をのぞけるようにしてくれたら、さっきの薬を倍にして持ってくる」

わたしたちは物につまずかないよう気をつけながら通路を走り抜けた。マッド・ローガンは携帯電話を耳にあてている。「サム・ヒューストン・ドライブとベア通りの角に立つ高層ビルに入っている会社のリストがほしい。設計図、所有者の情報、全部送ってくれ」

「アダムは目くらましだと思う?」わたしは椅子の山にぶつかりそうになりながら言った。

「だとしたら、かなり成功してるな」

わたしたちは木の橋に出た。正面のビルのガラスのない窓のところで、日光を受けて何かが光った。わたしはローガンの腕をつかんでぐいっと引き寄せた。銃声が響いた。

「どこだ?」マッド・ローガンがうなるように言った。

「最上階、左端」

バスケットボールほどの大きさのコンクリートの塊ががれきの山から飛び出し、その窓に向かって飛んだ。人の声に似たくぐもった悲鳴がビルの谷間にこだました。

わたしたちは橋を駆け抜けた。

「〈クラウン・テック〉」マッド・ローガンの携帯電話から落ち着いた男性の声がした。「〈エメラルド掘削〉、〈パロモ工業〉、〈パウエル配管技術〉、〈ビッカード・スタング・アンド・アソシエイツ〉、〈ライゼン情報サービス〉」

マッド・ローガンは電話を切った。

「それで何がわかるの?」

「何も」

前方の橋の上にチョークと木炭で魔法陣が描いてある。来たときにはなかった。マッド・ローガンは顔をしかめた。魔法陣を描いた部分の板が割れている。いやなにおいのする緑色の霧が空中に噴き上がった。マッド・ローガンは裂け目を飛び越えた。わたしもそのあとに従った。

「おれを殺そうとしてるみたいだな」

「あなたはここに来てあの人たちの縄張りでボスを殺したわ。もちろん向こうはあなたを殺そうとするでしょうね。驚かないほうがいいわ」

二人が走る衝撃で橋が揺れた。わたしたちは島を抜け、島から伸びる橋を走った。

前方に、ちょうどマッド・ローガンの喉の高さで何かが水平に光っている。

「ワイヤよ!」

「わかってる」彼はジーンズからナイフを取り出し、切った。ワイヤは二つに割れて反動で両端に跳ね戻った。橋を渡りきって駐車場に入り、レンジローバーに飛び乗る。マッド・ローガンは車が傾くほどのスピードで駐車場を出た。わたしは自分の身を守るために必死でドアの取っ手にしがみついた。

「あいつが火塊を作れるなら、捕まえるのは無理かもしれない」ローガンが言った。

「えっ?」

「火塊はゼロ空間を生み出すんだ」

「普通の言葉で言うと?」

「あいつが使う魔力の総量が大きすぎて、あいつが存在する円の範囲内はこちらの物理的領域には存在しない」

「存在しないってどういうこと？　それがいったい――」レンジローバーの前に小さな灰色の生き物が飛び出した。「りすよ！」

マッド・ローガンは、自殺同然に飛び込んできたりすを避けようとしてハンドルを切った。車は縁石に乗り上げて跳ね上がった。息も止まるようなその一瞬、体が宙に浮いた。心臓が喉元に跳び上がる。重量のある車はどさりと道に着地した。りすは反対側の芝生に駆け込んでいった。

わたしは呼吸を思い出した。「りすを殺さないでくれてありがとう」

「それはかまわないが、今は戻ってあいつを絞め殺してやりたい気分だ」車は州間高速道路へのランプに入った。「さっきの魔法陣の話だが、あの円の中では、こちらの物理世界と神秘の領域がぶつかりあっている。たとえば虫飼いに入れる〝虫〟はそこから取り出すんだ。それは現実世界に空いた小さな穴だ。ゼロ空間が生きている間は誰も魔法陣の中に入り込むことはできない。すぐそばからピアースに手榴弾《しゆりゆうだん》を投げつけたとしても、跳ね返されるだけだ」

それはこのあと確認することになるのだろう。

高速道路を飛ぶように走るレンジローバーの中で、わたしはアダムと架空の会話を想像した。〝アダム、久しぶり。うちに放火した？　祖母を殺そうとした？〟ボスからはアダムを生きたまま連れ戻すよう言われているが、状態については何も指示されていない。マッド・ローガンに対してしたことをもう一度繰り返せるかもしれない――アダムを動けなくし、無理やり質問に答えさせるのだ。必ずできるはずだ。祖母のことを考えただけで体がわななないた。

車は高速を出た。わたしは時計を見た。四分。記録的なスピードだ。

前方の道路には車がなかった。交差点の真ん中でアダム・ピアースがビルに向かって白熱する火球を吐き出している。そこから十メートルほど離れたところで、かつて車だった金属の塊がゆっくりと溶けつつある。

マッド・ローガンは急ブレーキを踏み、レンジローバーはタイヤをきしらせて止まった。

「もっと近づいて」わたしは銃に手を伸ばした。

「熱すぎる。見ろ」

アダムの魔法陣のすぐ外の地面が黒ずみ、たわんでいる。道さえも溶かしているのだ。

わたしは車から飛び出した。熱気が押し寄せ、壁のように前に立ちはだかった。

マッド・ローガンが外に出ると同時に、道路の車のドアが音をたててゆがんだ。街灯を支える金属の支柱が半分に折れ、アダム・ピアースめがけて槍《やり》のように飛んだ。支柱は魔法陣にぶつかって跳ね返り、くるくる回りながらこちらに飛んできた。わたしは息をのんだ。支柱は向きを変えてふたたび目に見えないアダムの魔法陣にぶつかり、ぎりぎりと食い込んだ。

マッド・ローガンの顔がゆがんだ。

支柱は地面に落ちた。

「ゼロ空間だ。行くぞ」

アダムは目の前にいる。すぐそばにいるのに手が出せない。なんてことだ。

「ネバダ！　時間の無駄だ」

あと少しなのに。

消防士とアダムは仲間だ。消防士が追っているものをわたしたちが先に手に入れれば、アダムはこちらを追ってくるだろう。

わたしたちはレンジローバーに飛び乗った。マッド・ローガンは左に急カーブを切って銀色のビルに向かった。そして正面の階段に乗り上げ、停まった。わたしたちは外に出た。入り口に続く石造りの階段に足をかけたとたん、目もくらむような頭痛に襲われた。頭の締めつけはどんどん強くなる。また一歩階段を上った。目の前で入り口がゆがみ、揺らめく。頭の内側を引っかかれるような痛みだ。まるで脳が水風船のようにふくれ上がり、今にもはじけようとしているみたいだ。

「奴《やつ》らは魔力で入り口を封鎖している」マッド・ローガンは階段を下り、携帯電話を見ながら右のほうに走っていった。

わたしはそのあとを追った。階段を離れるとたちまち頭痛は消えた。こんな力があれば便利だ。この力があれば、自分の部屋への通路に引き上げ式の階段を作らなくてすむ。

遠くでサイレンが聞こえた。警察がこちらに向かっているのだろう。ビル内の偽の消防士が何をしているにしろ、急ぐはずだ。ヒューストンの警官が大挙して現れる前に逃げ出さなければならないからだ。

正面玄関に見張りの者を置いているところを見ると、消防士たちはまだ一階にいるようだ。チームは少人数だ。目的がほかの階にあるなら、正面玄関には見張りを置かず、全員で目的の階に向かうだろう。それなのに見張りがいるのだから、全員がおそらく一階にいるはずだ。武装しているから、脇の入り口も守っているだろう。そうなると入れる場所は窓しかないが、ビルの一階は石壁で、いちばん下の窓までは五メートル半もある。

「脇の入り口からの出入りは警戒されているはずよ」

「だからそこからは入らない」マッド・ローガンは携帯電話で設計図を見せた。「ロビーへの入り口は五箇所ある。正面、両脇、エレベーター、中階段だ」

「完璧だわ」消防士たちはビル内の人を避難させたから、わたしたちが中階段を使うとは思っていないはずだ。「あとはビルに入ればいいだけよ」

マッド・ローガンは業務用サイズの緑の大型ごみ容器が二つあるのを指さした。ごみ容器はこちらにすべるように近づいてきた。一つ目が壁にぶつかった。マッド・ローガンが力を入れた。二つ目のごみ箱は空中に跳び上がり、一つ目の上に着地して、ずり落ちそうになりながら引っかかった。二つ分の高さがあれば、二階の窓から入り込める。

わたしは下のごみ箱に手をかけて登った。白と黒のごみ袋が縁近くまでつまっている。二段目に登るにはその上を歩かなければいけない。足を踏み入れると膝まで埋まった。いちばん上の袋が破け、傷んだラザニアがジーンズに飛び散った。腐ったパスタソースの異臭が全身にまとわりつく。これほどの高層ビルから出るごみの中で、どうしてよりによってフードコートのごみ袋を踏んでしまったのだろう。くそっ。

これでは相手ににおいでわかってしまう。

わたしはごみ袋を踏みつけながら二段目のごみ箱に登り、銃を取り出して台尻を窓ガラスにたたきつけた。ガラスが割れた。わたしは破片を内側にたたき込み、中に入った。

そこは会議室だった。長いテーブル、椅子、壁かけ式のフラットスクリーンテレビ。マッド・ローガンが後ろから入ってきて携帯電話を取り出し、わたしに見せた。非通知の番号からの動画を添付したメッセージだ。彼はリンクをクリックした。粒子の粗い動画が画面に広がり、ビルのロビーを映し出した。つややかな灰色の床、二列に並ぶ大きな柱。画面の上にガラス張りの正面玄関があり、太陽の光が床に差している。消防士の服装をした男がライフルを抱えてそばの壁にもたれている。その下、右手には、大理石の柱に男が寄りかかっている。エレベーターの先の左手には壁のそばに三人が立っている。一人は片手を大理石にあて、一人が下の壁に向かって斧を振り上げ、一人が作業する二人をライフルで援護している。動画は五秒ほどで止まった。バグが送ってくれたのだろう。

彼らが求めるものは壁の中にあるらしい。大理石に手をあてていたのは〝探知者〟に違いない。〝探知者〟は魔力に対する感度が高く、魔力に関する物質を石の壁越しでも感知することができる。

「階段を下りればここに出る」マッド・ローガンは画面の左隅を指した。

これでは三人の敵の視界の真ん中に入ってしまう。「あなた、弾丸を跳ね返せるの？」

「いや。だが階段のところの金属のドアを使えば大丈夫だ。銃はあるか？」

わたしはホルスターから銃を抜いた。

「おれがドアを盾にするから、きみは撃て」

「あのとき箸を削いだみたいに敵を切り刻めないの？」

「おれのテレキネシスは生物には働かない。相手を切り刻めるぐらいのスピードで金属を飛ばすことならできる。木材を投げつけてもいい。木材は死んでるからな。ゆるい服を着ている相手ならその服で絞め殺すこともできる。だが体を投げることはできない」

なるほど。「じゃあ、あなたと戦うときは服を脱いで裸になるのがいちばんなのね？」

彼の目にいたずらっぽい光が浮かんだ。「そうだ。試しにやってみてくれ」

まんまと彼のペースに乗せられてしまった。

「あいつらの銃身を切り落とすのもやってみるが、この距離だと狙いをつけるのに何秒かかかる。向こうは撃ってくるだろう。盾は用意するが、あとはきみにまかせる。おれの銃の腕は平均以下なんだ」

わたしは背筋を伸ばした。「謙遜？　まさかそんなに遠慮深いとは知らなかったわ」

「いや、正直に言ったまでだ。銃の扱いには長《た》けてない。ふだんは持ち歩かない」

ピーチスを押しつぶしたコンクリートの山がわたしの脳裏をよぎった。持ち歩かないのは必要ないからだ。「持ってきてよかったわ」

「ネバダ」

彼の口から自分の名が出るのを聞くと、脳がショートし、思考が止まってしまう。まずい。この反応をなんとかしなくては。

「あいつらはよく訓練されている」

当然だろう。どの入り口も最低二方向から射撃できるように人員の配置を決めている。わたしたちがどこから入っても、少なくとも別の場所にいる二人から狙われることになる。

「入ったら撃たれるだろう。奴らはためらわない――本能で撃ってくる。あの反射神経は第二の本能みたいなものだ。赤信号で止まるみたいに」

「そう」マッド・ローガンが説明してくれてよかった。一人ではとてもそこまで読めなかったろう。「きみは撃ち返さないといけない。問題ないな?」

「答えを知る方法は一つしかないわ」

マッド・ローガンはドアを押し開けた。目の前には人気のない廊下がある。廊下を抜けようとするとエレベーターがあった。わたしは下行きのボタンを押した。目くらましになればいい。

エレベーターのドアがチャイムとともに開いた。

「いいアイデアだ」マッド・ローガンは中に入ってロビー階のボタンを押し、出た。

廊下の先まで行くと〝出口〟の表示があった。背後で、ロビーに下りていくエレベーターのチャイムが聞こえた。うまくいけば下の全員が階段ではなくエレベーターに注目してくれるかもしれない。

わたしたちは階段を駆けおりた。血が血管を駆け巡り、心臓の鼓動はあまりに大きく速い。

もし撃たなかったら撃たれるだろう。

これまで人を殺したことは一度もない。

階段の突き当たりには大きなドアがあった。黒っぽい警備員の制服を着た白髪まじりの男性が、ドアの前の踊り場にうつぶせに倒れていた。後頭部には赤く濡《ぬ》れた大きな穴が一つ空いている。そうだ、奴らはためらわない。迷いもない。奴らがこの人を殺した。たぶん誰かの父であり、祖父である人を……。今朝起きて朝食をとり、出勤したのに、今は冷たくなって孤独に死んでいる。もう起き上がることはない。しゃべることも誰かを抱きしめることもほほえむこともない。奴らがこの人を殺し、置き去りにしたのだ。

アダム・ピアースの暴力を止めなくてはいけない。そうしなければ自分がすべてを失うからとか、祖母を殺されそうになったからとかだけが理由ではない。今まさに彼は外にいて、何人の人を傷つけようがおかまいなく火を吐き続けているからだ。アダムの行動を止めるいちばんの早道は、彼が追っているものを奪うことだ。

わたしのしていることは正しい。

マッド・ローガンはドアに近づき、両足を肩幅に開いて両手を上げた。

まだだめだ、心の準備ができていない……。

「中心を狙え」マッド・ローガンはそうささやいた。

そんなことを言われても足が動かない。

いや、まだだめだ。わたしは銃の安全装置をはずした。両手の中の銃がひどく重く思えた。重くて冷たい。「どうぞ」

「いいか？」

ドアが前に飛び出した。ドアは床から十センチほど浮き上がって回転すると、テーブルの天板のように水平になった。

銃を持った者が三人いた。真正面に一人、エレベーターの真横に一人、そして柱のそばに一人だ。

三人はエレベーターから離れてこちらに向かってきた。わたしはエレベーターのそばにいる一人を見すえ、引き金を引いた――時間の流れが信じられないぐらい遅くなる。銃声が響いた。弾はエレベーターのドアにあたって跳ね返った。わたしは髪の毛一本ほど狙いを補正し、二発目を撃った。相手の頭が後ろに跳ね返った。銃を左に振り向け、柱のそばの男を狙う。一発目は男の首にあたり、二発目は顔の下半分、口の真ん中に命中した。

三人目が撃ち始めた。ドアがくるっと回転して縦向きに戻り、盾になって弾丸を受け止めた。

マッド・ローガンはわたしの手をつかんで左の柱のほうに引っ張った。わたしはドアの陰に入ってそちらに走り、冷たい大理石に背中をぴったりとつけた。銃弾の雨があとを追ってきた。

すべてが一秒か二秒の間の出来事だった。

たった今二人を殺した。考えてはいけない、今は考えるな……。

マッド・ローガンが驚きの表情でこちらを見つめている。笑えるなら笑っていただろう。

「母は元狙撃手なの」わたしは絞り出すように言った。「どうやったらちゃんと撃てるかはわかってる」

　銃弾の向きが変わった。相手はこちらに歩いてきているようだ。

　ドアは柱を回り、目の前に浮いている。

「援護してくれ」マッド・ローガンがウインクした。

　わたしは左に身を乗り出し、壁際にいる一人に向かって続けざまに発砲した。相手は柱の陰に隠れた。女の〝探知者〟が拳銃を振り上げ、撃ってきた。銃弾がわたしのすぐそばの空気を切り裂く。わたしは柱の後ろに入り、銃だけを出して女がいるとおぼしき方角に向けて撃った。弾切れだ。銃から弾倉を抜き、ポケットからスペアを取り出して装填し、親指でリリースレバーを戻す。十発増えたが、これで全部だ、今度マッド・ローガンと外出するときは、アクション俳優がジャングルからテロリストを狩り出すときに肩にかけている弾薬帯を持ってこないといけない。

　マッド・ローガンが左に跳んだ。

　わたしは発砲した。弾と銃声が飛び出す。あと八発だ。

　誰かの叫び声がした。ガラスの割れる音とともにライフルの射撃が途絶えた。マッド・ローガンはわたしの隣の柱の後ろにしゃがんでいる。

「ドアは？」

「外だ」

わたしは柱の陰から身を乗り出した。男が壁から何かを引っ張り出した。女は両腕を広げている。間違いなく魔力のポーズだ。そうはさせない。わたしは二発撃った。弾が続けざまに空を切った。女の正面から濃い煙幕が噴き出し、弾が消えた。あと六発。

二人のま後ろに脇の出入り口がある。二人は二手に分かれようとした。

煙のカーテンから弾が飛び出し、わたしの背後の壁を削った。相手も煙のせいでこちらがよく見えないようだ。

マッド・ローガンは脇の出入り口へと急いだ。

男がナイフを片手に煙の中から飛び出してきた。マッド・ローガンはまっすぐその男にぶつかっていった。左腕で相手の右手を受け、右手を男の鼻にたたきつける。男はふらふらとあとずさりした。マッド・ローガンのキックが男の脇腹に入り、肝臓を直撃した。男は脇腹をつかみ、床に崩れ落ちた。

なるほど。マッド・ローガンと戦うのは、裸であってもなくてもやめたほうがいい。

真横を弾がかすめた。わたしはさっと引っ込んだ。煙の中から女が飛び出してぶつかってきた。女の持つ銃の銃口が暗く大きくこちらを向いている。世界のすべてはその銃口に集まった。わたしは女の手首をつかみ、全身の体重をかけて銃を奪おうとした。女はわたしを引っ張り、右手を振り上げた。腕に痛みが走る。ナイフがちらっと見えた。わたしは銃で相手の顔を殴りつけようとしたが、女は体をひねってよけ、こちらの脇腹を切りつけた。肋骨《ろっこつ》に燃えるような冷たさが走った。相手のほうが強いし、よく訓練されている。一瞬二人の視線がぶつかりあった。相手の目に冷たい計算が浮かんでいる。殺す気だ。

わたしの中で、なんらかの本能のスイッチが入った。肩の痛みとともに魔力がはじけ、指先へと伝わって、女の手の上に白っぽい光となって爆発した。

女は白目をむいた。

ひどく痛かった。胸が震えている。まるで腕の筋肉が残らず切れてずたずたになったかのようだ。

わたしの手の中で女の体が痙攣《けいれん》している。魔力が二人をつなぎ、痛みが二人を一つにした。わたしは指を引き離し、つながりを断ち切った。

女は床に倒れた。足が床をたたき、口から泡を噴いている。最後に一度痙攣すると、その体は動かなくなった。

「驚くことばかりだな」隣でマッド・ローガンがうなるように言った。

痛みは引き、燃える感覚の鈍いこだまだけが残った。右腕は血だらけだ。

「大丈夫か？」

倒れた女は動かない。息をしていないようだ。どうしよう。わたしは膝をついて脈拍をたしかめた。脈はない。こんなつもりじゃ……いや、そのつもりだった。

マッド・ローガンがそっとわたしの腕を持ち上げ、五センチほどの切り傷を調べた。

「傷は浅い。死ぬ心配はない」

唇が麻痺《まひ》している。わたしは無理やり口を動かした。「診断ありがとう」

マッド・ローガンは大きな宝石飾りを差し上げてみせた。ざくろの種ほどの大きさの白っぽい小さな宝石が並んでいる。長い楕円《だえん》を重ねたような形で、ハンバーガーを描こうとした子どもがパンの上半分を書き忘れた、といったところだ。同じ石をはめ込んだまっすぐなパーツが楕円の中心を縦に貫いている。まっすぐなパーツは中心でリング状にふくらんでいて、わたしの人差し指と親指で作った輪ほどの大きさがある。これが何かのブローチだとしたら、見たこともないほど不思議なデザインだ。

「奴らが探していたのはこれ？」

マッド・ローガンはうなずいた。

「なんなの？」

「わからない。あいつにきいてみたらどうだ？」

わたしはマッド・ローガンの後ろの壁のところに脇腹を押さえて倒れている消防士のほうを見た。よし、あれをやってみよう。あれなら殺さなくてもすむ。

わたしは男に近づいていってしゃがんだ。男の息が荒い。

「この人に何をしたの？」

「肝臓を蹴ってあばらを二本折ってやった。十五分以内に救急車が到着すれば生き延びられるだろう」

わたしは宝石飾りを差し出した。「あなたたちが狙っていたのはこれ？」

男はこちらを見つめている。わたしは意識を集中し、マッド・ローガンをその場に押さえつけて答えを引き出した魔力を呼び出そうとした。何も起きない。

「無理やり答えさせろ」マッド・ローガンが言った。

「やってるわ」

マッド・ローガンは女が落としたナイフを手に取った。「代替案ならあるぞ」

「一分待って」

「ネバダ、時間の無駄だ」その声は冷たく計画的だった。「たまには役に立て」

役に立てですって？　ひどい言い方だ。

「いつもきみに足を引っ張られるのはうんざりだ」

体の中に何も感じない。

「ぼうっとしてないでなんとかしろ」

「今まで一言多いって言われたことはない？」

マッド・ローガンは顔をしかめた。「怒りが引き金になるってわけじゃないようだな。だが、何が引き金になるか探っている時間はない。それならこうだ」

マッド・ローガンは男の脚にナイフを突き立てた。男は叫んだ。わたしは顔をゆがめた。

「これが目的か？」マッド・ローガンが大声できいた。

「そうだ」

真実だった。

「これは魔力に関するもの？」わたしはそうきいた。

「違う」

「嘘よ」

マッド・ローガンはナイフを引き抜き、また脚に突き刺した。男は叫んだ。

「おまえの脚がハンバーガーになるまで切り刻み続ける」マッド・ローガンは軽い口調で言った。「この脚を止血したら、そのあともう片方の脚を切り刻む。彼女の質問に答えないと、二度と歩けないぞ」

「あなたはアダム・ピアースの仲間なの？」

「違う」

「嘘よ」

マッド・ローガンは男の脚を刺した。

「これは何に使うもの？」

男はわたしを見つめている。

マッド・ローガンはまた脚を刺した。落ち着き払い、整然と、ナイフを抜いては刺していく……。

男が叫んだ。「それは〝光明の門〟を開く鍵だ！」

「真実よ」

マッド・ローガンがこちらを見た。

わたしは両手を広げてみせた。

「今何時だ？」男がうめいた。

わたしはエレベーターの上のデジタル時計を見た。

「五時三十九分。いえ、ちょっと待って。四十分だわ」

男はほほえんだ。「三……」

マッド・ローガンがくるりと振り向いた。

「二……」

マッド・ローガンがわたしに飛びつき、床に押し倒した。

「一……」

脇の入り口から大きな火の玉が飛び込んできた。オレンジ色の炎がこちらに向かってくる。顔に熱気が迫った。

これでおしまいだ。わたしの頭にそんな思いがよぎった。死ぬんだ。

床が揺らいで割れ、二人をのみ込んだ。

10

わたしは横向きに横たわっていた。周囲は真っ暗だ。背中に誰かの体が押しつけられ、わたしをおおっている。たくましい腕がわたしを抱いている。

「わたしは死んだの？」

「いや」マッド・ローガンが言った。

マッド・ローガンがわたしと体を重ねている。そんな思いが頭の中で燃え上がった。わたしは離れようとした。胸は固い岩にあたり、背中にも同じぐらい固いものがあたっているけれど、これは彼の胸板だろう。逃げる場所はどこにもない。

「何があったの？」

「奴《やつ》らは逃走を隠蔽するために爆発物を仕掛けたに違いない。それが爆発したんだ」

「そう。でもなぜ死ななかったの？」そしてなぜ体を重ねているのだろう？　マッド・ローガンに触れられている。大変だ。ぴったり重なっている。

「逃げる時間はなかったから、床を割ってそれを上にかぶせたんだ」

その声は静かで、親密と言ってもよかった。普通のことだと言わんばかりの理性的な口調だ。一瞬で大理石を割ってシェルターを作り、それを上にのせた。たいしたことじゃない。こんなこと毎日やってる。それでも、こんなすごいことをやり遂げるのにどれぐらい魔力を必要とするかを考えると、体が震えた。

「爆発があってがれきが上から降ってきた。いろんなものを動かさざるを得なかったが、今は比較的安定している」

「上のものをどかして外に出ることはできないの？」

「力を使い果たした」その声は冷静で落ち着いていた。「一トン近いものを動かしたせいで疲れたんだ。回復には時間がかかる」

なるほど、彼ほどの力の持ち主にも限界はあるということか。不死の身ではないことをときどき思い出すのもいいことだ。「助けてくれてありがとう」

「どういたしまして」

わたしの脳がようやく彼の言葉を理解した。「つまり、わたしたちはビル全体の下に埋まってしまったのね」二人とも生き埋めだ。恐怖がこみ上げてきた。

「ビル全体というわけじゃない。理屈で考えてビルがまだ崩れていないのはたしかだ。位置情報発信器を作動させたから、部下がこちらに向かってるはずだ。あとは助け出されるのを待つだけだ」

「空気がなくなってしまったら?」

「運が悪かった、ということだな」

「ローガン!」

「十五分ぐらいこの状態だ。ここには六百リットルぐらいの空気がある。普通サイズの棺《ひつぎ》と同じだ」

ここから出たら殺してやる。

「その中に二人いて、きみの呼吸は速くなってる。残された時間は三十分というところだろう。どこかから空気が入っているのでなければ、二酸化炭素が増えているのを感じるはずだ」

わたしは口を閉じた。

「ネバダ?」

「酸素を節約しようと思って」

わたしの髪の上で彼が笑った。わたしの体のほうはこの状況をすばらしいと判断したらしい。たくましく、固く、熱いローガンの体に包まれ、ヒップは彼の股間に押しつけられている。ドラゴンに添い寝しているようなものだ。いや、そんなことはごめんだ。これ以上考えるのはやめよう。

「もぞもぞするのをやめてくれないと困ったことになる」耳元でささやく彼の声は愛撫《あいぶ》のようだ。「野球のことを考えるだけではどうにもならない」

　わたしは凍りついた。

　二人とも黙ったままじっとしていた。

「このにおいはなんだ？」マッド・ローガンがたずねた。

「わたしのジーンズよ。ごみ箱をよじ登ったとき、フードコートのごみ袋に足を突っ込んだの」

　一分が過ぎ、さらに二分が過ぎた。

「ところで」マッド・ローガンが口を開いた。「ここへはよく来るのか？」

「ローガン、おしゃべりはやめて」

　彼はまた笑った。「空気がよどんでいない。酸素がある」

　彼の言うとおりだった――空気はよどんでいない。これなら窒息しなくてすむ。それでも問題はまだ残っている。生き埋めになっていることとか、マッド・ローガンにヒップを押しつけていることとか。

「わたしにくっつかないように体の向きを変えることはできる？」

「できる」おもしろがるような声だ。「だがきみを抱えたまま向きを変えることになる」

　わたしの脳はだめだと言っているが、体は大喜びしている。

わたしはあきらめてじっとしていた。

そして待った。

生き埋めになったまま。

頭上には何トンというがれきが積み重なっている。

どこかが崩れれば二人とも押しつぶされる。頭上で少しでも異常な物音がしないか、わたしは耳を澄ました。

押しつぶされる。

石とコンクリートの重みで卵の殻みたいに骨がぐしゃっとつぶれ、そして……。

「どうして軍に入ったの？」

「質問は単純だが答えは難しいな」ローガンが言った。「〝超一流〟に生まれると、とくにそれが相続人である場合、大学を卒業した時点で人生は自分のものではなくなる。期待がかかるんだ。どの専門分野を選ぶかは一族の要望によってあらかじめ決まっている。教育を修め、一族の利益を増やすために働き、才能に恵まれた子どもを作れるような血統の相手を選び、結婚し、そういう子どもを作る。最低一人で、四人以上は許されない」

「どうしてだめなの？」

「家系が複雑になりすぎるし、資産が散逸してしまう。いい学校に行っていい相手と結婚し、いい仕事に就くのは昔から言われることだが、名門の場合、すべてに魔力がかかわってくるんだ。逸脱もある程度は許されるが、大きくはずれるのはだめだ。父のように先進の兵器産業で働く代わりに、原子炉ビジネスで働くのはかまわない。リンダ・チャールズではなくその姉妹と結婚するのは許されるし、父のように海外から花嫁を迎えてもいい」

ここから抜け出したら、外見をたしかめるためにリンダのことを調べなくては。

「人生のコースはもう決められていた。おれは一人息子で〝超一流〟だ。十八歳の誕生日を迎えるころ、クラスメイトに比べて自由時間を無駄に過ごしていることに気づいた。この居心地のいい金ぴかの檻《おり》から逃げ出すなら、一族の影響力を断ち切る力を持つ存在を見つけないといけないと思った。それには軍がいちばんだった」

彼の言葉がよみがえってきた。〝入隊したのは、人を殺しても刑務所送りにならない上に報酬までもらえると聞いたからだ〟

「そうだ。それを忘れちゃいけないな。きみの父親も軍にいたんだろう？」

「いいえ。父は一度も入隊したことはないわ。家族で軍人の血を引くのは女性だけよ」

また彼のペースに乗せられてしまった。顔も見えないのに、真剣にこちらの話に耳を傾けているのがわかる。こうして話を聞いてほしくて、ずっとしゃべり続けたくなってしまう。体を抱く彼の手が少し動き、包み込まれるのがわかった。考えてはいけない、だめだ……考えすぎたら勘づかれてしまう。マッド・ローガンにどんなテレパスの才能があるのか、ほかにどんな魔力を持っているのか、まだわからないのだから。

「きみも入隊しなかったな」

「わたしが十九のときに父が亡くなったの。家業を継ぐ者が必要だった。母にはそれができなかったわ……いろいろ理由があって。ほかの子はみんな幼すぎた」

「お父さんに何があったんだ?」

わたしの中で何かが縮こまり、冷たく苦しい塊ができた。「めずらしい種類の癌《がん》よ。悪性末梢《まっしょう》神経《しんけい》鞘《しょう》腫瘍」

この九文字をどれほど憎んだことだろう。

「神経のまわりに悪性腫瘍ができる病気よ。脊椎に近すぎて、手術で摘出することができなかった。従来の治療法はどれも効果がなくて、実験的治療に移ったわ。父は四年闘ったけど、結局は勝てなかった」最後の一年はあまりにもひどかった。

「それで自分を責めてるのか?」その声はやさしかった。

「いいえ。わたしが父を癌にしたわけじゃないし、父の病名すら知らなかった。ただ、担当医からの手紙を読んでしまっただけよ。それも全部理解できたわけじゃなかった。父に見つかって、口外するなと約束させられたけど、母に言うべきだった」

「どうしてお父さんは誰にも知られたくなかったんだ?」

わたしはため息をついた。「末期癌で、回復の可能性がないとわかっていたからよ。癌を治すというレベルではなくて、少ない時間をお金で買うかどうかという問題だった。感情的にも経済的にも負担になると父は知っていたの。父はいつも家族を大切にしてくれたわ。自分の命が二年延びることと、治療にかかる費用と心痛を秤《はかり》にかけて、治療する価値はないと判断したの。家族がそれを知ったとき、母は父に怒ったわ。わたしも同じだったし、みんなパニックになった。そして父に治療を受けさせようとしたの」

「だが本人にしてみれば不本意だった」マッド・ローガンは理解を示すかのように言った。

「そうよ。結局お金で三年が買えたわ」ただ時間を買っただけではない。父は事務所を築くことに命を注いだ。父の頭の中では、事務所が家族を、子どもたちを養うための手段だった。それが家業だ。実験的な治療の費用を捻出するため、わたしたちは事務所をかたにモンゴメリー国際調査会社から借金をした。そのころには事務所の主導権は共同名義人のわたしと母に移っていた。わたしの持ち分が七十五パーセント、母の持ち分が二十五パーセントだ。どこから資金を調達したのか、父にはずっと黙っていた。もし父が知ったら、どんな癌より大きな痛手となって命を奪っただろう。ただでさえわたしたちは強い罪悪感を背負っていた。お互いに罪悪感を与えあっていたようなものだ。

わたしは何があっても事務所を守っていかなくてはいけない。

何かが頭上のコンクリートを引っかいた。

わたしははっとした。

「落ち着け」マッド・ローガンは腕で守ろうとするかのようにわたしを引き寄せた。

彼の携帯電話が鳴った。

携帯電話が鳴っている！　電波が届いたのだ。それほど深くないに違いない。

マッド・ローガンが画面をスワイプした。「なんだ？」

そっけない女性の声がした。「少佐？」

「そうだ」

「遅れてすみません。警察に事故現場への立ち入りを認めさせるのに時間がかかりました。今、少佐の信号の真上にいます。状況はそれほどひどくありません。崩れた二本の柱の下敷きになっているようです」

マッド・ローガンは世捨て人にしては大勢の部下がいるらしい。その部下たちの口調はわたしがよく知っているものだ。彼の部下は元軍人か元警官だ。あるいはその両方だろう。

「警察はアダムを捕まえたの？」わたしはマッド・ローガンにたずねた。

「アダム・ピアースは？」

「消えました」女性が答えた。

消えたなんてことがありえるだろうか？　アダムは交差点という誰からも見える場所でビルに向かって火を吐いていたし、警察は現場に向かっていた。警官は狼《おおかみ》の群れみたいにアダムを追いつめていたはずだ。アダムはいったいどうやって逃げたのだろう？

「掘削を開始する許可をお願いします」女性の声が言った。

「許可する」

「お待ちください」

電動のこぎりを動かすようなくぐもった機械音が頭上の沈黙を破った。顔にコンクリートの小さなかけらが落ちてきた。わたしはぎゅっと目をつぶった。

「そのうち救助が来ることはわかっていた」ローガンが言った。「だが、すばらしいひときじゃなかったとはきみも言えないはずだ」

わたしはドアベルを鳴らした。「いっしょに待ってくれなくていいのよ」

「いや」マッド・ローガンが言った。「娘を愛する母のもとに無事送り届けないと撃たれるかもしれないからな」

どちらにしても二人とも撃たれそうだ。もう八時近かった。マッド・ローガンの部下に救出されるまで一時間以上かかり、さらに警察から一時間事情をきかれた。わたしたちは嘘《うそ》をついた。長い間閉じ込められていたおかげで、ちゃんと口裏を合わせることができたのだ。わたしもローガンもアダム・ピアースとはなんの関係もない。二人とも仕事であのビルにいたということにした。転がっていた死体はほとんど爆発にのみ込まれてしまった。わたしの名前で登録している銃から発射された弾丸が死体やロビーの残骸から見つかったらどうなるのかマッド・ローガンにたずねたら、彼はなんとかすると答えた。だからわたしは人を撃ったことなど口にせず、彼もドアで相手を倒したことを言わなかった。わたしは、自分のような凡人と〝超一流〟の決定的な違いを一つ学んだ。警官はマッド・ローガンを敬称をつけて呼んだ。彼が事情を説明すると誰も疑わなかった。わたしはこれまで警官に敬意を持って接されたことなど一度もない。今日違ったのは、マッド・ローガンといっしょだったからだ。その事実をどう受け止めればいいのかわたしはわからなかった。

謎の宝石飾りはマッド・ローガンの部下が小さな金属ケースに入れて彼の金庫へと運んだ。その件についてはわたしは反対しなかった。アダムやその共謀者が飾りを取り戻しに来ることを考えたら、マッド・ローガンの私設軍隊のほうがずっと装備が整っている。わたしは飾りの写真を何枚か撮影し、バーンにメールで送った。

ドアがさっと開いた。わたしは身構えた。

車のサイドミラーで自分の身なりは確認してあったから、どう見えるかは知っていた。生え際の浅いナイフの切り傷からの出血が顔中を汚している。血糊《ちのり》は、がれきの埃《ほこり》と爆発で出た黒く油っぽいすすと混じっている。マッド・ローガンの部下が助け出してくれたときにしたたった消火剤が全身を汚している。髪は焦げて乱れ、消火剤で固まっている。その上、ジーンズについたラザニアは一日放置された動物の轢《ひ》き逃げ死体みたいなにおいだ。マッド・ローガンも似たようなものだった。

母はわたしを見つめ、マッド・ローガンを見つめると、またわたしを見た。

わたしは片手を上げた。「ただいま」

「入りなさい」母が命じた。「あなたも」

「この人は別にいいのよ」マッド・ローガンを家族に近づけたくない。

「血だらけじゃないの。せめて血を洗い流してちょうだい」

「家に帰ればすてきなシャワールームがあると思うんだけど」

「洗わせてもらえるなら本当に助かる」マッド・ローガンは自分の額に触った。その手を離したとき、指先には血とすすがついていた。ふいに彼が幼く頼りなげに見えた。困ったことになったときのいとこたちのように。「それに、食べるものが残っていたらありがたい」もっと芝居がかった言い方をすれば、『オリバー・ツイスト』のオーディションにも受かりそうだ。こんな演技が母に通じるとは思えない。

「でも着替えがないでしょう？」わたしは藁《わら》にすがろうとした。

「ある。いつも車に着替えを積んでるんだ」

「入って」母が言った。

わたしはその口調をよく知っていた。言い争いはおしまい、という意味だ。

わたしは家に入った。マッド・ローガンは車から布製バッグを取ってきてそのあとに続いた。母がドアを閉めた。わたしたちはオフィスを抜けて廊下に出た。マッド・ローガンは倉庫内の左右を眺めている。娯楽室、キッチン、妹たちの重なった寝室。カタリーナの寝室は外側は真っ白な塗装で、アラベラの寝室のチャコールグレーの壁は自分の名前をかたどった落書きでいっぱいだ。祖母の部屋、客用のスイート。隅にあるのは保管庫の上にあるわたしの寝室とバスルームだ。母のスイート、男の子たちの部屋。最後が〝悪魔の小屋〟だ。マッド・ローガンの目が丸くなった。

「うちの家族に手出ししたらあなたを殺すから」わたしは彼に言った。

「覚えておくよ」

わたしは彼を客用のスイートに連れていった。

シャンプーを三回してごしごし体を洗ったら、部屋を出たときにはすっかりきれいになっていた。ベーコンとパンケーキのにおいがする。気がつくとお腹《なか》がぺこぺこだ。キッチンに入るとマッド・ローガンがいた。青いヘンリーネックのシャツとジーンズという姿でテーブルに座り、灰色の子猫が描かれたマグカップでコーヒーを飲んでいる。黒っぽい髪は後ろに撫《な》でつけている。顎はきれいに剃《そ》ったようだ。その様子は、ぼくは無害でとても礼儀正しいドラゴンだ、と言っているかのようだ。角は隠し、しっぽは巻き込み、牙は引っ込めている。残酷なことなどしない。質問に答えさせるために男の脚をナイフで十回も刺すなんて論外だ、と。

行儀よくしている彼の新しい姿は、素手で冷静に相手を倒す彼よりも恐ろしかった。あんなことがあったあとは、どこか暗い穴蔵に閉じこもり、生肉を喰《く》らい、たばこをふかし、ウイスキーや燃料用のアルコールみたいに強い酒を流し込み、生死について冷酷に思いを巡らすのだろうと思っていた。ところが現実の彼は魅力的で感じがよく、コーヒーを飲んでいる。

　ローガンはこちらを見てにっこりした。

　それを見てわたしはすっかり調子がくるってしまった。

　マッド・ローガンがうちのキッチンにいるなんて。

　母がこんろから振り返ってパンケーキの皿を差し出した。わたしはそれを受け取り、ベーコンの皿の隣に置いた。ローガンはコーヒーのマグカップをわたしのほうに押しやった。こちらはオレンジ色の猫の模様だ。

　祖母がカタリーナとアラベラを連れてキッチンに入ってきた。「ベーコンのにおいがするわ！　ペネロープ、うちのキッチンにハンサムな人がいるって知ってた？」

　ああ、まずいことになった。

　母は咳払《せきばら》いともうなりともつかない声を出した。

「そう」祖母が答えた。「誰かわたしたちを紹介して」

「おばあちゃん、マッド・ローガンよ。マッド・ローガン、これはおばあちゃん」わたしは絞り出すように言った。

　アラベラの目がまん丸になった。彼女は携帯電話をつかんでメッセージを打ち始めた。

「レオンはびっくりして漏らすわよ」

「やめなさい」カタリーナがうなるように言ってわたしの隣に座った。祖母はローガンの隣に腰を下ろした。

「調子はどうですか?」マッド・ローガンがきいた。

「元気よ、ありがとう」祖母はにこにこして言った。

わたしはローガンに皿を渡し、その正面に座った。

レオンがキッチンに駆け込んできて止まった。マッド・ローガンをじっと見つめている。バーンがその後ろからぶつかり、レオンを中に押し込んだ。「ベーコンを食べないならどけよ」

アラベラは皿からベーコンを三枚取った。「わたしのだから!」

「ベーコン豚」カタリーナが言った。

「落ち着きなさい、ベーコンはまだあるわ」母はベーコンがいっぱい入っている熱いフライパンをオーブンから出した。わたしはパンケーキを手に取ってベーコンをくるみ、食べた。ふわふわでおいしい。なぜだかわからないけれど、泣きたい気分になった。

「あのね」アラベラが口を開いた。「学校からママに電話が来るかもしれない。言うの忘れてたけど」

母は手を止めた。「どうして?」

「バスケをしてたとき、ディエゴのジャージを引っ張っちゃったらしいの。自分では覚えてないんだけど。そしたらヴァレリーが、先生に言いつけたほうがいいと思ったらしいのね。コーチのところに行って五歳児みたいに袖を引っ張ってるのが見えたから、そういうことだと思う。ディエゴに気になったかきいたら、気づかなかったって。スポーツなんだからしょうがないよね！　夢中だったんだもん」

「そう」母が言った。「で、どうして学校から電話が来るの？」

「ヴァレリーに、〝裏切り者はたたかれる〟って言ってやったの。そしたらコーチがそれは脅しだって」

「ばかみたい」カタリーナが髪をかき上げながら言った。「脅しじゃないわよ。ただのことわざじゃない」

「裏切り者がたたかれるのは当然だよ」バーンが肩をすくめた。

「学校がおかしいわ」祖母が言った。

「ヴァレリーに謝れって言われたからいやだって言ったの。密告されたのはこっちなんだから、って。そしたら校長室に送られちゃって、悪いことなんかしてないのに、三時間目の体育の授業に移れって言われたの」

その程度の話でよかった。少なくともアラベラが誰かに暴力をふるったわけではない。テーブルに沈黙が広がった。向かいではマッド・ローガンがパンケーキを正確に切り分け、効率のよい見慣れたやり方で平らげている。母が休暇で家に帰ってくると、ああいう食べ方をした。母はアイランドキッチンに身を乗り出し、彼を見つめている。

「マッド・ローガンだよね！」レオンが突然口を開いた。

「そうだ」マッド・ローガンの声は落ち着いていた。

「街を丸ごと壊せるっていう」

「ああ」

「金持ちで魔力もすごいんでしょ？」

「そうだな」

レオンは何が言いたいのだろう？

レオンはまばたきした。「その上……そのルックス」

マッド・ローガンはうなずいた。「まあね」

レオンの黒っぽい目が丸くなった。彼はマッド・ローガンを見、自分を見下ろした。十五歳のレオンは体重はせいぜい四十五キロで、腕も脚も箸みたいに細い。

「世の中不公平だよ！」レオンが言った。

わたしは思わず噴き出し、パンケーキを喉につまらせそうになった。母は笑顔を見せた。

「ギターも弾ける？　もし弾けるなら、もうぼくは自殺しようと思う」レオンが言った。

「弾けない。歌ならちょっと歌える」マッド・ローガンが答えた。

「くそっ」レオンがテーブルを殴りつけた。

「落ち着けよ」バーンが言った。

「うるさい。バーンなんか毛むくじゃらのゴリラのくせに」レオンはマッド・ローガンを指さした。「よく見てよ。こんなの不公平だ」

「この子、十五歳なの」わたしはマッド・ローガンに話しかけた。「公平か公平じゃないかが気になる年頃なのよ」

「まだ時間がある」マッド・ローガンが言った。

「うん……」レオンは首を振った。「いや、そうでもない。ぼくは歌えないし、そういうルックスになるのは絶対無理だし」

「おれは計算ずくの結婚の結果生まれたんだ。一族のためを考えて、両親ともに必要な遺伝子を持っていると確認されてから生まれた。きみが生まれたのは、たぶん両親が愛しあっていたからだろう」

「母の話だと、レオンができたのは疲れてて避妊具を忘れたからだってさ」バーンが言った。

マッド・ローガンの咀嚼《そしゃく》が止まった。

「おれができたのは、母さんが保釈中に逃げたからだ。そのときの恋人が警察を呼ぶって脅したから、そうさせないために何かしなきゃいけなかったからだって」バーンが説明するように言った。

すばらしい。なんて食事の席にふさわしい話題だろう。

「ジゼラ叔母さんは模範的な母親ってわけじゃなかったわ。どの家族にもそういう人がいるものよ」わたしはそう言った。

「今、何してるの？」レオンが身を乗り出した。「除隊して姿を消したでしょう。どうして？」

「レオン」母がたしなめた。

「戦争のせい？」カタリーナがきいた。「ヘラルドの人たちは、戦争でPTSDになって修道士みたいな世捨て人になったって言ってるわ」

「世捨て人か修道士かどちらかよ。両方じゃなくて」わたしは癖で指摘した。

「ヘラルドで顔に怪我《けが》したって読んだけど」アラベラが目を見開いて言った。

「世捨て人なのは本当だ。たいてい考えごとをしてる」マッド・ローガンが答えた。「自己憐憫《れんびん》にふけるのも得意だ。一日の大半は窓から外を眺めて憂鬱な気分に浸ってる。ときどき音もなく頬に一筋涙が流れ落ちるんだ」

アラベラとカタリーナが同時に噴き出した。

「それで白い蘭《らん》を唇にあてるんでしょ？」アラベラが言った。

「BGMに悲しい曲を流しながら」カタリーナがにやりとした。

「まあね」マッド・ローガンが言った。

「ガールフレンドはいるの？」祖母がきいた。

わたしは片手で顔をおおった。

「いない」

「ボーイフレンドは？」また祖母がきいた。

「いない」

「じゃあ……」

「やめて」母とわたしが同時に言った。

「まだ質問していないのに！」

「やめて」わたしたちはまた同時に言った。

「空気が読めないいんだから」祖母が肩をすくめた。

「もう九時よ。寝なさい」母が言った。

レオンはマッド・ローガンを指さした。「でもマッド・ローガンだよ！」

「フランス語のテストがあるんでしょう」母が言った。「合格したら、遅くまで起きる権利をまたあげるわ」

「でも！」レオンは手をばたばたさせた。

「おれに担がれたいのか」バーンが言った。

「シャワーはわたしが先」アラベラが飛ぶように立ち上がった。

女子二人はレオンを引っ張ってキッチンから出ていった。祖母、母、バーン、マッド・ローガンとわたしが残った。

母が身を乗り出した。「ネバダがアダム・ピアースを追っているのは、家族としてほかに選択肢がなかったからよ。あなたの事情は知らないわ。プライドからなのか、ただ退屈しているせいなのか。知っているのはあなたがネバダを誘拐したこと。そして娘を脅して苦しめた。もしまたうちの子に手出ししたら、〝超一流〟だろうがなんだろうが、わたしがただじゃおかないから」

よく言ったわ、ママ。マッド・ローガンは怖くもなんともないだろうけど。

マッド・ローガンは歯を見せずに笑った。目に前にも見た猛獣のような冷たい光が戻り、ドラゴンが目覚めて本性を現した。

「すてきな家に招いてくれて、うまい料理を振る舞ってくれてありがとう」その声は冷静で落ち着いていた。「受けたもてなしに対していくらかの感謝の念を感じているから、はっきりと言っておこう、軍曹。軍務記録を見たからあなたのことは知ってる。そして潜在的な脅威だと思っている。またおれを脅したら、脅威のレベルを〝確定的〟に変更して、それに従って行動するつもりだ」

彼は母の軍務記録を調べた。ローガン一族が経歴調査をしたのだ。父の軍歴に関する質問はひっかけだった。うちの家族の経歴は全部知っていたはずなのに、わたしはまんまと罠《わな》にはまってしまった。ばかだった。

「子どもを殺すのは好まないが」マッド・ローガンは続けた。「子どもを孤児にすることにはなんのためらいもないのでね」

それは真実だった。一言残らず本当だ。彼は本気で言っている。

バーンがまばたきした。

マッド・ローガンは灰色の子猫の模様のマグカップのコーヒーを飲んだ。「それに、あなたの娘の銃の腕前を考えれば、あなたより先に彼女に撃たれるだろう」

母はわたしのほうを向いた。「何があったの？」

「そのことは話したくない」わたしはあれをなかったことにしようと必死だった。

「ネバダ……」母が口を開いた。

「やめて」わたしは静かに言った。

ローガンのシャツの肋骨《ろっこつ》のあたりにどす黒い染みが広がっていた。

「血が出てるわ」

彼は自分の体を見下ろして顔をしかめた。

「見せて」わたしは立ち上がった。

「なんでもない」

「ローガン、シャツをめくって」

彼はシャツをめくって脇腹を見せた。肋《あばら》の下部分に折りたたんだペーパータオルをあて、ガムテープで留めている。

「これは何？」

「絆創膏《ばんそうこう》でしょ」バーンが言った。

「違うわ」

「絆創膏よ」祖母が言った。「指を切ったときなんか、ペーパータオルをきつく巻いて、その上にガムテープを貼ったらちょうどいいのよ」

「お父さんもよくそうしていたわ」母が言った。「男って生まれつきそんなものよ。もしかしたら男だけ秘密の講習会を受けているのかもしれない」

わたしは傷のほうに片手を振った。「これはペーパータオルとガムテープよ！　ガムテープなんてどこにあったの？」

マッド・ローガンは肩をすくめた。「きみのバスルームのシンク下の戸棚だ。これで止血できると思った」

「だめだったみたいね。いつ怪我したの？」

「爆発のときにがれきの破片があたったらしい」

「傷口は洗った？」

「シャワーを浴びた」

「わかったわ」わたしは母のほうを見た。「二人とも、わたしが手当をする間、石頭比べは延期にして」わたしは立ち上がってキッチンの戸棚から救急箱を取り出した。

ポケットの中で携帯電話が震えた。取り出して画面を見る。知らない番号からのメッセージだ。わたしはため息をついた。やっぱり。

わたしは携帯電話をテーブルに置き、メッセージをタップした。ビルのそばに立つわたしとマッド・ローガンの画像だ。そこにいるわたしの顔は青ざめ、唇を引き結んでいる。泣くのをこらえているように見えるのが不思議だ。そのときは全然泣く気分ではなかったからだ。マッド・ローガンの顔は、二階の窓を見上げているためカメラからは見えない。

二つ目のメッセージが現れた。〝この男、誰？〟

マッド・ローガンはじっと携帯電話を見つめている。「アダムからよ」

わたしは返信した。〝どこにいるの？〟

〝きみの家の外だ〟

心臓が早鐘を打ち始めた。マッド・ローガンははじかれたように立ってドアに向かった。母も動いた。除隊して以来、母がこんなにすばやく動くのを見るのは初めてだ。祖母は修理工場に急ぎ、バーンは〝悪魔の小屋〟に向かった。わたしはマッド・ローガンのあとを追った。ドアのところで追いつくと、わたしは自分のオフィスに入りキーボードをたたいた。熱探知カメラの灰色の画像がモニタに浮かんだ。画面は四つに区切られていて、それぞれがこの家をさまざまな角度から映し出している。駐車場、倉庫の裏の修理工場の前の道、右側の木立、左側の道路、玄関。玄関にはローガンのレンジローバーとわたしの車が駐《と》まっている。

わたしは息をつめた。何もない。

マッド・ローガンがこちらに身を乗り出した。彼の胸が右肩をかすめた。

画面の中では夜が家を包み、チャコールグレーの絵が息を吹き返している。何も動かない。家の前を通る車もない。もし母がアダム・ピアースの心臓を撃ち抜いたなら、事務所とは永遠におさらばだ。もしあの男がこの家を燃やしに来たのなら……いや、彼にわたしたちを殺すほどの力はない。火塊は高位の魔力だ。今のマッド・ローガンが疲れきっているように、アダムも疲労で動けないはずだ。それを願うしかない。

携帯電話のインターコムが白く光った。わたしはそれを押した。

「道の向こうの建物の上に三人いる」バーンが静かに言った。モニタには、北側にある倉庫の屋根の上に三人の白い人影が映っている。そのうち一人は、よくある狙撃手の体勢で寝そべっている。

「おれの部下だ」マッド・ローガンが小声で言った。

わたしたちは待った。夜風で梢《こずえ》が揺れるのがかろうじて画面に映っている。

わたしの携帯電話が震えた。またメッセージだ。

〝奥さん、こちらは警察です。電話は外からじゃなく、家の中から発信されています〟

ふざけてる！

〝怖かった？〟

ホラー映画の常套句《じょうとうく》でからかうなんて！

わたしはインターコムを押した。「またメッセージが来たわ。アダムはふざけていただけみたい」

「警戒をおこたらないで」母が言った。

わたしはメッセージを打った。〝最低〟

〝まあね。新しい友達に、よろしくって伝えてくれ〟

画面の中でレンジローバーが爆発した。ドアと壁を見えない大きなこぶしで殴られたかのように轟音《ごうおん》が響いた。倉庫全体が揺れた。

インターコムが光った。「子どもたちは大丈夫？」母の声だ。

「ああ」バーンが答えた。「いっしょにいる」

レンジローバーの車体から白い炎が噴き出している。外に出るのは問題外だ。燃える火に照らされたシルエットは格好のターゲットになる。

わたしたちはその場で待った。レンジローバーは燃え続け、やがて消防車がライトとサイレンもにぎにぎしくうちのそばの道に駆け込んできた。

「シャツを脱いで」まさか自分が〝メキシコの虐殺王〟に向かってこんなせりふを吐くことになるとは。

マッド・ローガンはシャツを脱いだ。わたしはまじまじと見つめまいとした。日に焼けた肌の下で筋肉が脈打っている。わたしの肌より濃くはないが、わたしは赤っぽい金色に焼けるのに比べ、彼の肌はもっと深い茶色だ。体つきはすばらしかった。広い肩、くっきりと筋肉が浮き出る胸、そこからじょじょに細くなってつながる固い腹筋。ハンサムとかスポーツマンとかいう言葉では表しきれない。ダンサーや体操選手ならスポーツマンと言えるだろう。マッド・ローガンの体は、違う時代の男の体だ。領土を守るために容赦なく剣を振りおろし、敵の兵士の群れに向かって突っ込んでいく男。彼の体に走る筋肉は、野蛮なほどの力を感じさせる。

わたしは初めて彼の体格の大きさに気づいた。スーツを着ていると細く見えるし、体のバランスが完璧なせいもあって、これまで普通のサイズに見えていた。けれどもこうしてきつそうにキッチンの椅子に座っている姿を見ると、大きいのがよくわかった。その体から発散する力はあたりを威圧するかのようだ。手でつかまれたらつぶされるだろう。でもかまわない。一晩中だって眺めていたい。眠くなんかならない。休みたくもない。ただそこに座ってずっと眺めていたい。ずっと見つめていたら、わたしは警戒心を失い、手を伸ばしてたくましい筋肉を撫でてしまうだろう。肩のたくましさを感じ、キスして……。

妄想はここまでだ。

男らしい荒っぽい美しさの下にあるのは冷たさだ。無抵抗の男を何度もナイフで刺し、切っ先が骨にあたるのを感じながらそれを繰り返してもなんとも思わない冷たさだ。わたしはそんな冷たさが怖かった。マッド・ローガンは普通の人と違ってめったに嘘をつかない。わたしが嘘を見抜けると知っているからなのか、もとからそういう人なのかはわからない。彼が殺すと言ったらそれは本気だ。脅しでも約束でもなく、ただ事実を述べているだけだ。求めるものがあれば、それを手に入れるためにどんなことでもやってのける。

わたしは救急箱を開けてガーゼとテープを取り出した。

消防車は見る影もないレンジローバーの残骸を消火剤だらけにして帰っていった。マッド・ローガンが名乗ると消防士の質問は非現実的なほどすぐに終わってしまった。母は、わたしがバグのところに行っている間に母と祖母が準備した見張り台で監視すると言い張った。子どもたちと祖母は寝室に行った。ローガンの部下の一人が、爆発を防げなかったことの責任を直接取りに来た。二歳か三歳のころ、アラベラは叱られるのが嫌いだった。怒鳴られるのがいやなのと、どんな罰が下されるのか待つ時間が耐え難かったのだ。だからいけないことをしでかすと、〝自分でおしおきする！〟と言い、部屋に閉じこもって自分を外出禁止にした。マッド・ローガンを静かな絶望の目で見る部下の男の顔はそのときのアラベラといっしょだった。もし自分で自分を罰せられるなら、彼はそうしただろう。

部下の男が行ってしまうと、家は静かになった。

わたしは、マッド・ローガンの絆創膏とやらをよく見るためにしゃがみ込んだ。「はがすわよ」

「泣かないようにがんばるよ」

わたしはうんざりした顔をしてため息をつき、ガムテープをはがした。彼は顔をしかめた。右の脇腹に浅い切り傷が走っている。深い傷というよりは擦り傷だが、八センチほど長さがあり、出血している。開くような傷ではないから縫合は必要ない。わたしは生理食塩水と清潔な布を手に取った。

「車は残念だったわね」わたしは傷口に生理食塩水をかけて布で押さえた。

「情報はすべて開示すると合意したはずだ。ピアースがきみに気があることをいつ言うつもりだったんだ？」

「わたしに気があるわけじゃないわ」

「あいつは今日花火を打ち上げる前にきみに知らせてきた。欲望を持ってるとも言っていた。さっきはきみに車の爆発を見せるためにメッセージを送った。すごいことを見せつけたいときにきみに知らせるのはこれで二回目だ」

　わたしは抗生剤を切り傷に塗り、ガーゼをかぶせた。「アダムはおかしいのよ。衝動的で、自分をクールですごいと思ってくれる人を好む。わたしは若い女で魅力的だけど、アダムのいたずらに感心してみせない」わたしは傷口にテープを貼った。「アダムは、母親の顔を見るためだけにわたしを一族の家に連れていきたいと言って笑ってたわ。気があるんじゃなくて、ただ、なんていうか……気まぐれなのよ」

「そういうことは知っておきたかった。利用できるからな。もし知っていれば、今日はもっと違う対応ができた」

「あなたはいつも何かを利用することばかり考えてるのね」わたしは傷の片側にテープを貼った。

「奴を夢中にさせるために何をしたんだ？　キス？　手をつなぐ？」

　その口調はよそよそしかったが、どこか険しかった。

「頬に短くキスしただけで、意味のあるものじゃないわ。アダムにいっしょに逃げようって説得されたけど、はねつけて刺激したくなかったからそうしただけ。アダムを連れ戻さなきゃいけないのは今も同じよ」

「じゃあどうして奴はのぼせ上がってる？」

「さあね」わたしはいらいらした。「わたしが彼を追っているのに誘いを拒否したからじゃない？　あいつを追っているのはモンゴメリーの会社に家族を路頭に迷わせると脅されたからだってことを、アダムは理解できないのよ。彼という輝く宝石にひそかに惹《ひ》かれて追っかけているとでも思っているんじゃない？」

おっと、ちょっと言いすぎてしまった。マッド・ローガンにオーガスティン・モンゴメリーの会社に脅されていることは知られたくなかった。この情報を彼がどう利用するかわかったものじゃない。わたしは背筋を伸ばした。

「今キッチンにいるのは二人だけで、一人はいやらしいほどリッチで甘やかされた〝超一流〟、もう一人はわたし。わたしよりあなたのほうがアダムとの共通点は多いはずよ。あいつがどうしてあんなことをするのか、理由を教えて」

マッド・ローガンは険しい目でこちらを見た。「あいつと似たところは何一つない」

それはわたしも同意見だった。ローガンはアダムとは全然似ていない。アダムは体は大人だけど中身は十代だ。マッド・ローガンは計算高くたくましく頑固な大人だ。

バーンが駆け込むようにキッチンに入ってきて足を止めた。わたしは、五センチの距離から半裸のマッド・ローガンに見上げられている自分に気づいた。

「あとにしようか？」バーンが言った。

「いいえ」わたしはマッド・ローガンから離れた。「手当の間、彼に尋問されていたんだけど、もう終わったわ」

マッド・ローガンは自分の脇腹を見下ろした。「ありがとう」

「どういたしまして」

バーンはテーブルにノートパソコンを置いた。「これを見つけた」

画面に玄関の監視カメラの映像が映し出された。時刻は八時二十六分とある。わたしたちが家に入った直後に違いない。

二人の少年がスケートボードでこちらに向かってきた。一人は青いシャツ、もう一人は黒いシャツだ。どこにでもいるヒューストンの子どもだ。黒っぽい髪、日焼けした顔、年は十四か十五。二人はレンジローバーのそばを駆け抜けて行ってしまった。映像は、黒いシャツの少年がスケートボードに乗ったまま携帯電話を持つところで終わっている。

バーンがキーをたたいた。動画がスローモーションで巻き戻された。青いシャツの少年が縁石を飛び越えるとき、少しかがんで小さな何かをレンジローバーの下に投げ込んだのがわかった。

「あれは……？」

「爆発物だ」バーンが言った。「リモコンで爆破させたに違いない」

「子どもを使って爆発物を仕掛けさせたの？」

「うん」バーンが答えた。

「子どもを？」わたしは事態を把握できなかった。

「で、もう片方があいつに報告したというわけだ」マッド・ローガンの目は冷たかった。

わたしは椅子に沈み込んだ。「爆発のタイミングが早かったら？　誰が子どもに爆発物を手渡したの？　なんのために？　いやがらせのため？」

マッド・ローガンが携帯電話をタップした。「ディエゴ？　奴は子どもを使った。そうだ。いや。知らせてくれればいい」

そして電話を切った。

スケートボードに乗った二人の少年が爆弾を持ってうちのそばを通った。一人が転んだらどうなっていただろう？　もし車の中に人がいたら？　うちの誰かが郵便物を取りに表に出ていたら？　きっと死人が出たに違いない。今日の死者数は六人ではすまなかったはずだ。六人でも多いぐらいだ。そのうち三人がわたしのせいで死んだことを思えば。

胸が痛んだ。今日、わたしは人を殺した。命を奪った。相手もわたしの命を狙っていたけど、今はそのことはなぜか気にならなかった。今日、祖母は死にそうな目にあった。自宅はもう少しで焼け落ちるところだった。そして家のそばに駐めてあった車の下に二人の子どもが爆弾を投げ込んだ。すべてが雪崩のようにわたしの上にのしかかってきた。

「大丈夫か？」マッド・ローガンがこちらをじっと見て言った。

「いいえ」わたしは答えた。

バーンもこちらを見ている。「お茶をいれてもいいけど、ほしい？」

「いえ、いいわ」わたしはマッド・ローガンのほうを向いた。彼は〝超一流〟だ。今この家には、彼の協力を断るような余裕はない。「魔力を使える？　それともまだ戻らない？」

「戻りつつある。何もできないわけじゃない」

「今晩、泊まってくれる？」

「ああ」

「もしアダムが現れて何か起きたら……」

「おれが対処する」

それは真実だった。彼は本気で言っている。

「ありがとう。それじゃ、明日の朝」

わたしはキッチンを出て走るように寝室に向かった。ドアを閉め、ベッドに座り、膝を胸に抱き寄せる。体の中にぽっかりと大きな穴が空いたみたいだ。穴は大きくなるばかりで、どうやってふさげばいいのかわからなかった。

ドアにノックの音がした。きっと母だろう。一瞬、聞こえないふりをしようかと思った。でも母に来てほしかった。抱きしめて、大丈夫だと言ってほしかった。「誰？」

「わたしよ」母の声がした。

「開いてる」

母がタブレットを持って入ってきた。いつもより動きがゆっくりだ。脚がひどく痛むのだろう。階段を上ってきたからに違いない。母はベッドに腰かけ、タブレットを操作した。

動画が再生された。携帯電話で撮影したものらしい。映っているのはアダム・ピアースだ。背びれと爪を生やし、火を吐く姿。マッド・ローガンとわたしが命からがらの目にあったビルが右手に見える。

ビルのエントランスが轟音とともに爆発した。ビルが震えた。男が息をのむ声がした。

〝やばいぞ！〟

画面は手を映し出した。撮影した人は携帯電話をつかんで逃げ出したようだ。

「あなた、ここにいたの？」

わたしはうなずいた。「アダムは目くらましだった。あいつが火を吐いている間に消防士の一団が隣のビルに入って、壁の中に隠してあった宝石飾りを盗もうとしたの。それを二人で阻止したのよ」

「そのこと、くわしく話したい？」

わたしは首を振った。

「あなたの支えになりたいの」

わたしは首を振り、母にもたれかかった。母はわたしを抱きしめた。わたしは泣かなかった。もう二十五なのだ。泣いたりはしない。

「マッド・ローガンの部下がその宝石飾りを調べてるわ」わたしの声は生気がなかった。「写真をバーンに送ったから、バーンも調べてくれてる。この事件の裏には何か大きくて危ないものがひそんでるわ。わたしが見たのはその一端よ。それが怖いの。今日は自分のことも怖かった」

「あなたはしなければならないことをしただけよ」母はそう言ってわたしを抱き寄せた。

「ルールを思い出して。〝鏡の中の自分としっかり向きあえること〟。しかたなく恐ろしいことをしてしまうことだってある。あなたがしたのは正しいこと？」

「そう思う。一瞬で状況が変わってしまったの。アダムはその宝石飾りを手に入れるためならビルを燃やし尽くすこともためらわなかったでしょうね。あいつはレオンと同じ年頃の子どもに爆弾を持たせたの。そんなこと、誰が考える？」

「やめさせないといけないわ」

「ずっと考えてたの。もしモンゴメリーの会社がこの件を引き受けず、わたしに連絡することもなかったら、ほかの誰かが同じ目にあっていたはずだって。わたしたちは一部始終をテレビで観《み》て、なんてひどいの、って言っていたに違いないわ」

「それは考えないで。考えるときりがないから。これだけは信じて。もしあしてなかったらどうだっただろう、って考えてもどうにもならないわ。そういう考えは人を自己嫌悪でいっぱいにして、警戒心を弱めさせるだけよ。もう今さら引き返せない。ネバダ、これはあくまで仕事、やらなければいけないことだと思って。とにかく仕事をやり遂げて、それから家に帰ってきなさい」

「マッド・ローガンはわたしを囮《おとり》に使うつもりだわ」

「それならこちらも彼を利用するの。彼をアダムにぶつけて、倒してもらうのよ」

「マッド・ローガンがアダムを殺したら？」

「アダムがマッド・ローガンを殺すほうがまずいでしょう。でももしマッド・ローガンがアダムを殺したら、事態はピアース一族とローガン一族の間の問題になる。あの人たちに解決させればいいじゃない。あなたのいちばんの目標は生き残ること。その上で、もし可能ならアダムを連れ戻せばいい」

わたしは母の肩に頭をのせた。「弾薬がもっと必要になりそうよ」

「ルガーの調子はどうだった？」母がやさしくきいた。もう知っているのだ。

「標的にあたったわ」わたしは答えた。

11

わたしは早くに目覚めた。太陽はまだ出ていなかったけれど、空はかすかに色づいている。わたしは顔と腕の絆創膏《ばんそうこう》をはがし、ラベンダーとローズゼラニウムのオイルをオイルウォーマーに入れて下のキャンドルを灯《とも》すと、ゆっくりシャワーを浴びた。汚れているわけではなかったけれど、シャワーを浴びるといつも気分がよくなった。昨日の名残を洗い流す気持ちでお湯の流れの下に立った。昨夜は人を撃つ夢を見た。何度も相手を殺し、弾は繰り返しスローモーションで相手の頭にあたり、気味の悪い赤い花のように血が花開いた。それは現実とはかけ離れていた。実際の銃撃戦はせいぜい三、四分だっただろう。夢の中でわたしの銃は雷のように轟《とどろ》いた。ロビーではもっと乾いた爆竹のような音がした。パンパン、で命が一つ消えた。パンパン、でまた一人死んだ。

わたしは体をシャワーの流れにまかせ、母がどうやって今まで耐えてこられたのかを考えた。照準を合わせ、引き金を引き、誰かの命を奪う。それを繰り返しながら、正気を失わないでいられたのはなぜだろう？　母にそれをきいてみたかった。何かこつがあるのだろうか？

母は二年前に同じ悩みを抱える人たちのグループミーティングへの参加をやめた。母はよくなった。古い悪夢を掘り起こしてもなんの役にも立たない。自分一人で立ち向かわなくては。

シャワーを浴び続けていると、罪悪感がこみ上げた。お湯を独り占めしてしまうのはよくない。妹たちといとこたちの分も取っておかなくては。わたしはシャワールームを出て髪にタオルを巻き、体にも巻きつけて鏡を見た。顔と腕の浅い切り傷はもう血が止まっている。脇腹の傷はひどくなっていたので抗生物質を塗った。顔をしかめ、歯の間から息を吸い込んでも痛みは軽くはならなかった。わたしは傷に絆創膏を貼りつけた。腕の傷も一箇所開いたら困るので貼っておいた。

ペーパータオルとガムテープだけでなんとかしようなんて、どういうつもりだろう？　わたしはうんざりした。何を考えているんだろう。あの人は億万長者なのに、ペーパータオルとガムテープで自分を手当するなんて。ガムテープが何かを知っていただけで驚きだ。家にはきっと〝超一流〟だけが持っている金の刺繍《ししゅう》とダイヤの飾りつきの絆創膏があるはずだ。紙で手を切ったときのために。

わたしはふふっと鼻で笑い、今度は声に出して笑った。びしょ濡《ぬ》れで立ったままばかみたいに笑っている。これで頭がまともだなんて言えるだろうか。

わたしは頭からタオルを取って窓のそばのフックにかけ、手を止めた。わたしのバスルームの窓からは修理工場が見える。この角度だと、祖母の王国が隅々まで見えた。カバーがかけられた車両、壁際に並ぶ部品のラック。つややかなコンクリートの床の真ん中で、マッド・ローガンがチョークで魔法陣を描いていた。大きな五角形から始まり、それぞれの頂点に直径七十センチほどの円がつけ足された。五角形は直線で区切られ、デザインの端に沿って象形文字が並ぶ。図形はゆがみ一つない。五角形はまっすぐで、円は丸い。何年もかけて練習したに違いない。

　マッド・ローガンは象形文字を書き終えて体を起こした。昨夜と同じヘンリーネックのシャツとパンツを身につけている。脚を片方ずつ上げて体を伸ばし、見えないロープを跳ぶようにその場でジャンプした。しばらく裸足《はだし》で五角形の前に立っていたが、やがて線をまたいで止まり、目を閉じて両手を下ろしたまま倉庫のこちら側を向いた。

〝鍵の儀式〟だ。何かで読んだことがある。有力一族の中でもさらに高位の一族が力を取り戻すためにおこなう儀式。マッド・ローガンは魔力のすべてを費やした。それを今から取り戻そうというのだ。アダム・ピアースもどこかで同じことをしているだろう。〝鍵の儀式〟が実際にどんな働きをするかについてはさまざまな説がある。魔力を補充するという説もあれば、魔力の使い手を治療して魔力を最大限に活用できるようにするだけだという説もある。ＹｏｕＴｕｂｅで動画をいくつか見たことがあるけど、どれも画質がよくなかった。〝鍵の儀式〟の秘密は厚い壁で守られている。やり方はそれを編み出した一族独自のものだ。

マッド・ローガンは肘を曲げて両腕を上げ、手のひらを広げ、目を閉じた。わたしは壁に寄りかかった。あれは魔力のポーズの一種だ。なるほど、ここまではそれほど派手ではない。

ローガンは背をそらし、胸を広げて右手を横に出した。同時に、まるで全身がふいに開かれたかのように、流れるような優雅さで円の中に入った。チョークで書かれた境界線の中で、彼は驚くほどの速さで回った。片足を突き上げ、見えない敵を蹴るかのようにハイキックを繰り出す。敵を倒す刃《やいば》さながら、両手が右、左と空を切った。

円の線が白っぽい青に輝き出した。

マッド・ローガンは振り返り、跳ね、回り、二番目の円に入った。指はこぶしに握られ、刃はハンマーとなって強いパンチを繰り出した。長いキックは短く激しくなり、スピードとたくましさが純粋な力を生み出している。ダンサーのように優雅で、物陰に身をひそめる暗殺者のように無駄がない。

二つ目の円も光り出した。額に汗が噴き出したが、表情はあくまで穏やかだ。彼は三つ目の円に移った。指を曲げ、右手を突き出す。昨日、消防士の顔を殴ったときにこれと同じ動きをしたのを見た。あのときは手前で止めたのだろう。もし今みたいに最後まで力をこめていたら、相手の男の鼻の骨を脳にめり込ませていたに違いない。

マッド・ローガンの動きには磁力にも似た優美さがあった。昨日わたしが感心して見つめた筋肉は、目的までの過程で生み出された副産物にすぎない。彼の目的は力だ。むき出しの危険な力だ。信じられないほどの力、目もくらむスピード、柔軟性、機敏さ、スタミナ、そのすべてが一体となって猛獣のような獰猛《どうもう》さを生み出している。鳥肌が立った。原始の人類の暴力的な神が踊るのを眺めているかのようだ。わたしは目をそらすことができなかった。彼を独り占めできればどんなにいいだろう。彼に近づき、肩に手を置き、凝縮されたような暴力の衝動が欲望へと変わるのを見るのはどんな気分だろう？

五つの円すべてが輝いている。彼は五角形に入り、さっきと同じポーズをとった。光が明るくなったかと思うと、まるで彼に吸い込まれるように消えた。マッド・ローガンは腕で額の汗をぬぐいながら五角形の外に出ると、そばの車両のカバーの上に置いてあった水のボトルをつかみ、飲んだ。

わたしは知らないうちにつめていた息を吐き出し、身を震わせた。左足がぴりぴりする――痺《しび》れてしまったようだ。タオルがずり落ちないようにつかみながら片足でジャンプし、体をそらして窓の外を見た。彼は同じところに立っている。太陽が昇り、倉庫に金色の光が差し込んで、床に長方形を描いている。光は彼を満たし、日に焼けた肌を輝かせている。頬の鋭いライン以外に、日の光でぬくめられた顔は見えなかった。

もし今あの隣にいて彼が手を伸ばしてきたら、その場で、戦車の上で、彼の欲望のままに身をまかせただろう。

わたしは完全に妄想に浸っていた。息を吐き、体に脈打つ欲望を追い払おうとした。マッド・ローガンには手が届かない。彼は別世界の住人であり、価値観も違う。母に向かって、また今度脅したらわたしを孤児にすると言い放った。この言葉を思い出せば目が覚める。もう大丈夫だ。

わたしは窓から離れた。

しっかりしなければいけない。マッド・ローガンに深くかかわってもろくなことはない。二人でアダム・ピアースを捕まえ、一族のもとに連れ戻したら、そのあとは別々の道を行くのだ。

下に行くとマッド・ローガンの姿はどこにも見えなかった。わたしは修理工場に祖母を捜しに行った。祖母は修理中の戦車に寄りかかり、朝のお茶を飲んでいた。

「あんな男、めったにいないわね」祖母が静かに言った。

「わたしが見ていたのを見たの？」

祖母はうなずき、手を伸ばしてわたしの顔から髪を払いのけた。「あなたはいつの間にこんなに大きくなったの？　わたしはいつの間に年をとったのかしら？」

「年なんかとってないわ。わたしのこと、簡単に蹴り飛ばせるでしょ」

祖母はため息をついた。「気をつけなさい、ネバダ。あれは危険な男よ」

言われなくてもわかってる。「必要がなければ一秒だっていっしょにはいないわ」

祖母は不思議な目つきでこちらを見た。

「どうしたの？」

「あの人はそれを知ってる？」

「ええ、知ってる。これは純粋に仕事上の関係だ、ってわたしが言ったから」

祖母は首を振り、お茶を飲んだ。「調査のほうはどう、シャーロック？」

「宝石でできた不思議な飾りを見つけて、吹き飛ばされそうになったわ」

「それはピアースとどんな関係があるの？」

わたしは首を振った。「わからない。でも何かつながりがあるのよ。マッド・ローガンはどこ？」

「バーンが来て連れていったわ」

いとこや妹たちにはなるべくマッド・ローガンを近づけないほうがいい。「ちょっと捜してくる」

「そうね。ネバダ、気をつけて」

「もちろん」

「あの人はケヴィンとは違う」

わたしは振り返った。「本当に？」

祖母は追い払うように手を振った。「行きなさい！」

祖母の言うとおりだ。マッド・ローガンはケヴィンとは何もかも違う。

一分後、わたしは〝悪魔の小屋〟の前の五段の階段を上っていた。バーンはワークステーションの前に座っていた。ローガンはその後ろに立っている。バーンの前の三つのモニタには、バグのねぐらであるハイテクジャングルが映っている。バグ本人は真ん中のモニタの前に座り、膝の上に寝そべるナポレオンを撫《な》でている。バグの顔はリラックスしていた。いらいらしていないし、目も血走っていない。エクゾルのおかげでハイなのだ。

ローガンはいったいどんな手を使ってこんなふうにバーンのシステムとつなぐことをバグに納得させたのだろう？　ふだんのバグは被害妄想が強い。知りあって二年になるけど、電話番号すら教えてくれない。

「……家庭内システムにしては悪くない」バグが言った。

「その後ろにあるの、ストリックスのＴ０９ｘサーバー？」バーンがきいた。

バグはうなずいた。

「すごいな」

「いったいエクゾルにいくら使ったの？」わたしはマッド・ローガンにささやいた。

「知らないほうがいいと思う」

「バグ、何かわかった?」

バグはうんざりして顔をしかめた。「いや、おれはここに座って、あんたたちばか野郎どもと話してるだけだ。まあ、少佐は別だがな」バグの指がキーボードの上を舞った。「ファースト・ナショナル銀行は監視カメラの映像を二カ月分保存するんだが、毎晩リモートサーバーにそのデータを落としてる。それを探ってみたら、これが出た」

銀行内の監視カメラ映像が左のモニタに映った。画面の一部が四角くライトアップされ、つややかな床を歩いていくほっそりした女性が浮かび上がった。きれいに染められたプラチナブロンドの髪、白いブラウス、ボリュームのある金のネックレス、グレーのスカート、派手な赤いベルト、赤いパンプス、ブランドもののバッグ。銀行員が彼女を出迎え、振り向いた女性の顔をカメラがとらえた。年は三十歳ぐらいで、大きなグレーの目に長いつけまつげをつけ、唇は薄い。お金で買った美しさだ。

「ハーパー・ラーボだ」バグが説明した。「二十九歳。父親はフィリップ・ラーボ、母親はリン・ラーボ。どちらも不動産業にかかわってる。有力一族の後ろ盾はない。名門フィリップス・アカデミーからダートマス大学に進み、美術史でなんとか卒業した。成績証明書を見たが、たいしたことはない。ハーパーは両親と祖父同様〝コーディネイター〟だ」

力の強い〝コーディネイター〟は、部屋に入って中のものを二、三置き換えるだけで全体のイメージをがらりと変えてしまう能力を持っている。それほどめずらしい力ではない。

〝コーディネイター〟はインテリアデザイナーや花屋やファッションコンサルタントといった仕事に就くことが多い。何かをコーディネイトして見た目を美しく整える仕事だ。

「ハーパーは〝優秀〟レベルだが、実力的には〝平均〟に近い」バグが続けた。「そここできるがすごくはないってことだ。両親も〝優秀〟だが祖父は〝一流〟だった。家族の銀行は中央銀行で、五十年前から全員の口座がそこにある。ハーパーはいったいなんでここにいるんだ？　口座を開設した跡はない。その上だ、ハーパーは仕事がないも同然なんだ。あるファッション誌でインターンをして、ダラスのブラック・アンド・レッドホテルで働いて、二つほど慈善事業にも参加してるが、たいていはパーティに出ていい顔をしてるだけだ。役立たずの有名人さ」

モニタに六つほどの画像が浮かんだ。シャンパングラスを持つハーパー。美しく脚を投げ出してテーブルに寝そべるハーパー。何かの撮影なのか、ソファでポーズをとり、カメラに向かって唇をとがらせるハーパー。

「で、これがおれのお気に入りだ」バグが言った。

モニタに一つの画像が現れた。派手なイエローブロンドの髪のハーパーが、アダム・ピアースに体を押しつけて笑っている。アダムはトレードマークの革ジャン姿で、ホットでセクシーだ。片手をハーパーに回している。

「いつの写真だ？」マッド・ローガンがきいた。

「四年前だ」

動画がまた始まり、ハーパーと銀行員がエレベーターに向かって歩いていくのが見えた。二人ともゆっくり歩いている。銀行員は何か説明しているのか、手を動かしてしゃべっている。エレベーターのドアが開き、二人は視界から消えた。

「向かったのは貸金庫だ」バグが言った。

「ハーパーは貸金庫を見せてもらったんだわ。口座開設に興味があると言って約束を取りつけ、銀行側に案内させた。貸金庫も含めてね。それならギャビンにわかるように印をつけることもできた」

「ハーパーの連絡先はわかるか？」マッド・ローガンがきいた。

「ああ、少佐。そっちの携帯電話に送る」

バグが〝少佐〟と言うときの口調は丁寧そのものだ。これまでわたしはバグが敬意という言葉の意味など知らないと思い込んでいた。

マッド・ローガンは携帯電話の画面をスワイプして耳にあてた。「マッド・ローガンだ。一時間後にノードストロームデパート、ギャレリアの噴水のそばで会おう」

彼は電話を切ってこちらを見た。「いっしょに来るか？」

「ええ」

「十五分後に家の前で」彼は背を向けて部屋を出ていった。

わたしはモニタの中のバグの顔を見た。「〝超一流〟とか軍人にまた協力するぐらいならどぶの水を飲んだほうがましだって言ってたくせに」

バグはむっとした。「だからなんだ?」

わたしは親指で背後を指した。「あの人、〝超一流〟で元軍人よ」

「あんたはわかっちゃいない。あいつは……あいつはマッド・ローガンだぞ」

「聞いてあきれるわ」

バグはわたしとバーンに向かって手を振った。「おい、おれはもうすぐここを捨てる。M9がほしいならやるぞ」

「すごいプレゼントだな」バーンが言った。「裏があるんじゃないの?」

「裏なんぞない。もっといいものが手に入るからいらないだけさ。親切で言ってるとは思うな。おれにしたら、このがらくたを燃やす手間が省けるんだ」

画面が暗くなった。

「マッド・ローガンはバグを仲間にしたの?」

「そうみたいだね」バーンが答えた。

わたしたちは顔を見合わせた。

「例の宝石飾りのこと、何かわかった?」

「何もわからない。変な形だよね。日本のとんぼのブローチが形が似てるけど、同じものとは思えないな。パターンが少し違うんだ」

「調査を続けて。干し草の山から針を探し出すようなものだけど、どうしても知りたいの」

「もちろん」

「マッド・ローガンのことは信用できないわ。こちらで調べなきゃ」

「大丈夫だよ。必ず見つけ出す。そうそう、見せたいものがある」

バーンは引き出しを開けて、金属の部品が入ったジップロックの袋を取り出した。「ネバダの車の中にあったんだ。よくあるGPS発信器だよ」

マッド・ローガンは、わたしが植物園にアダム・ピアースに会いに行ったことをこれで知ったのか。わたしはため息をついた。

「大丈夫？」バーンがきいた。

「ええ」わたしは嘘《うそ》をついた。「着替えてくるわ」銃を取ってこなければ。

「ネバダ」背中からバーンの声が追いかけてきた。「あのM9があれば本当にすごいんだ！　まずいかな？」

「バグと取り引きしたいならするといいわ。でもバグに返せないような借りは作らないことね」

倉庫の玄関を出たわたしは自分の目を疑った。マッド・ローガンが新品のレンジローバーの運転席で待っている。ほんの数時間前まで焼け焦げた金属の塊だったのに。同じ車であるはずがない。

窓越しにマッド・ローガンがこちらを見ていた。今朝、その目はとても青い。今ではすっかりおなじみになった感覚が体に走った。強い欲望と少しの警戒心、そして自分自身へのいらだちが混じった感覚。あの衝撃的な男らしさにもう慣れてもいいころなのに。免疫ができていてもおかしくない。それなのに、またやられてしまった。

あの鎖を思い出すのよ、とわたしは自分に言い聞かせ、車に乗り込んだ。「レンジローバーを二台も持っているの？」

「何台かある」その声は落ち着いていた。

「アダムに一台吹き飛ばされても、たいしたことないというわけね？」

「好きだから何台か持ってるんだ」

わたしは彼を見た。唇は一文字に引き結ばれている。濃い眉の下の目は冷たく、鋼のような厳《いか》つさがあり、奥には怒りが見える。大声で主張する怒りではなく、骨まで凍りつくような断固とした怒りだ。車から出ろと本能が叫んでいる。今すぐ降りて、両手を上げて離れろ、と。

「あのレンジローバーはいちばん気に入っている一台だった」その声も表情も穏やかだ。

「ピアースを見つけたらこの借りは返してもらう」

この借り？　これまでは仕事だったが、これで個人的な感情が加わったようだ。「アダム・ピアースを生きて捕らえるのが条件よ。約束したでしょう」

「覚えてる」本当は気に入らないという口調だった。今日、運がよければアダムは身をひそめていてくれるかもしれない。マッド・ローガンが今アダムと会ったら、心から楽しんで彼を殺すかもしれない。

シートベルトを締めるとレンジローバーが走り出した。ギャレリアには四十五分ぐらいで着くはずだ。「ハーパー・ラーボとは知り合い？」

「会ったこともない」

「どうして彼女が来ると思うの？」

「ああいうタイプなら知ってる」

「どういうタイプ？」

「下向きのベクトルだよ」

わたしはマッド・ローガンを見た。

「あの女の祖父は〝一流〟だった。子どもを三人もうけたが、三人とも〝優秀〟止まりだった。その三人の子どもたちはどれも〝優秀〟か〝平均〟だ」

「なぜ知ってるの？」

「バグが話してる間に有力一族のデータベースを調べた。そのときは言わなかっただけだ。

バグは見事な仕事ぶりだったし、あいつにスポットライトをあてるべき瞬間だった。部下が仕事をちゃんとこなしたら、それを認めて仕事に誇りを持たせなきゃいけない。そうすれば今度からもっといい成果を出す」

マッド・ローガンの行動はすべて効率が動機になっている。部下の扱いまでそうだ。部下が満足していれば、よく働いて忠誠を尽くす。だからわざわざ口に出して仕事の成果を認める。わたしはこの法則のどこに位置しているのだろう。マッド・ローガンはもしかしたらわたしを部下と思っているのかもしれない。でもわたしは部下ではないし、マッド・ローガンに望むのはアダム・ピアースを差し出してくれることだけだ。できれば手足を縛り上げた状態で。

「魔力はだいたい七十パーセントの確率で親から子へほぼそのままのレベルで受け継がれる。魔力レベルの急激な上昇が見られるのは三から五パーセントだ。それ以外は世代を経るうちに魔力を失っていく。家系ごとにパターンがあるんだ。両親が〝超一流〟であっても、その子どもたちの魔力のレベルはさまざまだ。前におれにどうして子どもを三人しか持ってはいけないのかきいただろう？　これも理由の一つだ。最初の子どもが〝超一流〟だと、統計的に見て二人目は違う可能性が高い。それでも一族は首領が少なくともあと二人の子どもを持つことを好む。その子がなんて呼ばれるか知ってるか？」

「いいえ」

マッド・ローガンは陰気な顔でわたしのほうを見た。「スペアだよ。有力一族は互いに戦う。寿命が長いとは限らない。アダムが生まれた理由は知ってるな？」

「いいえ」知りたいかどうかもわからなかった。

「兄のピーターが遅咲きだったからだ。ピーターの魔力は十一歳になるまで開花しなかった。家族はピーターには魔力がないと思ったんだ。そうなると、一族の〝超一流〟として残るのは姉のタチアナだけだ。もし何者かにタチアナが殺されたらピアース一族から〝超一流〟がいなくなる。だから万が一に備え、急いでアダムを作ったんだ」

「とても皮肉な話ね。それに情が感じられない」

「そんなものだよ。二世代にわたって魔力が衰え続けたら、その血筋は下向きのベクトルということだ。世代ごとに弱くなっていく。有力一族が恐れるのはただ一つ、力を失うことだ。もしおれが下向きのベクトルだとしたら、おれと結婚する女は我が子が自分より弱い魔力しか持たないことを承知の上で結婚したことになる」

パズルのピースがつながった。「ハーパーに近づこうとする人はいないのね」

「そのとおり。祖父が強い魔力を持っていたおかげであの女は上流階級に食い込めた。初々しいデビュタントという顔つきで、運命の相手と出会って強力な一族とつながりを作ろうと思っていただろう。だが年が経《た》つうちに思い知ったんだ。男とデートして寝ても、最後にはいつも捨てられることを。今は二十九歳で、ばらの色は褪《あ》せつつある。有力一族の男と結婚するのは絶望的だとわかっているが、それでも必死でそういう男を追いかけている。祖父が権力者の仲間だったのを見ていたし、両親がそのおこぼれにあずかっていたのも見てきた。トップに返り咲くためならなんでもするつもりだ。おれは未婚の男で〝超一流〟だ。力があり、ハンサムで、汚らわしいほどリッチだ」

「その上遠慮深くて謙虚だわ」わたしはそう言わずにいられなかった。

「そうだ」マッド・ローガンはまばたきもせず言った。「あの女は現れるさ。おれを惚《ほ》れさせるチャンスを逃すはずがない」

「悲しい話ね。〝超一流〟じゃなくてよかったわ。あなたたち〝超一流〟ってどうかしてる」

マッド・ローガンは不思議な顔でこちらを見た。「力には代償がつきものだ。代償を求めてるわけじゃないが、結局は支払うことになる。きみは昨日、生と死を支配する力を持った。どんな気持ちだった？」

「そのことは話したくない」あなたと心の中をさらけ出す会話をしたいとは思わない。

「初めて人を殺したとき、つまりすぐそばで手を下して、相手の目から命が消えるのを見たときということだが、おれは覚悟して待った。本や映画で何が起きるか知っていたからな。気分が悪くなり、吐いて、やがてそれを受け入れる。だからおれは立ち尽くして待った。だが何も感じなかった。だから思ったんだ。次は感じるかもしれないと」

「感じた？」

「いや」

「何人殺したの？」

「わからない。数えるのはやめた。ひどい戦争だったから」

彼の言葉が頭の中を駆け巡った。マッド・ローガンが個人的な思いをわたしに打ち明けている。彼は理解しようとしないだろうけど、わたしは自分の気持ちを伝えたい衝動にかられた。誰かに言わずにはいられない。

「まるで自分の一部をなくしたように感じたわ。無理やり何かを引き裂かれたみたいに、心に大きな穴が空いた気がした。今日歯を磨いたときに、昨日の男女のことを思い出したの。二人とももう歯を磨くことも、朝食を食べることも、母親に挨拶することもない。日常生活を送ることはもうないのよ。それはわたしが引き金を引いたから。相手もわたしに同じことをしようとしていたけど、わたしは罪悪感を抱いたし、二人のために、そして自分のために悲しいわ。自分の中から何かが永遠に消えたの。またもとの自分に戻りたいけれど、無理なのはわかってる」

「もしハーパーがいなくて、銃を持った何者かが待ち伏せしてたらどうする？」マッド・ローガンがたずねた。

「撃つわ。あとでつらくなるだろうけど、それはなんとかなる。理由がわかっていれば気が楽になるでしょうね。どうして人を殺したがるのか？　ただ目くらましのためだけにアダムがビルを一棟燃え上がらせるほどの重要なことというのはなんなのか？」

「いい質問だ」

「銀行、オフィスビル、にせの消防士の一団――どれも手がこんでいて、アダムのイメージと結びつかないわ」あの消防士たちがビルに入っていくのを見て以来、わたしはずっとそれが気になっていた。「アダムは働くのが嫌いよ。でも今回のことはどれも組織力と計画力を感じさせる。アダムがそういうものに強いタイプだとはとても思えないの」

マッド・ローガンは、外科医のような正確さで車線を変えた。「ずっと前に、雇うなら最高の人材だけを雇うことを学んだ。だから部下は慎重に選ぶ。おれの部下は有能で、よく訓練されていて、勤勉だ。その彼らが街中を捜している。有力な情報源も抱えている。ヒューストンの地下社会を動かす人々とのコネもある」

どうやってそのコネを手に入れたのかは知りたくなかった。

「こんなことを言うのは自分の力を誇示するためじゃない。ことの重大さを強調するためだ。もしおれが人を捜したいと言えば、数時間以内に部下が連れてくる」マッド・ローガンはわたしのほうを見た。「だがそのおれがアダム・ピアースを見つけられない」

一瞬、冷静な仮面がずれて彼の素顔が見えた。いらだっているだけではない。激怒している。

「あいつは幽霊みたいに動いている。意のままに現れては消える」

なぜマッド・ローガンがわたしに目をつけたかがわかった。部下は何をやってもだめだったのに、わたしはアダム・ピアースにTシャツを差し出した。

「幻覚の魔力で守られているんだと思う？」強い幻覚の魔力の使い手は、現実をゆがめることもできる。

「守っているのは一人じゃない。チームだ。移動する対象物の姿をくらませるには数人の協力と特別な訓練が必要だ。オフィスビルで倒したチームはそういった訓練を受けていた」ローガンは顔をしかめた。「あいつには大規模な作戦をまとめ上げるだけのコネも知識もない。資金源もないし、頼るべき相手も知らない。スポンサーとコネを見つけたとしても、あいつをまともに相手にするような奴《やつ》はいない」

そのとおりだ。「ピアースが考えつくようなことじゃないわ。彼はチームプレイヤーじゃない。誰かが裏で糸を引いてるに決まってる」わたしは不安に襲われた。「ピアースにそれほど大きな影響を与えられる人って？　家族でさえコントロールできないのに」

ローガンの顔が暗くなった。「わからない。ハーパーなら知ってるかもしれない」

車内に沈黙が流れた。

「昨日人の命を奪ったことに対して、正当な理由がほしいの」わたしは静かに言った。

「理由が知りたいわ」

「いずれわかると約束する」マッド・ローガンが答えた。

彼が本気で言っていることは、魔力を使わなくてもわかった。

ヒューストンのギャレリアはテキサス最大のショッピングモールだ。数百もの店舗と通年営業のスケートリンクがある。

二階建てのショッピングモールはどこまでも広い。わたしたちはぶらぶらと歩いていった。わたしは今日もジーンズとブラウスという姿で、肩になじむ軽く小さいベージュのレザーバッグを持っていた。一瞬で銃を取り出せるよう、前部分を改造してある。持ってきたのはカー・アームズ社のＰＭ９だ。全長百三十五ミリ、重量はおよそ四百五十グラムで、装弾数は六。撃鉄がないため、改造したバッグから取り出すときに引っかからない。外側にセーフティレバーがあるのもうれしい。状況が悪くなったら、誰も撃たずにまず逃げるのがわたしのやり方だ。それがだめなら銃を見せて相手をひるませる。この場合、うっかり発射しないことだけに気をつければいい。最悪の場合実際に発射することになるが、今いる場所を考えれば、絶対に無関係の人を巻き込まずに引き金を引かなくてはいけない。

マッド・ローガンが隣を歩いている。グレーのスーツ、襟元を開けた黒のシャツ。彼の服は手がこんでもいないし派手でもない。特注であるかのように体にフィットし、驚くほど丁寧に作られている。わたしと彼の組み合わせはちぐはぐだけれど、ここにはいろんな人が集まっている。ベビーカーを押す若いお母さんたち、髪を青や紫やピンクに染めたうるさいティーンエイジャー。目の前で、高価そうなパンツスーツを着た中年の女性二人が、野球帽とペンキで汚れたショートパンツ姿の男とぶつかりそうになりながら店に入っていった。

すれ違った若い女性がマッド・ローガンを見て歩調をゆるめた。わたしたちは歩き続けたが、ディスプレイの中の鏡にその女性が映っているのが見えた。女が男を値踏みするときの目つきでまだ見つめている。右側の店から出てきた二人の男が足を止め、同じような目でマッド・ローガンを見た。若いほうの男がわたしにウインクした。

結局わたしたちが何を着ていようが注目されるということだ。マッド・ローガンはギャレリアでいちばんのハンサムというわけではないが、男らしいオーラというか空気というか、そういうものがあふれ出している。肩のたくましさ、できないことなどないと言わんばかりの歩き方、肌のきめの粗さ、目の険しさからそれがにじみ出ている。

透明の花瓶にいけた花を売っているギフトショップの前を通りかかった。花束の中にはカーネーションがあった。ひらひらとした大きな花びらは中心がやさしいピンクで、端には白っぽい太い線が入っている。わたしはカーネーションが大好きだ。繊細なのに驚くほど丈夫だ。同じ花瓶のばらがしおれてもカーネーションはまだ咲いている。さわやかでちょっと刺激的なほのかな香りも好きだった。

「どうした？」マッド・ローガンがたずねた。

気がつくとじっと花を見ていた。「別に。カーネーションが好きなの」

噴水は一階にあり、中心に植物をぎっしり植えた丸い水盆がある。植物のまわりにはぐるりと照明が埋め込まれていて、水の下でやわらかな光を放っている。噴水のそばに金髪の女性が立っていた。着ているワンピースは、濃い紫の編み込みが複雑にからみあい、肩の上に格子の模様を描いている。どうやってこのワンピースを着るのかすらわからないが、彼女が立ち方を心得ているのはたしかだ。リラックスしながらも胸を張り、ファッション雑誌のモデルが好んでするように片足を内側に向け、どこか不安定なポーズをとっている。ワンピースは手袋のように体にフィットしているが、わずかな余裕があるために下品になるぎりぎりのセクシーさが感じられる。スタイルは完璧だ。細いウエスト、日に焼けた脚、豊かだが大きすぎない胸とヒップ。髪はプラチナブロンドからやわらかなストロベリーブロンドに染め変えており、肩にカールがかかっている。メイクは自然で隙がない。隙がなさすぎる。来る前に自分に呪文をかけたのだろう。

「あの女が嘘をついているかどうかきみが見抜きやすくするにはどうすればいい?」マッド・ローガンが小声できいた。

「イエスかノーで答える質問をして」

マッド・ローガンは噴水のそばのテーブルで足を止め、座った。わたしはその隣に腰を下ろした。

　ハーパーは猫のようにゆっくりとこちらに歩いてきた。かかとの高い金色のストラップサンダルがタイル張りの床にかすかにかつかつと音をたてる。

「ローガンね」その声は彼女らしかった——ハスキーだ。ハーパーはマッド・ローガンの向かいに座ると、脚を組み、危険なほど太腿をさらけ出した。そしてあからさまな感嘆の目でゆっくりと彼を眺め、ほほえんだ。「気に入ったわ」

　これではうまくいきそうにない。

　ハーパーはちらりと、しかしまんべんなくわたしを見て、またローガンに目を戻した。

「わたしになんの用かしら、マッド・ローガン」

　マッド・ローガンは椅子の背にもたれた。「ファースト・ナショナル銀行の貸金庫に印をつけたとき、ピアースがあの銀行を吹き飛ばすことを知ってたのか？」

　信じられないほど単刀直入だ。

　ハーパーはにっこりした。「アダムの話をするために呼び出したの？　できればあなたのことを話したいんだけど。これまで何をしていたの？」

「もう一度きく。ピアースが銀行を吹き飛ばすことを知ってたのか？」

「答えなかったらどうなるのかしら？」ハーパーは眉を上げた。「お仕置きする？　あなた、触知者なんですってね」彼女はわたしのほうを見た。「そうなんでしょう？」

「さあ」触知者ってなんのことだろう。

「あら、まだ寝てないのね」ハーパーの青い目が輝いた。「気を悪くしないで。彼、きっと違う世界の人とはあまりかかわらないのよ」

違う世界? よけいなお世話だ。

ハーパーは批判するようにわたしを見た。「その染め方は悪くないけど、ほかは努力が必要ね。とくに靴。アドバイスしてあげてもいいけど、効果があるかどうか」

その瞬間、わたしはハーパーがどんな女なのかわかった。いっしょにいる男で女の価値を計るタイプだ。わたしはマッド・ローガンについてきたが、彼女は最初わたしがライバルなのかどうかわからなかった。カップルではないとわかったのに、万が一に備えてわたしを攻撃したというわけだ。悲しいほどわかりやすい女だ。

「質問に答えろ」マッド・ローガンの目が暗くなった。いらだっているようだ。

「一度触知者とデートしたことがあるの。エスピノーザ一族につながるラミレス家の人よ。あなたほどのレベルじゃなかったけど、あれは……すてきだったわ。心でわたしの服を脱がせるの。あなたはできる?」ハーパーは首をかしげた。「触れずに服を脱がせられる?」

マッド・ローガンは身を乗り出した。陰気な表情が一転して笑顔になった。「もちろんだよ、スウィートハート」

まずい。この口調は一度聞いたことがある。ピーチスがぺしゃんこになる直前だ。

「やってみせて。そしたらアダムのこと教えてあげる」

驚きだ。危険な〝超一流〟と知りあって三十秒しか経っていないのに、もういちゃつくつもりとは。よほどせっぱつまっているに違いない。わたしはハーパー・ラーボのせいで恥ずかしくなった。

マッド・ローガンは椅子の背にもたれてほほえんだ。ハーパーがもう裸で、自分のものであるかのように見ている。ハーパーも白い歯を見せてほほえみを返した。わたしはなぜか噴水の水を二人にぶっかけたい衝動にかられた。

ハーパーが息をのんだ。

「こんな感じだったかい？」マッド・ローガンが言った。

ハーパーがまたはっと息を吸い込んだ。頬が赤くなる。あきらかに何か起きているようだ。それがなんなのか全然わからないが、彼女は楽しんでいる様子だ。

肩をおおっていた布の編み込みがほどけ、左右に動きながらからまり始めた。離れ、回り、左へ、右へ……ハーパーは息をのみ、目を見開いた。

「もう一度触って」

編み込みがほかの部分とからまった。本当にここで脱がせるつもりだろうか？　わたしは布の動きを追った。まずい。ハーパーは脱がされていると思っているようだが、違う。布は一つにまとまって、首にかかる輪を作りつつある。

「やめて」

マッド・ローガンはわたしを無視した。

「本気で言ってるのよ、やめて」

「邪魔するな」

「見ているのが恥ずかしいなら、噴水のそばで待っててくれてもいいのよ」ハーパーはそう言って、とろんとした目でマッド・ローガンを見た。「堅物を部下に雇うなんて意外だわ。あなたって本当に興味深い人……驚きで……いっぱい」

編み込みがまたよじれた。

「ローガン！」

ハーパーは身を乗り出し、飼い主に撫でられるのを待つ猫のように体を伸ばした。そしてハスキーな声で言った。「この女に百ドル渡して買い物に行かせて。二人きりになれるように……もっと……ローガン、もっと……」

輪がぐっと締まり、ハーパーの首にからみついた。彼女は大きく口を開け、空気を求めてあえいだ。

「絞め殺すなんてだめよ」

「だめじゃないさ」

ハーパーはワンピースをつかみ、首に爪を立て、輪をゆるめようとした。

わたしはバッグから銃を取り出してマッド・ローガンの脚に銃口を向けた。「やめないならで撃つわよ」

マッド・ローガンがこちらを向いた。「おれを撃つ？」心底不思議に思っている顔だ。

「この人の命を救うためならね」その一瞬後にぺしゃんこにされるかもしれないけれど、関係ない。「やめなさい」

ハーパーの顔がどす黒い赤になった。背中をこわばらせ、あがいている。

マッド・ローガンはこちらを見ている。その目を見つめるのは、ドラゴンの目をのぞき込むようなものだ。

わたしは安全装置をはずした。「お願いだからやめて」

ハーパーの首を絞めていた輪がゆるんで落ちた。彼女は椅子の背に倒れ込み、ぜえぜえ言いながら息を吸い込んでいる。その目に涙があふれた。

「こっちを見ろ」マッド・ローガンは身を乗り出した。その口調には脅しとあざけりがにじみ出ている。「アダムがあのビルを吹き飛ばすつもりなのを知ってたのか？」

「ええ！」ハーパーはあえいだ。「知ってたわ、このろくでなし！」

それは真実だった。

「貸金庫の中に何があったのか知ってるか？」

「いいえ！」

真実だ。

「昨日アダムが吹き飛ばしたビルの隣の建物に何があったか知ってる?」わたしはきいた。

「いいえ!」

真実だ。

人がこちらを見ている。ハーパーが自分で引っかいた首の傷から血がにじんでいる。

「アダムが何をたくらんでるか知ってる?」

ハーパーはこちらを見た。「アダムが何かをたくらむような男だと思う? あいつはただ火をつけたいだけよ! オライリーの牛にすぎないわ。目的のための手段よ。この先何が起きるか、あんたたちにはわからない。すぐにも大変革が起きるのよ。そうなれば、大事なのは自分がどちらの側につくかということだけ。わたしは自分の場所を勝ち取ったわ。正しい側よ。わたしは上に立つの。あんたみたいなくそ女はこの変態といっしょに地獄で腐り果てればいい! 二人とも苦しめばいいんだわ」

ハーパーははじかれたように立ち上がり、泣きながら駆け出していった。二階の通路からぶら下がる街の景観を描いた看板がかすかに動き、ハーパーが近づくのに合わせて通路からはがれ落ちそうになった。もしあれが彼女の上に落ちたら……。

わたしはマッド・ローガンの腕を手で押さえた。「やめて」

看板の動きは止まった。ハーパーは通路の下を駆け抜け、携帯電話を耳にあてながらショッピングモールの中へと入っていった。わたしは銃の安全装置をかけ、しまった。

「あの女のためにおれを撃つつもりだったのか？」マッド・ローガンが言った。

「いきなり人を殺すなんてとんでもないわ」

「どうして？」

「道徳的に間違ってるからよ。あの人は生きている人間よ」

「誰が道徳的に間違ってるって言ったんだ？」

「世の中の大半の人よ。法律に反するわ」

「誰が法律を持ち出す？　あの女の首を折って、頭上のアーチの上に放り上げておいたってよかったんだ。体の一部が降ってくるまで何日も誰も気づかないぞ」

「それでもだめなの。いらいらするというだけで人を殺すのはだめよ」

「きみは〝だめ〟としか言わないな」

「だめなものはだめだから」まるで宇宙人に話しているみたいだ。

　マッド・ローガンは椅子の背にもたれてわたしを眺めた。「これまできみを助け、守ってきた。ピアースを見つけ出すのにおれが必要だ。だからきみは気持ちの上でも経済的にもおれと前向きの関係を保ちたいと思ってる。おれは大事な存在だ。あの女はきみを侮辱した。とんでもない役立たずだ。五年経っても今と同じことをしてるだろう。クラブからクラブへ飛び回り、タブロイド紙にゴシップを提供する。ただ、クラブではもう特別扱いはされないし、タブロイド紙にそれほど名前が取り上げられることもない。なんの役にも立たないんだ」

「あの人を守ったわたしに罪悪感を持たせたいの？」

「いや、わかってほしいんだ。きみはあの女をうるさいと思っていなかった」

「わたしが腹が立つのは、自分より強い魔力を持つ男と結婚することこそが人生の目的だと彼女に教え込んだ人たちのほうよ。ちょっとお金をよけいに持っているからって、彼女が人をばかにしてもいいと思ってることよ。でも彼女が脅威だとは全然思わなかったわ。ローガン、わたしには自分の事務所があって、仕事を得意としているし、なんとか生活が成り立つ程度には成功していて、同業者から尊敬されてもいる。家族は無条件に愛してくれる。知らない男から電話でどこかへ行けと命令されても、何もかも捨てて家を飛び出したりはしないわ。わたしは自由で、人生をコントロールできるし、自分で選べる。魔力が低いとか、期待に応えられないからという理由でわたしを無価値だと言う人がいても、認められようと努力する必要なんかないの。ハーパーが一瞬でも自分に正直になれば、わたしと入れ替わりたいはずよ」

「きみはあの女を信用しすぎてる。あの女は変えたいときに人生を変えられるんだ」

「それでも殺してはいけないわ」

「いや、殺せる。まだその必要がなかっただけだ。情報を引き出す必要があったからな。だが、殺すなというきみの主張は根拠が薄い。あの女が放火に協力したせいで一人の男が死んだんだぞ」

「殺してはだめ。法律に反するから。この国に住んでいるからには、たとえどんなに強い魔力を持っていようと法律に従わなきゃ。これは警察にまかせるべき事柄よ。この国には裁判制度がある。気に入らないからってだけで気まぐれに人を殺したら、悪者と見なされるわ」

マッド・ローガンの唇がゆがんだ。目におもしろがるような光が浮かび、わたしに笑いかけた。

わたしは両手を振り上げ、立ち上がった。「もう話すことはないわ」

彼は笑いながら立った。「もう少し長くあの女の首を絞めさせてくれれば、もっと情報を引き出せたのに」

「あれだけわかれば充分だわ。あなたは彼女を侮辱した。見えないように誘惑してるかと思ったら、もう少しで殺すところだったわ。一生残る傷になったでしょうね」

「もしあの女がおれを絞め殺そうとしたら？」

「彼女を撃ったわ。先に警告したとは思うけど、どうかしら」わたしは顔をしかめた。

「とにかく、ハーパーが関与していたのはわかった。でも貸金庫に何があるかは知らなかったわ」

「協力するのに必要な最低限の情報しか受け取ってなかったんだろう。だが、締め上げればもう少し吐かせられたはずだ」

わたしは首を振った。

「なんだ?」

「ローガン、わたしはばかじゃない。今ごろあなたはハーパーの車と家に盗聴器を仕掛けてるだろうし、携帯電話をコピーして、コンピュータにスパイウェアを仕込ませているはずよ。ハーパーを震え上がらせれば命令を出してる相手に泣きつくのは想定済みだし、あなたの部下は盗聴器で会話に目を光らせているんでしょう?」

マッド・ローガンはまた笑った。

わたしは携帯電話を取り出し、バーンに〝大変革〟について調べるように頼んだ。わたしは少し考え込んだ。ハーパーはアダムのことをオライリーの牛だと言っていた。オリアリーの言い間違いだろうか。誰かがアダムのことをそう呼んでいて、それを聞き違えたのだろうか。

わたしたちは近くの出口に向かった。人混みは少なくなっていった。もう二人しかいない。

「触知者って何?」こんなことをきいたのは間違いだった。

マッド・ローガンは無表情のまま答えなかった。

気まずい思いをさせたのだろうか。「気にしないで。個人的なことなんでしょう。きいたわたしが間違ってたわ」

「いや、どう説明すればいいか考えてたんだ。父は九度の暗殺未遂を生き延びた。ローガン一族にはいつも敵がいる。敵を見つければ対処できるが、暗闇にひそむ狙撃手を見つけるのは難しい。父はなんとかこの弱点をカバーできないか考えるようになった。我が子には、自分の持つ念動力だけでなく、テレパシーの力も授けたいと思い、慎重に検討したすえぼくの母を見つけ出した。母は簡単な念動力と、他人の感情を読み取るエンパスの強い力を持っていた。父はわざわざヨーロッパに出向いて正しい遺伝子の組み合わせを探し出したんだ」

「お母さんの出身地は？」

「スペインだ。バスク人なんだよ。父はおれに二つ目の能力を持たせたいと思い、〝五感知覚能力者〟、つまり見られたりターゲットにされたりしたときにそれを感じ取る力を持つことを期待した。だがおれは念動力が強すぎて触知者になった。人に、触れられていると感じさせることができるんだ」彼は言葉を止めた。「実際にやってみせればすぐにわかる。許可してくれさえすれば」

許可するわ。「だめよ」マッド・ローガンに触れられるなんてとんでもない。

わたしたちは歩き続けた。どんな感じなのだろう？

「痛むの？」

「いや」

じゃあ、どんな感触？

もしかして……いや、やめよう。

「いいわ」わたしは足を止めた。小さなくぼみの前だ。あたりには誰もいない。もし恥をさらしても誰にも見られずにすむ。「一度だけよ」

突然、うなじにぬくもりが広がった。こんな感触は初めてだ。誰かが温かいミンクの手袋で触れているかのようだ。でもそれはやわらかくはなく、固かった。まるで……まるで……。

ぬくもりはまたたく間に首をすべり、神経に火をつけながら背筋を撫で、やがて腰に移った。体にぬくもりのこだまが響くかのようだ。体が歌っている。マッド・ローガンはギターを弾くようにわたしをかき鳴らしている。今すぐ彼がほしい。

「こんなこと……」わたしは彼の目を見た。言葉は消えてしまった。

その目から厳つさが消えている。生き生きと内側から輝いている。「おれがほしいんだな」

「えっ？」

魔力のぬくもりが肩をすべりおり、溶けて純粋な快感となった。

「フィードバックを感じる」マッド・ローガンはほほえみながらこちらに一歩近づいた。

「ネバダ、きみは嘘つきだ」

まずい。わたしは一歩下がった。「フィードバックって？」

「これをすると……」押しつけるようなぬくもりが背中から脇腹に回った。わたしは息をのんだ。ああ、なんてすばらしいんだろう。「きみが感じていることがこちらに伝わってくる。ぼくは人の感情を読み取るエンパスの力もあるんだ」

「そんなこと言っていなかったじゃない」今にも心臓が胸から飛び出しそうだ。それは警告なのか欲望なのか、その二つが奇妙に混じりあった何かなのか、わたしにはわからなかった。

マッド・ローガンはほほえんだまま近づいてくる。「きみが熱くなればおれも熱くなる。きみは燃え上がっている」

背中が壁にあたった。マッド・ローガンは威圧するように距離をつめてくる。筋肉質の体がわたしを閉じ込めるかのようだ。

「ローガン」頭の中で誘惑するような声が一つの歌を繰り返し歌っている。〝ローガン、ローガン、ローガン、セックス……ほしい……〟

「きみが見たっていう夢を覚えてるか？」その声は低く、命令するようだ。

「ローガン！」

すばらしいぬくもりが首のまわりで躍っている。

「おれは服を着てなかったらしいじゃないか」

ぬくもりは四散し、感じやすくなったうなじや鎖骨を撫で、胸を回り、包むと、先端に集まってそこを硬くした。そしてさらに下へとすべって脇腹からヒップへ、腿の間へと下りていった。それは一度にあらゆる場所に広がり、官能のエクスタシーが滝となって流れ落ちる。五感があふれ、理性を凌駕《りようが》し、言葉を奪う。この感覚を受け止めようとしても無理だ。頭がくらくらする。

目の前の彼は男らしく、ホットで、信じられないぐらいセクシーだ。味わいたくてたまらない。その手で触れてほしい。腿の間のうずく部分に彼自身を押しつけてほしい。

マッド・ローガンがわたしを抱きしめた。顔はすぐそばにあり、その目は魅了し、強要し、興奮している。「その夢のことを話そう、ネバダ」

わたしはとらわれてしまった。もう逃げられない。キスされたらその場で溶けるだろう。うめき声をあげて彼を求め、ギャレリアで、人が見ている前で彼と愛しあうだろう。

純粋な本能の力で腕に痛みが炸裂《さくれつ》し、駆けおりた。わたしは彼の肩をつかんだ。軽い稲妻が走って彼を焦がした。

体に激痛が爆発し、冷たいシャワーのようにわたしを洗い流した。

電流に打たれたかのようにローガンの体がびくりとした。ほんの一瞬だったし、全力を出したわけでもなかった。わたしはコントロールの力を身につけつつあるようだ。

ローガンは獣のような目つきで近づき、うなるような声で言った。「攻撃するつもりか？」

「注意を引くためよ」わたしは彼を押しやった。「興奮しすぎだわ」

「やめてと言えばよかったんだ」

「どうかしら」わたしは壁から離れ、出口に向かった。「一度だけ、と言ったけど、一度じゃなかった。やめてほしかったの」

「かすれ声で名前を呼ばれてその気になったんだ」

わたしはくるりと振り向いた。「名前なんか呼んでないわ。警告代わりに叫んだのよ」

「あんなにセクシーでかすれた警告は聞いたことがない」

「経験が足りないからよ」頬が燃えるように熱い。

「電気ショック装置は訓練に半年かかるが、それでもユーザーは命を落とすことがある。だいたいどうしてそんなものを埋め込んだ？」

「あなたに誘拐されたからよ」

「そんなばかな話は聞いたことがない」

「ミスター・ローガン」わたしはいらだちを声に出した。「わたしが自分の体に何を埋め込もうが、あなたには関係ないわ」

おかしな言いぐさだというのはわかっている。わたしはあきらめてドアを開け、日差しの下に出た。本当にばかだった。〝いいわよ、あなたのセックスマジックを試してみて、どうなるか見たいから〟？　体はまだ興奮が冷めない。欲望と期待にあふれている。大失態だ。穴があったら入りたいとはこのことだ。

「ネバダ」背後でマッド・ローガンが言った。その声には命令と魅力がにじみ、わたしが本当にほしいものを予感させた。

プロでしょう。プロらしくしなさい。わたしは全身の意志を振り絞って落ち着いた声を出した。「何？」

マッド・ローガンが追いついてきた。「話しあおう」

「話しあうことはないわ。あなたの魔力に対してわたしの体が不本意な反応を見せた、それだけよ」

「自分の問題を認めることが解決への第一歩だそうだ」

彼は戦略を変えたようだ。うまくいくと思っているのだろうか。「わたしの問題がなんなのかわかってるの？　人殺しを好む〝超一流〟の火念力の使い手を、自己愛の強い一族のもとに連れ戻すことがわたしの問題よ」

わたしたちは道を渡って広い駐車場に向かった。小さな木の植わった芝敷きの分離帯が駐車場を区切っている。レンジローバーは出口ランプのそばの奥に駐《と》めてあった。

「こういう問題に対処するいちばんの方法は、疑似体験療法だという説もある」マッド・

ローガンが言った。「たとえば、蛇が怖いなら、繰り返し蛇に触れることで治せるというものだ」

ばかばかしい。「蛇なんかどうでもいいわ」

マッド・ローガンはにやりとした。「おれの蛇はきみの手には負えない」

ようやくわかった。メキシコの虐殺王は今わたしを口説こうとしたのだ。公衆の面前でいきなり女性を絞め殺そうとした直後に。わたしはバーンにメッセージを送った。〝ギャレリアに迎えに来て〟ローガンの車に乗るなんて問題外だ。

前方で、一台のSUVが奥の駐車スポットにすっと入り、中から三人が出てきた。半ズボンとTシャツ姿の男二人とサンドレスの女だ。三人はショッピングモールに向かってこちらに歩いてくる。急がずあわてない歩調には目的が感じられる。

本能がアラームを発した。「ローガン。前に三人いるわ」

「ああ」

車のエンジン音がしたのでちらっと後ろを見た。青いセダンが走ってきて止まった。ドアが開き、カーキのパンツをはいた白髪まじりの男と白いワンピースの女が出てきた。

時間が止まった。息づまるような一瞬、すべてが一度に起きた。

車のボンネットがはがれ、フリスビーのように空を切って女性を切り裂き、飛び続けた。

わたしは銃を抜いた。

白髪の男が手をたたくと、青い雷光が火花を散らしてローガンの胸に命中した。

わたしは二発撃った。弾は白髪の男の顔にあたり、頭に赤く濡れた穴を二つ空けた。

ローガンは切られた木のように倒れた。

女の体は半分に折れ、ウエストが赤い口のようにぽっかりと開いている。

わたしはフロントガラスに二発撃ち込んだ。

車は、痙攣《けいれん》する女の体を轢《ひ》いてバックで動き出した。

わたしは振り返り、こちらに走ってくる三人に向かって最後の二発を見舞った。三人は車列の後ろに隠れた。

わたしはローガンの脚をつかみ、車の間の狭いスペースに引っ張り込んだ。

誰かが神のリモコンで再生ボタンを押したらしい。ふいに時間の流れがもとに戻った。

わたしは予備の弾倉を取り出し、無意識のうちに古いのをはずして新しい弾倉を入れた。

これで六発だ。白髪の男と女は倒したが、反対側に三人と車の運転手がいる。六発に対して四人。わたしには不利な割合だ。

胸の中で不安が生き物のようによじれた。ローガンの手足は発作のように震えている。

どうか致命傷でありませんように。

ここにいてもいいカモになるだけだ。相手は近づいてくるだろうし、どんな魔力を持っているのか見当もつかない。弾丸だけでは足りない。

追い払わなくては。

わたしは銃を下ろし、ローガンの体を押して車の下に押し込もうとした。しかし動かない。体が重すぎる。いったい夕食に何を食べているんだろう？　鉛のれんが？　わたしは全力で押した。ようやく彼の体が車の下に入った。

わたしは銃をつかんで頭を下げ、車列に沿ってショッピングモールの方向に走りながら、ボンネットをたたいていった。一台、二台、三台……この列はＳＵＶやキャデラックやＢＭＷばかりだ。一台ぐらいはアラームを入れているはずだ。四台、五台……とにかく音をたてなければ。わたしは次のボンネットをたたいた。バンパーの壊れたぼろぼろのポンティアックだ。アラームが金切り声をあげた。意外だ。あんなに高級車が並んでいるのに、アラームを入れていたのはこの車？　とにかく助かった。わたしは走りながら息をぐっと吸い込み、叫んだ。「助けて！　助けて！」

さあ、これでも追ってこられるなら追ってくればいい。

「助けて！」

ワイヤーフレームの眼鏡をかけた赤ら顔の年配の男性が、車の間から不思議そうにこちらを見ている。黒っぽいスラックス、白シャツ、黒っぽいネクタイという姿で、右手にスターバックスのコーヒーを持っている。

「大丈夫かね？」男性がこちらに向かってきた。

年齢は七十歳ぐらいに見える。善意の持ち主はもっと若い人がよかった。

「ここ、危険です！」わたしは手を振った。「逃げて！」

「何があったんだ？」

「ここから——」

男性はコーヒーカップの中身をわたしに投げた。もつれた銅線の塊が太陽にきらめいたかと思うと、胸にあたった。銅線がさっと広がって腕と脚と喉にからまり、体をすくい上げて車の間へと引きずっていく。ワイヤは空を切ってSUVのバイクラックに巻きつき、わたしの腕を左右から引っ張った。体はSUVと分離帯に生えた背の低い木の間で宙吊《ちゅうづ》りの状態だ。爪先が地面につかない。わたしはワイヤに首を締め上げられ、息ができなくなった。

年配の男が車の間から姿を現した。その手のカップからワイヤが伸びている。

「静かに。もがくともっと痛くなるぞ」

男は左耳に手を触れた。イヤピースだ。さっきは気づかなかった。髪で隠れていたからだ。なんてばかだったんだろう。

「捕まえたぞ」男は耳から手を離し、こちらを見た。「銃をよこせ」

わたしはなんとか息を吸い込もうとした。銃は渡さない。ほしいなら奪い取ればいい。

「ほら」男はわたしの右手の下に手を差し出した。「手を離せ。言うことを聞くんだ」

冗談じゃない。

男がコーヒーカップを握りしめるとワイヤがきつくなり、喉に食い込んだ。叫ぼうとしたが、かすれ声しか出ない。

「わざわざ困難な道を選ぶんだな。それならそれでいい」男は爪先立ちになって手を差し出した。そして銃身を握った。

わたしは銃を手放し、男の手首を握った。肩に痛みがはじけたが、それが激痛になるまで待った。電光が男につかみかかり、男の体は硬直して跳ね上がった。男は白目をむき、口から泡を噴いている。手を離すと男はがくりと膝をつき、顔から倒れた。

ワイヤがほどけ落ちた。わたしは地面にたたきつけられ、首のワイヤを爪で引っかいてはずした。やっと空気が吸える。なんて甘いんだろう。指先が赤く染まっている。血だ。ワイヤで切れたに違いない。

逃げなくては。残りの三人が来る。わたしは目を上げた。

銀色のセダンが飛ぶように迫ってきた。車は驚くほどはっきりと、細かいところまで見える。まるで高精細のHD画像を見ているかのようだ。楕円形《だえんけい》のヘッドライト、窓の曇りガラス、つややかなボンネット。車はこちらをめがけて突っ込んでくる。逃げる時間はない。何をするのも間に合わない。

死ぬんだ。

わたしはとっさに腕を上げた。

車はわたしの指の十センチ先で止まった。金属がきしみながらゆがんだかと思うと、次の瞬間後ろに吹き飛んだ。そこにはマッド・ローガンがいた。信じられないほど怒っている。

車は、三人をめがけてマッド・ローガンの上を飛んでいった。サンドレスの女がよけようとしたが、車はその体にぶつかって放り上げた。

わたしは足首と手首からワイヤをはずし、立ち上がった。

車は女の体の上ではずみ、アスファルトを削ってきしみながら方向を変えると、今度は背の高いほうの男に突っ込んでいった。男の体は車に轢かれてぺしゃんこになった。車はバウンドして三人目の男めがけて飛んだ。男は羽でもあるかのように跳び上がり、車の上に乗ると、見事にバランスを取って片足で立った。

「大丈夫か?」マッド・ローガンがうめくように言った。

「ええ」わたしはかすれ声で答え、銃をつかんだ。

車は回りながら二メートル近く跳ね上がった。上に乗っている男は、丸太乗り競争でもするかのように回る車の上を走り、駐車場の車列に飛びおりてこちらに向かってきた。まるで地面を走るように車の上を走っている。

わたしは狙いをつけて引き金を引いた。右側の白いトラックのフロントガラスが割れた。

弾は男にあたったが、跳ね返ってフロントガラスに穴を空けたのだ。なんて力だろう。

「風使いか」マッド・ローガンは両手を握りあわせてぱっと開いた。ボンネットが二つ、そばの車からはがれ、男に向かって飛んだ。男はバレエダンサーのようにゆうゆうとそれをよけ、空気をパンチした。マッド・ローガンが右に飛んだ。わたしのすぐそばのアスファルトが三十センチほどえぐれた。ローガンの足もとから五センチの歩道に二つ目の穴が空いた。すさまじい破壊力だ。

ボンネットが戻ってきて盾のように浮いている。

小さなものは風使いに跳ね返されてしまう。重いものは動きが遅すぎて相手にあたらない。ジレンマだ。

マッド・ローガンはチョークを取り出した。「魔力増幅の魔法陣をおれのまわりに描いてくれ」

わたしはチョークをつかんだ。魔力増幅の魔法陣は魔術の基本だ。魔力の使い手の足もとに小さな円を、その外に大きな円を描き、ルーン文字を三セット書く。ただ、風使いが見えない空気の刃を投げてくる場所でアスファルトの上に描いたことがないだけだ。

ローガンの正面にあった車のボンネットが絹を裂くような音をたててはがれた。彼の胸に真っ赤な線がふくれ上がった。彼は顔をしかめた。周囲を回るボンネットはどんどん速くなっていく。

わたしは小さいほうの円を描き終えた。完璧ではないが、丸いのはたしかだ。

何かがボンネットにあたり、雹《ひょう》のような音をたてた。相手からこちらは見えないが、こちらも男が見えない。

二つ目の円が完成した。

また雹に似た空気の刃が今度は右から飛んできた。これでは身動きができない。

ルーン文字が終わった。「できたわ」

チョークの線からかすかな煙がぽっと上がった。ローガンの両腕がふくらんだ。首筋の血管が震えている。

ボンネットはまだ回っている。もしもわたしが風使いなら、それを頭上に落とすだろう……。

わたしは目を上げた。優美な人影が宙を飛んでいる。

「上よ！」

風使いが両手を上げた。わたしたちの姿は丸見えだ。

グレイハウンドバスが風使いにぶつかった。男はバスのフロントガラスに虫のようにへばりつき、目を見開いている。バスはショッピングモールの正面の歩道に真っ逆さまに落ちて一メートルほど地面にめり込んだ。その車体はほぼ垂直に立っている。

マッド・ローガンがにっこりした。まるでカウンターからうまく何かを盗んだ猫みたいだ。「風使いは踊りがうまいが、重いものを上から落とせばおしまいだ」

わたしはチョークを持ったままばかみたいにバスを見つめた。車のタイヤは一つでも重い。マッド・ローガンはバスを丸ごと落とした。

わたしの手首と足首から血が出ていた。膝もだ――魔法陣を描くとき地面でこすったのだろう。今日これまででわたしは女が一人死にかけるのを目の当たりにし、人を撃ち、電気ショック装置で男を殺した。ワイヤで縛られ、もう少しで車に轢かれそうになった。そして今、あちこちから出血している。もしできるなら、今日という日の顔を殴りつけてやりたい。

バーンの黒いシビックが駐車場に入ってきたが、バスにぶつかりそうになってよろめいた。

マッド・ローガンはわたしの描いた魔法陣を見下ろした。「こんなひどい円は見たことがない。目をつぶって描いたのか?」

失礼な言いぐさだ。わたしは彼にチョークを投げつけ、立ち上がり、つかつかとシビックまで歩いていって乗り込んだ。「バーン、車を出して」

ありがたいことに、バーンは出血のことにもバスにもマッド・ローガンにも触れなかった。彼はアクセルを踏み込み、まっすぐ家に向かった。

12

バーンはあらゆる交通ルールを守って安全運転で走った。レオンとアラベラは仮免許を持っているけれど、二人の運転する車に五分乗るだけで髪が真っ白になる。でもバーンの運転にはなんのストレスも感じなかった。

三台のパトカーがサイレンを鳴らしながら対向車線を突っ走っていった。よかった。マッド・ローガンならわたしの名前を出さずに一人で対処してくれるだろう。

「シカゴの大火の原因になったのはオリアリー夫人の牛じゃないっていう話をしてくれたのを覚えてる？　あなたの大学の教授が独自の説を持ってるって言ってたわね」

バーンは不思議そうにこちらを見た。「バスが半分地面に埋まってるの見た？」

「あのバスの話はしたくない」

「わかった」バーンはなだめるように言った。「バスの話はやめとこう。牛の話がいい」

「あなたの教授と話せる？」

「イトウ教授？　もちろん。今日はオフィスにいるはずだ。家に帰ったらたしかめてみるよ。どうして？」

「ハーパーが言ってたのよ。アダムのことを〝オライリーの牛〟って呼んだの。オリアリーの勘違いだと思うんだけど」

「比喩として言ったんじゃないの？」

「もちろん。でもその線を探って何が出てくるか見てみたいの。言葉の選び方としては唐突だったから」

「いいよ。ぼくがなんとかする。モンゴメリーの会社から二度電話があった。いらいらしてるみたいだったよ。折り返し連絡がほしいって」

やっぱり。ピアース一族はアダムがオフィスビルに火をつけたことが気にくわないのだろう。だからオーガスティン・モンゴメリーに圧力をかけ、今度はわたしに圧力がかかった。ボールは低いほうへと転がっていく。

オーガスティン・モンゴメリーに電話しなくては。気乗りはしないけれど。

首と手首の傷は浅かった。カタリーナが傷を洗い抗生物質を塗るのを手伝ってくれた。体を休めている時間はあまりない。バーンが戻ってきてイトウ教授に会える時間を教えてくれた。二時から四時。わたしはメイクと髪を直し、ビジネススーツを着込んだ――高級なほうではなく、シンプルなグレーのスーツだ。わたしたちは車に乗り込み、ヒューストン大学に向かった。

イアン・イトウ教授は史学科にある自分のオフィスにいた。誰かと面談中だったので、わたしたちは廊下に座って待った。学生がかばんとカフェインたっぷりの飲み物を持って早足で行き交っている。誰もが若く見えた。わたしはそれほど年をとっているわけではないけど、なぜか老いぼれた気分だった。疲れているだけかもしれない。

大学にいたころでさえ、周囲の学生が幼く思えた。わたしにはフルタイムの仕事があった。大学に通うというのは、授業に出て課題を提出し、できるかぎりさっさと帰る、この繰り返しだった。一度社交クラブのパーティに行ったことがある。刑事司法組織の授業でいっしょになった男に熱を上げていたからだ。大きな茶色の目と不気味なほど長いまつげの持ち主だった。三度デートしたけれどうまくいかないとわかって別れた。そしてわたしはケヴィンとつきあうことになった。すてきな人で、彼のおかげで二年と三年はすばらしかった。彼といっしょにいると楽だった。落ち着かせてくれるし、嘘《うそ》をつかれたこともほとんどない。話し、いっしょに出かけ、セックスを楽しみ、愛しあう若いカップルがするようなことを全部した。いずれは結婚するだろうと思った。どちらかが結婚してほしいと言ったわけではなかったけど、彼と結婚している自分を簡単に想像できた。派手に燃え上がったり、ドラマチックでどきどきするような関係ではない。最初のデートから三カ月経《た》ったころから、周囲に熟年カップルみたいだと言われるようになったぐらいだ。ケヴィンは堅実だった。彼といっしょにいるのは楽で、プレッシャーもなかった。

母はケヴィンを気に入らなかった。父が亡くなって一年も経っていないせいで、わたしが安定とか普通の生活を求めているだけだと思ったのだ。当時のわたしはそうは思わなかった。四年になったとき、ケヴィンはカリフォルニア工科大学の大学院に進むことになった。いっしょにパサデナに来てほしいと言われたが、わたしは無理だと答えた。ここには家族がいるし仕事もある。全部捨てることなんてできない。ケヴィンはわかってくれたが、進学のチャンスを逃すことはできなかった。二人とも取り乱すことはなく、みにくい喧嘩《けんか》もせず、泣くこともなかった。最初の数週間は落ち込んだけれど、それからは前向きになった。今ケヴィンはシアトルにいて、技術系の会社で働いている。結婚していて、半年前に双子が生まれた。フェイスブックで見つけたのだ。悲しさもあったけれど、彼のためにはよかったと思った。

つまりわたしは大学生のとき普通の学生がするようなことをしなかった、ということだ。よく大学での〝経験談〟を聞くことがあるけれど、わたしには全然理解できない。

わたしはバーンを見た。「ねえ、社交クラブに入りたいなら入っていいのよ」

バーンは眉を上げた。そして片手を伸ばしてそっとわたしの額にあてた。熱を計っているのだ。「心配だな」

わたしはその手を押しやった。「まじめに言ってるの。やり残したことがあるって思ってほしくないのよ」

バーンは自分を指さした。「プログラマー兼サイバーマジシャンは社交クラブには入らない。ねぐらの暗闇にひそんで、スクリーンの明かりで花咲くんだ」

「マッシュルームみたいに？」

「そういうこと。マッシュルームは花は咲かないけどね。胞子を作るだけだ」

イトウ教授のオフィスのドアが開き、ポニーテールの女の子が書類の束を振りかざしながら出てきた。彼女はこちらをじろりと見た。「Bをつけられたのよ。Bなんて！　クラスでいちばんの論文なのに」そしてつかつかと廊下を歩いていった。

バーンは閉まりかけのドアを手で押さえた。「教授、さっきメールしたんですが」

「入りなさい」男性の明るい声がした。

イトウ教授は身長はわたしと同じぐらいで、年齢は十五歳ほど年上だった。体つきは小さく引き締まっており、重そうなまぶたと黒っぽい目をしている。握手をしてデスクの向こうに座る姿はエネルギーたっぷりで、表情は明るかった。

「どういう用件かな、ミズ・ベイラー？」

「シカゴの大火に関する教授の説についてくわしく知りたいんです。あの火事は牛のせいじゃないとおっしゃってるとバーンから聞きました」

イトウ教授はにっこりして脚を組み、膝の上で両手を組み合わせた。

「歴史家の間ではあまり話題に上らないテーマだ。実際あの研究のせいであからさまに笑いものになったよ。学者っていうのは恐ろしい連中だ」教授は目を見開き、わざと震え上がってみせた。「猛獣だよ。気をつけていないと喉をかっさばかれる」

バーンはにやりとした。バーンがなぜイトウ教授が好きなのかわかった。この研究者は自分を客観視する余裕がある。

「わたしは銃を持っています。困ったことになったら、バーンをドアの前に立たせますよ。廊下にいる学者どもが入り込むのを防いでくれます。誰も邪魔しません」

イトウ教授の目が輝いた。「本当にくわしく聞きたいのかね？　話してくれと言われることなどそうないから、話し始めたら気分が高揚してしばらく止まらなくなりそうだ」

わたしはレコーダーを取り出した。「お願いします」

「驚くべき話だ」教授は椅子の背にもたれた。「まず事実関係を説明しよう。一八七一年の夏は雨が少なかった。木造の建物がほとんどのシカゴは熱気にあえぎ、ほくちのように乾ききっていた。一八七一年十月八日、日曜日。夜になり、誰もが眠りについた。九時を数分過ぎたころ、ダニエル・サリバンは隣人の納屋の窓越しに火が燃えているのを見つけた。その隣人がパトリックとキャサリンのオリアリー夫妻だ。彼は警笛を鳴らし、家畜を助けに向かった。消防士にも知らせが行ったが、彼らは前日に大火事を消し止めたばかりで疲れていた。そのせいで別の家に駆けつけてしまい、本当の火元を見つけたときにはかなりの火勢になっていた。消そうとしたが無駄だった。シカゴは二日にわたって燃え続け、結局は雨で消し止められた。三百人が亡くなり、十万人以上が家を失い、シカゴの中心部は跡形もなく焼け落ちた。正式な原因はわからなかった。のちに火事について記事を書いたシカゴ・トリビューン紙の記者が、オリアリー夫人が飼っていた牛がランプを倒し、干し草に火がついたのが原因だとした。オリアリー夫人は社会からつまはじきにされ、家族によると数年後失意のうちに亡くなったらしい」

イトウ教授は身を乗り出した。そして秘密を打ち明けるような顔つきで手招きした。わたしは顔を寄せた。

教授は声をひそめて言った。「だが牛がやったんじゃない」

「違うんですか？」

「そうだ。牛のくだりは話を大げさにしようとして書き足したと記者があとで認めた。当時、この事件は反アイルランドの風潮を強めた。もう一つ、興味深い事実がある。現地の調査によると、ダニエル・サリバンが立っていた場所から炎が見えたはずがないんだ」

「嘘だったんですね」

「そのとおり！」教授は勝ち誇ったように人差し指を空気に突き刺した。「わたしは学部の卒業論文のテーマをシカゴの大火にした。一度気になると頭の中がそればかりになるたちでね。わたしはシカゴの古い地図を手に入れて、火の回りをせっせと再現した。建物は絵筆にコーヒーをつけて描いた」

「どうしてコーヒーなんか？」

「そのころ、予算内で大量に入手できる染料がコーヒーぐらいしかなかったんだ。金のない学生だったからね」教授は腕組みした。「火事を再現していると、ルームメイトがテーブルでサンドウィッチを作りたいと言ってキッチンに来た。その男は念火力の持ち主で、火元の燃え方が念火力者が同心円状に炎を発生させるときのパターンと気味が悪いほど同じだと言うんだ。つまり、何者かが円を描くようにシカゴを燃やしたということだ。火は風向きに逆らって南北に広がった。燃え広がる速度も魔力の関与を示している。地域全体が一瞬で火にのまれたんだ」

十九世紀の終わり、魔力を引き出す血清の実験は始まっていたが、広く知られていたわけではない。初期の念火力者がシカゴに来た可能性はある。「でもどうしてわざとシカゴに火をつけたんですか？」

教授は片手を上げた。「わたしも自分にそう問いかけた。長々と説明するのはやめよう。手短に言う。イギリスの軍隊は、連邦への支配力を維持するために軍人に血清を投与した。そのうちの一人がラドヤード・エンメンス大佐だ。この大佐はもっぱら〝東洋諸国〟で大英帝国の軍務に就いた。残念ながら、東洋のどの国かまではわからなかったがね。退役後、大佐はシカゴに来た。大佐がどんな能力の持ち主だったのかはわからないが、個人的な日記から、火に関係のあるものだとわかった。大佐にはこの能力について葛藤があったようだ。〝悪魔のような〟この力が一人息子のエドワードに伝わることに悩んでいた。シカゴの大火があった当時、エドワードは十八歳だった。これについて興味深い証言がある。ある著名なシカゴの歴史家によると、街の中心部は火が消えてからも二日近く大変な高熱を保っていたらしい。消防士がようやく焼け跡に入ったとき、そこにエドワード・エンメスがいたそうだ。疲れきり、脱水症状を起こし、すすだらけだったが、怪我《けが》はなかった」

業火の中にいて生き残れるのは念火力の持ち主だけだ。「彼は〝超一流〟だったんですか？」

「そう思うだろう？　違うんだ」教授はにやりとした。「その後彼は〝優秀〟だと判明した」

「〝優秀〟レベルの念火力者にしてはすさまじい力ですね」

「そのとおり」教授は振り向いて書架を眺め、一冊の赤い本を取り出した。「当時のシカゴ警察にいた二十六人の警部補の一人デイビッド・ハリソンは、この火事の火元と原因についてとりわけ興味を示した。ハリソン警部補が何を発見したかはわからない。上層部が捜査結果を握りつぶしたからね。だが何年も経ってから警部補はジョン・シェパードというペンネームで犯罪小説を発表し始めた」教授は本を開いた。「『悪魔の火』。父親所有のきわめて貴重なアフリカの工芸品を盗み、それを使ってボストンを焼け野原にした若い男の話だ」

教授はそのページをわたしに見せると、本をぱたんと閉じた。

「フレデリック・ヴァン・ペルトという男が、死の床でこんなことを告白している。若いころ三人の友人といっしょにエドワード・エンメンスと出会い、エドワードが父親から奪った魔術的なアイテムを使って驚くべきことをするのを見た、と。五人はある納屋で落ちあい、地元の男に金を払って見張りをさせたそうだ。あの火事のあと、工芸品は三つに分解され、それぞれ隠されたらしい」

わたしは知っている事実をつきあわせた。「つまりこういうことですか。ラドヤード・エンメンスはアジアのどこかから工芸品のようなものを持ち帰った。その数年後、彼の息子が友達をあっと言わせようとしてそれを使い、コントロールできなくなってシカゴを焼け野原にしてしまった」

教授はしばらくじっとわたしの顔を見ていたが、やがてにっこりした。「そうだ」

「卒論はどうなりました？」バーンがきいた。

「わたしは何週間もかけて天使もうれし泣きするほどの論文を仕上げた。そして最後に教授たちの前で論文を発表した。教授たちは発表を聞いてうなずき、大学院の奨学金の話を持ち出した。入学は許可されるし、すべての費用は奨学金でまかなわれるというんだ。ただ一つ、ちょっとした条件があった――論文を出版しないこと。公共の利益に反するから、とのことだった」

「賄賂だったんですね」

教授は身を乗り出し、言葉を強調するようにデスクの上の本を指先でたたいた。「わたしはその話を受けた。貧しくてほかに選択肢がなかったからね。今ならまったく別の理由で受けるだろう。魔力増幅のためのアイテムは以前から議論されてきた。血清の力を借りなくても魔力を使えることがあるのはわかっているし、魔術的なアイテムを作るのが可能なのも知られている。魔力を強めるアイテムが存在する可能性はたしかにあるんだ。もしそんなアイテムが発見されたら、そこからは悲劇しか生まれない。もしそれをコントロールできるなら、〝超一流〟の手に渡ってすさまじい破壊力を持つ武器となるはずだ。コントロールが不可能なら、コントロールしようとする者は天災を引き起こすだろう。この仮想アイテムは発見されないほうがいいんだ。我々にとっては教訓であり、帝国主義の遺産だ。他国から宝を盗んでもいいことは何もない」

エドワード・エンメンスは三番目のレベルである〝優秀〟だったにもかかわらず、シカゴを焦土と化した。アダム・ピアースは〝超一流〟だ。もしアダムがそんなアイテムを手に入れたら無敵になる。冷たい不安が体に走った。そのあと地上にいったい何が残るだろう？

「そのアイテムがなんなのかわかりますか？」バーンがきいた。

教授は暗い顔で首を振った。「わからない。ずっと前から探してるが、見つからない。

どこで作られたものかもわからないんだ。おそらく極東か中東のものだろう。だがこの地域の文化は深く複雑だ。干し草の山の中から針を探し出すようなものだよ」

わたしは携帯電話を取り出して教授に例の宝石飾りの写真を見せた。「こういうものという可能性は？」

「なくはない」教授は顔をしかめ、両手を広げた。「東洋、つまり〝東〟というのは現在の視点で考えると時代遅れの区分だ。その言葉は年月を経るうちに別の意味を持つようになった。一八〇〇年代、東洋はインド、中国、極東を意味したが、中東を忘れるわけにはいかない。エンメンス家に伝わる書類を手に入れることができればもっと多くを語ることができるんだが、あの一族の子孫はわたしと話したくないと言っていてね」

「この宝石飾り、何に見えますか？」質問するだけなら問題ないはずだ。

「古いテレビのアンテナかな？」教授は顔をしかめた。「残念だが役に立てそうにない」

「いろいろ教えてもらって助かりました。最後に一つ質問です。先生の学部で、例のアイテムについて話をできる人はいますか？」

教授はにやりとした。「マグダレン・シャーボだ。残念ながら彼女は今教育関係の奉仕活動でインドに行っている。メールを出してもいいがアクセスできる環境はあまりない上、彼女はめったにメールをチェックしないんだ。返事が一カ月後になってもおかしくない」

「念のため、アドレスを教えてもらえますか？」バーンが言った。

教授は黄色いポストイットにメールアドレスを書いてバーンに渡した。

「助かります」わたしはお礼を言った。

「例のアイテムが姿を現すかもしれないのかね？」

「わたしはそう思ってます」

教授の顔からユーモアが消え失《う》せた。彼は財布を取り出して中から写真を取りだした。アジア系の女性と二人の男の子が大きな木の前に立っている。男の子たちは教授にそっくりで、目に知性といたずらっぽさが輝いている。

「妻と子どもたちだ」

「すてきなご家族ですね」

「わたしたちはこの街に住んでいる。もし魔力増幅のアイテムが発見されて誰かがヒューストンで使おうとしたら、死人が出るだろう。シカゴの大火では三百人が命を落とした。ヒューストンの人口密度は二十世紀初頭のシカゴの何倍もある。もしそのアイテムが悪意のある者の手に落ちたら、死者数は跳ね上がるだろう」教授はその写真をわたしのほうによこした。「大惨事につながりかねない危険な徴候を発見したからには、それに背を向けることは許されない。きみには人としての義務がある。わたしに対して、わたしの家族に対してね。この危険な知識を扱うことで、きみは我々の命に対しての責任の一端を負うことになる。それを心に留めておいてくれ」

　わたしたちは教授のオフィスを出て、夕日に照らされた駐車場を歩いていった。

「警察に届ける？」バーンが言った。

「もし話すとしても、これが本当に重大な事態だとわかってもらうチャンスは一回しかないわ。わたしたちが正しくて、アダムが魔力増幅のアイテムを持っているとしたら、大規模な避難が必要になる。ちゃんとした証拠がなければ警察は動かないでしょうね。今わたしたちが持っているのは、一人の学生の出版されなかった卒業論文の仮説と、アクセサリーに似たよくわからない飾りの写真だけ。やってみるのはかまわないけど、ちゃんとした証拠がなきゃ」

「じゃあ、これからどうする？」

「家に帰って調べましょう」朝になってもなんの結果も出なかったら、エンメンス家に書類を見せてもらえるようローガンに頼むつもりだった。イトウ教授の言っていることは正しい。エンメンス家の人たちは教授やわたしとは話をしないだろうけど、メキシコの虐殺王となら話すはずだ。

　わたしはキッチンのテーブルに集まった家族を見回した。二人の姉妹、二人のいとこ、母、祖母。シカゴ大火のあらすじと、それにまつわる魔力増幅のアイテムのことを説明したところだ。

「このアイテムを調べるのを手伝ってほしいの」わたしは言った。

「宿題があるんだけど」カタリーナが言った。

アラベラがカタリーナをにらんだ。「本気で言ってる？　生まれてから一回ぐらいまともなこと言ってみれば？」

カタリーナはむっとした。「そんなこと言われる筋合いないわ」

「理由が必要ならわたしが手紙を書くから。とにかく時間がないし、手伝いが必要なの」わたしはノートパソコンをみんなの前に差し出した。「これは、エンメンスがおそらく軍務に服していた一八五〇年当時の大英帝国の地図よ」わたしは謎の宝石飾りの画像を出した携帯電話をそのそばに置いた。「探しているのはこれ。もっと大きいなんらかの工芸品の一部だと思うの。地域ごとに手分けしてこれに似た工芸品を探してほしいのよ。カタリーナとアラベラは中国ね。レオンはインド。バーンはエジプト。ママはトルコとアラビア。わたしは極東。おばあちゃんは好きなチームに入って。それから、これについては誰にも言わないこと。フェイスブックもインスタグラムもだめ。ヘラルドはとくにだめよ」

みんなそれぞれの場所に散っていった。

わたしはオフィスにこもった。ここは静かで気持ちがいい。オイルウォーマーのキャンドルに火をつけ、ローズゼラニウムのオイルを入れて、仕事にとりかかった。

干し草の山から針を探すという言い方では生ぬるい。わたしは画像検索を試し、ウィキペディアを調べ、ネット上の博物館のギャラリーを見て回った。

何もない。

とうとう頭が痛くなってきた。わたしはデスクから離れ、目をこすり、時計を見た。九時十七分。もう二時間も調べ続けているのに、なんの成果も出ていない。例の謎の工芸品の一部が、マッド・ローガンというドラゴンの巣の奥深くに安全に隠されているのは不幸中の幸いだった。

彼に触れられたときの不思議な記憶がよみがえり、肌がぴりぴりした。あのときのわたしはどうかしていた。ギャレリアのあの場所で、彼とまずいことになるところだった。ハーパーがあんな目にあったのを見たのだから、逃げ出すのが正解なのに。不良に惹《ひ》かれるのはわかる。でも悪い男に惹かれるのは意味が違う。マッド・ローガンは本当に悪い男だ。ほしいものがあれば、お金を積むか、説得するか、あるいはただ取り上げる。そのほしいものの中にわたしが入らないようにしなければいけない。もし彼がそんな気持ちになったら、言いなりになるしかないからだ。それは困る。

いや、困らない。そのほうがもっとまずい。このオフィスにマッド・ローガンがいきなり現れ、たくましい腕でこの椅子から抱き上げられて寝室に連れていかれ、ベッドに投げ出されたら、わたしの中の半分はそのまま喜んで先に進みたいと思うだろう。きっとすばらしいに違いない。鍛え抜かれたたくましい体を見て触れるだけでも、大人になってからの甘い経験のトップになるはずだ。

残りの半分は激怒するだろう。彼はとんでもない男だ。〝命を助けてくれてありがとう〟とも言わないし、大丈夫かどうか心配もしない。その上、血まみれで息も絶え絶えのわたしが歩道にしゃがみ込んで描いた魔法陣をばかにした。

リッチでハンサムな〝超一流〟マッド・ローガンが自己中心的なろくでなしだというのは間違いない。問題なのは、彼に名前を呼ばれたりこちらを見られたりするたびに、現実に戻るのに十秒もかかってしまうことだ。

これはただの肉体的な快楽とも、今日肌に感じたうっとりするような感触とも関係ない。彼が集中したときにその体からは断固とした強烈な意志が発散される。セックスのとき彼はすべてを捧《ささ》げるだろうと女の本能が告げている。ほかの男が戦うときのようにセックスするのだろう。たとえ数分だけでもいいから世界中の何よりも自分だけを見てほしい。彼のすべてがほしい。心も体も自分のものにしたい。

問題なのはそこだ。マッド・ローガンは決してわたしのものにはならない。彼が最終的に相手に選ぶようなタイプの女じゃないからだ。お金の有無など関係ない。わたしはちゃんとした血筋の子孫ではない。〝超一流〟は魔力のために結婚する。わたしの魔力は彼とはレベルが違うし、種類も適切ではない。マッド・ローガンの力は基本的に念動力で、テレパシーはそれほどでもない。彼が求めるのは念動力かテレパシーの持ち主だ。わたしの魔力は意思系で、ぴたりとあてはまるジャンルがない。ローガンに本気で愛されないかぎり、彼を手に入れる可能性はない。彼の辞書に本気の愛なんて言葉はないはずだ。もしわたしが身を差し出せば、拒否されることはないだろう。わたしは若くて美人だし、彼は決まった相手はいない。おそらくいないと思う。もしいたとしても、それで思いとどまることはないだろう。ひどい考え方だけど。

現実的に考えて、彼との関係が進んだとしてもわたしが得られるのはめくるめくセックスの二晩というところだ。

でもその価値はある。

いや、やっぱりだめだ。わたしは自分をよく知っている。彼から離れられなくなるだろう。距離を保つのは難しい――彼のすべてがすばらしいのだから。あんな人が自分の生活圏に入ってくること自体、なかなかないことだ。あんな深みにはまったら溺れてしまう。でも溺れるわけにはいかない。わたしには家族がいるし、仕事もある……。

電話が鳴った。

思わず跳び上がった。

わたしは携帯電話をつかんだ。「もしもし？」

「やっとつかまったな、ミズ・ベイラー」オーガスティンのきびきびした声が聞こえた。

ああ、いやな電話だ。

「なんの用ですか?」

「今朝の事件についての報道を見た。この前会ったとき、言葉が足りなかったようだ。〝アダム・ピアースを捕まえて一族のもとに連れ戻す〟、これのどの部分がわかりにくかったのか教えてくれ」

最低の皮肉だ。「モンゴメリー国際調査会社からなんの情報も助力もなくやり遂げなければならないところですね」

「ピアース一族は気に入らないと言っている。高価なオフィスビルの賠償金を背負わされた上、将来的に何件か訴訟を起こされそうだからな」

「アダムが〝超一流〟と判明した時点でその可能性を考慮しておくべきでしたね。息子を甘やかして未熟なエゴイストに育てさえしなかったら、こんなことにはならなかったでしょうから」

「ミズ・ベイラー」

誰かが玄関をノックした。「ちょっと失礼します。すぐに戻ります」

わたしはつかつかとドアに歩いていってモニタをチェックした。マッド・ローガンだ。

わたしは勢いよくドアを開けた。

マッド・ローガンがカーネーションの花束を抱えて外に立っていた。大きくて重そうな花がついている。つややかな深紅で、中心近くは色が濃くなって黒に近い。縁に鮮やかな赤の線が入っている。まるで血に浸したみたいだ。

マッド・ローガンはどうだと言わんばかりの目をしていた。

わたしは花を見て彼の顔を見、ドアを閉めた。

いいえ、ちょっと待って。

わたしはドアを開け、花束を取り、ドアを閉めて鍵をかけた。これでいい。死ぬような目にあったのだから、カーネーションを奪えば少しは気が晴れるかもしれない。わたしは意気揚々とオフィスに戻り、携帯電話のボタンを押した。

「すいません」

「わたしを待たせたな」オーガスティンの声はメキシコ湾を凍らせるほど冷たかった。

わたしはカーネーションの香りをかいだ。すてきだ。「はい。来客だったので、アダムかもしれないと思って」

この花をいけるものを探して部屋を見回した。あったのは、ビー玉がいっぱいにつまった高さのあるきれいなグラスだ。オフィスにうるおいがほしいと思って置いたものだ。わたしはビー玉を引き出しに空け、クライアント用に置いてある水のボトルを開けてグラスに入れ、カーネーションをさした。完璧だ。

「自分の状況の深刻さがわかっていないようだな」オーガスティンが言った。

家が揺れた。家全体が一秒震えて止まった。

「言っておきますけど、この四十八時間でうちは放火のターゲットになったんです。そのあと玄関先で車が爆発しました」

家がまた揺れた。マッド・ローガンが揺らしているのだ。なんてことだろう。

「そしてわたしは絞め殺されそうになり、車をぶつけられそうになり、生き埋めになりかけました。状況の深刻さならわかってます」

家がぐらぐら揺れている。

「アダムは一族に恥をかかせた。この件はもはやきみだけの問題ではなく……」

揺れはおさまらない。

「……我が社の評判にもかかわることで……」

「ちょっとだけ失礼します」

「ミズ・ベイ――」

わたしはつかつかとドアに歩いていって開けた。マッド・ローガンがにっこりした。わたしはオフィスのほうを指さした。彼は入ってきた。わたしはドアに鍵をかけた。マッド・ローガンはオフィスに入って椅子に座った。たちまちオフィスが縮んだように見えた。さっきまでは広々としていたのに、今は彼しかいない。

わたしはまたボタンを押した。「もしもし」

「もう我慢の限界だ」オーガスティンはダイヤモンドのように正確な切れ味で言った。

「ピアース一族に報告しなければならない。きみの捜査がなんの進展も見せていないことを。きみのせいで我が社は無能呼ばわりされる」

わたしは体が震えるのを感じた。「本当のことを言ったらどうですか。わたしに仕事を振ったのは失敗を期待していたからだ、って。わたしが失敗したらうちの事務所を取り上げられますからね」

「きみに事務所を続けるチャンスを与えようとしたんだ」

「あとでかけ直すそうだ」マッド・ローガンが言った。

「なんだと？」

「電話はあとにしてくれと言ったんだよ、パンケーキ野郎。ネバダは今忙しいんだ」マッド・ローガンは電話を切った。

「パンケーキ野郎？」

「あいつがハーバードの神秘クラブに入ろうとしたとき、入会テストで大食い競争をさせられた。その年はパンケーキで、奴《やつ》は勝って入会を認められた。だがそれから半年、パンケーキを見るたびに気分が悪くなったらしい」ローガンはにっこりした。「においをかいだとたん、部屋から逃げ出してたよ」

「とにかく、そのパンケーキ野郎はうちの事務所を担保に押さえているの。勝手に電話を切ってもらっちゃ困るわ」

「あいつの話はくどい」

「あなたたちは自分の何が悪いのかわかってる？　あなたたち、っていうのは〝超一流〟の人たち、ってことだけど」

「きみが教えてくれるんだろう？」マッド・ローガンはうっとりした顔で身を乗り出した。

「問題は、誰もあなたたちにノーと言わないことよ。したいことはなんでもできると思ってるし、行きたいところはどこでも行けると思ってるし……」

「誰でも誘惑できると思ってる」マッド・ローガンはいたずらっぽくほほえんだ。

せっかく高速道路を飛ばしていたのに、一般道に下りるわけにはいかない。「あなたは人の命をなんとも思ってない。警官がやってきたら、手を振りさえすれば追い返せるわ。なぜならあなたは〝超一流〟で、わたしは事実上ごみも同然だからよ」

「おもしろいほど皮肉が利いてるな」

「何が皮肉なのかわからないわ」

「説明してもいいが、それじゃ楽しくない」

「なんなら、もっとうぬぼれてもいいのよ」

マッド・ローガンは肘をついたまま身を乗り出した。「そうだな。花は気に入ってくれたみたいだし」

わたしは突然カーネーションを燃やしたくなった。「あれはすてきよ。あなたが買ったからって花に罪はないわ」わたしはテーブルの上に体を乗り出した。「ミスター・ローガン――」

「マッド・ローガンだ」

「ミスター・ローガン、はっきり言わせてもらうわね。あなたはわたしを囮《おとり》にしてアダム・ピアースを見つけ出そうとしているし、わたしはあなたを利用してアダムを捕まえようとしている。そしてわたしはあなたを危険だと思ってる」

「堅苦しいな」

「じゃあくだけた言い方をするわね。協力して仕事を成し遂げたら、わたしたちは別々の道を行くの。花のプレゼントはやめて。わたしたちはそういう関係じゃない」

彼は笑った。心底おもしろがっている笑い声だ。「本当に怒ってるんだな」

怒っているのは本当だったけれど、それを口にしたら気持ちが揺れているのを認めることになる。「いいえ、プロとしての関係をだめにしたくないだけよ。今日はもう遅いし、疲れたわ。アダムの件以外に話すことがないなら、帰って」

「今日はおれの命を助けてくれてありがとう。もっと早く礼を言うべきだったのに、言ってなかった。きみのすばらしい魔法陣がおれを守ってくれた」

へたくそだとけなしたくせにと言おうとしたとき、ドアにノックの音がした。今夜はどうしてこんなに訪問者が多いのだろう。

わたしは玄関に行ってモニタをチェックした。銀色のスーツを着て、完璧な顔に眼鏡をかけたオーガスティン・モンゴメリーだ。信じられない。

「誰だ？」マッド・ローガンが背後から近づいてきてわたしの肩越しにのぞき込んだ。近すぎるほどすぐそばに立っている。

パンケーキ野郎を中に入れたくなかったけれど、ボスなのに変わりはない。わたしは鍵を開けた。

オーガスティンは氷のような目でわたしの肩の後ろを見つめた。「ここで何してる？」

「砂糖を借りようと思って寄ったんだ」マッド・ローガンが答えた。

「きみはここにいるべきじゃない」オーガスティンはわたしを見た。「こいつを追い出せ」

「ずいぶん早かったな」

「運転しながら電話してたんだ」

オーガスティンの背後にエレガントなシルバーのポルシェが一台だけ駐車場に駐《と》まっていた。うちは車を吹き飛ばされても簡単には買い換えられないので、車は全部家の中に入れたのだ。

「ここに駐めないほうがいい」マッド・ローガンが言った。「昨日レンジローバーを駐めておいたら爆発した」

オーガスティンが口を開いた。

ドアを開けたまま立ち話をしていたら、母が様子を見に来るだろう。相手がうちの家族を不幸のどん底に突き落としたオーガスティン・モンゴメリーだと知ったら、撃ち殺すに違いない。

「中にどうぞ」わたしはうなるように言った。

わたしは二人をオフィスに案内した。オーガスティンはカーネーションを見てまばたきし、マッド・ローガンのほうを向いた。「で、きみはギャビンのためにこの件にかかわることになったんだな？　どうして急に親戚の心配を始めた？　きみらしくないぞ」

マッド・ローガンはオーガスティンをうかがった。「どうして眼鏡をかけてる？　視力が完璧なのはわかってる」

始まった。そのうち二人ともどちらが大きいかファスナーを下ろして比べあうことになりそうだ。

「おとなしく隠退生活を送っていればよかったんだ」オーガスティンの口調は皮肉っぽかった。

「その髪はどうした？」マッド・ローガンが眉を上げた。「かなりの幻覚力だな。何を隠してる？　若くして禿《は》げてるのか？」

オーガスティンがこちらを向いた。「きみはこの男のことをわかってない。こいつはとてつもなく危険だ」

マッド・ローガンはオーガスティンの髪に手を伸ばしかけてやめた。「触ってもいいが、指が切れそうだ」

「いいか」オーガスティンの声は爆発寸前のように震えている。「きみはこの男とのかかわりを制限する必要がある。我々は危ういバランスの上に暮らしている。そのバランスの核となるのは家族だ。この男は自分の家族にもほかの誰にも責任を感じていない。こいつが何にかかわっているか、きみには想像もつかないだろう」

それこそが〝超一流〟の困ったところだ。

「ネバダがかかわりを制限する必要があるのはおまえのほうだ」マッド・ローガンが言った。「この事務所を取り上げるつもりだそうだな」

オーガスティンは眼鏡をはずした。「彼女を経済的な窮地に追い込んだかもしれないが、きみのように自分の都合で命を奪ってそれをあとでジョークにするなんてことはしない」

オーガスティンはわたしにアダム・ピアースを追えと命じたが、それは死刑宣告も同じだった。

オーガスティンは続けた。「きみにはルールというものがない。義務や名誉や自己犠牲がなんなのか、まったくわかっていない」

マッド・ローガンが目にも留まらない速さで動いた。オーガスティンは背中から壁にぶつかった。マッド・ローガンは左腕をその首にめり込ませ、押さえ込んだ。その目は冷たく容赦ない。

「おまえは大学卒業後居心地のいいオフィスに座って一族の仕事を覚えた」威嚇のにじみ出るその声を聞いて、わたしはうなじの毛が逆立った。「おまえの言うご立派な自己犠牲とやらがそれだ。おまえが贅沢《ぜいたく》な繭にぬくぬくとくるまって自己憐憫《れんびん》にふけってる間に、全財産をはたいてもきれいな水一口すら買えないジャングルでおれは六年間血を流し、飢えていたんだ。見も知らない人たちが平和に眠るためにな。おまえに自己犠牲の何がわかる？　目の前で誰かの頭に弾があたってはじけ飛ぶのを見たことがないだろう？　そのあと自分にかかった肉片を払い落として歩き続けるんだ。少しは口を慎んだらどうだ？」

部屋が暗くなった。壁に黒いふくらみがいくつも現れた。背筋に恐怖が走った。壁の中にいるのがなんであれ、邪悪で危険なものだと本能が叫んでいる。それが壁から飛び出してきたら逃げなくてはいけない。

「わたしを脅迫する気か」オーガスティンが絞り出すように言った。「後悔するぞ」

マッド・ローガンの目に狂気と暴力が燃え上がった。「おれが人を殺してジョークにすると言ったが、試してみようじゃないか。ちょうどいいジョークを考えついたんだ」

黒いふくらみが割れた。黒い触手が壁から飛び出し、のたくっている。もしこれが幻覚なら、見たこともないほどリアルだ。わたしはパニックに襲われ、動くこともできなくなった。いったいどんな力を使っているのだろう？

部屋の中のものが空中に浮き上がった。ローガンが武器になるものを探しているのだ。やめて。ここはわたしの家よ。家がつぶれたら家族が危険にさらされる。

パニックの冷たい鎖が切れた。「もうやめて」わたしは叫んだ。

二人の男は驚いた。オーガスティンが顔をしかめた。「よくも……」

「二人とも何を考えてるの？ ここは勝手に壊していいバーじゃないわ。わたしの仕事部屋で、家なの！ ここから数十メートル先で子どもが寝てるのよ」

ろうそくの火が吹き消えるように黒い影が消えた。ローガンはオーガスティンから手を離した。

「ネバダ？」背後で母の声がした。

わたしは肩越しに振り返った。廊下に母と祖母が並んで立っている。母はショットガンを持っている。祖母は携帯電話だ。

「誰もいない部屋で何を叫んでいるの？」母がたずねた。

オーガスティンが幻覚力を使ったに違いない。わたしはオーガスティンをにらんだ。

「やめて」

彼は顔をしかめた。祖母が息をのんだ。母と祖母には、マッド・ローガンとオーガスティン・モンゴメリーが突如オフィスに姿を現したように見えたのだろう。

「この家から出ていって」

母はがちゃっと金属音をたてて弾を装填した。

二人の男はオフィスから出ていった。祖母は携帯電話を上げて写真を撮った。ドアが閉まった。わたしは椅子に倒れ込んだ。

母はカーネーションを見た。「何かわたしに隠してない？」

わたしは首を振り、携帯電話を手に取った。「バーン？　全部録画してたわよね？」

「もちろん。ハードコピーを取って二つのリモートサーバに上げておいた」

「よかった」もしあの二人に対して禁止命令を出す必要に迫られたら、少なくとも証拠はたっぷり提示できる。〝超一流〟だろうがなかろうが、これを見たらどんな判事も禁止命令を認めてくれるだろう。

誰かが寝室のドアをノックした。目を開けると、ベッドに座って枕にもたれ、膝にパソコンをのせたままだった。時計を見て驚いた。午前五時半。真夜中を過ぎたころ、眠くなってきたので寝室に移った。そしてそのまま寝てしまったのだろう。長い一日だったから。

「どうぞ」

ドアが開いてバーンが紙の束を持って入ってきた。

「あいつらがいろいろプリントアウトしたんだ」バーンは紙をベッドに置いた。その目は赤く、顔はげっそりしている。

「ずっと起きてたの？」

バーンはうなずいた。「見直してたんだ。例のものはエジプトでも日本でも中国でもない。それは確実だ。レオンがインドを調べてたんだけど、寝ちゃってね。だから……」バーンはあくびした。

「寝てきなさい。インドはわたしがやるから」

バーンは簡易ベッドに腰を下ろした。子どものころわたしが使っていたベッドだ。ときどき妹たちといっしょに部屋で映画を観《み》るとき、二人とも決まってここで寝てしまう。

「一分だけ座らせて」

「もちろん」

わたしは書類をめくった。さまざまな工芸品の記事のプリントアウトだ。いたずら書きのようなもの。炎に盾をかざす騎士の絵。「なかなかの成果ね」わたしはバーンに見せようと振り返った。バーンはベッドの上で眠り込んでいた。

かわいそうに。

わたしはキーボードをたたいてパソコンのスリープモードを解除した。よし、インドを調べよう。

レオンはメモ書きに検索文字列を残していた。インド、工芸品、エンメンス……三十五以上もある。わたしはため息をついた。レオンは手抜きがない。

　さて、爆発の前にあの消防士はなんて言ってたっけ？　光明の入り口とか光明のドアとか……わたしは〝インド〟〝工芸品〟〝光明〟と入れた。検索エンジンが映像の検索結果を表示した。ネイティブアメリカンのものが多い。それなら、〝ヒンドゥー〟〝工芸品〟〝光明〟ならどうだろう？　出てきたのは、花や古代の神殿やモザイク、ピンクの花の上に座る四本腕の神のイラスト、象の顔を持つ神の金属像などだった。気が遠くなりそうだ。わたしはスクロールを続けた。城砦《じょうさい》を川に囲まれた都市、石英のかけら、額に白い線の入った青い神……。

　おっと、ちょっと待って。

　わたしはその絵をクリックした。青い肌を持つりりしい男性のイラストだ。男性は片手を上げてこちらを見ている。額に二本の白い線が描かれ、楕円《だえん》を形作っている。わたしは携帯電話を手に取って例の画像を出した。まさしく同じ形だ。胸がどきどきした。外郭線の上に何かのっているけれど、絵が小さすぎてよくわからない。わたしはその画像のページのリンクをクリックした。アンティークのビーズを販売するサイトだ。

　タイプする手がまるで宙を舞っているかのようだ。〝ヒンドゥー〟〝神〟〝青い肌〟画像の検索結果が出てきた。これは違う、これも違う、これだ！　まさに同じ絵だ。わたしは絵をクリックしたが、そのウェブサイトはもう存在しなかった。くそっ。

　わたしはスクロールを続けた。ゲームに関するサイトが出てきた。画像をクリックする。

シヴァ。これで名前がわかった。いくつもの文章が並ぶ。ヒンドゥー教の神話における最高神。主な特徴は、首に巻きつけた蛇と第三の目……第三の目！

画像をクリックしたとき、わたしは呼吸を忘れた。あった。額に宝石飾りをつけたシヴァ神の像だ。横になった二つの楕円の形に白っぽい宝石が並び、その上に真っ赤な目が縦に重なっている。目の中心の瞳の部分には輝く宝石がはめ込まれている。写真は何十種類もあった。

わたしは見つかった事実を一つ一つ追っていった。シヴァ神、三つの目。右目は太陽、左目は月、第三の目は炎。炎？　愛の神カーマが瞑想《めいそう》中のシヴァの気を引こうとしたとき、シヴァは第三の目を開いた。そこから炎が噴き出し、カーマを焼き尽くした……ああ、ひどい話だ。サイトはもっとあった。シヴァの怒りで第三の目が開いたとき、すべてが灰と化す。破壊神シヴァ。世界の師として、第三の目が無知を滅ぼす。その体は火柱と化し、ほかの神々にみずからの偉大さを示す。

すべてがあてはまった。エンメンスはシヴァ神の像の一つからこの飾りを見つけたに違いない。結果としてそれは本物だった。もしアダム・ピアースがこの飾りを手に入れたら、彼も火柱となり、わたしたちは彼とともに燃え上がるだろう。

「ネバダ？」ドア口に母が現れた。

「しいっ」わたしはバーンを指さした。

母は部屋に入ってきてベッドの隣に座った。

「調査はどう？」

「見つけたわ」

わたしは母にウェブサイトを見せた。母の顔はどんどん暗くなった。

「アダムの目的はすべてを焼き尽くすこと？」

「わからない。でもママはみんなを連れて数日ヒューストンを離れたほうがいいと思うわ」

母はわたしを見ている。「そうすればあなたは楽になる？」

「ええ」わたしは喧嘩を覚悟した。わたしはただ家族が焼け死なないようにしたいだけだ。

「わかったわ。荷造りして出発する」

「ありがとう」

「それであなたの肩の荷が少しでも下りるならね」母は口をつぐんだ。「マッド・ローガンとは仕事を続けるつもり？」

「ええ。彼はアダムを連れ戻すための唯一の希望だから」

「ネバダ、あの人はどれぐらいお金持ちなの？」

わたしは顔をしかめた。「どうかしら。バーンが調べたんだけど、〝恐ろしいほどリッチ〟だと言ってたわ。数百万ドルというところじゃない？　それとも数億ドルか」

母はあえて顔に感情を出さなかった。「で、恋人はいないのね？」

「さあ、知らない。マッド・ローガンはその言葉をとても自由に解釈する人みたいに思えるけど。どうしてそんなことをきくの？」

「窓の外を見て」

わたしは起き上がり、バーンを起こさないよう気をつけながら窓際に行った。駐車場が真っ赤なカーネーションで埋まっている。明るい赤、暗い赤、紫に近い赤の花がプランターに並んでいる――数百、いや、もしかしたら数千本のカーネーションが、プランターとプランターの間に置かれた小さな赤い照明を受けて輝き、一つの大きな美しいカーネーションを作り出している。

わたしははっとして口を閉じた。

「二時ごろ届いたの」母が言った。「花を積んだトラック二台と八人の作業員よ。ほとんど三時間かかったわ――ついさっき帰ったばかりよ」

「どうかしてる」あの人、いったい何を考えてるんだろう？

「よけいなお世話だけど、あなたたちつきあってるの？」

わたしはくるりと振り向いた。「とんでもない。違うわ」

「彼はそれを知ってる？」

「ええ。花は持ってこないでってはっきり言ったの。だからこんなことをするのよ。笑える冗談だと思ってるんだわ」

母はため息をついた。「カーネーションが一本一ドルだとしても、あそこには五千本ぐらいある。それに加えて手間賃と夜間割増料金。たっぷりお金を払ってこの作業だけに集中させたのよ。これは冗談なんかじゃない。ちゃんとした中古車が買えるぐらいの金額だもの」

「ソファの間に落ちてた小銭を使ったのかもね」わたしはウルトラモダンな家具の中から小銭を探すマッド・ローガンを想像した。「車の部品はいらないって言っておけばよかった。そうすればへそを曲げて戦車を丸一台くれたかもしれないし、おばあちゃんはさぞ喜んだことでしょうね」

「あなたの人生だからいいけど」母は言った。「ただ、あなたがマッド・ローガンみたいな人といっしょにいるのが想像できないだけ」

つきあう相手のことをあれこれ指図されるのはごめんだ。わたしは母にウインクした。

「じゃあ、どんな人を想像してるの?」

母は困って顔をしかめた。「どうかしら。背が高いスポーツマンタイプ」

わたしは噴き出した。「それだけ? 義理の息子に求める条件が? マッド・ローガンは背が高いスポーツマンタイプよ」

母はいらだったように手を振った。「わたしたちと同じ種類の人ってことよ。普通の人。

お金と魔力の血統は呪いのようなものよ。それは間違いない」

「ねえ、マッド・ローガンとどうにかなるつもりはないわ」わたしは窓にもたれかかった。

「あの男はわたしを誘拐して地下室に鎖で縛りつけた。その上ノーが通じない。感情的にも性的にもかかわるのは避けたい人よ。あの人にはブレーキがないし、あの魔力……まるで……まるで……」

「ハリケーン?」

「そう。まさにそんな感じ。これからも彼とは距離を取ってつきあうつもりよ」

「あのカーネーション、どうすればいいと思う?」

「さあね」わたしは笑った。「あとで考えましょう」

母は首を振って部屋を出ていった。

わたしは窓を開け、眼下の赤い海を眺めた。風のにおいはカーネーションそのもので、繊細だけれど、すばらしい何かを予感させる刺激がある。本当にゴージャスだ。どうしてマッド・ローガンはこれをくれたのだろう? きっと何かの罠《わな》か賄賂だ。謝罪かもしれない。それはわからないけれど、この先何年生きたってわたしに五千本のカーネーションをくれる男性は現れないだろう。一度しか出会えない奇跡だ。わたしは立ったまま香りを吸い込み、広がる夢に身をまかせた。

13

わたしはノートパソコンと携帯電話とバーンという武器をたずさえてモンゴメリー国際調査会社の鮫《さめ》のひれのようなビルに入っていった。エレベーターに向かいながら、バーンはウルトラモダンなロビーを見回した。感心しているようには見えない。

「マッド・ローガンも来ると思う？」バーンがきいた。

「来てほしいんだけど」彼には家を出る前にメッセージを送っておいた。〝アダムのもくろみがわかった。九時にモンゴメリー国際調査会社のオーガスティンのオフィスで〟返事はなかった。わたしたちにはローガンが必要だ。わたしとバーンだけではとても手に負えないし、オーガスティンが誰の味方なのかはっきりしない。オーガスティンとローガンはあきらかに仲が悪いけれど、ローガンだってアダム・ピアースを捕まえたいと思っているはずだ。わたしが知るかぎり、オーガスティンはアダムを助け、その裏で糸を引く謎の人物を助けている。

エレベーターは十七階に向かった。わたしは携帯電話をチェックした。九時三分前。エレベーターから出ると受付嬢がドアのところで出迎えて案内してくれた。

彼女はわたしのほうを見た。「マッド・ローガンと仕事してるんですって?」

「そうよ。もう来てる?」

「ええ。身辺整理はできてる? ほら、もしものときに備えて」

バーンの目がまん丸になった。

「叔父と叔母は葬祭場を経営しているの。助けが必要なら知らせて。準備しておくに越したことはないわ。家族の重荷にならなくてすむし」

わたしが何も言えないでいると、廊下が終わり、オーガスティンの寒々しいオフィスに入った。オーガスティンはデスクの向こうに座っていた。髪も服もそれ以外も完璧すぎるほど完璧だ。マッド・ローガンはその向かいの椅子に座ってコーヒーを飲んでいる。たくましい体は手袋のようにぴったり合ったダークスーツに包まれている。一安心だ。とりあえず二人とも互いの喉を引き裂きあってはいない。

わたしはオフィスを見回した。

「何を探している?」オーガスティンがきいた。

「血糊《ちのり》とか、ちぎれた手足とか」

「昨夜きみが見たのは個人的なものだ」マッド・ローガンが言った。「これはビジネスだ。ビジネスとなると、我々は人並み以上に礼儀正しい」

「我々？」

「一族の首領であり相続人である者だよ」マッド・ローガンが言った。

「きみのメッセージを読んだかぎりでは、新しい発見があったようだな。我々はどちらもアダム・ピアースを追っている。意見の相違は喜んで棚上げにしよう。だいたい、我々は喧嘩《けんか》の場所に企業の本部は選ばない」

「そのとおり」オーガスティンが言った。「我々は殺し合いの前に礼儀を尽くす」

そういうことならこちらの話を聞いてもらおう。わたしはデスクにノートパソコンを置き、シヴァ神の第三の目の絵を表示した。「アダム・ピアースはヒューストンを焼け野原にするつもりよ」

わたしは二十分ほどかけてシカゴの大火、エンメンス、シヴァ神、そして第三の目の神話のことを説明した。

「この宝石飾りが壊されていないのはたしかだわ。三つに分解されていて、アダムはそれを一つにまとめようとしている。わたしが一つ持っていて、アダムはファースト・ナショナル銀行から盗んだ一つを持っているんだけど、あと一つのありかは不明よ。もしこの仮説が正しければわたしたちにはそれを知った責任があるし、わたしはこの仮説が正しいと思ってる。家族には遠くに逃げるよう言ったの。イトウ教授にも電話して、避難したほうがいいと伝えたわ」

オーガスティンはため息をついた。「ミズ・ベイラー、きみはパニックを引き起こすつもりか?」

「いいえ、助けてくれた人に恩を返しただけよ。この件を突きつめて考えた結果、行き止まりにぶちあたったの。この件を警察に知らせても、きっと信じてもらえないでしょう。エンメンス家に生き残りがいたとしても、わたしとは話してくれないだろうし」わたしは二人にノートパソコンを差し出した。「だからあなたたちに頼みたいの。二人とも〝超一流〟だから、ヒューストンを救う責任があるわ」

ローガンとオーガスティンは顔を見合わせた。

「今、それを持ってるのか?」オーガスティンがたずねた。

ローガンは内ポケットに手を入れてシルクで包んだものを取り出し、オーガスティンに渡した。オーガスティンはシルクを開き、わたしたちが見つけた例の宝石飾りの一部分を手に取った。明かりにかざすと、石英が太陽光を受けて輝いた。

「たしかにそうだな」オーガスティンがつぶやいた。「価値を考えれば、おそらく本物だろう」

「石英にそれほどの価値はないんじゃないかしら」

「これは石英じゃない」ローガンが口を開いた。

「カットしてないダイヤだ」オーガスティンが言った。「品質もすばらしい。カットすれば、これ一つが一・七五カラットのダイヤになるだろう。わたしが見積もるとしたら、石一つで二万ドルから三万ドルというところだ」

この飾りには少なくともダイヤが百個並んでいる。わたしは息が止まりそうになった。

「レノーラを頼るつもりか？」オーガスティンが言った。

ハリス郡地方検事レノーラ・ジョーダン？　犯罪者を鎖で縛り上げる、高校時代のわたしのあこがれの人？　警察関係でわたしが知っている唯一の人だ。「レノーラ・ジョーダンのこと？」わたしは声に興奮がにじむのを抑えようとしたが、だめだった。

マッド・ローガンはこちらをちらっと見てオーガスティンに目を戻した。「知り合いだろう？　彼女なら引き受けてくれる」

「これが魔力の増幅装置なら、きみが持っているのはまずい」オーガスティンは飾りをローガンに戻した。「あらゆる有力一族が反対するだろう。きみを追いかけ、きみの死体からその飾りを奪い取り、一族同士で死ぬまで戦うはずだ。きみといえども有力一族すべてを敵に回して戦うのは無理だ」

ローガンは顔をしかめた。「おまえはエンメンスとレノーラ、どっちを取る？」

「エンメンスだ。レノーラはわたしたち二人を嫌ってるが、きみのほうをまだましだと思ってる。ピアース一族にも知らせないといけない」オーガスティンは腐った牛乳を飲んだような顔をした。「ああ、きっと楽しいことになるぞ。うちの部下にもピアースを追わせないといけない」

「それは意外ね」わたしは言った。「アダムにかかわるのはずっと避けていたくせに」

オーガスティンはため息をついた。「きみが言ったとおり、わたしはヒューストンの有力一族に属する〝超一流〟だ。この街に対して責任がある」

わたしはローガンを見やった。

「アダムがオフィスビルを一棟か二棟燃やしたなら、不愉快ですむ」ローガンが言った。「もし奴《やつ》が中心街や金融の中心地を焼け野原にしたら、経済面への打撃は計り知れない。地元の主要な一族や州外の多くの有力一族がヒューストンに不動産を持っている。財政を直撃されるだけでなく、一族の評判に傷がつくのも大きな打撃だ。我々のもとで働く者たちも大勢が命を落とす」

「部下も守れない有力一族との取り引きを望む者はいない」オーガスティンが言った。「もしそんなことになれば、有力一族は生《い》け贄《にえ》を求めるだろう。アダム・ピアースを捕まえるという義務を負っていたからには、オーガスティンは責任を逃れられないぞ」

「でもそれはヒューストン警察だって同じだよ」バーンが言った。

「ヒューストン警察が失敗するのは想定内だ」オーガスティンが皮肉な口調で言った。「一流の調査会社という看板でピアース一族をだませても、いきりたった市民には通用しないだろうな」マッド・ローガンが言った。「オーガスティンのしていたことが明るみに出れば、モンゴメリー一族はずたずたに引き裂かれるはずだ」

一瞬、幻覚力が薄らいだかのようにオーガスティンの顔がかすかに揺れた。彼は歯をむき出して言った。「やってみればいいさ。わたしはエンメンスを捜しに行く。三つ目の飾りの一部のありかは二十四時間以内に判明するだろう」

「がんばってくれ」マッド・ローガンは立ち上がった。

「そっちもな」オーガスティンはわたしのほうを見た。「この男といっしょにレノーラ・ジョーダンに会いに行くのか？」

「そうだ」

「ええ」ローガンとわたしは同時に答えた。

「レノーラ・ジョーダンにジョークは通じない。情報はこちらから出さず、答えは短く」オーガスティンが言った。「留置された場合、保釈金は自分で払うように」

わたしとバーンとローガンはいっしょにビルを出た。ローガンは右に曲がった。

「ネバダ、おれの車はこっちだ」

「後ろからついていくわ」

「レノーラに会いたいならおれの車で来い」

レノーラ・ジョーダンには会いたい。高校生活の半分は彼女を崇拝することにあてていたのだから。

ら払うから」

「行きなよ」バーンが言った。「ぼくはそのあとからついていく。保釈金が必要になった

マッド・ローガンはわたしにウインクした。この男はなぜかわたしの心を見抜き、レノーラというにんじんを目の前にぶら下げてみせたのだ。彼女の名前を口にしたとき声がはずんでいたのに気づいたに違いない。

自分を抑えなくては……わたしはローガンにとっておきの仕事用の笑顔を見せ、そちらに歩いていった。「ご親切に、どうもありがとう」

マッド・ローガンは笑った。羽根のように軽くじらす熱い何かが体に走り、肩を撫《な》でた。体が沸き立つようなぬくもりと期待が首をすべりおりる。わたしは跳び上がりそうになった。喉で息が止まりそうだ。あの見えない愛撫《あいぶ》の手に猫のように体を押しつけたい衝動を、わたしはこらえた。

「またやったらただじゃおかないから」

見えない手はゆっくりと消えた。心のどこかでわたしはそれを追いかけたいと思った。

マッド・ローガンは、植物園でわたしの目を引いたのと同じ自信に満ちた足取りで隣を歩いていく。全身が彼に神経を向けている。彼に触れてほしい。いや、触れてほしくない。わたしは触れられるのを待っている。自分がどうしたいのかわからなかった。

「カーネーションは気に入った?」

わたしはポケットから小さな赤いカードを取り出した。「テキサス小児病院があなたの親切な寄付に感謝しているわ。あなたのおかげで、今朝どの病室にも美しい花が飾られたそうよ。少なくとも一部は税金の控除対象になるかもしれないから、あなたの部下が病院に連絡したら必要な書類を用意してくれるそうよ」

マッド・ローガンはそのカードを手に取った。乾いた温かい指がわたしの手をかすめた。カードは彼の手から飛び出し、そばのごみ箱に吸い込まれた。

触れられたところの肌がうずいている。まるで拷問だ。

すぐ目の前の駐車スポットに黒のアウディが駐《と》まっていた。広々としたエレガントな車は権力と静かな攻撃性をにじませているかのようだ。リッチな男性が、子どものころに夢見たマセラティが派手すぎることに気づいたときに買うタイプの車だ。

「これは防弾仕様モデルのＡ８Ｌセキュリティ？」マッド・ローガンのレンジローバーは装甲車だった。このアウディがそうじゃないとはとても思えない。有力一族はたいてい装甲車を所有している。祖母の仕事が途絶えないのはそのためだ。

「Ａ８をカスタマイズした」彼がドアに触れると、それに応えてエンジンがうなりをあげた。「改良したんだ」

マッド・ローガンならそうするだろう。わたしは革張りの助手席に座った。中は驚くほど広く、デザインも洗練されている。

ローガンは駐車場を出た。車はすべるように動いた。わたしが車に贅沢《ぜいたく》さを求めること
はほとんどないが、この車は本当にすてきだ。こういう車を組み立てるには時間あたり五
百人の労力が必要だと祖母が言っていたけど、それがよくわかる。
「街中を走るなら、もっと小回りの利く車がよかったんじゃない？」この車に文句がある
わけではなかったが、わたしはそうきいた。
「そうだな、突然りすが飛び出してくるかもしれないし」
アウディは車の流れにすべり込んだ。
「おれと寝るべきだ」
空耳に決まっている。「ごめんなさい、今なんて言ったの？」
マッド・ローガンはこちらを見た。青い目は内側から熱せられているかのように温かか
った。驚きだ。
「おれと寝るべきだと言ったんだ」
「やめて」警戒心からわたしはまっすぐ座り直した。
「やめてってどういう意味だ？」
「いやだということよ。拒否の言葉なんてめったに聞かないから意味を忘れたの？」これ
はちょっと失礼な言い方だったかもしれない。できるだけビジネスライクな口調で言わな
くては。落ち着いて、冷静に、でもきっぱりと。

「おれはきみに惹《ひ》かれてる」その声は自信に満ちていた。この会話自体が形式的なもので、最後は自分の思いが通ると確信しているかのようだ。「きみもおれに惹かれているのはわかってる」

そんなこと、わざわざ言う必要がある？

「お互い大人で、その気がある。なぜ寝ちゃだめなんだ？」

なぜなら、あなたが危険な男で怖くてたまらないから。それに、理性が吹き飛ぶほどすばらしいってわかっているから。きっとわたしはもっとほしくなってしまう。だからこそ、絶対にあなたと恋に落ちるわけにはいかない。「なぜなら、わたしたちはそういう関係じゃないからよ」

「その関係を変えようと提案しているんだ」

「いいことだとは思えないわ」

マッド・ローガンはまたこちらを見た。その顔はどこか狼《おおかみ》のようだ。それは、そのひとときのすばらしさをかいま見せるヒントだ。全裸になったアダムよりずっと誘惑の力が強い。気をつけなければいけない。慎重にならなくては……。

「おれは最高にいいアイデアだと思う」

「あなたのことをろくに知らないのよ。信用もしてないし」

「昨日は命を預けるほど信用したじゃないか」

「二人とも命が危ういという状況だったし、わたしを生かしておくのがあなたの利益になったからよ」

「きみが求めてるのは誘惑か？　夕食、花、プレゼント、そういうもの？」その声にはどこか不賛成の響きがあった。

「違うわ」

「誘惑はゲームだ。目を奪い、気を引き、惑わす。両方とも最後にどうなるかわかっているのに、わざわざそういう手順を踏むんだ。しかるべき手続きに時間をかければ、望みのものは手に入る。きみはゲームなんかに興味ないと思ってたよ」

「ゲームをするつもりはないわ」

「きみはおれを求めてる。そのことを考え、想像し、頭に思い浮かべながらおそらく自分に触れている」

まさか、そんなことまで言うなんて。

「おれと寝るんだ、ネバダ。きっと楽しめる」

「わたしが求めるものを教えてあげる。わたしは人間のつながりがほしいの。いっしょにベッドに入る価値のある人とそうしたいのよ」

「おれにはその価値がないのか？」その声に危険なかたくなさがにじみ出た。少し言いすぎてしまったかもしれない。

車はフランクリン通りに飛び込んだ。右手にハリス郡刑事司法センターの四角いビルが見えてきた。左手にあるのは、有名なカウボーイの騎馬像のあるブリッジパークだ。道にはずらりと縦列駐車の車が並んでいる。空いているのは、反対の公園側に駐めてある青いホンダ車と赤いセダンの間の狭いスペースだけだ。まさかローガンはあそこに駐めるつもりだろうか。車のスピードが速すぎる。これはスタントカーではなく装甲車だ。

ローガンは車列ではなくわたしのほうを見ている。

車は道を疾走していく。と、ふいに反対車線に入って大きなピックアップトラックの前に飛び出した。ローガンはまだ道ではなくこちらを見ている。

「ローガン！」

わたしを見つめたまま彼はブレーキを踏んだ。タイヤがきしみ、すべった。心臓が口から飛び出しそうだ。車は百八十度回転し、前後の車のバンパーから数センチのところにすべり込んだ。

トラックの運転手は派手にクラクションを鳴らした。巨大な車体が地響きをあげながら通り過ぎていった。

わたしは息を吐いた。

ローガンはボタンを押してエンジンを切った。

「答えを聞きたい」

「あなたはわたしを誘拐して、地下室に鎖で縛りつけた。気に入らないというだけで会ったばかりの女性を絞め殺すところだった。あなたはそういう人よ」必ずしもフェアな言い方ではないかもしれない。でもさっきのカースタントの借りを返したかった。「あなたにとってはめずらしいことかもしれないわ。だって、九十九パーセントの場合、あなたの名前と体とお金が効果を発揮して、あなたが十秒ぐらい見つめただけで女は脚を開くに違いないから。わたしはそういう女じゃないの」

わたしは車から出て駐車場を歩いていった。マッド・ローガンが追いかけてきた。あえてちらりと顔を見ると、笑っている。わたしの言ったことがおかしかったようだ。

「おれにはなんの美点もないのか？」魅力的なドラゴンが自分をあざ笑っている。いや、信じてはいけない。そんな魅力は一瞬で破れ、ドラゴンが火を吐き鋭い牙をむき出しにするのだ。

「りすを轢《ひ》き殺さなかったのはいいことよ」

「教えてくれてありがとう」マッド・ローガンの笑顔が大きくなった。

まずい。

「それをやめて」

「それって？」

「あなたがそんなふうに笑うたびに誰かが死ぬ。わたしを襲う気なら、わたしは自衛に回るわ」

「きみにしたいことは山ほどあるが、殺したり傷つけたりというのはその中にはない」マッド・ローガンはウインクした。

わたしたちは刑事司法センターに入り、エレベーターに乗り込んだ。ノートパソコン用のかばんを持った二人の男性が、同じエレベーターに乗ろうとしてまっすぐこちらに向かってきた。マッド・ローガンはその二人に冷たい視線を投げた。二人は無言のまま、同時に方向転換して左側のエレベーターに向かった。ドアが閉まり、エレベーターは上昇し始めた。

これは現実だ。これからレノーラ・ジョーダンに会う。犯罪者を鎖で縛り上げるレノーラ。〝超一流〟など誰一人として恐れないレノーラ。

もしレノーラもあの人たちと同じだったらどうしよう？　オーガスティンやアダムと。わたしに受け止められるだろうか？　きっとつらいに違いない。

わたしは口を開いた。

「なんだ？」

「もし彼女が評判どおりの人じゃなくても、黙っていて」

「まさに評判どおりだよ。彼女があがめるのは法と秩序だ。心から信奉し、熱心に祈っている。公平で意志が固く、彼女に逆らうのは愚の骨頂だ」

ドアがすっと開いた。わたしたちは人の行き交う通路に足を踏み出した。人々は無意識のうちにわたしたちの前からよけた。

「〝超一流〟に対してはとくにそうだ。彼女はハリス郡の有力一族の支持を得て検事になった。我々でさえ彼女の監視の必要性を認識しているからだ」

わたしたちはドアの前で足を止めた。ローガンがわたしのためにドアを開けてくれた。わたしは中に入り、受付の前に立った。四十代のネイティブアメリカンの女性がカウンターに座っている。女性は帰れと言わんばかりの目でローガンを見た。

「〝超一流〟に対しても？」

「行儀よくしてね」彼女はそう言った。

ローガンは左に曲がってドアを開けた。わたしはそのあとから広いオフィスに入った。古い木材を再利用したデスクと、座り心地のよさそうな椅子がいくつかある。デスクの向こうの壁には本がつまった書架が並んでいる。書架とデスクの間にレノーラ・ジョーダンが立っていた。雑誌の記事のイメージのとおりだ。強く、たくましく、自信を感じさせる。着ているのは濃紺のビジネススーツだ。カールした黒髪は一本の三つ編みにまとめられている。肌は深みのある茶色で、大きな目、広い鼻、たっぷりした唇は感じがいい。しかしその姿からもっとも強く感じるのは立ち居振る舞いににじむ自信だ。ここは彼女の王国であり、彼女は絶対君主だ。

レノーラ・ジョーダンは腕組みした。「このオフィスへの正式な招待状を出そうと思っていたところよ」

「本当に？」マッド・ローガンが言った。

「ええ。あなた、いったいいつまで勝手に街を壊して回れると思っていたの？　ビルを吹き飛ばしたことにも、人目のあるところで人の上にバスを落としたりしたことにも、やむを得ない理由があるんでしょうね。それをぜひ聞きたいわ」彼女はわたしのほうを向いた。「あなたは？」

レノーラ・ジョーダンに話しかけられた。

「同僚のミズ・ベイラーだ」

「ご同僚は自分で説明できないの？」

「できます」意外にも口が動いて言葉が出てきた。「お会いできてうれしいです」

レノーラの目がわたしをその場に釘《くぎ》づけにした。「うちのオフィスは、大暴れするマッド・ローガンのそばにいる若い女性の正体を突き止めようと必死だったわ。あなたがその女性？」

「ええ」

「どうしてこの人とかかわっているの？」

「親会社から、アダム・ピアースを一族のもとに帰れと説得するという仕事を請け負ったんです」

レノーラ・ジョーダンの眉が上がった。

「モンゴメリー国際調査会社だよ」

「どういう立場でその仕事を請け負ったの?」

「消耗品です」

レノーラ・ジョーダンは顔をしかめた。「オーガスティンらしいわ。じゃあ、全部聞かせてちょうだい」

わたしたちは座り、交互に状況を説明した。話し終えるとレノーラは手を差し出した。ローガンは例の宝石飾りを取り出し、その手のひらに置いた。レノーラは長い間それを調べていた。

「あなたの部下はなんらかの結論にたどり着いた?」レノーラがたずねた。

「魔力を持つが、みずから発することはない。破壊するのは不可能だ」マッド・ローガンが答えた。「酸に浸し、火炎をあててみた。それでも壊れなかった」

またレノーラの眉が上がった。「あなたが自分でやったの?」

マッド・ローガンはうなずいた。

レノーラは手の中で飾りをひっくり返した。明かりを受けてダイヤがかすかに輝いた。

「アダムのやり方らしくないわ。彼は衝動的で忍耐がない。去年は、クラブから追い出されたからってそのクラブの用心棒に火をつけた。そのあとさんざん酔っぱらってハイになって、朝までパーティ。そのせいで、朝、逮捕しに行ったら放火のことはろくに覚えていなかったわ。今回の事件は複雑でいくつもの段階を踏んでいる。慎重な計画と準備が必要よ。それはなんのため？　ミズ・ベイラー、あの男はあなたに何か言っていなかった？」

「放火して、一族に、とくに母親に恥をかかせるのを楽しんでいます。大きな計画が進行中だという印象は感じなかったけど、彼の行動はあきらかに複雑な計画の一部です。わたしに気を持たせるようなことも言います。彼と連絡がとれているとわたしがピアース一族に報告すれば、家族も騒ぎ立てないだろうと思っているんです」

「あなたの家族を襲ったのが唯一の矛盾ね」レノーラは指先でデスクをたたいた。「あれ以来、個人的に接触を取ってこないのね？」

「ええ」

「何者かが指示しているんだわ。どうして？　おとなしくしていることもできるのに、毎回派手に騒ぎを起こしている。いったいなんの目的があるの？」

「よくある目くらましだろう」マッド・ローガンが言った。「人々は不安で浮き足立ち、警察は面目をつぶされ、有力一族に対する風当たりはきつくなる。法を無視する側の力を大衆に見せつけているんだ。それを見て不安にならない者は少ない」

マッド・ローガンの分析は意外にも驚くべきものだった。

「法を超越する者は存在しないわ、ローガン。たとえあなたであっても」

「言われるまでもない」

レノーラはため息をついた。「国土安全保障省に、有力一族に敵対するテロリストグループがかかわっていないか確認してみるわ。アダム・ピアースを手なずけて計画に従わせるとなると、相当な人物でしょうね。今まで大勢が試みて失敗してきたことよ」

「レノーラ」マッド・ローガンが身を乗り出した。「奴はこの宝石飾りを必要としている。奴は少なくともすでに一つ持っている。二つ持っているかもしれないが、それは疑わしいと思う」

「三つ目のアイテムをすでに持ってるなら、とっくに一騒動起こしているはずだわ」わたしはそう言った。

「奴はこれを奪いに来る」マッド・ローガンが言った。

「うちのオフィスでは頼りないというの?」レノーラがたずねた。声にはユーモアがあったが、目は違った。

こんな目で見られたら、わたしなら椅子から立って後ろに隠れただろう。マッド・ローガンはまばたき一つしなかった。

「あらゆる可能性を考慮しているんだ。もし奴が三つ全部を揃《そろ》えれば、火の柱と化すだろう。奴が今のパターンを続けるなら、人目につく場所で派手にやるつもりだ。このビルの前か、ピアース一族の目の前か。人が密集する場所なのは間違いない」

「それを阻止するために、あなたを頼りにしているの」

「だが、もしそうなれば避難が必要になる」マッド・ローガンが言った。「それがどんなに難しいかは、おれたちが二人とも知っているとおりだ」

「テロの警報を出してほしいのね」レノーラは椅子の背にもたれた。「避難勧告はそう簡単には出せないわ。影響力が大きいし、計画も慎重に立てないと。国土安全保障省、州兵、FBIとの調整が必要になる。有力一族はどこもあわてふためくわ」

「そのへんはきみにまかせる。ただこれだけは覚えておいてほしい。これは現実だ。今起きていることだ。不意打ちをくらわされるのは困る」

「考えておくわ」レノーラは答えた。

わたしたちは逮捕されることなく外に出た。

マッド・ローガンはビルを振り返って首を振った。

「どうしたの？」

「今度例の宝石飾りを見るときは、アダム・ピアースが身につけてるぞ」

「レノーラならちゃんと守ってくれるはずよ」

「おれの持っている保管庫のどれかに入れておくほうがずっと安全だ」

わたしたちは道を渡った。

携帯電話が鳴った。わたしはメッセージを読んだ。〝オースティンに到着。ホテルにチェックイン済み。ローガンに護衛ありがとうと伝えて〟

「うちの家族に護衛をつけたの？」

「そうだ。狙われてるからな」

「どうして出発するってわかったの？」

「きみの家族が荷造りしているのを見て部下から連絡があった。だからつけろと言ったんだ」

驚きだ。「ありがとう」

「かまわないさ。きみがぼくと寝るまで、人質に取っておこうと思う」

わたしはつまずきそうになった。

マッド・ローガンはこちらを向き、信じられないほどすてきで輝くような笑顔を見せた。

「冗談だよ」

ひどい。

「いっしょに昼を食べよう」

「結構よ」

「ネバダ、おれといっしょにランチに行くんだ。人目につく場所がいい。楽しんでいるふりをしてくれたらもっといい。髪を振ってにっこりするんだ。女子高生みたいにくすくす笑うのもいいぞ」

わたしは一瞬考え込んだ。「アダムを釣り上げる餌というわけね」

「そうだ」

悪くないアイデアだ。アダムを捕まえるためなら自分自身が囮《おとり》になったってかまわない。「でもバーンが……」

「きみのいとこが頭のおかしい放火犯に火をつけられる危険にさらされながら車の中でじっときみを見張るか、完璧に安全なおれのうちでバグにもらった新しいおもちゃで遊びたいと思うか、どちらだと思う？」

それを合図にしたかのように携帯電話が鳴った。わたしは電話に出た。

「まだ手助けは必要？」バーンの声がした。「バグから招待をもらったんだ。防弾仕様のレンジローバーと護衛の人が来て、マッド・ローガンから迎えに行けと言われたって言ってるんだけど」

わたしはマッド・ローガンを見た。彼が近づいてきた。そのたくましい体はあまりに近く、まなざしはあまりに熱い。サンダルウッドとウッディなベチバーのにおいが混じり、刺激的な香りを生み出している。顔が近づいてくる。どこまでも青い目が視線をとらえて離さない。胸の鼓動が速くなった。

彼は獲物を見つめるようにゆっくりとほほえんだ。「抵抗しても無駄だ」

「わたしのこと、わかってないのね」わたしは一歩も引かず、携帯電話を耳にあてた。

「バーン、行きたいなら行きなさい」

「本当に？」

「ええ」マッド・ローガンはわたしの家族をオースティンに送り届けてくれた。バーンには少なくとも警護がつく。

わたしは電話を切り、彼を見た。「いっしょに食事に行くわ。でもくすくす笑うつもりはないから」

〈カサ・フォルトゥナート〉は、クロフォード通りとコングレス・アベニューの角にある小さなレストランだ。刑事司法センターからは数ブロックしか離れていない。外に小さなテラスがあり、ミニッツ・メイド球場に面している。その日はむしむしして暑く、外に座るのはごめんだった。まともな常識のある人ならヒューストンの地下街で食事する。二つの映画館の間の通路としてできた地下街は、何年か経《た》つうちにすべてをつなぐ広さになり、レストランや休憩場所もできた。暑い日の中心街はほとんど無人だ。残念ながら、わたしたちが地下街に入ってしまったらアダムに気づかれない。アダムは、いざというときに逃げ出しにくい地下街にはおそらく入ってこないはずだ。

テーブルのところまで歩いていくと、マッド・ローガンが椅子を引いてくれた。わたしはキャンバスバッグを椅子にかけて座った。このバッグには四〇口径のベビー・デザート・イーグルが入っている。アダムの仲間と戦ったわたしは、今度は運に頼りたくないと考えて銃のグレードを上げた。これでダーティ・ハリーになれる。ベビー・デザート・イーグルなら大きさも威力も望みどおりだ。いずれは今回の事件も片づいて、いつもの仕事に戻る日が来るだろう。浮気調査や保険金詐欺の仕事は派手なところはないけれど、市内で銃をぶっ放す必要に迫られることはまずない。

喉にあの気持ち悪さが戻ってきた。わたしは誰かを殺したのだ。そのことは本当にもう考えたくない。いつかはそのことと向きあわなくてはいけないけれど。

ウエイトレスがサルサとまだ温かいチップスの皿を持ってきて、飲み物のオーダーを取った。アイスティーを二つとダイエットシュガーだ。

わたしはメニューに没頭しているふりをした。何を注文しよう？　簡単に食べられるものがいい。海老《えび》入りのタコスがおいしそうだ。わたしはメニューを置いた。

「レノーラ・ジョーダンのことをどう思う？」マッド・ローガンが言った。

「最高だと思うわ。高校生のころは彼女になりたいと思っていたの」

「検事になりたかったのか？」

「そうじゃなくて……」わたしは言葉を探した。「プロとして同じ場所に立ちたかったの。わたしなりの場所で、仕事に自信を持ち、尊敬される存在になりたかった。高い評価を得たかった。ベイラー探偵事務所という名前を聞いたら誰もがああ、あそこか、と思う会社にしたかったの。父が始めた会社を、できる会社、優秀な会社として世間に広めたかった。あなたの夢はなんだったの？」

マッド・ローガンは椅子の背にもたれた。隅の木立から漏れた太陽の光がその顔にちらちらと差した。肌は輝き、顔のたくましい輪郭、力強い鼻、がっしりした顎が際立っている。彼は肩をすくめた。「考えたことがなかったな」

ウエイトレスが飲み物を持ってやってきて料理の注文を取り、戻っていった。

マッド・ローガンの携帯電話が鳴った。

「ちょっと失礼」彼は携帯電話を耳にあてた。「なんだ？」

人を簡単に押しつぶしてしまう男と食事のマナーが完璧な男が同一人物かと思うと不思議だった。荒ぶる〝超一流〟と都会の億万長者が同じ男だというのは理解できないことではない。ただ、日常の姿を見ると暴力的な一面がいっそう恐ろしく思える。

「いつだ？　ここに来るように言ってくれ」

マッド・ローガンは電話を切ってわたしを見た。「すまない。片づけなきゃいけない用ができた。延ばせないから、なるべく手短に終わらせる」

「かまわないわ。わたしは髪を振り回して人目を意識しておくから。指に髪を巻きつけながら唇を噛《か》む、っていうのはどう？」

「できるのか？」

「いいえ、無理」わたしはにやりとしてみせた。

「悪い子だ」それを聞いてわたしは心臓が止まりそうになった。これは仕事よ、とわたしは自分に言い聞かせた。せめてプロらしく振る舞わなければ。

「将来の目標はなかったの？」

「ああ。短期的な目標ならある。それほど難しい目標じゃない」

「どうして？」

マッド・ローガンはグラスからレモンを取って前菜の皿にのせた。「そうだな。おれみたいな立場にいる者は普通何を望む？」

「より多くのお金？」わたしはアイスティーを飲んだ。

「資産は十二億ある」

わたしはむせそうになった。

彼はわたしの咳《せき》がおさまるのを待って言った。「投資をしているし、いくつかの会社を所有しているから、何もしなくても金が入ってくる。ある程度を超えると金は勝手に増えていくんだ。研究に取り組む〝超一流〟もいるが、おれは興味を感じない。はっきりした目的があるなら呪文の改良を考えてもいいとは思うが、それにすべてをつぎ込むのはつまらない」

「仕事上の目的は？」

マッド・ローガンは首を振った。「おれが得意なのは一つだけだ。それは大量破壊。いろいろ経験して、戦闘服も見飽きた。仕事に関しては頂点を極めたと思ってる」

料理が来た。早い。

わたしはタコスを食べた。おいしい。「どうして除隊したの？」

「事務所を抵当に入れたのを後悔したことは？」

そういうことか。答えには答えを。わたしのタコスから皿の上に海老が落ちた。鋭い切り返しだ。

「ええ、もちろんあるわ。父の病気がわかったときに売ればよかったのよ。そうすればもっとお金が手に入って、早く治療を始めることができた。実験的な治療はうまくいっていたのに、ローンの申請の許可が下りたときには父の病状はもう進行していたの。でもわたしは世間知らずで、世間に知られた名前で仕事を続けるのがいい選択だと思ったのよ。もし売っていたとしても、今ごろはもう別の名前で会社を立て直していたと思う。母は父といっしょに過ごす時間が少しだけ増えて、父も家族と過ごす時間が増えた。それで満足するべきなんだわ」わたしはマッド・ローガンが不思議な目でこちらを見ているのに気づいた。「どうしたの？」

「そういうことをきいたんじゃないが、答えはそれでいい」彼は首をかしげた。「おれが除隊したのは、戦争に勝っていたからだ。戦いを始めたころ、ベリーズは荒れ果て、メキシコは南米の六カ国ほどをその手におさめそうな勢いだった。その流れを変えるには、思いきった攻撃に出る必要があった。だからおれは思いきって攻撃した」

　なんという控えめな表現だろう。

「数年後、同盟軍がメキシコを跳ね返してあの地に平和が訪れた。終盤になるとおれは戦地に派遣されることすらなくなった。その地域におれがいるというだけで相手は退却した。紛争がおさまり始めると、軍の上層部はメキシコへの進軍を検討するようになった。自分がその判断を左右していることに気づいて、おれは軍を辞めた。魔力をふるうのは楽しかったが、今はおれが破壊したものをほかの誰かが立て直すときだと思ったんだ。平時の軍には用なしだ。書類仕事はできないし、自分がしていることを誰かに教えることもできない。おれは殺し屋だからな。だから除隊した」

「で、今は大義なき〝超一流〟というわけね」

「そうだ。挑戦しがいのあるものなどほとんどない」彼は身を乗り出し、わたしをじっと見た。「そういうものを見つけたときは、全力でぶつかる」

　わたしはどうなのだろう？　わたしは挑戦しがいのある目標ではない。人間だ。そう言おうとしたとき、彼がわたしの背後の駐車場に目をやった。わたしも振り向いた。グレーのフォードが駐車場に入ってきた。新しくはなく、少なくとも十年以上は経っている。降りてきたのは、たくましい肩をした金髪の元気そうな二十代なかばの男だ。マニラ封筒を持ち、サイズの合わない黒いスーツを着ている。何年も前に買い、ビニールのカバーをかけてクローゼットにしまい込んでいたのだろう。葬儀や結婚式や就職の面接に使うだけだ。

男はこちらにやってきた。マッド・ローガンは立ち上がった。男が手を差し出した。

「トロイ・リンマンです、少佐」

二人は握手した。

「座ってくれ」マッド・ローガンが言った。

トロイはわたしの隣に座った。「失礼します」

軍人上がりだ。財布の全財産を賭けてもいい。

トロイはマニラ封筒をマッド・ローガンに渡した。彼はそれを開いて中身をたしかめた。

「イレブン・ブラボーか?」

「そうです」

歩兵だ。軍で職種専門技能を持つ者は一般社会にすんなり溶け込める。しかし歩兵はその中に入らない。軍の屋台骨を支える存在ではあるけれど、一般社会ではそのスキルを生かす場所はない。

「どうして除隊した?」マッド・ローガンがきいた。

トロイはためらった。「再入隊の時期が近づいていたんですが、妻が二人目の子どもを妊娠していて、わたしに入隊してほしくないと思ってるんです。妻は何も言いませんが、事情が事情ですからわたしにもわかります。わたし自身、気が進まなかったのもあります。除隊して一般社会で生活してみたいと思いました。毎晩帰宅する生活です」

「で、暮らしはうまくいってるのか?」

「問題ありません」

その生気のない声を聞いたら、問題があるのはすぐにわかった。

マッド・ローガンはじっとトロイを見つめた。「こちらの調査では、きみの家は明日差し押さえられるようだな。だからもう一度きく。暮らしはうまくいっているのか?」

トロイの右手は見えなかったが、左手はぎゅっと握りしめている。「わたしは夜中にタイヤ再生工場で働き、夕方にピザの配達をしています。妻は昼間わたしが子どもの面倒を見ている間に働いています。給与処理の仕事をする事務員なんです。わたしは昼間の仕事に就こうとしていろんな職場に応募しました。まともな給料を払ってくれるところは、どこも学歴が必要なんです」

同じ話を大勢の人から何度も聞いてきたせいで、わたしは彼の次の言葉がわかった。

「高速の料金所の仕事に応募したとき、大卒じゃないとだめだと言われました。料金所の仕事にどうして学位が必要なんでしょう?　軍の奨学金で大学に行くこともできますが、行く時間がありません。二年間、二人で必死にやってきましたが、暮らしは苦しくなるばかりです」

「おれのところの仕事内容について、サンティノから説明を受けたか？」

トロイはうなずいた。「はい」

「ルールは単純だ」マッド・ローガンが言った。「言われたときに言われた場所にいること。おれに嘘《うそ》をついたら、うちの一族に仕える仕事はその日でおしまいだ。努力のすえの失敗は不利な履歴とは見なされない。怠惰はくびを意味する。薬や酒も同様だ。借金漬けも解雇となる」

トロイはストイックな顔つきだった。

「差し押さえの件はおれがなんとかする」マッド・ローガンが言った。

「口答えするつもりは毛頭ありませんが、わたしが来たのは施しを受けるためではなく職を得るためです。働いて家族を養いたいと思っています」

「これは施しじゃない。ローガン一族はそのもとで働く者全員のローンを自分のものとする。自宅、車、大学、その他すべて。もし一族以外の誰かから借りていたとしたら、それはセキュリティ上危険だ。おれはそういう危険を好まない。だから部下には自分から貸すんだ。おれのもとで働く場合、怪我《けが》はつきものだ。医療費は支払うが、命まではカバーしない。家族がいるならそれを考慮しろ。給料ははずむから、その金でそれなりの生命保険に入ることだ」

マッド・ローガンは口をつぐんだ。

トロイは息をのみ込んだ。「採用ですか？」

「そうだ」

トロイの顔から血の気が消えた。息をしていないので、一瞬気絶するかと思った。拒否なら受け止められたのだろう。席から立ち上がり、威厳を持って出ていけるよう、拒絶に対して身構えていたに違いない。ところが受け入れられたせいでその安堵感《あんどかん》に圧倒されてしまった。人生のすべてがマッド・ローガンの言葉にかかっていた。この事態を処理しきれないのだ。

わたしはトロイの手に触れた。「大丈夫よ」

彼は驚いてわたしを見た。

「大丈夫。あなたは雇われたの。自宅は安全よ。トロイ、息をして」

トロイは深く空気を吸い込んだ。

わたしの背筋に震えが走った。マッド・ローガンがどれほど危険か、ようやく気づいたのだ。たいていの有力一族は私設軍隊を所有しているが、マッド・ローガンはそれを軍隊以上のものにした。トロイにとってこれはただの仕事ではない。もう一度男になるチャンス、自分の腕を認められ、家族を養うためのチャンスなのだ。マッド・ローガンは彼に新しい命を与えた。彼は苦境にある元軍人を探し出し、活躍のチャンスを与え、それに報いる。ローガンは経済的に部下を掌握しているだけではない。魂も握っている。彼らはマッド・ローガンを神だと思っている。

「いつから始めますか？」

通りに雷鳴が響いた。わたしは椅子から跳び上がった。音はマッド・ローガンの背後の右から聞こえた。彼は走り出し、フェンスを越えた。わたしはテラス席から駐車場に出て、フランクリン通りで彼に追いついた。トロイもすぐあとからついてきた。

刑事司法センターから煙が出ている。十一階から濃い煙がもくもくと立ちのぼっている。なんてことだ。

煙のすぐ下の窓から何かが飛び出し、道路に落ちた。いったいなんだろう？

それはフランクリン通りをこちらに向かってきた。車列に半分隠れながら、四つの足で力強く跳ねるように走ってくる。大きさはピックアップトラックほどもあり、ものすごいスピードだ。

「今すぐだ、リンマン」マッド・ローガンはそう言って、走ってくるもののほうに駆け出した。わたしはバッグから銃を引き抜き、トロイはスーツのジャケットを脱ぎ捨て、ローガンを追って走り出した。わたしは銃を持って二人を追った。

走ってくるものは、邪魔な小型セダンを手で払い、道路に着地した。犬の頭を持つチーターのような形のそれは金属でできていた。骨のあるべきところに太いパイプが走り、金属の骨格にチェーンが巻きついている。すべての部品をつないでいるのは、魔力と何者かの意志だ。こんなものは見たことがない。小さなものを操るのを見たことならあるけれど、これは信じられない。

金属の獣は歩みをゆるめ、頭を上げた。長い顎の中に小さな光がきらめいた。

「あの宝石飾りを持ってるわ！」わたしは叫んだ。

マッド・ローガンは足を止め、両腕を前に差し出した。獣は四つのパーツに断ち切られた。パイプとチェーンが大きな金属音をたてて地面に散らばった。

「人形使いを捜せ！」ローガンは慎重に金属のほうに近づいていった。パイプとチェーンが彼の前に転がっていく。ローガンはその中に飾りがないか探した。トロイは足もとに転がってきたパイプを拾い上げた。

わたしはさっと振り向いた。人形使いは自分が作った人形の近くにいるものだ。わたしたちの左側は、ゲートバーと料金所のある有料駐車場だ。目の前はラブランチ通りで、その先には十階建ての駐車場が空をさえぎっている。どちらもすばやく逃げ出すには不向きだ。この区域はすぐにも保安官や警官であふれるだろう。わたしは振り返った。右側は一ブロックが丸々空き地になっている。そこには車が二台あった。ここはレッカー車撤去区域だ。人形使いはあえてここには車を駐めないだろう。

「何を探してるんですか？」パイプを棍棒《こんぼう》のように振りかざしながらトロイが言った。

左手、遠くにあるパイプが震えた。

ローガンが振り返った……。

ばらばらになった金属がいっせいに飛んできてすさまじい力でローガンにからまり、締め上げ、押しつぶそうとした。わたしは銃を振り上げた。ローガンは金属のパイプの檻《おり》の中に閉じ込められて見えない。そのパイプの上をチェーンがぐるぐる巻きにしている。金属がきしみ、じりじりと動いている。撃っても無駄だ。うっかりローガンにあたってしまうかもしれない。

トロイは金属の塊に駆け寄ろうとした。

「だめよ！　助けられないわ。人形使いを捜さなきゃ！」

金属の檻が内側から爆発したかのようにばらばらに砕けた。トロイは道の真ん中で立ち尽くした。激怒したローガンの顔がちらっと見えた。金属のパイプはまたローガンにからまり、締め上げた。急がないとローガンの体中の骨が折れてしまう。

「何を捜せばいい？」トロイが怒鳴った。

ローガンの力は信じられないほど強い。彼と肩を並べられるのは〝超一流〟だけだ。

「防弾仕様の高級車よ」

トロイは道路の左を、わたしは右を見た。ラブランチ通りの空いている駐車スペースの隣に、大型の黒いキャデラック・エスカレードがこちらを向いて止まっている。中には二人いて、一人は運転席に、一人は助手席に座っている。

金属の塊がはじけ飛び、道に転がったが、またすぐにマッド・ローガンにからみついた。マッド・ローガンとその周囲で炸裂《さくれつ》する魔力を避けようとして、わたしのまわりを車が猛スピードで走っていく。まともな頭の持ち主なら誰だってここから逃げ出そうとするだろう。高級車に乗っている者ならとくにそうだ。

「トロイ！」わたしは銃を構え、まっすぐキャデラックのほうに向かった。

運転手は動かなかった。銃を構えた女が近づいてくるのに、動こうとしない。人形使いはあれだ。

視界の隅で、また金属が砕け散ってローガンに飛びつき、締め上げているのが見えた。時間の流れが遅くなり、引き延ばされた。防弾仕様ということは、ボンネットは補強されており、ラジエーターは保護され、パンクしても走るタイヤを装着しているはずだ。タイヤを撃ち抜いてもあの車は時速百キロ近いスピードで走ることができる。フロントガラスは防弾だ。でも、ガラスの外側にひびを入れることはできるはずだ。中の〝超一流〟を殺す必要はない。相手の視界をふさぎさえすれば、マッド・ローガンを死なせずにすむ。

時間が流れ始めた。わたしは引き金を引き、運転手の正面に集中して六発撃ち込んだ。弾があたるたびにフロントガラスにひびが入り、丸く広がっていった。まるで誰かがフリーザーの内側から氷をすくい取ってフロントガラスに押しつけたみたいだ。運転手の姿はもうほとんど見えない。

〝超一流〟が座っている助手席のほうにも六発撃ち込み、弾倉を排出して、二つ目の弾倉をたたき込むように入れた。あと十二発だ。

トロイはわたしの脇を走り抜けてボンネットに跳び上がり、パイプに全体重をかけてフロントガラスを殴りつけた。ガラスはひびが入っただけで割れない。トロイはまたパイプを振り下ろした。フロントガラスが内側にひしゃげた。あと一回狙いを定めてたたけば、ガラスは割れるだろう。

キャデラックがいきなりエンジン音をあげ、バックで飛び出した。トロイはすべり落ちて道に転がったが、すぐに飛び起きて車を追った。キャデラックはバックのままラブランチ通りの角を曲がり、フランクリン通りと平行する通りを走っていく。わたしは車を追って空き地を駆け抜けた。キャデラックは右に急カーブを切ってクロフォード通りに入った。運転手はバックのまま駐車場を回っている。もう一度右に曲がったら、マッド・ローガンと真正面からぶつかるコースだ。

「トロイ！」わたしは右に曲がって全速力で駐車場を駆け抜けた。

キャデラックはフランクリン通りに入った。ローガンはまだパイプと戦っている。

わたしは全身の筋肉を極限まで動かした。肺で空気が火に変わった。脇腹が熱く痛んだ。

キャデラックは、パイプに閉じ込められたローガンに向かってまっすぐ突っ込んでいく。

車のスピードを落とそうとしてわたしはタイヤを撃った。四発の弾がタイヤに食い込んだ。

パイプとチェーンがばらばらになった。ローガンの全身が姿を現した。キャデラックがぶつかった。金属がばりばりと不気味な音をたてた。ああ、そんな。ローガンの体が吹き飛び、道路に倒れて動かなくなった。

わたしは倒れたローガンとキャデラックの間に入り、リアウィンドウめがけてやみくもに撃った。八、七、六……。

助手席のドアがさっと開いた。パイプが浮き上がってふたたび獣の形となり、わたしとキャデラックの間の盾となった。わたしは撃ち続けた。スーツを着た腕が地面の上から何かを拾い上げた。ドアがばたんと閉まる直前、太陽を受けて金色の指輪が輝いた。

弾はこれで最後だ。わたしは撃った。

キャデラックはエンジンのうなりをあげてフランクリン通りを疾走していった。

ローガン。

「銃を捨てろ！」背後で誰かが怒鳴った。

わたしは両手を上げ、ゆっくりと銃を下げて、手から落とした。後ろから肩胛骨《けんこうこつ》の間を何かに噛みつかれた。氷のように冷たいシャワーに飛び込んだみたいに体が硬直し、全身の筋肉がこわばって動かなくなる。麻痺《まひ》しているのに熱く、痛いほどもどかしい。わたしは横向きに倒れた。頭が地面にぶつかる。保安官の制服を着た三人の男が上に飛び乗った。テーザー銃だ。テーザー銃で撃たれた。

両手を後ろに回され、手錠の冷たい金属が手首にあたるのがわかった。

前方でレノーラ・ジョーダンがパイプとチェーンの山のそばで立ち止まるのが見えた。

ローガンはどこだろう?

制服姿の四人がトロイを引っ張ってきた。頭を押さえつけられており、肌はアスファルトの上に落ちたときに擦れて血が出ている。

ああ、まさか。どうかローガンが死んでいませんように。お願いです、神さま。

金属の山が震えた。

保安官たちに押されてわたしは思わず膝をついた。あたりは保安官や警官でいっぱいだ。

すべての銃が金属の山に向けられている。

パイプとチェーンの山が爆発した。ローガンがよろよろと立ち上がった。ひどい顔つきだ。

「下がって」レノーラが命じた。

二十人以上が同時に銃を下ろした。ローガンが暗い怒りに顔をゆがめてレノーラのほうを向いた。一瞬、殺す気かと思った。

「レノーラ、さっさと警告を出せ」マッド・ローガンがうなるように言った。

14

「あの人は肋骨《ろっこつ》が二本折れているようです」女性の救急隊員がわたしに教えてくれた。「不完全骨折だと思いますけど、レントゲンを撮らないとはっきりしたことはわかりません。肩がはずれていたので治しましたが、それ以上は本人が治療を拒んでいます」

救急隊員はストレッチャーに寝ているマッド・ローガンを見た。その顔には、怒りという以外に表現のしようがない表情が浮かんでいる。救急隊員は誰も近づこうとしない。

「病院に行かないとまずいと思いますよ、本当に」救急隊員が言った。

「それ、本人に言った？」

「ええ、でも……」

わたしは待った。

救急隊員が顔を寄せて言った。「あの人、マッド・ローガンですよね。地方検事にあなたに頼めと言われたんです。あなたならあの人を説得できるから、って」

もし雲が割れて大天使が華々しく地上に降り立ち、マッド・ローガンを説得したとしても、無残に失敗して失意のうちに天国に戻ることになっただろう。わたしなら説得できるとなぜレノーラが思ったのかは謎だ。

「ありがとう。わたしが話してみるわ」

わたしはマッド・ローガンに近づいた。女性の救急隊員があとからついてきた。

「肋骨が折れてるそうよ」わたしは彼に話しかけた。

「不完全骨折だ」

わたしは片手を差し出した。

マッド・ローガンはそれを見つめた。

「車のキーをちょうだい。病院に連れていくから」

ふいに周囲が静まり返ったのがわかった。

「ばかばかしい」マッド・ローガンはうなるように言った。

「肋骨の骨折は命の危険につながりかねないわ」わたしは咳払《せきばら》いした。「あなたには動ける体でいてほしいの。だから治して。病院に行くことの何がそんなにいやなの？」

「時間がかかりすぎる。病院に着いたら二時間待たされて、レントゲンを撮られ、肋骨が折れていると言われるだけだ。そのあと抗炎症剤を二錠もらって家に帰れと言われる」

「レオンが去年、階段を自転車で駆けおりたらすごいだろうと思ったときに言った言葉とまったくいっしょだわ」

「正論すぎるほど正論だ」マッド・ローガンはむっとした。「どこがおかしい？」

「レオンは十五歳で、あなたはその倍の年齢ということよ」

「おれがよぼよぼの年寄りだって言いたいのか？」

「道理をわきまえてと言ってるの。時速四十キロの装甲車にぶつかられたのよ。その前は廃品置き場半分ほどもある量の金属に押しつぶされそうになったし。内臓が出血しているかもしれないし、脳震盪《のうしんとう》を起こしているかもしれないわ。ＹｏｕＴｕｂｅに投稿したがる十五歳の子どもより、あなたのほうが分別があるはずよ」

「怪我《けが》なら経験がある。たいした怪我じゃないってわかるんだ」

「悪いけど、あなたは救急医療の専門家なの？」

「訓練は受けてる」

わたしはうなずいた。「ほかにも訓練を受けている人がいるわ。ここにいる救急隊員の人たちよ。ミスター・ローガンは病院に行かなくても大丈夫だと思う人は手を上げて」

誰も動かなかった。

「ほらね？　判断はプロにまかせて」

ローガンは身を乗り出した。その顔の筋肉が引《ひ》き攣《つ》った。こらえようとしたが手遅れだった。彼は静かに、しかし脅迫するように言った。「病院には行かない」

「わかったわ。レントゲンの設備があって専門家がいて、あなたが行ってもいいと思う場所はある？」

「ある。一族の専門医のところに連れていってくれ」マッド・ローガンはポケットに手を入れてそっとキーを取り出し、わたしの手にのせた。

「協力ありがとう」

三分後、わたしはヒューストンの混みあう道でアウディを飛ばしていた。マッド・ローガンは助手席に座っている。呼吸が浅い。トロイが後部座席で身動きした。キャデラックが逃げたとき、左足を轢《ひ》かれたのだ。彼も緊急救命室に行くことを拒んだ。

わたしは車線を変更し、二台の車の間の狭い空間にすっと入った。まるで夢みたいな操作性だ。

「ぼくが運転を代わろうか」トロイが言った。

「彼女にまかせておけば間違いない」マッド・ローガンが言った。

わたしは身じろぎした。

「どうした？」

「マッド・ローガンからこんなに褒められるなんて、身に余る光栄だわ」

ラジオが入った。「緊急放送です。国土安全保障省はヒューストンがテロリストの攻撃対象になったという信頼できる証拠を入手しました……」

レノーラが警報を発したのだ。これで中心街とビジネス街は誰もいなくなるだろう。

「三キロ先で降りてくれ」マッド・ローガンが言った。「レオンは自転車で階段を下りきったのか？」

「ええ。そのまま壁にぶつかって、ハンドルで肋骨を折ったの。頭も打って、ひどい脳震盪を起こしたわ」

　レオンは妹たちといっしょに安全なオースティンにいる。でもこの街にはレオンやアラベラやカタリーナたちがたくさんいる。そして今、アダム・ピアースはアイテムをまた一つ手に入れた。もう三つ全部持っているかもしれない。あの男はこの街を焼け野原にするだろう。この件にもう一人〝超一流〟がかかわっていることがわかった。これから何が起きるのだろう？　その理由は？

　考えれば考えるほど答えが遠ざかっていく気がした。

　マッド・ローガンの一族の専門医は、看板の出ていない三階建てのビルを診療所にしていた。曇りガラスの窓、小さな専用駐車場を備えたその建物は、なんの特徴もないオフィスビルにしか見えない。駐《と》まっている車は三台だけで、どれも黒っぽいＳＵＶだ。

　わたしは車を駐め、フロントガラス越しに下からビルを見上げた。人がいる気配がない。

　マッド・ローガンが車から降りた。わたしは外に出てトロイのためにドアを開けた。

「ストレッチャーか車椅子がないか見てくるわ」

　マッド・ローガンはキーパッドにコードを打ち込んだ。

「大丈夫、歩けるよ」トロイが言った。

「いいのよ、きっと何か……」

曇りガラスの両開きのドアが開いた。三人の男と二人の女がプロらしい手さばきで二台のストレッチャーを押して出てきた。その後ろに大柄なラテンアメリカ系の女性がいた。太っているのではなく巨大なのだ。身長は百八十センチ以上、がっしりした体格で肩幅は広く、まくり上げた緑色の手術着から見える腕はたくましい。よく笑う人だろうとわかるし、その笑顔は明るいに違いない。年は四十前後だ。

女性はマッド・ローガンを見た。「何をしたの？」

マッド・ローガンが口を開きかけた。

彼女はわたしのほうを見た。「この人、どうしたの？」

「車にぶつかられたんです」

女性はマッド・ローガンのほうを向いた。「どうしてそんなばかなことをしたの？」

マッド・ローガンはまた口を開こうとした。

「ワルを揃《そろ》えた軍隊を持ってるのは、こういうことが起こらないようにするためでしょ？」

「いや、だから……」

彼女はわたしのほうを向いた。「どんな車？」

「防弾仕様のキャデラックです」

「まあ、いい車だっていうのが救いね」そしてまたマッド・ローガンのほうを見た。「せっかくのいい車をあなたにぶつけて台無しにするなんて、いったいどこの誰？」

マッド・ローガンはゆっくり息を吸って吐いた。

「肋《あばら》を折ったのね」女性は手を振った。「二人ともストレッチャーに乗せて」

「そんな必要は……」マッド・ローガンが言いかけた。

女性はストレッチャーを指さした。「乗って」

わたしは、彼女が言ったことにはすぐ従いたいという衝動を覚えた。

ローガンはストレッチャーに横になった。一同は彼とトロイを建物の中に運んだ。

「わたしは医師のダニエラ・アリアス。中に入って。待合室にいればいいわ」

わたしは彼女のあとについていった。ほかに選択肢があるとも思えなかった。

待合室というのはたいてい座り心地の微妙な椅子とテレビがあり、運がよければコーラの販売機があるものだ。ここの待合室はまるで豪華なホテルだった。床から天井までの高さの大きな水槽が壁の一面を占め、小さな銀色の魚の群れが右へ左へと泳いでいる。贅沢《ぜいたく》なソファがあちこちに置かれ、大きな薄型テレビの前にも並べられている。左手にはドアが透明ガラスになったステンレスの冷蔵庫があり、片側には水やオレンジジュースやゲータレードが、もう片方にはハム類、ヨーグルト、サラダ、カット野菜や果物のボウルが並んでいる。お好きなだけどうぞ、というわけだ。わたしはラズベリーのボウルを取った。

それはほっぺたが落ちそうなぐらいおいしかった。

三つ目のボウルを食べていたとき、ダニエラ・アリアスがドアから入ってきた。

「命に別状はないわ」

当然と言えば当然だ。

「あなたに会いたいって」

わたしはしぶしぶラズベリーを置き、彼女のあとについて廊下を歩いていった。

「痛がってますか？」

「これから六時間耐えられるだけの薬を与えたわ。でもひねり方が悪いと痛いでしょうね。肋骨二本にひびが入っているし、肩の打ち身もひどいから」

マッド・ローガンは死ななかった。大事なのはそれだ。

「トロイは？」

「脚を骨折したけど、きれいなものよ。ボーナスつきで帰宅できるわ。で、あなたは？軍隊にいたの？」

「いいえ。軍人だったのは母です」

「どういういきさつで彼に助けられたの？」

「わたしはローガンの部下じゃありません。偶然いっしょに仕事をしているだけです」

「なるほど」

「先生は彼に助けられたんですか？」

「ええ。十年軍にいたの。そのうち六年は南米。普通の生活に戻りたくて除隊したのよ。そして救急医療専門クリニックに勤めたの。いい仕事をしているクリニックもあるけど、そこはお金優先だった。わたしは命を救おうとして医療を志したの。必要な薬だと思えば処方するし、必要な治療だと思えばおこなう。たとえ患者が医療費を払えなくてもね」

「経営者はそれが気に入らなかったんですね？」

「そう。どの医者も、払えない患者は帳簿からはずすようにしていたんだけど、わたしははずしすぎだと経営側に指摘されたの。注意を受けたあと、脅されたわ。それで降参すると思ったみたいだけど、わたしはそういうタイプじゃなかった。やがて何度か保険会社に支払いを拒否され、保険でカバーできなくなって、わたしはクリニックに借金することになってしまったの。通常クリニックは損金を次期に持ち越すんだけど、そうはしなかった。保険がカバーしきれない分をわたしに払えと言ってきたの。支払えないとわかると、訴えられた。わたしは家を売り、貯金をはたき、破産したわ。そんなときマッド・ローガンと出会って借金を肩代わりしてもらい、病院を開くチャンスをもらったの。おかげで人生が百八十度変わったわ。だから、もしあなたが彼によからぬことを考えているなら、頭に銃弾を撃ち込むわよ」ダニエラはにっこりしてドアを開けた。「入って」

中に入ると、後ろで鍵がかかる音がした。そこはきれいなホテルの客室だった。入り口の真正面は一面窓で、分厚いグレーのカーテンが開けられてヒューストンの街並みが見える。右手は壁に沿って大きなベッドがある。真っ白な毛布とずらりと並ぶ枕を見ると、高級スイートのベッドみたいだ。右の奥には壁際に小さなキッチンがあった。その向かいのカーテンのそばには長方形のガラスの箱がある。それがいくつものノズルを備えたシャワールームだと気づくのに少しかかった。内側にまだ水滴がついていて、ローガンがそばに立っていた。ジーンズとシンプルな白いTシャツという姿で、黒っぽい髪はまだ濡《ぬ》れている。

シャワーを浴びたばかりのようだ。さっきまであのガラスの箱の中に立っていたのだ。裸で、シャワーを浴びながら。もう少し早く来れば、全裸の彼を目にしただろう。

わたしは空想の中で彼を裸にした。濡れる金色の肌、髪をかき上げる腕にうねるなめらかな筋肉……体に熱いものが走った。わたしは顔が赤くなるのを感じた。間違いない。

鍵のかかった部屋の中で二人きりだ。この部屋にはベッドがある。どうして鼓動が速くなっているのだろう？

「……男だ」

えっ？

マッド・ローガンは顔をしかめた。「いや、顔は見なかった。かがみ込んだときに手が見えただけだ」

彼は電話していた。こんなことではだめだ。わたしは観察眼が鋭い。これは仕事上身につけた能力だが、生まれつきに持ちあわせた力でもある。彼は携帯電話を耳にあて、そこに立っていた。それなのにわたしはまったく見えていなかった。見ていたのは、目、顎、力強い首のライン、Tシャツに浮き出る胸の筋肉だ。首の左側に這《は》い上る大きな黒いあざと、腕に走る無数の切り傷だ。携帯電話は見えなかった。シャワーを浴びている彼を想像しただけで、わたしの観察力は消え失《う》せてしまった。

もうこんなことはやめなければ。仕事を遂行する能力に大きな支障が出ている。シャワーを浴びる彼のことを考えるのはよそう。いっしょにシャワーを浴びる自分を考えるのもだめだ。

「そうだ、オーガスティン」マッド・ローガンが電話口で言った。「男の手が見えたんだ」

「指輪をしていたわ」わたしは言った。

「待ってくれ」マッド・ローガンは電話をスピーカーに切り替えた。「どんな指輪だ？」

「太い金の指輪よ。スクールリングみたいだった」

「どの指にしていたか見たか？」オーガスティンが電話越しに言った。

「人差し指」

「たしかだな？」オーガスティンがきいた。

「ええ。変だと思ったの。スクールリングは普通右手の薬指にするから」

「ゼータ・シグマ・ミュー友愛会の指輪は違う」

「それはなんの友愛会？」

「魔法だ。〝優秀〟以上しか入会できない」オーガスティンが言った。

「昔、薬指には心臓に直結する血管があると信じられていた。だからこの友愛会の指輪は人差し指にするんだ。魔術というのは分析に基づく技術であり、心の束縛から自由でなければいけない。だから薬指からできるだけ離れた指にはめなければならない。実際にはそれは親指にあたるが、親指に指輪をするのはあまり実用的じゃない」

「この国には人形使いの一族が八つある」オーガスティンが言った。「もしかしたらもっとあるかもしれない。気に入らないな。この件に〝超一流〟が複数かかわっているというのが気に入らない。危険の度合いが跳ね上がる。とにかく、例の男を連れてきたら連絡する」

マッド・ローガンは電話を切ってわたしのほうを見た。「オーガスティンはマーク・エンメンスを見つけた。当時のエンメンスの曾孫《ひまご》だ。七十九歳で、頭はしっかりしてる。オーガスティンがみずから彼をモンゴメリー国際調査会社に連れてくるそうだ」

「すごいわ」

「エンメンスには呪いがかかっている」

「呪いってどういうこと？」

マッド・ローガンは携帯電話をベッドに投げた。「エンメンス一族の全員に、例の宝石飾りのことを人に話せなくする強制の力が働いているということだ」

「あなたにもできるの？」

「個人的には無理だが、できないことはない。めずらしい魔術で、準備に何カ月もかかる。エンメンス一族は、例の宝石飾りのありかを秘密にすることを神聖な義務だと考えているようだ」

わたしは顔をしかめた。「じゃあ、どうすればいいの？」

「きみが呪いを破るんだ」

「わたしが？」

「そうだ」

わたしは両手を広げた。「いったいどうやればいいのか想像もつかないわ。あなたは一度わたしに〝自白のアクベンス〟の呪文を使ったわね。あなたならエンメンスの呪いをたたき壊せるんじゃないの？」

「おれはテレパスとしては弱い。触知者であることの副作用みたいなものだ。だいたい、〝自白のアクベンス〟は準備に何週間もかかる。あのときは別件で使ったものを流用したんだ。あれをおこなうとエネルギーをすべて消耗してしまう。おれたち二人のうちなら、きみのほうがずっと成功する可能性が高い」

めちゃくちゃな理屈だ。

「ローガン、わたしはどうすればいいのかわからないのよ。ベストは尽くしたいけど、どこから手をつけていいのかもわからないわ」

マッド・ローガンはベッドに座った。「きみの家が放火されておばあさんが殺されそうになったとき、おれを問いつめただろう。あのときと同じ力を引き出せばいい」

言うだけなら簡単だ。

「ネバダ？」

「無理よ。どうしてあんなことができたのか自分でもわからないんだから」

「そうか」マッド・ローガンは身を乗り出した。「最初から整理してみよう。きみが力を使うとき、努力するか？」

「いいえ、全然」

「魔力が不発に終わるとどうなる？」

「そういうことはないわ」

マッド・ローガンは一瞬口をつぐんだ。「間違えたことがないのか？」

「ええ」

彼はわたしを見た。「これまで無意識域で魔力を使ってきて、一度も間違えなかったんだな？」

「質問の意味がわからない」

マッド・ローガンの顔から表情が消えた。

沈黙が流れた。

わたしはただ立っているのがばかみたいに思えた。「ローガン？」

「待ってくれ。〝超一流〟として魔力の理論を学んだ三十年を二十分に凝縮して説明するにはどうすればいいか考えてるんだ。きみにわかる言葉にするにはどうすればいいか」

わたしは首を振った。

「どうした？」

「わたしがものを知らないせいであなたがいらいらするのはわかるけど、わたしがばかだって態度で示すのをやめてくれるとうれしいわ」

「ばかじゃない。飛行機を見たことのない相手にどうやってジェット機の説明をすればいいか考えてるんだ」

わたしはため息をついて椅子に座った。「とにかく、ばかなわたしにもわかるような言葉が見つかったら教えて」

「せめて学ぶ姿勢を見せたらどうだ？　そこに座ってすねてるだけなんてきみらしくない」

「何がわたしらしいかなんて知らないくせに」

彼はベッドからすべりおりてわたしのそばにしゃがんだ。顔をしかめもしない。腕利きの先生がどんな痛み止めを出したのか知らないが、きっと強い薬なのだろう。マッド・ローガンは質問の答えを待つときのようにじっと集中してこちらを見ている。目をそらすことなどとても無理だ。もし彼が誰かを愛したら、誰もが夢見るほどの献身的な愛情を見せるだろう――サイコパスが誰かを愛せるとは思えないけれど。

「肋骨が痛むわよ」

「どうしたんだ、ネバダ?」

わたしは嘘《うそ》をつきたかった。でも、どうしても嘘をつかなければいけない理由がない。自我とプライドを守りたいだけなのだし、それだけでは嘘を正当化するには弱い。「高校や大学のとき、締め切り直前に適当に課題を仕上げたことはある?」

「もちろん」

「それを読んだ相手に、ひどい出来だ、課題をぎりぎりまで放っておくのはやめろと言われてむっとするんだけど、本当は自分自身に腹が立ってるの」

「きみは自分に怒ってるのか?」

「そうよ。わたしには魔力がある。その魔力は強い。でも、それを改良しようと思ったことは一度もないの。自分を試したこともない。呪文や魔法陣のことは読んで知っていたけど、あなたといっしょにいたあのときまで地面に描いたこともなかったし、その理由も説明できないわ。考えたことがないのよ。人間嘘発見器になるのが自分の限界だと思ってた。その事実をあらためて突きつけられたくなかったの」

マッド・ローガンはうなずいた。「なるほど。これではっきりしたな。きみは自分の怠慢に腹を立て、自己憐憫《れんびん》に浸っている。一瞬だけならそれもかまわない、なぜなら、アダム・ピアースがいつヒューストンを火の海にするかわからないからだ。思いきり浸るといい。五分で足りるな？」

「あなたって最低」

「そうだ。だが訓練を積んだ最低だ。自分の専門知識をきみに分け与えようというんだ。だから、乗り越えて前に進め。いいな？」

ヒューストンを焼け野原にするわけにはいかない。「わかったわ」

彼は立ち上がってベッドに座った。「魔力には無意識のものと意識的なものがある。水使いを例に取ってみよう。水使いは水がどこにあるか常にわかっている。問題は、なぜわかるか、だ」

「水を感じるから」

「そうだ。魔力の一部が本人の意思とは関係なく周囲を探っている。水がどこにあるのかピンポイントで教えてくれと頼んでも、意外にも水使いは能動的に探すということができない。無意識のうちにしていることだからだ。それが無意識域だ。その機能をオフにすることもできない。水使いが砂漠にいると、ほかの仲間よりずっと早く消耗する。なぜだと思う?」

「無意識のうちに常に水を探しているのに見つからないから?」

マッド・ローガンはうなずいた。「水使いが空気中の水分や水源を使って水を操ろうとするとき、意識的に努力する。これが意識ベクトルだ。携帯電話でたとえるなら、無意識域は電波を探す機能が働く範囲で、意識ベクトルは実際に電話をかけることに相当する」

「わたしが人の嘘を探知するとき、その人はわたしの無意識域に入っているというわけね」つまり、わたしがマッド・ローガンを意志の力で拘束して放火犯かどうか問いただしたとき、初めて意識的に魔力を使ったというわけだ。なんてことだろう。いや、そうじゃない。マッド・ローガンに誘拐されたとき、彼の呪文に対抗した。あのときも自分の力を利用したのだ。

「そうだ」マッド・ローガンは立ち上がった。「おれは四十五歳だ」

魔力が働いた。「嘘よ」

「あっちを向いて」

わたしはマッド・ローガンに背を向けた。

「おれの母親は息子を憎んでいる」

「嘘だわ」

わたしは振り返った。彼はキッチンのほうに行った。

「距離を調べているの?」

「そうだ」

「それなら教えてあげる。相手の姿が見えるか、声が届く範囲なら、魔力が働くわ。電話とかテレビの放送とかスカイプではだめなの。物理的な近さが必要なのよ。姿が見えて声が聞こえると、魔力がよく働くみたい。目と目を合わせるのがいちばんね」

マッド・ローガンが近づいてきて三十センチのところで止まり、まっすぐにわたしの目を見た。「質問して、強制的に答えを引き出してみてくれ」

わたしは体に力を入れ、彼に集中した。イエスかノーで答えられる簡単な質問がいい。

「結婚したことはある?」

なんの反応もない。

わたしは十秒待った。

「別のやり方を試そう」マッド・ローガンはキッチンの引き出しを探り、チョークを取り出した。彼はそれをわたしに渡した。「魔力増幅の魔法陣を描いてくれ」

わたしはチョークを受け取り、部屋の中を歩いていってしゃがむと、床に魔法陣を描き始めた。

「待ってくれ」マッド・ローガンがそばに来てひざまずいた。「魔法陣にはサイズは関係ない。完璧に描いた小さな円のほうが、いい加減な大きな円より強い力を発揮する。ほら、こう描くんだ」

彼はわたしの手に手を添えた。

手のぬくもりと指の肌理《きめ》を感じ、体に興奮が駆け抜けた。このスリルの半分は期待で、半分は警戒心だ。彼のもう片方の腕がわたしを抱いている。

どうしよう。部屋から空気がなくなったみたいだ。

「腕を伸ばすんだ。肘は曲げない」彼の手がすべるように肘に上がり、はじけるような熱さが腕から背中へと突き抜けた。理性がバランスを取り戻そうとするいっぽう、体はうめいている。もっと触って、もっと、と。

「チョークを置いて」彼はすぐ後ろにいて、耳元で話している。

世界が縮んだ。まるで彼が雷雲であるかのように、空気が電気を帯びた。期待が体をとらえる。耳は彼の声以外のすべてを閉め出した。彼の手が腕を撫《な》でる。膝が腿をかすめたとき、わたしは跳び上がりそうになった。

「コンパスと同じだ。体が軸で、チョークを持つ腕が鉛筆だ」

彼の口調が変わった。呼吸が深くなっている。

「しっかり持って。このまま回るんだ」

わたしは脚を軸にして回り、床にほぼ完璧な弧を描いた。

「いいぞ」

手が彼の脚にぶつかった。わたしはチョークを取り落とし、目を上げた。彼の顔がすぐそばにあった。

冷たくて容赦ないか、皮肉っぽく笑っているかどちらかの彼の目が、強烈な男の欲望に溺れるように青く燃えている。その目はわたしを引き寄せ、ぼうっとするような夢を予感させる。その夢が嘘だろうとどうでもよかった。

彼の体がさっと動き、腕がわたしをとらえ、唇が重なった。舌が開いた唇に入り込み、愛撫《あいぶ》し、大きく開かせ、彼の味わいへといざなった。見えない熱い手がうなじを撫で、琥《こ》珀色の蜂蜜のように温かく喉へと這いおりていく。それは沸き立つような熱い跡を残しながら肌へ、血管へと染み込む。液体のようなぬくもりはゆっくりと胸の間へとしたたっていき、上から脇へ、そしてさらに下へと下りていった。期待のあまり胸の先端が硬くなる。ふいに炎がスピードを増し、ベルベットのような感触が胸の丸みを包んだ。その炎は胸をやさしくもんだかと思うと、乳首で熱くはじけた。快楽の攻撃に負けて体の力が抜けた。わたしはローガンの唇の下であえいだ。

彼の手は髪の上からうなじをつかんでいる。もう片方の手は背中に回り、軽々と体重を支えながらわたしの体を引き寄せている。胸板はぴったりと胸の先端にあたっている。ショッピングモールで過ごした時間は彼の魔力をかいま見せたにすぎなかった。これは天国だ。あるいは地獄かもしれない。どちらかわからないけど、どちらでもいい。もっとほしい。

ぬくもりはゆっくりと下に向かい、快楽のリボンとなってわたしの体に巻きついた。腿の間に痛いほどの欲望と震えるような期待がどんどんふくらんでいく。体の奥でぬくもりが脈打ち、欲望がつのっていく。

彼のキスは止まらない。舌が執拗《しつよう》に唇を襲う。

ああ、もう立っていられない。もう……。

舌が中に入り込む。ベルベットのようなぬくもりが体を満たす。快楽という川に溺れ、あふれ出すエクスタシーと狂気に深みへと引きずり込まれていく。痛いほど体がこわばり、わたしは叫んだ。腰が勝手に動く。

腿の間でつのった欲望がはじけ、衝撃となってほとばしった。わたしは彼の腕の中に倒れ込み、至福のもやの中に漂った。

彼はわたしを支えながらキスした。唇をかすめる唇はやさしいと言ってよかった。

誰かがドアをたたいた。「少佐?」ダニエラだ。

現実が衝撃とともに戻ってきた。マッド・ローガンとキスし、絶頂に達してしまった。理性が麻痺《まひ》するような信じられないオーガスムは、死ぬその日まで忘れられないだろう。

服も脱がされていないのに。ああ、なんてことだろう。わたしは両手で顔をおおった。

「なんだ？」マッド・ローガンがうなるように答えた。

「電話に出てちょうだい。オーガスティン・モンゴメリーからよ」

「あとでかけ直す」

「緊急だそうだけど」

「かけ直す」マッド・ローガンの声には鋼鉄の響きがあった。

離れていく足音が聞こえた。彼の腕はまだわたしを抱いている。

「ネバダ？　大丈夫か？」

わたしは急いでプロとしてのプライドを装った。自分をおとしめるようなことをしてしまった。あのマッド・ローガンといちゃつくなんて。何より悪いのは、彼といっしょにいるのがどういうものなのか、少しだけ知ってしまったことだ。まさに魔力だった。それは麻薬のようにわたしを食い尽くし、もぬけの殻にしてしまうだろう。そしていずれは捨てられる。彼を永遠に自分のものにしておくことはできない。彼は〝超一流〟であり、自分の利益を優先する。わたしを退屈に感じた瞬間、背を向けるだろう。そう考えただけでつらかった。

「ネバダ？」

しっかりしなさい。わたしは顔から手を離し、彼の体を押しやった。そしてベッドの上から携帯電話を取って渡した。

マッド・ローガンは受け取った携帯電話を肩越しに投げ捨てた。携帯電話は壁にあたり、カーペットの上に落ちた。彼はわたしに手を差し出した。

「やめて」

「どうして?」

「プロとして間違ってるし、危険よ。なかったことにしましょう」

「現実だ。おれはここにいたし、きみは喜んでいた」

「違うわ」

「きみは溶けそうだった」その口元に、男らしい自己満足の笑みが浮かんだ。「春の雪みたいに」

「なんのことかわからない」

わたしたちは見つめあった。

「そうか。さっきのことはきみの想像を超えていた。過去にあれほどの思いをさせてくれた男はいなかったし、これからもいないとわかってる。少しだけ知ってしまったせいで、もっと知りたいと思ってる。セックスしたいと思っている。荒々しくてホットな裸のセックスだ。こうして話してる間にもそのことが頭を離れない。それなら逃げればいい。何度も思い出し、なかったことにしたってかまわない。振り払おうとすればするほど抵抗できなくなる。そのうちおれが手招きしただけできみは駆け寄ってくるようになる」

手を握りしめると固いものを感じた。わたしはそれを彼の顔めがけて投げつけた。チョークは額にあたった。彼はまばたきした。

わたしは立ち上がり、落ち着きを取り戻そうとしてシャワールームに入った。

15

マッド・ローガンの携帯電話が壊れない仕様なのか、それとも同じものをいくつも持っているのかわからないけれど、わたしがシャワールームから出ると彼は携帯電話を耳にあてていた。靴もはいている。出発するようだ。

マッド・ローガンはわたしに向かってドアを指さし、外に向かった。わたしはそのあとについていった。ローガンの歩調は速く、小走りでないと追いつかないほどだ。

「わかった。十分後に来てほしい。できるな?」

彼は電話を切って足を速めた。「オーガスティンからだ。パトカーが南高速道路で街に向かうピアースを目撃したそうだ。三分前に無線で連絡が入った」

「あの男、パトカーを火の玉にして高笑いしたの?」わたしは走り出した。

「あいつはパトカーを無視した。だがピアースといっしょにいた装甲車がパトカーにぶつかって、パトカーは道から転落した」

わたしたちは外の明るさの中に飛び出した。

アダムが自分を誇示するチャンスを見逃した。南高速道路で街に向かっている。まっすぐ中心街に入る経路だ。あの男はエネルギーをためている。隕石《いんせき》みたいにヒューストンを襲う気だ。こうなったら競争だ。

「キーをくれ」ローガンが手を差し出した。

わたしはその手にキーを押しつけた。彼がアウディのロックを解除し、わたしたちは中に乗り込んだ。

「あいつは三つ目のアイテムを持ってない」ローガンがアクセルを踏むと、アウディは弾丸のように駐車場を飛び出した。「一つ目と二つ目を大騒ぎして手に入れたから、三つ目も同じだろう。奴《やつ》は三つ目のありかをもう知っている。だがこちらは知らない」

ラジオが入った。「緊急放送です。国土安全保障省はヒューストンがテロリストの攻撃対象になったという信頼できる証拠を入手しました。テロ攻撃の危険性は〝高まっている〟から〝切迫している〟に引き上げられました。中心街から避難してください。繰り返します。中心街から避難してください。車で移動できない場合は、地下街に避難してください。主な入り口は……」

マッド・ローガンはラジオを切った。車はすさまじいスピードで車列を縫って駆け抜けていく。反対車線は車でいっぱいだ。同じ車線の車は、脇道に入るかUターンしようとしている。誰もが中心街から逃げ出そうとしているのだ。

「マーク・エンメンスには娘が一人いる」マッド・ローガンが言った。「妻と妹、妹の夫はもう死んでいる。娘とその夫は説明を受けた。オーガスティンの話では、二人の身のまわりにはなんの異常もなかったらしいが、マークの孫息子のジェシー・エンメンスは三カ月前エディンバラの寮の部屋から姿を消したそうだ。ジェシーは四十八時間後に無傷で寮の前に置き去りにされた。行方不明の間の記憶はなかった。記憶をブロックしていた力は強く、二十四時間は自分の名前すら思い出せなかったそうだ」

「ジェシーは例の宝石飾りのありかを知っていたの？」

マッド・ローガンはうなずいた。「彼にも呪いがかかっていた。誰かが呪いを破ったんだ。つまり、破るのが可能だということだ」

「わたしに期待されているのはそれだ。でもどうすればいいのかわからない。きみならできる。ちゃんとした指導を受けていれば悩まずにすんだはずなんだが」

「ちゃんとした指導を受けていたら、オーガスティンみたいな人たちがわたしを専用の嘘《うそ》発見器にしようとしたでしょうね」そして今、成功しようが失敗しようが、わたしはオーガスティンの道具になるのだ。モンゴメリー国際調査会社がアダムの引き起こす惨禍を生き延びられればの話だけど。

「契約上オーガスティンはそれを強制する権利があるのか？」

「ええ」

「その契約はおれが買い取る」

「それは無理よ。うちのローンの買い取りにはわたしの同意が必要だし、わたしは同意しないから」

マッド・ローガンはにやりとした。「おれの下で働くのはいやか？」

「答えるのはやめておくわ」

「契約書のコピーは？」

「携帯電話に入ってる」

「モンゴメリー国際調査会社から強制的に仕事を請け負うという条項を読んでくれ」

十分後、車はモンゴメリー国際調査会社の鮫《さめ》のひれ型のビルの前の駐車場に入った。車がどんどん反対方向に走っていき、誰もが不安そうな顔で急ぎ足でビルから出ていく。オーガスティンが社員を避難させているのだ。

ロビーで受付嬢が待っていた。メイクはやはり完璧で、服装も非の打ちどころがないが、髪は青みを帯びた緑色だ。「どうぞこちらへ」

彼女は小走りでエレベーターに向かった。わたしたちはそのあとを追った。彼女は十五階のボタンを押した。「カメラのネットワークがダウンする前に、中心部に向かうアダム・ピアースの姿を街頭の監視カメラがとらえました。バイクに乗っていて、二台の黒いＢＭＷが前後に付き添っています」

エレベーターのドアが開き、受付嬢は廊下を急いだ。「録画からわかったのは、街頭にいた人にはピアースの姿もBMWも見えなかったことです。警察が中心街に入る主要な道路すべてを封鎖していたんですが」

何者かがアダムの姿を隠したのだ。強力な魔力の使い手がもう一人いるということだ。事態はどんどん複雑になっていく。得体の知れない相手は強い力を持ち組織化されていて、前もって計画を立てている。ヒューストンにとってよくない兆候だ。

何をする気だろう？　どうしてこんなことになったのだろう？　わけがわからない。

受付嬢はドアの前で立ち止まり、開けてくれた。わたしたちは広い部屋に入った。窓に遮光シャッターが下りている。唯一の明かりは、柱のように並ぶ床から天井までの高さの六つのガラス管からの光だけだ。部屋の片方に三つ、もう片方に三つあり、直径は三十センチほどで透明の液体で満たされている。水の中には無数の泡がわき上がっており、紫の光に照らされてゆっくりと動く様子を見ているとまぶたが重くなってくる。

ガラス管とガラス管の間の椅子に年老いた男性が座っていた。左手に彫りのある木の杖《つえ》を持ち、スーツ姿で、髪は白く綿のようにふわふわだ。深い皺《しわ》が年齢を感じさせるが、こちらを見つめるはしばみ色の目は鋭く、はっとするような知性を感じさせる。隣にオーガスティンが立っていた。部屋の奥の壁には大きなフラットスクリーンがあり、その下で五人がコンピュータの前に座っている。ディスプレイの明かりが彼らの背後の壁を照らし出し、宙を舞うチョークの埃《ほこり》を浮かび上がらせている。これで床と壁が不思議な色をしているのがわかった。ここは全体が黒板塗料で塗られた呪文の部屋なのだ。

「ミスター・エンメンス」オーガスティンが言った。「コナー・ローガンとその同僚を紹介します」

「よろしく」ミスター・エンメンスが答えた。

「魔力増幅の魔法陣が必要だ」マッド・ローガンが言った。「四十五度と百三十五度に中心点がほしい」

コンピュータの前に座っていた女性が跳び上がるように立って駆け寄り、床に円を描き始めた。

「すみません」オーガスティンはミスター・エンメンスに笑顔を見せた。「同僚と話をさせてください」

オーガスティンはマッド・ローガンを端に引っ張っていった。ほかにどうしていいかわからず、わたしもついていった。

「こんなことをしてもどうしようもないってわかってるだろう?」オーガスティンがささやいた。「彼は出生時にチェーザレ・コスタに呪いをかけられている。きみの力ではそれを破れない。破れるのは〝超一流〟の呪文破りだけだ。この国には二人いるが、二人とも西海岸だ。我々には時間がない」

「ミズ・ベイラーは契約を再考したいそうだ」

オーガスティンはわたしのほうを向いた。「今か?」

「今だ」ローガンが答えた。「第七条項に一言つけ加えたい。モンゴメリー国際調査会社はベイラー探偵事務所に補助等を強制してはならない、と」

「どうしてそんなことをしなくちゃならない? うちの利益に反するというのに」オーガスティンは顔をしかめた。「いったいどういうことだ?」

「風向きが南だからだ」マッド・ローガンが答えた。「アダムが中心街のどこでパーティを始めようと、このビルは炎に襲われる。おまえもわかってるはずだ。おまえの一族は数百万ドルを失うことになる。一言でいい、オーガスティン。何がかかってるか考えろ」

オーガスティンは歯を食いしばった。

「懐のでかいところを見せろ」マッド・ローガンが言った。

「いいだろう」オーガスティンはそばのデスクからタブレットを取り、その上に長い指を走らせた。そしてわたしに見せた。そこには〝付加条項〟として例の条文と修正箇所が示してあった。オーガスティンはスクリーンに親指を押しつけ、サインし、タブレットを差し出した。「指紋を」

わたしはその隣に指を押しつけた。画面が光った。

「これでいい」オーガスティンが言った。

「始めるぞ」マッド・ローガンがわたしに言った。

わたしは深呼吸した。オーガスティンは鷲《わし》のような目でこちらを見ている。

マッド・ローガンはわたしを魔法陣のところに連れていった。「靴を脱いで」

わたしはテニスシューズとソックスを脱いだ。彼はわたしの手を取って円の中に入らせた。

「肩の力を抜いて、心を通わせろ」

わたしは円の中に立った。弾力性のある液体の上に立っているような不思議な気分だ。ジャンプしたらトランポリンみたいに跳ね返りそうな気がした。問題は、どうやってジャンプすればいいかわからないことだ。

ミスター・エンメンスがわたしのほうにうなずいてみせた。「始める前に言っておくが、例のもののありかを直接質問されてそれに答えると、わたしは死ぬと警告されている。きみにありかを教えたいが、正確な位置を無理に引き出されると、なんの役にも立てずに死ぬことになり、限られた時間のうちに例のものを見つけ出すことができなくなる。この街のために命を差し出すのはかまわない。それが我が一族の義務だからね。ただ、わたしの命を無駄遣いしないでくれと言いたいんだ。的外れの質問に答えたせいで死ぬのは困る」

「わかりました」濃い水蒸気のようにわたしの魔力が魔法陣を満たした。〝液体〟の表面は静かだ。この二つの力をつなぎあわせなければいけない。

「時間がないぞ」オーガスティンが言った。

「魔法陣を感じることができるか?」マッド・ローガンがわたしの背後に回った。

「ええ」

彼はチョークで円を描き、わたしの左で止まった。「きみの魔力がそこに満ちるのがわかるか?」

「ええ」

「ピアースが何をたくらんでいるか知ってるな?」

「この街を焼き尽くすことよ」マッド・ローガンは何を考えているんだろう?

「あの宝石飾りのおかげでエンメンスは〝超一流〟の力を得た」マッド・ローガンの声は冷たかった。「あの力があればアダム・ピアースは炎の神と化すだろう。あいつの力は鋼鉄を溶かす。鋼鉄が溶ける温度は千五百度だ。あの宝石飾りがあればその力が倍になる。コンクリートは千二百度で構造的完全性を失い、酸化カルシウムの白い粉となる。千五百度でビルの中の鉄筋が溶ける。中心街は溶けた金属、崩れたコンクリート、炎、有毒ガスの地獄と化すだろう。何千という人が死ぬ」

わたしは息をのんだ。不安がこみ上げてきた。

「ピアースはドレイファス通りを越えました」コンピュータの前から声がした。「カメラの映像が途切れたようです。また見失いました」

アダムはレノーラの道路封鎖を避けて脇道を走っている。車通りがあったとしても二十分で中心街に到着するだろう。

「問題は数千の人々だ」マッド・ローガンが言った。「決して人ごとじゃないぞ」

彼はオーガスティンのタブレットを取ってタップした。壁のフラットスクリーンに映像が映った。ウルトラモダンなビルの前に銀色のバンが止まっている——あれは第二ヒューストンセンターだ。黒ガラスで包まれた目立つビルで、中心街の真ん中にある。

マッド・ローガンはタブレットをオーガスティンに返し、携帯電話を取り出した。「バーナード？」

「はい？」電話越しにいとこの声が聞こえた。

「車から出てビルのほうを向いてくれ」

まさか。わたしの全身が冷たくなった。

バンの助手席のドアが開いた。バーンが車から出てきてビルのほうを向いた。カメラがその顔をアップにした。

ほかのすべてが消えた。わたしの目には大きく見開かれたバーンの真剣な青い目しか見えなかった。

アダムはあと二十分であそこに到着する。バーンは死んでしまう。マッド・ローガンはそれを知っている。知っていながらバーンをあそこに行かせたのだ。

耳に自分の声が聞こえた。「そこから離れて。早く！」

「彼には聞こえない」マッド・ローガンは携帯電話をしまった。

「なんてことをするの！」

わたしは魔法陣に魔力をたたきつけた。周辺の円からチョークの煙が立ちのぼった。オーガスティンがタブレットを取り落とした。魔法陣が魔力を跳ね返し、わたしは力がみなぎるのを感じた。

「そういうことか」マッド・ローガンがつぶやいた。「恐怖でも怒りでもなかった。誰かを守りたいという強い思いだ」

「あの子は十九なのよ！」燃え上がる魔力に合わせるように怒りがふくれ上がった。

「それなら助けるために何かしたほうがいいぞ」

魔力がマッド・ローガンに牙をむいた。

「おれじゃない」ローガンはミスター・エンメンスを指さした。「彼だ」

わたしはくるりと向きを変えた。魔力がミスター・エンメンスを縛り上げた。その顔が青ざめる。魔法陣がさらに力をくれた。わたしは彼の目を見すえた。「あなたの名前はマーク・エンメンス？」

「そうだ」

真実だ。

魔力が彼をとらえた。バリアがマーク・エンメンスを包み込んだ。バリアは古いもので、とても分厚く強力だ。バリアに守られ、閉ざされながら、中で命が震えているのがわかる。バリアと本人はつながっている。わたしがバリアを破れば、彼の命の火も消えるだろう。

「例の宝石飾りの三つ目の部品がどこに隠されているか知っている？」

相手は抵抗しようとした。わたしは魔法陣に魔力をたたきつけた。力が跳ね返ってくる。わたしは目に見えないバリアをつかみ、それを引き裂こうと力をこめた。隙間さえできればいい。小さな割れ目ができれば充分だ。

バリアは抵抗した。

時間がない。バーンが死んでしまう。

わたしは魔法陣から力を引き出した。力はたぐってもたぐっても尽きることがない。やがて流れ込む速さが落ちてきた。魔法陣に魔力をたたきつけると、流れはまたスピードを増した。わたしはそれを相手のバリアに集中させた。

バリアが震えた。

さらに力を引き出す。

頭がぼうっとする。

またバリアが震えた。

バリアに裂け目が入った。心の目がそこから漏れる光をとらえた。わたしは魔力をくさびのようにその裂け目に打ち込み、閉じさせまいとした。

「知ってる」マーク・エンメンスが答えた。

「三つ目のアイテムはあなたが持っているの？」

「持っていない」

「あなたの家に隠してある？」

「いや」

「このままでは彼女が死んでしまうぞ」オーガスティンが言った。「力を引き出しすぎだ」

「大丈夫だ」マッド・ローガンが答えた。

わたしは痛みを感じた。何かに腹を刺され、そのナイフを少しずつ引き抜かれているみたいな痛みだ。でも裂け目に食い込んだ魔力は衰えない。

考えるのよ、早く……。

バーンの顔がカメラからこちらを見ている。助けてやらなくては。あの子はまだ子どもだ。これから人生が待っている。

アダム・ピアースは中心街に向かっている。三つ目のアイテムはそこにあるはずだ。銀行でもビルの中でもない。エンメンス一族は同じことはしないはずだからだ。

「昔所有していた不動産にあるの？」

「違う」

痛みが熱さと鋭さを増した。

「あなたの親族が所有する不動産？」

「違う」

「親族が昔所有していた不動産？」

「そうだ」

その言葉を聞いて体が揺らぎそうになった。

「記録を調べろ」オーガスティンが怒鳴った。

コンピュータの前の五人が必死にキーボードに向かった。

「売却された不動産？」

「違う」

彼の親族が手放したのに売ったわけでないというのはどういうことだろう？

世界が揺らいだ。気を失いそうだ。わたしは意識にしがみつき、倒れるまいとした。

「フレデリック・ローマ」一人の技術者が口を開いた。「彼の娘の一番目の夫がキャロライン通りにビルを所有していました。そのビルは離婚調停で分与され、その男の二番目の妻の手に渡っています」

オーガスティンがわたしのほうに振り向いた。「訴訟で失ったかどうかきくんだ」

「その不動産は訴訟で失うか、慰謝料の代わりに人手に渡ってしまったもの？」

目の前で小さな赤い円が揺れている。魔力が薄れていく。立っているのがやっとだ。わたしは痛みや疲労のもやを振り払い、頭を働かせようとした。中心街にあるはずだ。中心街にあるのは有力一族が所有する大企業や行政のビルばかりだ。

行政のビル。

「それは市の所有地にあるの？」

「違う」

「そうだ」

「市に寄付されたもの？」

「そうだ」マーク・エンメンスがうなずいた。

技術者がすさまじい速さでキーをたたいた。

「パトリシア・ブリッジス」真ん中の技術者が声をあげた。「ウィリアム・ブリッジスの妻。旧姓エンメンス」

マーク・エンメンスがにっこりした。

「ウィリアムとパトリシアのブリッジス夫妻は所有地の一区画をヒューストンに寄付しています。テキサスの自由な市民が集う場所として使用し、決して売却したり建物を建てたりしないという条件で」

ブリッジパークだ。刑事司法センターの真正面。わたしの魔力は圧力を受けてきしんでいる。あと一つ質問する時間しかない。

「それは馬に関する記念碑の中？」

「そうだ」ミスター・エンメンスが答えた。

バリアはわたしの魔力を押しつぶしてぴしゃりと閉じた。

マッド・ローガンがわたしを魔法陣の外に引っ張り出した。圧力と痛みは消えた。また気が遠くなった。

マッド・ローガンの目がわたしを探るように見ている。「何か言ってくれ」

「あなたなんか大嫌い」

「よし」マッド・ローガンはわたしから手を離した。「大丈夫だな」

彼はわたしに携帯電話を渡した。「バーナデッド、すぐに逃げて！　あなたは知らないだろうけど、アダムが中心部を焼き尽くそうとしているの！」

「知ってるよ。知ってて自分から志願したんだ。そっちは成功した？」

なんてばかな子。「ええ！　さっさと逃げなさい。バンは捨てて、地下街に入って！」

画面上でバーンが駆け出すのが見えた。

わたしはローガンのほうを向いた。「二度とわたしの家族をたきつけないで」

「それが何か知りたくないのかね？」ミスター・エンメンスが言った。

わたしたちはあっけに取られて彼を見た。

「呪文が隠そうとしているのはそれの力とありかだけだ。それが何かなのは秘密じゃない。それは、傷のない四十カラットのグリーンダイヤだ。その色は天然放射線によるものだよ」

「おれは行く」ローガンがわたしに言った。

「いっしょに行くわ」この件を最後まで見届けたい。最後まで見届けて、ローガンが最後のアイテムを馬の像から取り出している間に、アダム・ピアースの顔を殴りつけてやりたい。

「わかった。遅れるな」マッド・ローガンは走り出した。わたしはオーガスティンのほうを向いた。「手錠をちょうだい」

技術者の一人が引き出しを開け、手錠と鍵を投げてくれた。

「ありがとう！」わたしはそれを受け取ると、ローガンを追って通路を走った。

「待て」オーガスティンが怒鳴った。「きみは電池切れ同然だ。もう魔力が残ってない。その状態でピアースに何ができる？」

「顔に銃弾を撃ち込めるさ」ローガンが言った。

「ローガンが失敗すればいっしょに死ぬんだぞ」後ろからオーガスティンの声がした。

エレベーターのドアが開いた。

「彼が失敗したらどっちみちみんな死ぬのよ」わたしはそう答え、マッド・ローガンといっしょにエレベーターに乗り込んだ。

キャロライン通りの二車線は車でいっぱいだった。どちらの車線の車も中心街と反対側を向いている。何も動かない。車は乗り捨てられているのだ。乗っていた人は地下街に入ったに違いない。

マッド・ローガンは急カーブを切った。わたしはドアの取っ手をつかんで体を支えた。車は縁石を飛び越え、歩道に着地した。ドアがビルの壁をこすった。マッド・ローガンはアクセルを踏み込んだ。車は運転席側をビルの壁にこすりつけながら歩道を走り抜けた。前方に街灯が見えた。わたしは構えた。街灯は車をかすめて後ろに消えていった。

「死なない運転をお願いするわ」わたしは歯を食いしばりながら言った。

「心配するな。アダムをがっかりさせるわけにはいかない」

前方の議会通りは車でいっぱいだった。車列の向こうのブリッジパークの緑の木立が風に揺れている。

車が急停止した。わたしは銃を持って外に飛び出し、車列を縫って走った。公園は一ブロック分を占めている。木立の向こうにブロンズのカウボーイの騎馬像が見えた。馬の頭がなくなり、溶けて冷えた金属の水たまりと化している。馬の隣にアダムが立っていた。その額にシヴァ神の第三の目がのせられている。カットされていないダイヤが並ぶ三つの列の上に、真っ赤なルビーで縁取られた目が縦に置かれている。瞳のある場所には巨大な緑色のダイヤが太陽を受けて輝いている。

わたしはアダムに狙いをつけ、照準を合わせて撃った。弾丸はアダムの周囲の空間にさえぎられ、草地に落ちた。アダムに向かってまっすぐ歩きながら撃ち続ける。銃は次々と弾丸を吐き出し、轟音《ごうおん》が痛いほど耳に響いた。

カチリ。

弾切れだ。

わたしは銃を下げた。真正面からアダムとにらみあう。彼のまわりだけ草が平らになっている。魔法陣だ。ただしチョークで描いたものではない。シヴァ神の第三の目が作り出したものだ。

「ゼロ空間だ」アダムの声は静かだった。「手遅れだったな」

「どうしてなの、アダム？　数千という人が死ぬのよ。それをなんとも思わないの？」

「あたりを見てみろ。見えるか？　見た目はきれいだが、深く見れば腐ってるのがわかる。芯まで腐ってるんだ」

「何を言ってるの？」

「権威さ。司法制度ってやつだよ。お笑いだ。正義なんかじゃない、抑圧だ。どこもかしこも腐ってる。政治家もビジネスマンも法律家もね。手の施しようがない。取り除くには一つしか方法はない。おれが中心街を浄化するんだ」

「地下街には一般市民が大勢いるのよ。あなたの思想とはなんの関係もない人たちが」

「関係あるさ」アダムは澄みきった目でこちらを見た。「あいつらはおれたちを引きずりおろそうとしてる。おれたちが手に入れて当然のものを渡そうとしないんだ。世間は大多数の利益になるものが善だとほざいてる。大多数なんかどうでもいい。世の中の法律やら必要性やらをどうしておれが気にしなきゃいけない？　ほしいものを手にする力があるなら、手に入れるべきなんだ」

「あなたより強い人があなたから奪おうとしたら？」

アダムは両手を広げた。「奪えばいいさ。きみにもわかってきたみたいだな。おれは腐敗に光をあてる。自由のための戦士だ。おれたちを解放する。鎖を断ち切るんだ」

「わたしを家族から解放しようとしたみたいに？」

アダムはうなずいた。「きみならわかってくれると思ったが、まだ準備ができてなかったみたいだな。きみにも力があるかもしれないし、ないかもしれない。力は行動だ。おれは今日行動することを選んだ。おれはここを灰にする。そして新しい芽が太陽に向かって伸びていくのを見守るんだ。おれは歴史に残る」

「これを遺産にしたいの？　数千という人々を、家族を、子どもを、生きながら焼き殺した男になりたいの？　自分の声を聞いて。あなたはそんな怪物にはなれないわ」

アダムは唇に指をあてた。「しいっ。しゃべるだけ無駄だ。古い世界は終わろうとしている。きみはそれを特等席で眺めるんだ」

失敗だ。もうどうしようもない。これですべてがおしまいだ。打つ手はなくなった。

「きみが好きだった。新しい世界を見せられないのが残念だよ。悪気はないんだ」

アダムには何を言っても無駄だ。

「やあ、マッド・ローガン。やっと会えたな。二番手に落ちる気分はどうだ?」

「ネバダ、こっちに来い」ローガンが言った。

「気の毒に思うところだったぜ」アダムはにやりとした。「このパーティに招待されるチャンスもあったのに、いとこのせいで貧乏くじを引くなんてな。残念だよ」

マッド・ローガンがわたしの手をつかんで引き寄せ、アダムから引き離した。

わたしたちはこれから死ぬ。ヒューストンは焼け野原になる。もうおしまいだ。

「なんか言うことはないのか?　メキシコの虐殺王だろう?　おい!」アダムが怒鳴った。

「おれがしゃべってるときはこっちを見ろ。これからそのケツを燃やしてやるからな」

ローガンはアダムをにらんだ。「おまえのパーティだ。おまえがティアラをかぶればいいさ。客を迎えるなら礼儀を見せろ」

アダムの顔が真っ赤になった。

「死ね!」アダムはこちらに人差し指を突きつけた。「おまえら二人とも死ね!」

「最近の子どもときたらしょうがないな」マッド・ローガンは首を振った。「言葉遣いがなってない」

ローガンは芝生の真ん中で足を止めた。わたしも止まった。何もかもがまばゆい。木々は鮮やかなエメラルドグリーンで、空は抜けるように青い。草むらの葉が一枚一枚見えるかのようだ。

「死にたくない」わたしはつぶやいた。気がつくと泣いていた。ストイックで強いはずなのに、生きるのが大好きだという思いしか頭に浮かばない。人生でまだ何も成し遂げていない。妹たちが大人になるのを見られない。誰かと愛しあい、家族を持つこともない。ちゃんとさよならを言うこともできない……。

「離れるな」マッド・ローガンが言った。「これから周囲に境界線を感じるはずだ。何があってもそこから出るんじゃない。わかったな？　きみはゼロ空間には入れないが、出ることはできる。おれが魔力を使っている間に出ようとしたら、体が血まみれの霧となって散る」

わたしは息をのんだ。

「動き出したら自分の力を止められないかもしれない。きみがどこにいるかもわからないだろう。声も聞こえないし姿も見えない。円から出るな。たとえ何が起ころうとこの中にいれば安全だ。わかったな？」

「ええ」

マッド・ローガンはわたしを後ろから引き寄せ、両腕でしっかりと抱きしめた。彼の体から魔力が発散している。周囲の草が風になびいた。

「無駄だぞ」向こうからアダムが言った。「何をしようと無駄だ。おれが焼き尽くす」

「始めるぞ」マッド・ローガンの声は奇妙に深く、遠かった。

何も起こらない。彼の腕はわたしを抱きしめたままだ。その体は動かない。

ゆっくりと時間が過ぎていく。

正面にいるアダムの魔法陣からかすかなオレンジ色の光が立ちのぼった。光は幻のように燃え上がったかと思うと消え、また燃え上がって消えた。アダムが口を開いた。その声は彼のものではなかった。いにしえの恐ろしい何か、火山の咆哮《ほうこう》を思わせる声だ。「我は炎なり。我がために燃えよ」

風がやんだ。さっきまであったのに、ぱたりとなくなった。風が梢《こずえ》や草を揺らしているのは見えるのに、何も感じない。目に見えない壁で世界から遮断されたかのように、不思議な穏やかさが周囲に満ちた。目の前六十センチのところ、全体で直径二メートルの円形にその見えない壁を感じる。ここは穏やかそのもので、静かだ。

マッド・ローガンの手の力がゆるんだ。その両手がわたしの肩を這《は》い上がった。振り向くと、その目が不自然なほどのターコイズブルーに輝いている。表情は穏やかだ。

「ローガン?」

彼は遠くを見つめている。わたしを見ていない。

彼の足が地面から浮いた。体が三十センチほど浮き上がっている。両手は力を抜いて下向きに広げている。円の外の草が強風にさらされたかのように外向きに倒れた。

円の中に立つアダムの体から一メートル以上も炎が噴き上がり、周囲に渦巻いている。アダムの燃える目がまっすぐこちらを見つめている。わたしはうなじの毛が逆立つのを感じた。

わたしを取り巻く円が脈打った。音はなかったが、感じた。脈動はわたしの体を揺らし、骨に反響した。苦痛はないけれど気持ちよくもない。周囲の木が根こそぎ倒れた。カウボーイの騎馬像が倒れ、砕け散った。

円がまた脈打った。ハリス郡刑事司法センターのビルがきしんだ。右側で、裁判所庁舎が震えた。

ローガンは何をする気だろう?

巨人の心臓が鼓動するように、円が脈打った。

刑事司法センタービルが前に倒れ、砕けた。ほんの一瞬、重力に従うかどうか決めかねたようにがれきが宙に留《とど》まった。何百というガラス片が太陽を受けて静止している。何千というコンクリートのかけらが動きもせず浮いている。その向こうに砕けたビルの鉄筋が見えた。百メートル近い内部構造が丸見えだ。まるで巨大なビルのすべてがガラスと化し、神がその上にハンマーを振りおろしたかのようだ。

巨大なビルが爆発した。石、ガラス、木材、鋼鉄が地面に降り注いだ。崩れる音はまったく聞こえない。わたしの脳はその無音を受け入れなかった。必死に耳を澄ましたが、何も聞こえない。

右手の裁判所庁舎が揺れ、崩れ落ちた。埃の雲が二つ立ちのぼり、まっすぐこちらに向かってきた。埃といっしょに砕けた石つぶてが飛んでくる。わたしは両手で頭を押さえ、しゃがみ込んだ。

痛みは来なかった。わたしは顔を上げた。

周囲の地面に石が散らばっている。円の中には何もない。わたしの上にマッド・ローガンが浮いている。その顔は内側から輝き、ターコイズブルーの目は星のように光っている。まるで天使みたいだ。

わたしはアダムのほうを見た。その体を炎が包み、火柱に変えている。炎は渦巻きながらどんどん高く立ちのぼっていく。三メートル、いや、四メートルか。

わたしのまわりの円がまた脈動した。その力はがれきを砂埃に砕き、押し返し、払いのけた。公園の向こうで家族法センタービルが崩壊した。議会通りの向こうでは少年司法センターが砕け、車ほどの大きさのがれきが四方に飛び散った。がれきはこちらにも向かってくる。どうしよう。

円から出てはいけない。

わたしは両手を握りしめた。

がれきは円にぶつかって跳ね返された。

魔法陣は何度も脈動し、そのたびにがれきを跳ね返し、粉々に砕いていく。

ローガンは壁を作っていた。炎を封じ込めることができれば火は燃え広がらない。

火柱は十五メートルを超えた。

マッド・ローガンから発する脈動が、さらに一群のビルを倒した。そのがれきが壁を作っていく。

火柱がさらに十メートル近く跳ね上がった。

壁が三メートル高くなった。

壁と火柱は競うように高さを増していく。

火柱は三十メートルを超えたに違いない。壁がそれより高いかどうかはよくわからない。

火柱が白くひらめいた。炎が輪を描いて外に噴き出し、こちらに向かってくる。倒れた木は一瞬で灰になった。

わたしは身構え、息をつめた。

炎は円にぶつかり、のみ込んだ。わたしは生きている。まわりの空気は少しも熱くなっていない。煙のにおいさえしない。空気は新鮮だ。

炎が渦巻きながら壁にぶつかっていく。どうか高さが足りますように。炎が越えられませんように。

炎は壁にあたってはじけた。越えるには十メートルほど足りない。

わたしは息をつめた。でも炎が壁を突き破るかもしれない。

円のすぐ外では火炎が渦巻き、その深みにアダム・ピアースが炎に包まれ黄金に輝きながら立っている。盗み取った宝石飾りは彼の額で怒れる太陽のように燃えさかっている。

道路がつやを増し、黒ずんだ。舗装が溶けてタールと化したのだ。カウボーイの騎馬像も溶けてしまい、アスファルトのどろりとした流れと一体となった。わたしの足もとの草は焦げてもいない。

円は脈動を続け、壁を積み重ねている。

炎が壁にぶつかった。コンクリート片の外側が真っ白な灰になった。

どうか持ちこたえて。

一秒一秒が長い。わたしは座った。もう立っていられない。心臓は速い鼓動に疲れてしまった。全身が不安で震えている。体中を殴られたみたいだ。

壁は不気味に光りながら伸び続けている。コンクリートは酸化カルシウムと化し、溶けて光っている。

炎は荒れくるい、壁につかみかかっていく。

地下街には大勢が避難している。もし壁が崩れて炎が地下に入り込めば、人々は煙で窒息するだろう。先に生きたまま火に焼かれなければの話だが。

左側の壁が光らなくなった。わたしは上を見上げた。炎は依然として燃えさかっているが、壁のコンクリート片や石はもう光っていない。

わたしは必死にこの事実を理解しようとした。ショックのあまりなかなか考えることができない。ようやく頭の中でパズルのピースが並んだ。壁が光っていないのは魔力の炎との間に距離があるからだ。アダムの炎はここが限界だ。ローガンはアダムを抑え込める。炎を封じ込めることができる。

全身に安堵《あんど》があふれた。すすり泣きが漏れた。気がつくとわたしは泣いていた。

バーンは地下街で死なずにすむ。ヒューストンも焼け野原にならずに――。

体にまた脈動が走った。魔法陣はまだ脈打っている。壁の向こうのビルが震えている。だめだ。ローガンの力が止まらない。アダムがこの街を焼き尽くせなくても、ローガンの力が街をがれきの山にしてしまう。

わたしははじかれたように立ち上がった。

ローガンは地面から一メートル近く浮いている。顔が輝いている。その高さはとても人間技と思えず、手も届かない。

もしローガンの力をここで断ち切れば、魔法陣は崩壊するだろう。そうなれば二人とも灰になる。わたしは死に、ローガンを殺すことになる。そう思うと体に冷たいものが走った。ローガンには死んでほしくない。

避難した人々は、ローガンを止める方法を見つけなければ、中心街全体が地下街の上に崩れ落ちるだろう。生きながら焼かれずにすむが、生き埋めになってしまう。

わたしたちの命かバーンの命か。地下街にいる大勢の命、親を信じている子どもたちの命、愛しあう者たちの命、死に値するようなことなど何一つしていない人々の命がかかっている。

選ぶ余地などない。

「ローガン！」

答えはない。

「ローガン！」わたしはローガンの足をつかんだ。一センチすら動かない。完全に固まっている。

こぶしでその足をたたいた。「ローガン、目を覚まして！　起きて！」

なんの反応もない。

彼に声を届けなくてはいけない。顔の高さまで行けないだろうか。わたしは残っているわずかばかりの魔力をかき集めた。

ふたたび魔法陣が脈打った。その脈動が体を突き抜けるのに合わせ、わたしは魔力増幅の魔法陣にしたように持てる力をすべてそこにたたきつけた。体の中で何かがはじけた。足が地面を離れ、体が浮き上がった。わたしはローガンを両手で抱きしめた。この力は長くは保てないと勘が告げている。魔力が尽き、重力に引きずりおろされるまで数十秒しかないし、もう一度試す力は残っていない。これが最初で最後のチャンスだ。ローガンを目覚めさせなければ。

彼の顔は穏やかそのものだ。目を見開き、口を軽く開けている。彼はここにはいない。地球上にさえいないのだ。

わたしは深呼吸し、目を閉じてキスした。すべての思い、すべての秘密、彼を見つめ、彼のことを考え、いっしょのところを想像したすべての時間をこめて。祖母を救い、ヒューストンとその市民を守ってくれたことへの感謝、いとこを危険な目にあわせたことや人の命を顧みないことへの不満と怒り、そのすべてをキスにこめた。それはカーネーションと涙、盗み見の視線と絶望、燃えるような欲望でできたキスだ。愛する人にするようにわたしは彼にキスした。これまでの人生で唯一大切な瞬間であるかのようにキスした。

彼の唇が開いた。その腕がわたしを抱きしめた。キスを返してくれた。今度は魔力はなかった。幻の炎もベルベットの感触もない。そこにいるのは、天国の栄光と地獄の罪の味わいを持つ男だ。

足が地面につき、わたしは目を開いた。ローガンがこちらを見つめている。瞳はまだターコイズブルーで、肌は光っている。でもわたしといっしょにここにいる。魔法陣は消えておらず、タールと炎の川は周囲を流れ、アダムは憎しみを燃やしている。

「もうおしまいにしなきゃ」わたしはささやいた。「あなたは勝ったわ。でもこのままだと街が破壊されてしまう」

「もう一度キスしてくれたらやめよう」

一時間後、アダムはようやく燃えるのをやめ、地面に倒れた。ローガンは魔法陣を解かなかった。すべてがまだ熱すぎた。わたしは彼と二人で円の中に座り、アスファルトがゆっくりと固まっていくのを眺めた。そしてマッド・ローガンにもたれ、いつの間にか眠ってしまった。

目を覚ますと、ローガンの目も肌ももう光ってはいなかった。ヘリコプターが一機、二度頭上に飛んできた。やがて壁に亀裂が入った。音はしなかったが、その様子は見えた。大量の水が流れ込んできたが、アダムが焼き尽くした地面にあたるとたちまち蒸発した。しかしその後も水は途切れなかった。水使いが集まって湿地帯の水をここに流し込んだのだろう。

世界が蒸気でおおわれた。水が蒸発しなくなるまでさらに一時間かかった。それから一時間後、もう蒸し焼きにはならないだろうと思い、外に出ることにした。ローガンは自分と魔法陣をつないでいた魔力を解いた。水が流れ込んできて足首まで濡《ぬ》れた。わたしたちは水の中をアダムのほうに歩いていった。彼は仰向けに寝ていた。魔法陣が消えてしまったらしく、髪にもむき出しの胸にも水が打ち寄せている。疲れきっているようだ。額にはまだ例の飾りがのっている。

マッド・ローガンはそれを取ってわたしに渡した。「ちょっと持っててくれ」そして抜け殻のようなアダムの体の上に身を乗り出し、肩を揺すった。「おい、起きろ」

アダムの目が開いた。「あんたか」その声はかすれていた。

「立て」ローガンは笑顔でアダムを立たせた。「大丈夫か？　体は動くな？」

アダムは困ったような顔でマッド・ローガンを見つめている。「ああ」

「自分が誰かわかるか？」

「アダム・ピアース」

「ここで何があったかわかるか？」

「ああ。おれがすべてを燃やした」

「怪我《けが》はないか？　骨は折れてないな？」

「ああ」

「それはよかった」マッド・ローガンはアダムの顎に強烈なパンチを食らわせた。アダムは口から血を流し、膝をついた。「今はどうだ？　痛むか？」

アダムはさっと立ち上がると、マッド・ローガンに向かって腕を振り上げた。そのこぶしがローガンの顔をかすめた。ローガンはアダムの腹に左のこぶしをたたき込み、右手で顔を殴った。アダムは倒れた。

「まだまだだ」ローガンの手がハンマーのようにアダムを殴り続けた。アダムが両腕で顔を守ろうとした。

「このふぬけめ」ローガンはうなるように言って殴った。「おれたちは一般市民は殺さない。人に魔力を見せつけて怖がらせたりもしない」また一発。「力を濫用しないんだ、ばか野郎。おまえは面汚しだよ」

「ローガン！　もう充分よ」わたしはローガンを引き離した。

アダムは立ち上がろうとして四つん這いになった。わたしは渾身《こんしん》の力をこめてその腹を蹴り上げた。アダムは倒れ、膝を抱えて丸くなった。

「よくもうちの祖母を殺しかけたわね。その上子どもを使ってうちに爆弾を運ばせた」わたしはまた蹴った。「今、口説いてみなさいよ！　わたしがなびくかどうかやってみたら？」

わたしの後ろでマッド・ローガンが笑い転げていた。

アダムがよろめきながら立ち上がった。わたしは母に教わったとおり、全身の力をこめて腕を振り上げ、腹を殴りつけた。アダムはうっと言って倒れた。わたしはさらに蹴りを入れた。「シャツを着てたらよかったわね。そしたら血を拭けるのに」

マッド・ローガンがわたしの体を抱き上げてアダムから引き離した。「よし、もう充分だ。奴の一族に返すものを少しは残しておかないとな」

「放して！」

「ネバダ、きみにはまだ契約がある」

わたしはローガンを振りほどき、つかつかとアダムのところに戻った。アダムはさっと腕を上げた。

「立ちなさい。立たないと、ローガンに頼んでたたきのめしてもらって、髪をつかんで一族のところまで引きずっていくわよ」

アダムは立ち上がった。

「両手を揃《そろ》えて前に出して」

アダムは腕を出した。わたしはかちゃりと手錠をはめた。そしてローガンといっしょにアダムを連れ、水のあふれる道路を通って壁の隙間に向かった。

マッド・ローガンが先に壁の外に出て、アダムを連れたわたしがそれに続いた。外には人が大勢いた。皆カメラを持って立っている。レノーラ・ジョーダンがいた。隣には、背の高い上品な女性が高慢そうな顔つきで立っていた。アダムの母、クリスティーナ・ピアースだ。ちょうどよかった。

わたしはアダムを母親の前に押しやり、膝の後ろを蹴った。アダムは膝をついた。わたしはポケットから鍵を取り出し、アダムのそばに落とした。「約束どおり、アダム・ピアースを生きたまま一族のもとに返したわ。モンゴメリー国際調査会社は早急な入金を期待します」

クリスティーナはじっとこちらを見ている。彼女がコブラなら、わたしの顔は毒液まみれになっていただろう。

わたしは背を向けて歩き出した。壁や人混みから離れ、がれきだらけの道を歩いていった。中心街のほとんどのビルは倒れていない。わたしはそれが信じられなかった。人混みの中からよく知っている人影が抜け出し、こちらに駆け寄ってきた。わたしは両手を広げ、全身の力をこめてバーンを抱きしめた。

わたしはアングリー・オーチャードのサイダーを一口飲み、ラグレンチで足を軽くたたいた。修理工場のドアは開いていて、祖母の作業場には朝の光があふれている。大きな工業用のファンが涼しい風を送り込んでいる。

アダム・ピアースが中心街を焼け野原にしようとした日から一週間が経《た》った。モンゴメリー国際調査会社にピアース一族から入金があったことは知っている。会社がその支払いでうちのローンの残額を相殺したからだ。会社には書類を受け取ったことを電話で知らせたが、オーガスティンから返信はなかった。契約の件でマッド・ローガンの言いなりになったことにまだ腹を立てているのだろう。わたしは彼の秘書と話をした。リーナというその秘書はあるメッセージを伝えてくれた。シヴァ神の第三の目は、もともとの所有者であるインドに返還されたという。イトウ教授は正しかった。他国の至宝を盗んでもろくなことにはならない。

わたしにはいくつかインタビューの申し込みが来たが、全部断った。二人ほどしつこいのがいたのでモンゴメリー国際調査会社とその弁護士に連絡すると、もう来なくなった。わたしは有名になりたいわけではないし、あちこちのトークショーに顔を出してクライアントを集めたいわけでもない。わたしはベイラー探偵事務所を静かなプロ意識の代名詞にしたいだけだ。

正式な事情聴取も受けた。どういうわけかは知らないけれど、証言を求められることはなかった。ローガン一族、モンゴメリー一族、ピアース一族、レノーラ・ジョーダンが証言したのだから、それで充分だったに違いない。アダムの協力者を裏で操っていたのが誰なのかはわたしには見当もつかない。わかっているのは、アダムはアラスカの地下のどこかにある〝アイスボックス〟と呼ばれる最大級の警備が敷かれた刑務所に入れられたことだ。この刑務所は魔力の使い手を投獄するための場所だ。アダムは裁判を待っている。本人が有罪を認めないかぎり、わたしはその裁判で証言しなければならないだろう。

ギャビン・ウォラーは見つかった。報道によると、アダム・ピアースはギャビンに一週間分の食料と麻薬を与えてモーテルの一室に閉じ込めたらしい。ギャビンは、警察に見つかってその場で射殺されるのではないかとおびえながら一週間を過ごした。中心街での惨事の二十四時間後、マッド・ローガンはギャビンを警察に連れていった。放火事件担当の刑事は、ギャビンが生き残ったのはひとえにアダムが世界終末計画にかまけてこの少年のことを忘れていたおかげだと述べた。

ローガンから連絡はなかった。いろいろ考えると、それがいちばんに思えた。

今日は土曜日で、わたしは祖母の新しい仕事を手伝っていた。ある有力一族が、別の修理工場に置いていたホバータンクを祖母のところに送ってきた。その戦車はホバリングもできなければ戦車として動くこともできなかった。その一族は戦車に大金をつぎ込んだあげく結局はスクラップとして売り飛ばした。祖母がそれを買い取ったので、スペア部品を取り出すために二人で分解することにしたのだ。祖母はサンドウィッチを取ってくると言って家に入ったが、十分経っても戻ってこない。わたしはサイダーを飲んだ。きっと何かに気を取られているのだろう。

誰かが修理工場のドア口から入ってきた。わたしは日差しに目を細くした。マッド・ローガンだ。

彼はダークスーツを着ていた。たくましい肩、分厚い胸板、平らな腹部、長い脚まで、スーツは手袋のようにぴったり体に合っている。ドラゴンみずからお出ましだ。悪い予感しかしない。

ローガンはこちらに歩いてきた。その左側の戦車が、まるで見えない手に押されたかのように彼をよけた。右側の軍用装甲車が床の上をすべった。わたしは眉を上げた。

マッド・ローガンは澄んだ青い目でじっとこちらを見つめたまま近づいてくる。わたしは本能的にあとずさりした。背中が壁にあたった。

ローガンは五センチほどのところで足を止めた。体に期待がこみ上げ、警戒心まじりの興奮に変わった。

「久しぶりね。また一からやり直すつもり？」

彼の目はどこまでも青かった。ずっと見つめていられるだろう。彼は片手を差し出した。

「出発だ」

「出発って、どこに？」

「行きたいところだ。地球上のどこでも好きに選べばいい」

驚きだ。「行かないわ」

彼はわずかに身を乗り出した。もう少しで触れあいそうだ。「きみに家族と過ごす時間を一週間与えた。今度はおれと旅立つ番だ。意地を張るのはやめろ。あのキスでおれが知りたいことは全部わかった。あれをどう終わらせればいいか、二人ともわかってるはずだ」

　わたしは首を振った。「わたしと会ってどうなると思ったの？　ここに入ってきてわたしを担ぎ上げ、古い映画で士官が工場で働く女の子を連れ去ったみたいに連れ去るつもりだったの？」

　マッド・ローガンはにやりとした。抵抗できないほどハンサムだ。「担いで連れ去られたいのか？」

「答えはノーよ、ローガン」

　彼はまばたきした。

「だめ」わたしは繰り返した。

「どうして？」

「説明すると長いし、あなたは気に入らないと思うわ」

「聞くよ」

　わたしは深く息を吸い込んだ。

「あなたは人の命をなんとも思ってない。ヒューストンを救ったのはたしかだけど、あそこにいた人たちを考えてのことだったとは思えないわ。アダム・ピアースが気に障っただけよ。困っている軍人を雇うのは、助けたいからじゃない。相手が絶対的な忠誠心を捧《ささ》げるからよ。自分のいとこは助けるけれど、その家族の存在は無視してなんとも思わない。

あなたがもっと早くギャビンの人生に立ち入っていれば、彼がアダム・ピアースと知りあうこともなかったかもしれないわ。そして、自分にはルールの力がおよばないと思ってる。ほしいものがあれば買い取るし、買えなければ奪う。申し訳なさを感じているようには思えないし、感謝するのはなんらかの困難を乗り越えなきゃいけないときだけ。あなたはきっとサイコパスなんだわ。どんなにあなたに夢中になったとしても、いっしょに行くのは無理よ。ローガン、あなたには同情心というものがないわ。魔力のことじゃなくて、共感する能力のことを言ってるの。あなたにとってわたしが大事なのは、利用価値がある間だけ。恋人やパートナーじゃなくて、ただの物よ。わたしたちの間の溝は経済的にも社会的にも大きすぎる。あなたはわたしを利用して、用がなくなれば奴隷みたいに捨てるでしょうね。そしてわたしは、ばらばらになった人生のかけらを拾い集めるのよ。だからいっしょには行かない。わたしは愛がなくても思いやりのある人といっしょにいたいの。あなたはそういう人じゃないわ」

「いいスピーチだ」

「わたしが言えるのはこれだけよ」

「どういうことかわかったよ。きみはおれの世界に足を踏み入れるのが怖いんだ。うまくやっていけるかどうかわからないから。ここに隠れて、小さな池の主でいるほうがずっといいからな」

「そういうふうに思っているならそれでかまわないわ」わたしは顎を上げた。「あなたに証明したいことなんて何もないから」

「だがおれにはある。約束するよ。おれは勝つ。そのときはきみは歩いてなんかいない。おれのベッドに飛び込むだろう」

「待つだけ無駄よ」

マッド・ローガンの文明人の仮面がはがれた。わたしの目の前に、牙と爪をむき出して火を吐くドラゴンがいた。「おれと寝るだけじゃない。おれのことが忘れられなくなる。触れてほしいと請うんだ。そのときが来たら、ここで今日起きたことを繰り返すことになる」

「絶対にないわ」わたしはドアを指さした。「出口はあっちだから――」

マッド・ローガンがわたしの腕をつかんだ。唇が重なった。大きな体がわたしを閉じ込めた。胸と胸がぶつかる。彼の手が背中に回って引き寄せ、もう片方の手がヒップを包む。魔力が燃えるようにわたしに襲いかかった。わたしの体は降参した。筋肉が熱くやわらかくなる。胸の先端が硬くなり、胸は手と唇で触れられるのを待っている。腿の間に熱いうずきが広がった。舌が舌をなめる。ああ、彼がほしい。どうしようもなくほしい。

マッド・ローガンはわたしから手を離し、背を向け、笑いをこらえながら出ていった。

なんて人だろう！「そうよ！　出ていけばいいわ！」

わたしはレンチを放り投げた。

「なかなかのキスだったわね」背後のドア口から祖母の声がした。

わたしは跳び上がった。「いつからそこにいたの？」

「ちょうど間に合うぐらいから。あの人、本気だったわ」

いろんな言葉が口から出ようとした。「そんな……だって……最低！　あんな男、どうでもいいわ！」

「ああ、若い恋はなんて情熱的なのかしら。結婚情報誌の購読を予約してあげる。まずはドレスを選ばなきゃ」

わたしは両手を振り、あとで悔やむような言葉を投げつける前に祖母から離れた。

エピローグ

彼は車を駐《と》めて降りると、その家に目をやった。よくある郊外の住宅だ。彼は玄関まで行ってドアノブを回してみた。鍵はかかっていない。トムの言っていたとおりだ。

彼はトーマス・ウォラーをクリニックの医師ダニエラに託した。今ごろは鎮静剤を投与されているだろう。トムの十代の息子は逮捕され殺人で起訴された。トムの妻は姿を消した。そのあと彼は妻からメールを受け取り、それを読んで残っていた精神力を砕かれた。トムと話したとき、その手は震えていた。

彼はキッチンまで歩いていった。キッチンのアイランドカウンターの上に最新のノートパソコンが置かれていた。

時間をたしかめると午後六時五十九分だった。彼は携帯電話の録音機能をオンにし、背後のテーブルに置いた。

画面の時計が七時になった。青いアイコンが光り、電話の着信を知らせた。彼はアイコンをタップした。

ケリー・ウォラーの顔が画面に広がった。「こんにちは、コナー」

彼は怒りを押し隠した。「なぜだ?」

「あなたが憎いからよ。それを知ってほしかった。心底憎いわ。もし手が出せるものなら、髪をつかんで顔がぐしゃぐしゃになるまでカウンターにたたきつけてやりたい」

それを聞いても何もわからなかった。十年前、彼が母を通して救いの手を差し伸べ、ギャビンの大学の学費の援助を申し出たとき、ケリーは断った。ローガンと名のつくものとは何一つかかわりたくない、とはっきり言った。そのときはプライドかと思った。今、それが憎しみだったとわかった。でもまだ理解できない。「なぜだ?」

「なぜならみんながあなたを愛し、褒めたたえたからよ。あなたには魔力があり、わたしにはなかった。あなたみたいにすごくなれる可能性もなかった。あなたをめちゃくちゃにしてやりたかったけど、わたしには力がなかった。だから自分よりずっと強い人を探したの。そして復讐《ふくしゅう》のために息子を犠牲にした。でもコナー、あなたには裏切られたわ」

一瞬ケリーの顔が憎しみでゆがんだ。「アダムが危険な賭なのはわかっていたから、保険が必要だった。あなた以上の適任はいなかったわ。メキシコの虐殺王。あなたがアダムを阻止する可能性はあったけれど、その過程でヒューストンを破壊するだろうと考えたの。実際破壊しかけたわ。ビルが揺れるのが見えたのに、あなたはやめてしまった。どうやって止めたの? 子どものころから、高い次元に入るといつも魔力を止められなくなったのに。あの状態になったら、力が尽きるまで続けたものよ。母親でさえ止められなかった。いったいどういうこと？　何があったの？　最近そういう力を身につけたの？」

彼は答えなかった。

「あなたとアダムはあんな簡単なことすらできなかった。わたしたちは裏切られたというわけよ。だから別の方法を探すわ」

わたしたち。この計画全体を動かす秘密の力がそこにあった。ケリーはそれを知っている。彼はケリーを見つけ出し、その情報を引き出さなければいけない。

「これだけは言っておきたいの。これから何が起きるか、あなたはわかっていない。大きなことよ。どんなに手を尽くしても止められない。あなたは破滅するわ。もうすぐ死ぬというときになったら、この話とわたしの顔を思い出して。これはほんの始まりよ」

画面が真っ暗になった。

彼は立ち上がり、画面を見つめた。一カ月前は目標などなかった。挑戦しがいなどない、時間をつぶすだけの面倒な仕事をこなすだけだった。今、彼には二つの目標ができた。

いとことアダム・ピアースを裏で操った者をたたきつぶさなければならない。この国と、そこに暮らす人々の安全を守らなければならない。なぜなら彼はそれを信じているからだ。完璧なシステムではないが、国外で見たものよりよいとは言えるだろう。この街は彼のものだ。相手は敵としての彼の力量を知ることになるだろう。これが一つ目の目標だ。二つ目は……。

彼はつかの間目を閉じ、記憶を呼び起こした。あの次元には何も存在しない。そこは魔力の場であり、穏やかだが空っぽだ。力の頂点に上りつめるためにあの次元に入るのだが、中には喜びも悲しみもない。冷たさもぬくもりもなく、あるのは静謐《せいひつ》だけだ。そこは牢獄《ろうごく》であると同時に宮殿なのだ。

だがあのとき、彼女を感じた。彼女は温かく、金色で、何もない次元を引き裂いて彼に近づこうとした。キスされたとき、その恐怖と欲望がすべて伝わってきて、彼は生きている実感を持った。彼女のために静謐さを投げ捨て、周囲の世界を芽吹かせた。まるで、何年も薬物に溺れていた者が突然目を覚まし、家の中をさまよったすえ玄関のドアを開けたら、外に美しい春の日が広がっているのを見つけたかのようだった。

ネバダ・ベイラーがほしい。これまで誰を求めたよりも強く彼女がほしい。必ず手に入れる。彼女はそれに気づいていないだけだ。

訳者あとがき

ネバダ・ベイラー、二十五歳、私立探偵。彼女には許せないことがいくつかある。地位や権力を振りかざして人を思いどおりに操ろうとすること、子どもを危ない目にあわせること、ところかまわず銃をぶっ放すこと。ところがある日を境に彼女はそんな男たちと次々とかかわるはめになる。ネバダを口説き、追いかけ、尋問し、花を贈り、上から圧力をかけるその男たちはいずれも、特殊能力が階級を決める社会でトップランクの〝超一流〟に属するエリートたちだ――。

MIRA文庫にまた一人魅力的なヒロインが登場しました。彼女の名前はスペイン語で〝雪におおわれた〟という意味を持つネバダ。ネバダが活躍するのは、わたしたちの世界とは微妙に異なるパラレルワールドです。

十九世紀にある薬が発見され、人類の一部が魔力を持つようになった世界。水のありかを感知する力、意志で物を動かす力、火を操る力、動物と意思疎通する力、と魔力の種類はさまざまです。ある者は魔力をもとに富と権力を得て貴族階級を形成し、ある者は適応に失敗して人としての姿形すら失い、そして残る大勢はネバダのようにその魔力を生かし、ときには隠しつつ、一市民として生活しています。

作者のウェブサイトによると魔力を持つのは人口の四割ですが、〝超一流〟に相当するのは数パーセントにすぎず、それはこの世界の富の分布と同じとのこと。魔力は親から子へと受け継がれますが、貴族階級である〝有力一族〟は互いに敵対することも多く、子どもを標的にした暗殺もめずらしいことではないといいます。

そんな有力一族に生まれたのがヒーローのマッド・ローガン。十代のころから驚異的な念動力で名を馳《は》せた彼は、軍人として南米の紛争に荷担し、存在だけで戦局を左右するほど恐れられ、〝メキシコの虐殺王〟の異名を取りました。ルックスに恵まれ、謎めいた私生活は世の女性の興味の的で、ローガンについて語るSNSも存在するほどです。

〝雑草〟を自称するネバダといわば貴族のローガン。家族を何よりも大事にし、道理を貫こうとする正義感あふれるネバダと、ときに人の命さえ軽んじ、自分の意思を通すことに慣れたローガンが、男女のケミストリー以外にどう共通点を見つけ、歩み寄っていくのかも、本書の読みどころの一つです。

作者イローナ・アンドルーズはロシア生まれの妻イローナとアメリカ人の夫ゴードンの合名であり、共同で執筆をおこなっています。ゴードンは元軍人ですが殺しのライセンスを持つ諜報《ちょうほう》活動とはまったく縁がなく、イローナも謎のロシア人スパイではない、とフエイスブックのプロフィール欄に念押しされています。お子さんが二人いるとのことで、ネバダの妹やいとこたちの十代の会話のリアルさはまさにそこからだと想像できます。

作者のサイトによると、本書は〝ネバダ・ベイラー三部作〟の一作目とのこと。契約により全三冊シリーズと決められているようですが、アマゾンのレビューでもうかがえる本書の爆発的人気を考えると、今後作品数が増えてもおかしくないと個人的に思うほどです。緻密な世界観、リアルで魅力的なキャラクター、疾走感あふれるストーリー。訳者からは、これまでで訳了後の読み直し作業がもっとも楽しかった作品の一つ、と申し上げておきます。

二〇一六年四月

仁嶋いずる

訳者　仁嶋いずる

1966年京都府生まれ。主な訳書に、ジャック・ソレン『ジョニー&ルー　掟破りの男たち』(ハーパーBOOKS)、シャロン・サラ『ビューティフル・レイン』『アフター・レイン』『ラスト・レイン』、マヤ・バンクス『しとやかな悪戯』(以上、MIRA文庫)などがある。

★　★　★

蒼の略奪者

2016年4月15日発行　第1刷

著　　者／イローナ・アンドルーズ

訳　　者／仁嶋いずる(にしま　いずる)

発 行 人／立山昭彦

発 行 所／株式会社ハーパーコリンズ・ジャパン

東京都千代田区外神田3-16-8

電話／03-5295-8091(営業)

0570-008091(読者サービス係)

印刷・製本／大日本印刷株式会社

装 幀 者／居郷遥子

ISBN978-4-596-91668-6